大学物理实验

Experiments in University Physics

杨广武　主　编

金玉玲　姚　橙　副主编

王辅忠　主　审

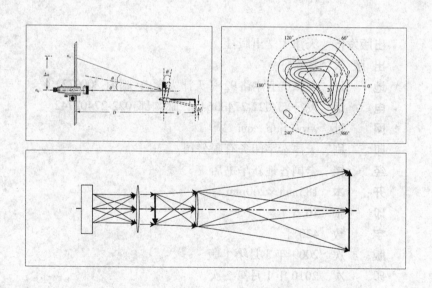

天津大学出版社

TIANJIN UNIVERSITY PRESS

图书在版编目（CIP）数据

大学物理实验 / 杨广武主编 . 一天津：天津大学出版社，2009.3（2010.1 重印）

ISBN 978-7-5618-2966-0

Ⅰ. 大… Ⅱ. 杨… Ⅲ. 物理学－实验－高等学校－教材 Ⅳ. 04－33

中国版本图书馆 CIP 数据核字（2009）第 030209 号

出版发行	天津大学出版社
出 版 人	杨欢
地　　址	天津市卫津路 92 号天津大学内（邮编：300072）
电　　话	发行部：022-27403647　邮购部：022-27402742
网　　址	www. tjup. com
印　　刷	天津泰宇印务有限公司
经　　销	全国各地新华书店
开　　本	185mm×260mm
印　　张	16.5
字　　数	420 千
版　　次	2009 年 3 月第 1 版
印　　次	2010 年 1 月第 2 次
印　　数	4 001－8 000
定　　价	30.00 元

前　言

　　本书是根据教育部高等学校物理学与天文学教学指导委员会2008年颁布的《理工科类大学物理实验课程教学基本要求》的精神,结合我校物理实验仪器设备的实际情况,在总结几年来物理实验教学和实验室建设实践经验的基础上编写而成的。

　　绪论主要介绍物理实验和物理实验课程的基本情况,使学生对这门课程有整体认识。第1章比较系统地介绍物理实验的基础知识,包括测量的误差、不确定度及实验数据处理方法和实验测量方法等内容。第2章介绍物理实验常用的仪器及其使用规则,一是使学生系统掌握常规仪器的原理和操作方法,二是避免在每个实验中重复介绍仪器。前两章使学生在进行实验之前初步掌握实验的基本理论、方法和技能。第3章选编了22个基本层次的验证性实验,使学生的实验基本知识、基本方法、基本技能得到全面、系统的培训。第4章选编了提高层次的15个综合性实验,使学生在有一定实验基础之后,可以逐步独立完成原理和操作都比较复杂的实验,锻炼学生的综合实验能力。第5章选编了9个设计性实验,学生可以根据实际情况选做,自行设计实验方案并按要求完成既定的任务。附录部分列出了常用的物理参数,以便读者查阅。

　　参加本书编写的有杨广武(绪论,第1章,实验2、5)、金玉玲(第2章,实验14、18、19、28、29、41、44)、姚橙(实验4、7、8、17、20、21、26、32)、闫卫国(实验1、9、22、23、27、35、36,附录)、霍光耀(实验3、6、15、16、25、30、34)、李光旻(实验10、12、13、24、33、37、40、42、43)、师丽红(实验11、31)、李颖(实验38、39、45、46)。本书由杨广武任主编,金玉玲、姚橙任副主编,并由上述三位老师负责统稿。天津城市建设学院物理教研室和大学物理实验中心其他老师对本书的编写提出了宝贵的建议,对实验细节的研究提供了大力的支持和协助,在此深表感谢。天津工业大学王辅忠教授在百忙之中审阅了全书,并提出了宝贵的修改意见,在此一并表示感谢。

　　由于编者水平所限,疏漏、错误之处恳请各位读者批评指正。

编　者

前　言

目　录

绪　　论

　　物理学本质上是一门实验科学,物理实验是物理学理论的建立基础和检验手段。物理实验是科学实验的先驱,体现了大多数科学实验的共性,在实验思想、实验方法以及实验手段等方面是其他各学科实验的基础。

一、物理实验课程的地位和作用

　　物理实验是高等院校主要面向理工科专业学生开设的一门公共基础课程,课程内容覆盖面广,具有丰富的实验思想、方法和手段,是培养学生科学实验能力、提高科学素质的重要基础。它在培养学生严谨的治学态度、活跃的创新意识、理论联系实际和适应科技发展的综合应用能力等方面具有其他实践类课程不可替代的作用。鉴于此,现在一些院校也对非理工专业学生开设了不同内容和难度的物理实验课程。

二、物理实验课程的目的和任务

　　本课程以系统培养学生的基本实验知识、基本实验方法、基本实验技能为目的,同时给学生一定的自主设计和研究空间,培养学生的分析能力,开发学生的创新潜力。

　　物理实验课程的基本任务如下。

　　①通过对实验现象的观察、分析和对物理量的测量与计算,培养学生的科学实验基本技能,提高学生的科学实验基本素质,使学生初步掌握实验科学的思想和方法;培养学生的科学思维和创新意识,使学生掌握实验研究的基本方法,提高学生的分析、综合和创新能力。

　　②通过实验过程中规范、严谨的管理运行程序和操作步骤,提高学生的科学素养,培养学生理论联系实际和实事求是的科学作风,认真严谨的科学态度,积极主动的探索精神,遵守纪律、团结协作、爱护公共财产的优良品德。

三、教学体系和教材结构

　　物理实验课程实行分层次教学,即将实验分为基础、提高和设计与研究三个层次。这三个层次与实验的三种类型基本是一一对应的。本教材的实验项目也是按这三个层次编排。

　　1. 基础层次——验证性实验

　　基础层次的实验主要使学生学习和掌握基本物理量的测量、基本实验仪器的使用等基本实验技能和基本测量方法、误差与不确定度及数据处理的理论与方法等。

　　2. 提高层次——综合性实验

　　综合性实验是指在同一个实验中涉及力学、热学、电磁学、光学、近代物理等多个知识领域,综合应用多种方法和技术的实验。此类实验的目的是巩固学生在基础性实验阶段的学习成果、开阔学生的眼界和思路,提高学生对实验方法和实验技术的综合运用能力。

　　3. 设计与研究层次——设计与研究性实验

　　设计性实验是根据给定的实验题目、要求和实验条件,由学生自己提出设计方案并基本独立完成全过程的实验。研究性实验是组织若干个围绕基础物理实验的课题,由学生以个体或团队的形式,以科研方式进行的实验。设计性或研究性实验的目的是使学生了解科学实验的全过程,逐步掌握科学思想和科学方法,培养学生独立实验的能力及运用所学知识解决给定问题的能力。

本教材为适应物理实验的课程体系,按上述三个层次编排实验项目,使用时可根据实际教学需要确定开放的实验项目。

四、物理实验课程的教学程序及要求

物理实验是在教师指导下进行的以学生独立操作为主的实践教学活动,主要程序及要求如下。

1. 课前预习

学生在实验前应认真预习,撰写预习报告或设计性实验实施方案,明确实验目的和要求,了解实验的步骤、方法和基本原理,熟悉实验设备、仪器构造、使用性能和操作规程。

2. 实验操作

①进入实验室对号入座,向指导教师递交预习报告并签到。检查仪器和材料,若有缺失或损坏应向老师报告解决,不得擅自动用非本组器材,更不能自行拆卸任何仪器设备。

②实验中应服从教师指导,严格按规定和程序进行实验,如实记录实验数据,不得抄袭他人的实验结果。

③实验过程中要注意安全,节约水、电及其他材料。凡因违反操作规程或擅自动用其他仪器设备而导致损坏者,必须按规定进行严肃处理。仪器设备发生故障和损坏,应主动停止实验,并立即向指导教师报告。

④遵守实验守则,电学实验中,必须经过教师检查线路,得到允许后才能接通电源。光学元件要轻拿轻放,仔细安装,避免碰撞。不许用手触摸光学元件的光学表面,只准触及透镜的周边棱或棱镜的上下底面。不得擅自擦拭光学元件,应在教师指导下进行。使用激光作光源时不要用眼睛直接观察激光。

⑤实验完毕,经教师认可并在数据记录表格上签字后,关闭水和电源,将仪器复原,填写有关记录,经教师允许方可离开实验室。实验结果不合格者必须重做。

按要求认真独立完成实验报告并及时上交。因故补做或重做实验,学生要事先预约,并在指导教师或实验技术人员的指导下方可进行。

五、实验报告

实验报告作为每个实验最后的总结,是学生科研素质培养的重要手段,也是整个实验的完成情况、学生实验技能和数据处理能力的集中表现,是评定实验课成绩的依据之一,因此应规范地撰写实验报告。

实验报告必须采用专用的实验报告纸撰写。为了保证实验数据的真实性,报告的所有内容,包括表格和数据、图的标题等都必须用钢笔、中性笔或圆珠笔书写。图可以用铅笔画,直线必须用直尺。

完整的实验报告包括以下几个部分。

(1)各种信息

实验信息:实验项目编号和名称。

实验者信息:姓名、学号、班级等。

实验条件信息:实验室、时间、天气、温度、湿度、气压等。

分组信息:分组号、多人合作的同组人。

指导教师姓名。

（2）实验名称

每一个物理实验都遵循一定的命名规则,要求规范地书写,不得有任何改动。

（3）实验目的

说明所做实验的目的和要求。

（4）实验仪器

写全实验所需的各种仪器和工具,明确实验仪器的名称、型号、测量范围及仪器误差,掌握读数规则。

（5）实验原理

实验原理包括实验中采用的仪器设备的工作原理、实验方法、相关理论等。在理解的基础上用精炼的语言对教材或指导书的内容加以总结和概括,必要时可以补充一些教材以外的内容。与实验操作和数据处理相关的、必要的原理图和公式不可缺少。

（6）实验内容与步骤

在掌握概念的基础上,按操作顺序书写,不得有遗漏。

（7）数据记录与处理

将原始数据记录到给定或自拟的数据表格中并请指导教师认可签字。实验结束后按要求处理数据(包括计算中间结果、评定不确定度、画出图表、写出最终结果)。注意:原始数据不能用铅笔书写,不得涂抹,若写错只用一横线划掉再在旁边写上正确数据即可。

（8）研究与讨论或思考题

对实验结果进行分析,讨论影响实验结果的因素并可提出改进建议,完成课后思考题。

预习报告要求写好①～⑦步,实验前交指导教师检查。实验完成后数据表格要经教师确认签字。实验报告不准打印或复印,书写字迹要工整,报告不合格者将予以退回并取消当次实验资格。实验完成后要尽快处理数据并按时上交。

六、成绩考核和评定

物理实验的成绩考核有实验考查和理论考试两种形式,可根据实际情况只采用前者或两者结合,但鉴于课程的实践性应以实验考查为主。

1. 实验考查成绩

实验考查成绩由学生所做实验按学时权重平均计算,每个实验的考查内容包括:①出勤;②预习;③纪律;④实验的规范操作;⑤数据处理(有效数字、不确定度或误差、结果表达、单位等);⑥实验报告的格式和整体印象(工整、美观);⑦按时上交报告。

2. 理论考试成绩

理论考试内容一般安排在期末进行,主要以实验的理论知识为主,即本教材的绪论、第1章和第2章所涉及的内容,另外还会涉及一些基本技术和常识问题,包括实验实例判断与分析。

第 1 章   物理实验基础知识

1.1   测量与误差

1.1.1   测量及其分类

测量是物理实验的主要内容和基本手段,是获得实验数据的必要途径。所谓**测量**,就是将被测的未知物理量与选作计量标准的同类已知物理量进行比较,得出其倍数的过程。倍数值即为待测物理量的**数值**,而所选的计量标准称为**单位**。一个物理量测量结果的完整表示应该包括数值和单位两部分。

测量的分类方法很多,这里只介绍两种。

第一种分类方法,按测量值获取方法的不同,可分为直接测量和间接测量。

直接测量是指直接从仪器或量具上就能够读出待测物理量数值和单位的测量。相应的物理量称为**直接测量量**。例如,用米尺测长度、用天平称质量、用电表测电流和电压等都属于直接测量。

间接测量是根据已知的函数关系,先测得若干个直接测量量,由这些直接测量量通过运算后间接得到待测物理量的测量。最终得到的物理量称为**间接测量量**。例如,通过测量一金属圆柱的高 h、直径 d 和质量 m,然后由关系式 $\rho = 4m/\pi d^2 h$ 计算出该金属圆柱的密度 ρ。这里 m、d 和 h 是直接测量量,而 ρ 则是间接测量量。

某一物理量是直接测量量还是间接测量量不是绝对的,随着技术的更新和仪器的改进,很多原来不能直接测量的物理量现在已经可以直接测量,如可直接用密度计测量液体的密度。

第二种分类方法,根据测量条件是否相同,测量又可分为等精度测量和不等精度测量。

等精度测量是在每次测量条件都相同的情况下,对某一物理量进行多次重复的一系列测量。例如,同一个实验者,使用同一台(套)仪器,采用同一种方法,对同一待测量连续进行多次重复测量,没有任何依据用来判断某一次测量一定比另一次更准确,即应该认为每次测量的可靠程度都相同,所以这一组测量称为等精度测量。这样的一组测量值称为一个**测量列**。注意,这里所说的重复测量不仅仅是重复读数,而是重复整个测量操作过程。

不等精度测量是在对某一物理量进行的多次重复测量中,只要有一个测量条件改变,这一组测量即称为不等精度测量。实验者、仪器、实验方法,包括某些对该物理量有影响的环境因素(如室温)等的改变,都属测量条件的改变,所以这样的测量称为不等精度测量。

在大学物理实验教学的实际环境中,很难保证在多次测量过程中条件绝对相同,但如果测量条件的变化对测量结果影响不大,可以把这样的测量视为等精度测量。例如,每个物理实验一般为 3 学时以上,在其他实验条件都不变的情况下,室温会发生一定幅度的变化,但这对很多实验仪器和物理量来说影响非常小,所以可以认为所进行的测量是等精度测量。采用等精度测量进行数据处理比较容易。本书中若无特殊说明,所有测量都指等精度测量。

1.1.2　真值与误差

一、误差的定义

待测物理量在所处的确定条件下实际具有的量值称为**真值**。测量的主观愿望是获得物理量的真值,但是由于受测量仪器、测量方法、测量条件及观测者水平等因素的限制,任何测量值都不可能绝对精确地与真值完全一致,只能获得该物理量的**近似值**。这个近似值与真值之间总是存在一个差值。这个差值称为**测量误差**,简称**误差**,记为

$$\Delta x = x - X$$

式中,x 代表测量值;X 代表被测量的真值。由于 Δx 反映的是测量值偏离真值的大小和方向,因此也称之为**绝对误差**。绝对误差是一个有量纲的数值,一般保留一位有效数字。

误差与真值之比称为**相对误差**,记为

$$E(x) = \left| \frac{\Delta x}{X} \right| \times 100\%$$

相对误差是一个无量纲量,通常也称**百分误差**,一般保留 1 或 2 位有效数字。

真值是客观存在的,但它必须通过完备的测量才能得到,而严格完备的测量一般是做不到的,所以说真值仅是一个理想的概念。在一些具体问题中,可以把约定真值作为真值看待。所谓**约定真值**,就是与真值非常接近,在一定条件下能代替真值的给定值或公认值。如上所述,真值本身难以得到,而误差是通过真值计算得来的,所以误差也是一个估计值,难以定量操作,只有理论上的意义。现在很多情况下不用误差来评定实验结果的优劣,而改用不确定度。关于不确定度将在后面介绍。

误差客观地存在于一切实验和测量过程中,将最终传递给实验结果。误差是不可避免的,应该对其进行客观的估计。在实验中应该从实验的设计、仪器的精度、测量者的水平、环境条件以及数据处理过程等各方面着手,尽可能减小对实验结果的影响,因此误差或不确定度的评定也是物理实验中的一项必要工作。

二、误差的分类

按照误差产生的原因,一般可分为系统误差、随机误差和粗大误差。正常情况下只有前两类误差。

1. 系统误差

在相同条件下多次测量同一物理量时,误差的大小恒定,方向一致;或当测量条件改变时,误差按照某一规律变化。具有上述特征的误差称为**系统误差**。系统误差的来源主要有以下几方面。

1)**仪器误差**　由于仪器本身的固有缺陷、校正不完善或使用不当引起的误差。

2)**方法误差**　由于测量方法本身的不完善或计算公式的近似造成的误差。如用三线摆测量刚体的转动惯量时,公式 $I_0 = \frac{m_0 g R r}{4\pi^2 H} T_0^2$ 成立的条件应该是摆角趋于零而且摆线不发生形变,但实际做不到,只能是近似。

3)**环境误差**　由于环境影响或没有按规定的环境使用仪器引起的误差,如标准电池未在规定的温度下使用且又未进行修正。

4)**人员误差**　由于实验者本人生理或心理特点造成的误差,例如:按秒表时总是超前或

滞后等。

2. 随机误差

随机误差也称**偶然误差**,指在多次测量同一物理量时,大小、方向以不可预知的方式变化的误差。产生随机误差的因素主要有:

①实验装置的起伏;

②测量者感觉器官灵敏度的起伏;

③实验条件和环境的起伏;

④不能预料的其他原因。

3. 粗大误差

粗大误差也叫**过失误差**,是由于实验者在操作、计数、记录和运算过程中出现失误而使测量结果明显歪曲远离真值而造成的误差。其特点是大大地偏离真值而使数据的结构显著地偏离正常规律。在数据处理时应按一定的原则判别并剔除粗大误差。粗大误差严重影响实验效果时要重做实验。实验者应该通过主观努力,加强责任心,实验前充分预习,操作和记录时集中精力,尽力避免粗大误差的出现。

三、测量的精密度、正确度和准确度

精密度、正确度和准确度都是评价测量结果优劣的术语,但在实验应用时三个术语的界定不太一致,这里只介绍一种应用较多的界定方法。

1)**精密度**　指对同一物理量进行多次重复测量时,各次测量值之间彼此的接近程度。精密度反映的是随机误差的大小,精密度越高,各次测量值越接近,随机误差越小。

2)**正确度**　指被测值的总体平均值与真值的接近程度。正确度反映的是系统误差的大小,正确度越高,测量量的平均值越接近真值,系统误差越小。

3)**准确度**　又称**精确度**,是各测量值之间的接近程度和测量值总体平均值与真值的接近程度的综合表现。

为了形象地理解精密度、正确度和准确度的意义及它们之间的关系,可以把测量结果的分布比作打靶时弹着点的位置,如表 1-1-1 所示。

表 1-1-1　精密度、正确度和准确度

精密度	低	低	高	高
正确度	低	高	低	高
准确度	低	——	——	高
打靶的弹着点位置				
分布规律曲线				

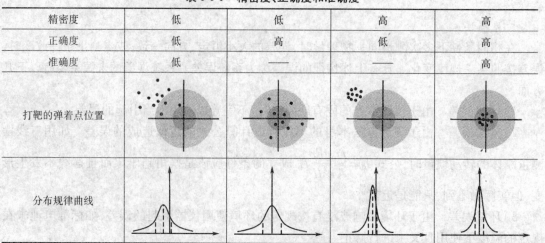

四、系统误差的发现与消除和减小

系统误差是测量误差的重要组成部分,而且它的分析和消减也比较复杂。实验者应该在实验前、实验过程中和实验后对可能产生系统误差的环节进行分析,并通过校准测量仪器、改进实验装置方案、对测量结果进行修正等方法进行消除或尽可能减小。

1. 系统误差的发现方法

（1）理论分析

分析实验条件是否满足公式、仪器所要求的条件,有无对条件的忽略和近似处理。

（2）实验对比

采用不同的测量原理、实验方法或实验仪器重复测量,通过改变某项实验条件、实验参数等对实验结果进行对比。若各种方法所得实验结果差异比较明显,说明实验中存在系统误差。

（3）数据分析

对实验数据进行分析,如果按测量顺序排列的绝对误差不是随机变化而是表现出一定的规律性,如线性增大或减小、周期性变化等,说明实验中存在系统误差。

2. 系统误差的消除、减小和修正

发现系统误差后,要对实验的各个环节进行全面分析,确定系统误差的来源并找到产生原因,进行科学的处理。

1）对公式进行修正　如用落球法测量液体黏滞系数的实验中,在公式中引入与液面面积和液体深度有关的修正项,对实验条件不理想造成的系统误差进行消除和减小。

2）改进测量方法　如在金属杨氏模量的测量实验中,初始状态钢丝的弯曲会引入系统误差,这时可以用增加起始载荷的方法消减。

3）通过数据处理消减　如通过实验曲线的内插、外推和补偿,将系统误差随机化处理,通过改变测量条件使系统误差的分布时正时负、时大时小,这样在计算平均值时就会抵偿部分系统误差。

五、随机误差的分布规律与处理方法

1. 随机误差的分布规律

对某一物理量进行单次测量得到的测量值的随机误差是没有规律的,大小和方向都是不可预见的。但当对同一物理量进行多次测量时,就会发现随机误差的分布服从某种统计规律。随机误差的分布规律有很多种,但无论哪一种分布,一般都有两个重要参数:**平均值和标准偏差**。理论和实践证明,当测量次数 n 很大时,测量值的随机误差一般都服从**正态分布**,所以本书中主要介绍正态分布。

正态分布是一种连续型随机变量的概率分布,正态分布最早由 A.棣莫弗在求二项分布的渐近公式中得到,C. F. 高斯在研究测量误差时从另一个角度导出了它,因此又称之为**高斯分布**。正态分布具有两个参数:**均值**(统计学中称为**数学期望**)和**方差**。在物理实验中,以 x 表示测量次数 $n \to \infty$ 的均值,若不考虑系统误差,它就是真值;以 σ^2 表示方差,则某一物理量测量值的概率密度函数可表示为:

$$f(x) = \frac{1}{\sigma\sqrt{2\pi}} e^{-\frac{(x-\bar{x})^2}{2\sigma^2}} \tag{1-1-1}$$

式中,$\bar{x} = \lim_{n \to \infty} \dfrac{\sum\limits_{i=1}^{n} x_i}{n}$,是测量值的**总体平均值**,即均值。

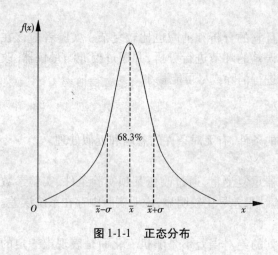

图 1-1-1　正态分布

正态分布概率密度函数曲线位于 x 轴上方,是中间高两边低的钟形曲线,如图 1-1-1 所示。图中横坐标 x 表示所测物理量的测量值,纵坐标 $f(x)$ 是测量值的概率密度。图中,概率密度最大值对应的横坐标 $\bar{x}$ 就是被测量的平均值;横坐标上任一点 x_i 到 $\bar{x}$ 的距离 $(x_i - \bar{x})$ 就是第 i 个测量值的随机误差,记为 $\Delta x_i = x_i - \bar{x}$; $\bar{x} - \sigma$ 和 $\bar{x} + \sigma$ 为曲线拐点的横坐标;曲线与 x 轴之间的面积表示测量值或随机误差在某一范围内的概率,以 $p(x)$ 表示。在 $(-\infty, +\infty)$ 范围内,$P(x) = 1$。

多次测量值的随机误差服从正态分布,具有如下特点。

1)单峰性　曲线只在 $x = \bar{x}$ 处有一个极大值,对应测量值的均值。x 取 $\bar{x}$ 邻近的值的概率大,取远离 $\bar{x}$ 的值的概率小。对于误差来说,绝对值小的误差出现的概率大,绝对值大的误差出现的概率小。

2)对称性　曲线关于均值 $\bar{x}$ 对称,均值的误差为零。在均值两侧,绝对值相等而正负反号的误差出现的概率相等。

3)有界性　在一定的测量条件下,测量值误差的绝对值有一个上限,即绝对值很大的误差出现的概率趋于零。

4)抵偿性　正负误差相互抵偿,随机误差的算术平均值随着测量次数 n 的增加而趋于零,即 $\lim\limits_{n \to \infty} \dfrac{1}{n} \sum\limits_{i=1}^{n} \Delta x_i = \lim\limits_{n \to \infty} \dfrac{1}{n} \sum\limits_{i=1}^{n} (x_i - \bar{x}) = 0$。

2. 正态分布的标准误差与置信概率

式(1-1-1)中,方差 σ^2 的定义式为:

$$\sigma^2(x) = \int_{-\infty}^{\infty} (x_i - \bar{x})^2 f(x)\,\mathrm{d}x$$

或

$$\sigma^2(x) = \lim_{n \to \infty} \frac{\sum\limits_{i=1}^{n} (x_i - \bar{x})^2}{n}$$

而方差的平方根

$$\sigma(x) = \sqrt{\sigma^2(x)} = \sqrt{\frac{\sum\limits_{i=1}^{n} (x_i - \bar{x})^2}{n}} \quad (n \to \infty) \tag{1-1-2}$$

称为正态分布的**标准误差**,是表征测量值分散程度的重要参数。由定积分可以计算出,测量值落入区间 $[\bar{x} - \sigma, \bar{x} + \sigma]$ 的概率

$$P[\bar{x} - \sigma \leqslant x \leqslant \bar{x} + \sigma] = \int_{\bar{x} - \sigma}^{\bar{x} + \sigma} f(x)\,\mathrm{d}x = 0.683 = 68.3\%$$

这个结果的含义为:在一定条件下对某一物理量进行的任何一次测量,其值落入区间$[\bar{x} - \sigma, \bar{x} + \sigma]$的可能性为 68.3%,或者说,测量值 x 在区间$[\bar{x} - \sigma, \bar{x} + \sigma]$内的置信概率为 68.3%。区间$[\bar{x} - \sigma, \bar{x} + \sigma]$称为**置信区间**,该区间包含真值的概率 $P = 68.3\%$ 称为**置信概率**。

若把置信区间扩大到 2 倍,则测量值 x 落在区间$[\bar{x} - 2\sigma, \bar{x} + 2\sigma]$内的置信概率为 95.4%;若把置信区间扩大到 3 倍,则测量值 x 落在区间$[\bar{x} - 3\sigma, \bar{x} + 3\sigma]$内的置信概率为 99.7%,即对某一物理量进行 1 000 次测量,仅有 3 次测量结果落在$[\bar{x} - 3\sigma, \bar{x} + 3\sigma]$以外,因此把 3σ 称为**极限误差**。

3. 单次测量值的标准偏差

式(1-1-2)给出测量次数无限多时测量值的标准误差,但实验中测量次数总是有限的(物理实验中一般为 5~12 次),故不能使用标准误差 $\sigma(x)$,而用**标准偏差** $S(x)$ 作为 $\sigma(x)$ 的最佳估计值描述随机误差的分布,即贝赛尔公式:

$$S(x) = \sqrt{\frac{\sum_{i=1}^{n}(x_i - \bar{x})^2}{n-1}} \tag{1-1-3}$$

$S(x)$ 表征的是在有限的 n 次测量中,测量结果的分散程度。它并不是严格意义的标准误差,只是标准误差的最佳估计值。置信区间$[\bar{x} - S, \bar{x} + S]$的置信概率也不等于 68.3%,而是小于并接近 68.3%。

4. 算术平均值的标准偏差

对同一待测量进行一组 n 次等精度测量,获得 n 个测量值,把这一组 n 个测量值构成的集合称为一个测量列或**样本**。可以证明,样本的**算术平均值**

$$\bar{x} = \frac{x_1 + x_2 + \cdots + x_n}{n} = \frac{1}{n}\sum_{i=1}^{n} x_i \tag{1-1-4}$$

作为被测量的最佳估计值,如果对该被测量进行若干组上述的重复测量,就获得了若干个算术平均值 $\bar{x}_1$、$\bar{x}_2$、……,而这些 $\bar{x}_i$ 仍是随机变量,服从正态分布,也有一定的分散性,所以也要用**平均值的标准偏差** $S(\bar{x})$ 来表征这一分散性:

$$S(\bar{x}) = \frac{S(x)}{n} = \sqrt{\frac{\sum_{i=1}^{n}(x_i - \bar{x})^2}{n(n-1)}} \tag{1-1-5}$$

可以看出,算术平均值的标准偏差 $S(\bar{x})$ 要比单次测量的标准偏差 $S(\bar{x})$ 小得多,这是因为算术平均值已经抵消部分单次测量的随机误差,因而平均值会更接近真值。

1.2　测量的不确定度

1.2.1　不确定度的引入

测量结果的误差是客观存在的,但用误差来评定结果的优劣是不科学的。因为,若根据误差公式

$$\Delta x = x - X$$

评定结果,X 是真值且客观存在,但不可能准确知道。于是,误差 Δx 也就不可能准确算出,是

不确定的,所以不应该再将任何一个确定的已知数值称作误差。为了对测量结果的准确程度给出一个量化的表述,人们引入了"不确定度"这一概念。

不确定度可以对测量结果的可靠程度做出比较科学合理的评价。不确定度越小,表示测量结果越靠近真值;反之,测量结果越远离真值。

用不确定度评定测量结果的准确程度已经有几十年的历史,经历了系统化、完善化和不断推广的过程,国际和国内相继制定了相应的法规性文件以期规范和统一使用不确定度,使各行各业有通用的统一准则,便于对测量和实验结果的相互交流与利用。1980 年,国际计量局(BIPM)起草了一份《实验不确定度的说明》的建议书 INC—1(1980),国际计量委员会(CIPM)在 1981 年原则上通过了这一建议书。1993 年,国际标准化组织(ISO)等 7 个国际组织联名发表《测量不确定度表达指南》等文件。1999 年,我国计量科学研究院经国家质量技术监督局批准,发布了《JJF1059—1999 测量不确定度评定与表示》的中国国家计量技术规范,明确提出了测量结果的最终形式要用不确定度进行评定与表示,从此不确定度的使用在我国进入了推广阶段。

目前,不确定度在实验结果评定中的应用已经很普遍,尤其在物理实验中,各高校都有不同程度的应用。但由于各种法规性文件不是只针对物理实验制定的,在适用物理实验中还要进行具体细化,而目前使用的教材和参考资料中关于不确定度的评定和测量结果的评价说法也不尽统一,所以本教材只介绍当前得到公认的、对物理实验比较适用的、操作性较强的不确定度评定与表示方法,其中进行了一定程度的简化。

1.2.2　不确定度的表示与分类

在《JJF1059—1999 测量不确定度评定与表示》中将不确定度定义为"表征合理地赋予被测量之值的分散性、与测量结果相联系的参数"。具体地说,测量**不确定度**是测量结果必须具有的、表征测量结果分散程度的一个参数,它表示由于测量误差的存在而使测量值偏离真值的不确定程度。不确定度给出了一个取值范围,而被测量的真值将以一定的概率(如 $P = 68.3\%$)被包含在这一范围内。

不确定度的表示方法有多种。为了与误差符号进行区别,本教材中采用不确定度(uncertainty)的英文开头字母 u 表示。例如,对某一物理量 x,它的不确定度表示为 $u(x)$。

参照相对误差的定义,将相对不确定度定义为:

$$u_r(x) = \frac{u(x)}{x} \times 100\% \tag{1-2-1}$$

测量不确定度的来源较复杂,一般包含多个分量。按照数值评定的方法,可分为两类。

1)A 类不确定度　采用统计分析方法评定的不确定度分量,用 $u_A(x)$ 表示。

2)B 类不确定度　采用其他(非统计分析)方法评定的不确定度分量,用 $u_B(x)$ 表示。

1.2.3　直接测量不确定度的评定

一、多次直接测量的不确定度评定

1. A 类不确定度 $u_A(x)$

对于多次重复测量,用平均值 $\bar{x}$ 表示测量结果,则用平均值的标准偏差表征测量的 **A 类不确定度**,即

$$u_{\rm A}(x) = S(\bar{x}) = \sqrt{\dfrac{\sum\limits_{i=1}^{n}(x_i - \bar{x})^2}{n(n-1)}} \tag{1-2-2}$$

在实际测量中,有时不能保证测量次数足够多,这样用 $S(\bar{x})$ 评定结果就会有一定的偏差,置信区间 $[\bar{x} - S(\bar{x}), \bar{x} + S(\bar{x})]$ 的置信概率不再是 P,于是要进行修正。根据误差理论,统计量 $\dfrac{\bar{x} - X}{S(\bar{x})}$ 服从 t 分布,该分布提供一个系数 $t_{\rm P}$,称为 t **因子**。用 t 因子乘以平均值的标准偏差 $S(\bar{x})$,得到一个新的置信区间 $x = \bar{x} \pm t_{\rm P}S(\bar{x})$,这样保证置信区间 $[\bar{x} - t_{\rm P}S(\bar{x}), \bar{x} + t_{\rm P}S(\bar{x})]$ 的置信概率仍为 P,则多次测量的 A 类不确定度的表示为:

$$u_{\rm A}(x) = t_{\rm P}S(\bar{x}) = t_{\rm P}\sqrt{\dfrac{\sum\limits_{i=1}^{n}(x_i - \bar{x})^2}{n(n-1)}} \tag{1-2-3}$$

表 1-2-2 列出了不同置信概率和测量次数对应的 t 因子的值。

表 1-2-1　t 因子表

n	3	4	5	6	7	8	9	10	11
$t_{0.683}$	1.32	1.20	1.14	1.11	1.09	1.08	1.07	1.06	1.05
$t_{0.954}$	4.30	3.18	2.78	2.57	2.45	2.36	2.31	2.26	2.23
$t_{0.997}$	9.92	5.84	4.60	4.03	3.71	3.50	3.36	3.25	3.17

从表 1-2-1 可以看出,当测量次数为 5 次以上时,对应置信概率为 68.3% 的 t 因子

$$t_{0.683} \approx 1$$

所以,在物理实验测量中,如果无特殊说明或测量次数不是很少,一般认为 $t_{0.683} = 1$,因此在不确定的评定中不出现 t 因子这一项,即常用的是式(1-2-2)。

2. B 类不确定度 $u_{\rm B}(x)$

(1)仪器的误差限和灵敏阈

由于仪器自身的原理、结构、工艺上的不完善和测量环境的影响,测量过程中仪器产生的误差客观存在。每次测量时仪器误差不可能确切获知,但从一定条件下所做的多次等精度测量看出,仪器误差不会超过一定限值,即误差的有界性。仪器**误差限**是指在规定(计量检定)条件下仪器所具有的允许误差范围,用 $\Delta_{\rm 仪}$ 表示。仪器误差限是物理实验教学中的一种简化的表示,一般取仪表、量具的**示值误差**或**允许误差**,可以参照国家标准规定的计量仪表、器具的准确度等级或允许误差范围得出,或者由生产厂家标定,有的由实验者(指导教师)根据实验的具体情况约定。表 1-2-2 给出了物理实验中一些常用仪器的允许误差限和示值误差限。

表 1-2-2　常用仪器的允许误差限和示值误差限 $\Delta_{\rm 仪}$

仪器名称	误差限	备注(参数或等级)
游标卡尺	0.1 mm	分度值 0.1 mm
	0.05 mm	分度值 0.05 mm
	0.02 mm	分度值 0.02 mm

仪器名称	误差限	备注(参数或等级)
螺旋测微计	0.004 mm	一级,0~25 mm
秒表(机械/电子)	0.2 s	
水银温度计	最小分度值	
指针式电流表/电压表	$A_m \cdot a\%$	A_m:量程;a:准确度等级
数字电表	$a\% N_x + b\% N_m$ 或:$a\% N_x + n$ 字	a:准确度等级; N_x:显示的读数; b:仪器误差固定项系数(常数);N_m:仪表的满程; n:仪器固定误差,即最小读数单位的倍数

仪器的**灵敏阈**是指足以引起仪器示值可察觉变化的被测量最小变化值。如果被测量的改变量小于这个阈值,将不会引进仪器读数的改变。对于指针式仪表,一般认为人能感觉到的最小改变量是分度值的五分之一,于是把五分之一分度值代表的量作为灵敏阈。对于数字式仪表,一般把显示屏上最末一位数代表的量作为灵敏阈。一般来说,仪器的灵敏阈小于示值误差限,而示值误差限小于或等于最小分度值。但也有个别情况,如在固体线膨胀系数测量的实验中,用钢卷尺测量标尺到光杠杆镜面的距离时,由于尺的弯曲等因素的影响,实际的测量误差要远大于仪器的最小分度值(1 mm),所以仪器误差限的取值要视具体情况而定。

(2)B类不确定度的评定

引起B类不确定度的原因很多,结合实际情况,在物理实验教学中只考虑仪器误差这一因素。B类不确定度的定义为

$$u_B(x) = \frac{\Delta_{仪}}{C} \tag{1-2-4}$$

式中,$\Delta_{仪}$为仪器误差限;C称为置信系数,与置信概率和仪器误差的分布特性有关。当置信概率 $P = 68.3\%$ 时,对应的仪器误差服从正态分布、均匀分布和三角分布,C 分别取 3、$\sqrt{3}$ 和 $\sqrt{6}$。在掌握的仪器信息不充分的情况下,对于大多数物理实验中的测量,可以认为仪器误差概率分布服从均匀分布,即取 $C = \sqrt{3}$。于是,若无特殊说明,对于多次直接测量的B类不确定度,一般取

$$u_B(x) = \frac{\Delta_{仪}}{\sqrt{3}} \tag{1-2-5}$$

二、单次直接测量的不确定度评定

物理实验中,一般取多次测量的平均值作为约定真值,但当多次测量的偏差与仪器的误差限相比很小时,就不必进行多次测量,而以单次测量值作为测量结果。对于单次测量,不能用统计方法求A类不确定度,而只有B类不确定度,但单次测量的B类不确定度取仪器的误差限 $\Delta_{仪}$,也就是说,对于单次测量,

$$u = u_{B单} = \Delta_{仪} \tag{1-2-6}$$

三、直接测量标准不确定度的合成与结果表示

通过上述方法得到的A类和B类不确定度分量,采用"方–和–根"的方式合成。由于其中A类分量是用标准偏差表示的,所以称为**合成标准不确定度**,简称标准不确定度,即:

$$u(x) = \sqrt{u_A^2(x) + u_B^2(x)} \qquad\qquad (1\text{-}2\text{-}7)$$

标准不确定度的置信概率为 68.3%。在某些情况下可能需要用高置信概率的**扩展不确定度** U 表达测量结果,扩展不确定度在有些资料中也称**展伸不确定度**,用标准不确定度 u 乘以包含因子 K 表示,即 $U = Ku$。式中 K 取值在 2 ~ 3 之间。当取 2 和 3 时对应的置信概率约为 95% 和 99%。

若无特殊说明,本书中提到的不确定度均指标准不确定度,一般不涉及扩展不确定度。

一个直接测量结果的完整表达方式如下:

　　　[测量结果 x = 平均值 $\bar{x}$ ± 不确定度 u]　[单位]　[置信概率 P]

例如,转动惯量测量结果:

$$I_0 = (1.26 \pm 0.03) \times 10^{-3} \text{ kg} \cdot \text{m}^2 \quad (P = 68.3\%) \qquad (1\text{-}2\text{-}8)$$

上述表述方法也适用于表达最终实验结果。

1.2.4　间接测量不确定度的评定

大学物理实验课程中很多实验结果不是直接测得的,而要将直接测量量经过函数运算过程才能得到,这样的结果称为**间接测量结果**。由于直接测量误差和不确定度的存在,伴随着运算过程的进行,间接测量结果也必然存在误差和不确定度,这一过程称为**误差或不确定度的传递**。

设间接测量量 F 是 n 个独立的直接测量量 x、y、z……的函数,函数关系为:

$$F = f(x, y, z\cdots)$$

其中 x、y、z……的不确定度分别为 $u(x)$、$u(y)$、$u(z)$……。与测量值相比,不确定度是微小量,类似于数学中的"增量",所以间接测量结果的不确定度评定方法可参照数学中的全微分公式,并且用不确定度 $u(x)$、$u(y)$、$u(z)$……代替 dx、dy、dz……。于是经过推导和简化可得到间接测量量 F 的不确定度

$$u(F) = \sqrt{\left(\frac{\partial F}{\partial x}\right)^2 u^2(x) + \left(\frac{\partial F}{\partial y}\right)^2 u^2(y) + \left(\frac{\partial F}{\partial z}\right)^2 u^2(z) + \cdots} \qquad (1\text{-}2\text{-}9)$$

其中直接测量量的不确定度 $u(x)$、$u(y)$、$u(z)$……由各自的 A 类和 B 类不确定度按"方 - 和 - 根"(式 1-2-7)合成得到。间接测量量 F 对各直接测量量的偏导数 $\left(\frac{\partial F}{\partial x}\right)$、$\left(\frac{\partial F}{\partial y}\right)$、$\left(\frac{\partial F}{\partial z}\right)$……称为不确定度的传递系数。

当 $F = f(x, y, z\cdots)$ 为简单的加、减法时,可以用式(1-2-9)估算出间接不确定度。但当 $F = f(x, y, z\cdots)$ 为乘除或方幂函数时,采用相对不确定度可以大大简化运算过程。具体方法是先取对数再做方差和合成,公式为:

$$u_r(F) = \frac{u(F)}{F} = \sqrt{\left(\frac{\partial \ln F}{\partial x}\right)^2 u^2(x) + \left(\frac{\partial \ln F}{\partial y}\right)^2 u^2(y) + \left(\frac{\partial \ln F}{\partial z}\right)^2 u^2(z) + \cdots} \quad (1\text{-}2\text{-}10)$$

故其(绝对)不确定度为

$$u(F) = \frac{u(F)}{F} F = u_r(F) F$$

利用式(1-2-9)或(1-2-10),可以算得常用函数形式的不确定度传递和合成关系,见表 1-2-3。

表 1-2-3 常用函数的不确定度传递和合成公式

函数表达式	不确定度的传递合成公式
$F = x \pm y$	$u(F) = \sqrt{u^2(x) + u^2(y)}$
$F = xy$ 或 $F = \dfrac{x}{y}$	$\dfrac{u(F)}{F} = \sqrt{\left(\dfrac{u(x)}{x}\right)^2 + \left(\dfrac{u(y)}{y}\right)^2}$
$F = kx$（k 为常数）	$u(F) = ku(x)$，$u_r(F) = \dfrac{u(F)}{F} = \dfrac{u(x)}{x} = u_r(x)$
$F = \dfrac{x^k y^m}{z^n}$	$\dfrac{u(F)}{F} = \sqrt{k^2\left(\dfrac{u(x)}{x}\right)^2 + m^2\left(\dfrac{u(y)}{y}\right)^2 + n^2\left(\dfrac{u(z)}{z}\right)^2}$
$F = \sqrt[k]{x}$	$\dfrac{u(F)}{F} = \dfrac{1}{k}\dfrac{u(x)}{x}$
$F = \sin x$	$u(F) = u(x)\cos x$
$F = \ln x$	$u(F) = \dfrac{u(x)}{x}$

1.2.5 不确定度的评定步骤和测量结果的最终表述

一、不确定度评定步骤

①察看并记录仪器型号、量程、最小分度值、示值误差和灵敏阈，确定仪器误差限并进而根据测量次数（单次还是多次）确定直接测量量的 B 类不确定度［参照式（1-2-5）或式（1-2-6）］。

②对于多次测量，按式（1-2-2）评定直接测量量的 A 类不确定度。

③对于多次测量，按式（1-2-7）合成直接测量量的标准不确定度；单次测量标准不确定度直接用 $u(x) = \Delta_仪$。

④按式（1-2-9）或式（1-2-10）逐级评定间接测量量的不确定度，直至最终实验结果。

⑤按式（1-2-8）格式表示实验结果。

⑥按式（1-2-1）评定并表示相对不确定度。

注意：测量数据和不确定度有效数字的保留位数及舍入准则参照下一节内容。

二、实验结果的最终表述

实验数据处理应根据每个实验的具体要求进行，有的用误差，有的用不确定度评价实验结果，当评定不确定度时，应注意以下几点。

①最终结果的不确定度可用一位或二位有效数字表示，为了方便统一，本教材中一律取一位。最终结果的相对不确定度一律用二位有效数字的百分数表示。

②为了避免截尾误差的积累，作为间接测量量的中间结果的不确定度位数可以取二位。

③不确定度尾数截断时一律采用"只进不舍"的原则，以保证置信概率水平。如计算得到不确定度为 0.314，保留一位为 0.4。

④测量结果的最末位应与不确定度的末位对齐，测量结果的尾数截断采用"四舍六入五凑偶"的原则。

⑤在测量结果后用括号注明置信概率的近似值（标准不确定度为默认值 $P = 68.3\%$，可以省略）。

注意：关于有效数字和数据截尾的知识参照下一节内容。

1.3　有效数字及其运算规则

1.3.1　有效数字的基本概念和性质

一、有效数字的基本概念

任何仪器和量具都有最小分度值,但一般读数时只读到最小分度值是不够的,还应尽量估读出最小分度值的下一位数。这样,测量的原始数据就包括两部分:一部分是由仪器刻度准确读出来的数字,即最小分度值以前的数字,称为**可靠数字**;另一部分是**可疑数字**,是数据的末位,是估读得到的,一般也是仪器误差或相应的仪器不确定度所在的一位数字,它的值会因测量者或测量次数的不同而不同。

由测量值计算得出的间接或最终实验结果,也由可靠数字和可疑数字组成。本教材约定:直接测量和最终实验结果一律只保留一位可疑数字。为了避免数字截断后在中间运算过程中舍入误差的累积,中间计算结果要保留 2 位可疑数字,但只有第一位计入有效数字的位数。

通过上述方法得到的能够正确而有效地表示测量值和实验结果的数字称为**有效数字**,包括测量结果中所有可靠数字和末尾的一位可疑数字。有效数字位数计算应该从数据的左边第一个不为零的数字算起直至第一位可疑数字止(因为中间结果要保留两位可疑数字)。

二、数值的科学计数法表示

当测量结果使用不同的单位表示时,有效数字的前面或后面会多出若干个"0"。如,用天平称某物体的质量为 8.32 g,有 3 位有效数字;若改用 kg 为单位,结果应表示为 0.008 32 kg,前面加的"0"不计,有效数字仍为 3 位,没有变化;若改用 mg 为单位,结果表示为 8 320 mg,就会出现错误:原来的有效数字后面多一个"0",由 3 位增加为 4 位,可靠数字也就由原来的 2 位增加为 3 位。

同一次测量,不应该因为单位不同而出现不同的有效数字位数。这些错误的原因是表达方式不合理,原数值后面不得任意扩展位数。为了解决这一问题,通常采用**科学计数法**,即用有效数字乘以 10 的幂指数的形式表示,形如 $a \times 10^n$,a 的取值范围一般为 $1 \leqslant a < 10$,n 是不为零的整数。

如上面的 8.32 g 可表示为 8.32×10^3 mg 或 8.32×10^{-3} kg,单位变换但有效数字不变。

科学计数法在表示特别大的或特别小的数字时非常方便。如真空中的光速的公认值为 299 792 458 m · s^{-1},若保留四位有效数字,应为 2.998×10^8 m · s^{-1}。He-Ne 激光器的波长为 632.8 nm,若以米为单位,则应表示为 6.328×10^{-7} m。

三、有效数字的特点

1. 有效数字的位数与仪器的精度(最小分度值)有关

测量同一物理量,使用仪器的精度越高,最小分度值越小,估读的位数就越靠后,得到的有效数字位数就越多。使用不同的量具测量某一物体的长度,得到的测量结果见表 1-3-1。

表 1-3-1   用不同量具测量某物体的长度数据记录

量具	最小分度值/mm	仪器误差 $\Delta_仪$/mm	测量结果/mm	数字位数		
				可靠	可疑	有效
米尺	1	1	10.<u>2</u>	2	1	3
游标卡尺	0.02	0.02	10.2<u>2</u>	3	1	4
螺旋测微器	0.01	0.004	10.21<u>7</u>	4	1	5

注:游标卡尺的读数没有估读。本书约定,在可疑数字下边加下画线以区别于可靠数字。

2. 有效数字的位数与被测量的大小有关

使用的仪器一旦确定,测量结果有效数字的尾数位置就相应确定,但首位位置会随被测量的大小而改变,有效数字的位数也相应地增加或减少。被测量越大,有效数字的位数越多。

3. 有效数字的位数与小数点的位置无关

根据有效数字的理论,当变换单位时,数据的小数点向左移动,即在数据左端加"0"不影响有效数字的位数;而小数点向右移动时应该到有效数字的最末一位为止,不可以在右端加"0",否则会改变有效数字的位数。所以,当数据的左端出现太多的"0"或者右端出现"0"时,必须采用科学计数法计数。

4. 有效数字与不确定度的关系

根据有效数字的定义,有效数字的末位是可疑数字,存在不确定性。同时也规定,不确定度的有效数字只取一位,那么测量结果和实验结果的有效数字最后一位都应与不确定度所在位对齐。从表 1-3-1 中可以看出这一规律。

根据有效数字的末位与不确定度的上述关系,一组按有效数字和不确定度相关规则规范表述的实验数据,既能表达实验值的大小,又在一定程度上反映出它的不确定度以及误差限值。

四、有效数字的运算规则

1. 数值的截尾舍入规则

直接测量量的有效数字位数可以根据仪器或量具的最小分度值或误差限确定。间接实验结果的有效数字位数,要根据不确定度确定,对有效数字后面的多余数字要进行截断。数据截断时要对后面数值进行舍入,这一舍入过程势必影响计算结果的大小,因此要遵循统一的舍入规则,以减小数值计算产生的偏差。

日常生活中应用较多的是"四舍五入"规则,但这一规则会因 1～9 中进的数多于舍的数而造成计算结果的偏大。本教材中执行当前在工程技术和实验教学中应用较广的一种规则,即"**四舍六入五凑偶**",具体如下:

①尾数小于或等于 4 时,直接舍弃;

②尾数大于或等于 6 时,直接进 1;

③尾数等于 5 时,把前一位(即保留数字的末位)凑成偶数,即当末位为偶数时将 5 舍去,当末位为奇数时进 1 将末位凑成偶数。

按上述规则,将下列数值保留三位有效数字:

    3.141 59→3.14

    1.226 78→1.23

1. 225 67→1. 22

1. 235 67→1. 24

1. 245 67→1. 24

1. 205 67→1. 20

从统计学的角度看,"四舍六入五凑偶"比"四舍五入"更科学,它使 5 舍入后前一位有的增大,有的减小,而增减的概率均等。例如:

2. 35 + 2. 45 + 2. 55 + 2. 65 = 10. 00

若按"四舍五入"计算:

2. 4 + 2. 5 + 2. 6 + 2. 7 = 10. 2

结果比无舍入的结果偏大 0. 2。

若按"四舍六入五凑偶"计算:

2. 4 + 2. 4 + 2. 6 + 2. 6 = 10. 0

舍入后的结果更能反映实际结果。

2. 有效数字的一般运算规则

有效数字的运算过程中,除了遵循数学运算法则外,还必须遵循自身的**约定规则**:可靠数字与可靠数字的运算结果仍为可靠数字;可疑数字与任何数字的运算结果都为可疑数字;运算最终结果只保留一位可疑数字。上述只是一般规则,实际运算过程中还有不确定度对有效数字的限制和中间结果保留位数的需要等因素,请参照后面的相关内容。

(1)加减法(**尾数对齐**)

几个有效数字相加、减时,审查小数点后数字的位数,以最少的为准,运算结果小数点后所保留的位数应与参与运算的各数中小数点后位数最少的相同,即与尾数最短的对齐,故称尾数对齐。

例 1　计算 1. 25 + 14. 452 + 0. 124 4 = ?

$$
\begin{aligned}
& 1.\underline{2}5 \\
& 14.45\underline{2} \\
+\ & 0.124\ \underline{4} \\
\hline
& 15.82\underline{6}\ 4 \quad →结果:15.8\underline{3}
\end{aligned}
$$

参与运算各数值中小数点后位数最少的是 1. 25,只有 2 位,所以应以此位数为准,运算结果中小数点后只保留 2 位且第二位是可疑数字,其后的数字根据舍入规则截断。

(2)乘除法(**位数对齐**)

多个数值相乘的结果应以有效数字位数最少的为准,即位数对齐,与小数点的位置无关。

例 2　计算 12. 42 ×0. 046 = ?

$$
\begin{aligned}
& 12.4\underline{2} \\
\times\ & 0.04\underline{6} \\
\hline
& 7\ 45\underline{2} \\
& 4\ 96\underline{8} \\
\hline
& 0.571\ \underline{3}2 \quad →结果:0.5\underline{7}
\end{aligned}
$$

参与运算各数值中有效数字位数最少的是 0. 046,只有 2 位有效数字,所以应以此位数为准,运算结果中有效数字只保留 2 位且第二位是可疑数字,其后的数字根据舍入规则舍去。在竖式的运算过程中,"可靠数字与可靠数字的运算结果仍为可靠数字,可疑数字与任何数字的运算结果都为可疑数字"的规则也得到了的验证和体现。

(3)乘方、立方、开方

乘方、立方、开方运算结果的有效数字应与原数值的有效数字相同。

(4)指数、对数、三角函数

这些运算的有效数字位数一般可由改变量确定。

例 3   计算 $\sin 33°41' = ?$

       因 $33°41' = 33.68°$

计算得:$\sin 33.68° = 0.554\ 553\ 9\cdots$

将原数末位改变一个数再计算:$\sin 33.69° = 0.554\ 699\ 2\cdots$

两个计算结果在小数点后第四位产生了差别,即可疑数字出现在小数点后第四位,所以有效数字应该保留到这一位,即取 $\sin 33.68° = 0.554\ \underline{6}$

上述只是一般方法,实际运算过程中会有一位的出入,所以准确方法应以不确定度确定其位数。

(5)常数

对于 π、e、$\sqrt{2}$ 等常数,它们自身的有效数字位数是无限的,运算时一般根据需要比其他参与运算的数值中位数最少的多取一位有效数字。

3. 不确定度对有效数字位数的限制

每一个实验数据的有效数字都要与它的不确定度相对应,即末位与不确定度对齐。因此,当不确定度所在位高于按上述规则算得的结果时,应根据不确定度对原结果进行进一步的截断和舍入。除中间结果需多保留一位外,运算结果末位要与不确定度所在位对齐。

4. 中间运算结果的特殊处理

运算过程中为了避免误差累积,运算的中间结果可视具体情况暂时多保留一位可疑数字,计算方法仍遵循上述一般规则,到最终结果时将多余的一位数字截去。

1.4   实验数据处理的基本方法

数据处理是物理实验基本任务之一,是物理实验重要的组成部分。数据处理主要包括数据记录、整理、运算,误差分析,不确定度评定,实验结果的完整表达。实验数据处理的方法很多,这里只介绍几种常用的方法。

1.4.1   列表法

列表法就是用二维表格记录和处理数据的方法。物理实验中一般要对多个物理量进行多次测量,数据量较大,但是数据分类比较清晰,很多情况下是对每个物理量记录多次测量值然后求平均值,或者一个量随另一量变化的一一对应关系,这些数据用列表法处理比较方便。列表法是物理实验中最常用的也是最基本的一种方法。它的优点在于能够使大量的数据表达清晰醒目,有条理,便于分析和发现数据的规律,易于核查和发现问题,避免差错。

根据实验的具体情况科学、合理地设计表格是实验者必须掌握的基本技能。所列表格没有固定的格式,但应充分发挥列表法的优点。

一套完整的实验数据表格从上至下应该包括以下几部分。

1. 表格标题

表格标题包括表格编号和名称,每一个实验的表格编号要统一有序,名称要完整、清晰,与实验内容一致。

2. 实验条件

测量时有些物理量是常量或在此表格涉及的实验过程中是设定不变的,如大气压、湿度、温度、物理量初值以及仪器的误差限等,还有单次测量的数据,无法或没必要列入表格,所以这些量要加括号记录在表格的顶端标题的下面,写明数值和单位。

3. 表格主体

表格的设计是核心内容,要根据实验数据的多少和数据关系,充分利用报告纸的版面,合理地设置行和列,便于体现相关量之间的对应关系。列表格时注意以下几点:

①除特别多的数据外,同一物理量尽量用同一行(或列)记录。

②首行或首列的标题栏要写明各物理量的名称、符号、量值和单位,一般在文中有明确说明的指代关系可直接写符号而不用写物理量名称。数值较大或较小时要用科学计数法记录,但一般数量级比较接近,所以这种情况下要把数量级也写在标题栏的单位之前,属单位的一部分。数量级和单位不要重复出现在数值栏内。

③单元格的记录顺序要体现数据间的联系和计算顺序,力求简明、齐全、有条理。对于有函数关系的数据,要根据自变量的由小到大或由大到小顺序排列,以便判断和处理。

④表中的原始测量数据应能正确反映有效数字,不得用铅笔,不得随意涂改。因笔误确实要做修改时,不能乱涂,要在原数据上画一横线并保证能看清原数据,以便随时查验,然后在旁边书写正确数据。

⑤表格中除了原始测量数据外,还应设计出填写有关计算结果的栏目,包括平均值、间接测量结果、误差或不确定度等。

4. 备注或说明

关于该表格需要说明的文字内容以备注或说明的方式简练地写在表格下面。

5. 单独表格页的必要信息

在实验报告以外单独用纸附加的表格还要在页面顶端写明实验信息(项目编号、实验名称)和实验者信息(姓名、班级、学号等)以及做实验的时间、地点等。

1.4.2　作图法

作图法就是在坐标纸上通过描点、连线等,将实验数据之间的关系与趋势直观地表示出来。作图法也是常用的数据处理方法之一。

1. 作图法的优点

作图法优点如下:

①作图法能简明、直观、形象地显示各物理量之间的关系和变化趋势,甚至可以求取公式。另外,从图线上还能够看出变量的极值、转折点、周期性等特点。

②能够表达一些用简单函数无法表达的数据关系和实验现象,如一天内的气温变化、晶体二极管的特性曲线等。

③实验测量点之间有一定的间隔,具有不连续性,其他未测到的数据可以在图线上测量点之间直接、连续地读出,即"内插法"。通过对曲线(尤其是直线)按既定的趋势进行延展,还可以读到测量范围以外无法测量的数据,即"外推法"。

④通过图线的某些参数(如直线的斜率、截距、圆周的半径等)可以求得关键的物理量(如光电效应实验中用斜率求普朗克常数)。

⑤参照具有明显规律的图线可以帮助实验者发现实验中个别测量值的错误,并可以通过图线进行系统误差分析。

2. 作图步骤和规则

(1)选择合适的坐标纸种类和规格

作图必须用坐标纸,根据不同需要可以选用毫米方格纸、半对数坐标纸、对数坐标纸或极坐标纸等,其中用得最多的是毫米方格纸。本教材中主要使用直角坐标系作图,所以坐标纸以毫米方格纸为主。坐标纸的规格(尺寸与分格)要根据数据的取值范围和有效数字位数确定,原则上图上的最小分格应和测量仪器的分度值相当,使坐标纸上的最小格与数据中有效数字的最低位相对应,即可靠数字在图上读出时也是可靠的。所画图线应占到图纸的大部分,不能偏于一角或一边。

(2)确定坐标轴

一般以横坐标(x轴)表示因变量,以纵坐标(y轴)表示随变量,根据数值的范围即坐标轴的长短确定坐标纸的使用方向。坐标原点不一定取零点,要根据最小一组数值和数据处理的要求(如是否需要外推或者画出截距)确定。根据原点和方向,在坐标纸上画出坐标轴,并用箭头标出方向。在箭头下面或旁边标出坐标轴所代表物理量的名称、符号和单位,指代关系明确的物理量名称可以省略,符号和单位之间用斜线"/"隔开(同表格中要求)。

(3)确定坐标分度

选定坐标纸和坐标轴后,每隔一定距离用整齐的数字均匀地标注格线对应的数值,即坐标分度。坐标分度的标注应使每个实验点的坐标值都能迅速、正确、方便地找到。当不能使最小分格与最末一位可靠数字对应时,一般以便于计算为原则确定分格与数值的关系,如用一个大格(10 mm)代表1、2、5、10个单位,或用1、2、5、10个小格代表1个单位,而不用3、6、7、9等数字。分度的数值太大或太小可用科学计数法,将数量级写在单位中,如:$I/ \times 10^{-10}$ A。

(4)描点

根据实验数据,在坐标系内准确、清晰地标出各对应的数据点。为了便于识别,数据点一般不用"·"标注,而用"×"。当在一个坐标系中要画多个数据系列的几条曲线,则可分别选用"+"、"⊙"、"△"或"▲"等标注数据点。数据点的大小要与物理量的不确定度相当。

(5)连线

根据实验数据点的分布趋势用直尺或曲线板作光滑、连续的直线、曲线或折线(校准曲线)。由于测量不确定度的存在,图线不一定通过所有的点,但应使所有数据点均匀地分布于图线两侧,与图线距离尽可能小。个别偏离图线较远的点,若不存在标点、记数的错误,可能是存在粗大误差而连线时不予考虑。

(6)标题和说明

在每幅图的坐标系下边或上部空白处要标明图线的编号、名称和简单的说明(如实验条件、数据来源、图注等)。每个实验可能要作一个或几个图,可能用到一张或几张坐标纸,每张坐标纸上都要在明显位置上标明实验项目编号、实验名称、实验者、实验时间等。

3. 应用图线求解实验参数(图解法)

根据已作好的图线,运用解析几何的知识求解图线的各种参数,得到曲线方程(即经验公式)的方法,称为图解法。图解法在图线为直线的情况应用较多,一般用来求直线的斜率或截距,具体步骤如下。

(1)选取解析点

在直线的两端任取两点,即解析点,坐标分别为 $A(x_1,y_1)$、$B(x_2,y_2)$。为便于在表上读数和计算,因变量和随变量中最好有一个量是整数,同时为了减小误差,两点应在实验数据范围内彼此尽量远离,且不能取原始数据点。用与实验数据点不同的标记清晰地标出解析点,在旁边根据有效数字规则注明坐标值。

(2)计算斜率和截距

将解析点的坐标代入直线方程 $y = kx + b$,解得斜率

$$k = \frac{y_2 - y_1}{x_2 - x_1} \tag{1-4-1}$$

截距

$$b = \frac{x_2 y_1 - x_1 y_2}{x_2 - x_1} \tag{1-4-2}$$

如果横坐标的起点为零点,则截距可以直接在图中读出。另外,在上述计算中要注意各数值的数量级并且不要遗漏单位。

4. 曲线的改直

直线作图容易,而且可以很方便地求得斜率和截距,但在实际测量中线性关系并不多,必须经过适当的数学变换才能作出直线图,即把曲线改成直线,这种方法称为曲线改直。曲线改直给数据处理带来很大方便,在很多实验中会用到,常用的数学变换见表1-4-1。

表 1-4-1　常用的曲线改直变换方法　　　(表中 C、a 和 b)均为常数

原非线性关系式	转换方程(或方法)	转换后线性关系式	线性关系量	斜率	截距
$xy = C$	$z = \dfrac{1}{x}$	$y = Cz$	$y \sim \dfrac{1}{x}$	C	0
$x = C\sqrt{y}$	$z = x^2$	$y = \dfrac{1}{C^2}z$	$y \sim x^2$	$\dfrac{1}{x}$	0
$y = ax^b$	两边取对数	$\lg y = \lg a + b\lg x$	$\lg y \sim \lg x$	b	$\lg a$
$y = ae^{bx}$	两边取自然数	$\ln y = \ln a + bx$	$\ln y \sim x$	b	$\ln a$
$y = ab^x$	两边取对数	$\lg y = \lg a + (\lg b)x$	$\lg y \sim x$	$\lg b$	$\lg a$
$\dfrac{1}{y} = \dfrac{a}{x} + b$			$\dfrac{1}{y} \sim \dfrac{1}{x}$	a	b

1.4.3　逐差法

所谓**逐差法**,就是把实验测量数据分成高、低两组实行对应相减,然后求解参数的方法。

逐差法适用于自变量 x 等间距变化,具有 $y = kx + b$ 的线性关系或可写成自变量 x 的多项式形式的数据组。

设数据组 (x_i, y_i) 满足上述适用条件,把数据分成如下两组:

$$\begin{cases} x_1, x_2 \cdots x_n \\ y_1, y_2 \cdots y_n \end{cases}$$

$$\begin{cases} x_{n+1}, x_{n+2} \cdots x_{2n} \\ y_{n+1}, y_{n+2} \cdots y_{2n} \end{cases}$$

相隔 n 项进行等间距逐对求差:

$$x_{n+1} - x_1, y_{n+1} - y_1$$

$$x_{n+2} - x_2, y_{n+1} - y_2$$

$$\cdots$$

$$x_{n+i} - x_i, y_{n+i} - y_i$$

$$\cdots$$

$$x_{2n} - x_n, y_{2n} - y_n$$

利用 $y = kx + b$ 的关系求斜率值:

$$k_1 = (y_{n+1} - y_1)/(x_{n+1} - x_1)$$

$$k_2 = (y_{n+2} - y_2)/(x_{n+2} - x_2)$$

$$\cdots$$

$$k_i = (y_{n+i} - y_i)/(x_{n+i} - x_i)$$

$$\cdots$$

$$k_n (y_{2n} - y_n)/(x_{2n} - x_n)$$

取平均值:

$$\bar{k} = \frac{1}{n} \sum_{i=1}^{n} \frac{(y_{n+i} - y_i)}{(x_{n+i} - x_i)} \tag{1-4-3}$$

由于自变量 x_i 等间距变化,所以

$$x_{n+i} - x_i = n\Delta x$$

式中,Δx 为自变量的变化间距;n 为逐差间隔数,即为测量次数的 $\frac{1}{2}$,于是有

$$\bar{k} = \frac{1}{n \cdot n\Delta x} \sum_{i=1}^{n} (y_{n+i} - y_i) \tag{1-4-4}$$

逐差法相当于利用等间距的数据点连了 n 条直线并分别求出其斜率。直线斜率的最终结果是这 n 个斜率的平均值,采集到的所有数据都得到充分的利用,所以这种方法比作图法更加精确合理。此法降低了作图法的随意性,而且计算量不是很大。

逐差法的应用实例见实验 7。

1.4.4   最小二乘法

对存在线性关系的数据,用作图法处理数据虽然能够直观简便地求出斜率、截距进而得出方程,但作图过程存在一定的主观随意性,往往会引入附加误差,使实验结果明显地因人而异。相比之下,如果运用数学解析方法,从一组数据计算出直线的斜率和截距,得到的实验方程会

更为精确。这个过程称为方程的**回归**,本教材主要介绍物理实验中最常用的一种回归方法——最小二乘法。

　　1. 最小二乘法的原理

　　最小二乘法的基本原理是:在所有拟合直线中,各测量点与最佳拟合直线上对应点距离的平方和最小。实际上就是各测量点到直线上对应点距离的绝对值之和最小。

　　设两物理量之间存在线性关系,回归方程为

$$y = kx + b \tag{1-4-5}$$

实验测得一组数据 x_i、y_i（$i = 1, 2 \cdots n$）,要求根据所测数据确定上式中的斜率 k 和截距 b。

　　最小二乘法的应用有很多种情况,这里只考虑最简单的一种,即所有测量都是等精度的,而且 x_i 的测量误差远小于 y_i 的误差,可以忽略,只考虑 y_i 的测量误差 Δ_i。数据处理过程中可根据误差的大小对 x_i 与 y_i 进行选择或互换。

　　图 1-4-1 是从某图线中任取的一部分,点 (x_i, y_i) 是一测量点。由图可知,点 (x_i, y_i) 与直线上对应点 (x_i, y) 在 y 方向的距离为

$$\Delta_i = y_i - y = y_i - (kx_i + b) = y_i - kx_i - b$$

则距离的平方和

$$\Delta = \sum_{i=1}^{n} \Delta_i^2 = \sum_{i=1}^{n} (y_i - kx_i - b)^2$$

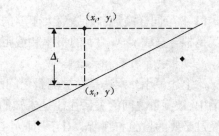

图 1-4-1　最小二乘法原理

　　根据最小二乘法原理及相关数学知识,使 Δ 为最小的条件是 Δ 对 k 和 b 的一阶偏导等于零,同时二阶偏导大于零,即:

$$\frac{\partial \Delta}{\partial k} = 0, \frac{\partial \Delta}{\partial b} = 0, \frac{\partial^2 \Delta}{\partial k^2} > 0, \frac{\partial^2 \Delta}{\partial b^2} > 0$$

　　根据前两式可得

$$\begin{cases} \dfrac{\partial \Delta}{\partial k} = -2 \sum_{i=1}^{n} \left[(y_i - kx_i - b) x_i \right] = 0 \\[3mm] \dfrac{\partial \Delta}{\partial b} = -2 \sum_{i=1}^{n} (y_i - kx_i - b) = 0 \end{cases}$$

　　解得

$$\begin{cases} k = \dfrac{n \sum\limits_{i=1}^{n} (x_i y_i) - \sum\limits_{i=1}^{n} x_i \sum\limits_{i=1}^{n} y_i}{n \sum\limits_{i=1}^{n} x_i^2 - \left(\sum\limits_{i=1}^{n} x_i \right)^2} \\[6mm] b = \dfrac{\sum\limits_{i=1}^{n} y_i}{n} - k \dfrac{\sum\limits_{i=1}^{n} x_i}{n} \end{cases} \tag{1-4-6}$$

　　引入各量如下平均值公式:

$$\bar{x} = \frac{1}{n} \sum_{i=1}^{n} x_i$$

$$\bar{y} = \frac{1}{n}\sum_{i=1}^{n} y_i$$

$$\bar{x}^2 = \left(\frac{1}{n}\sum_{i=1}^{n} x_i\right)^2$$

$$\overline{x^2} = \frac{1}{n}\sum_{i=1i}^{n} x_i^2$$

$$\overline{xy} = \frac{1}{n}\sum_{i=1}^{n} (x_i y_i)$$

代入式(1-4-6)中,得

$$\begin{cases} k = \dfrac{\overline{xy} - \bar{x}\bar{y}}{\overline{x^2} - \bar{x}^2} \\ b = \bar{y} - k\bar{x} \end{cases} \qquad (1\text{-}4\text{-}7)$$

式(1-4-7)同样满足二阶微商大于零的条件(证明从略)。因此,利用式(1-4-7)求得的 k 和 b,就是拟合直线 $y = kx + b$ 的斜率和截距的最佳估计值,从而确定了直线的回归方程。

2. 相关系数和相关检验

上述最小二乘法是在被测量之间的函数关系已知的前提下确定相应的系数。然而实际测量中,被测量之间的关系往往是未知的,只能根据数据进行分析,是否符合求得的回归方程要经过必要的检验和判断。对于用最小二乘法求得的直线方程,用相关系数 r 进行检验,即相关检验。一元线性回归的**相关系数**

$$r = \frac{\overline{xy} - \bar{x}\bar{y}}{\sqrt{(\overline{x^2} - \bar{x}^2)(\overline{y^2} - \bar{y}^2)}} \qquad (1\text{-}4\text{-}8)$$

可以证明,$-1 \leq r \leq 1$,从 r 的取值可以判断物理量线性关系的显著程度(图1-4-2):

①$r > 0$ 表示 y 随 x 增加而增加,$r < 0$ 表示 y 随 x 增加而减小;

②$|r|$ 越接近1,各数据点越接近拟合直线,说明用此方法进行线性回归越合适;

③若 $r = \pm 1$,表示变量 x、y 完全线性相关,拟合直线通过所有实验数据点;

④$|r|$ 越小,y 与 x 的线性关系越差,各数据点越分散,离拟合直线越远,说明线性回归越不合适;

⑤$|r|$ 远小于1而接近于零,说明两个变量的线性关系很差,不适合用直线方程拟合,应采用其他函数或方法进行拟合;

⑥线性相关有一个起码值 r_0,当 $|r| \geq r_0$ 时,可认为两个物理量之间线性关系显著,适合作直线拟合,物理实验中一般取 $r_0 = 0.9$。

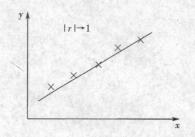 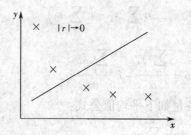

图1-4-2　相关系数与线性关系

用最小二乘法作线性拟合,计算量比较大,一般用计算机或具备二维统计功能的计算器处理数据。

1.4.5 实验数据处理实例

下面以具体实验为例对实验数据进行处理,因实验仪器、测量条件不同,计算方法及所得数据可能不同,而且这里只取实验数据处理的一部分,表格样式与实验中也不一样,所以本部分内容仅供参考,实际方法与参考结果以实验室给定或指导教师要求为准。

例 1 分别用列表法、作图法、最小二乘法处理固体线膨胀系数的实验数据(见实验 8)。

解:

(1)列表法处理数据

原始数据的记录和表格中计算结果的填写都属于列表法处理。

数据见表 1-4-2。表格上方的内容和表内第 3、4 行(n_i 和 n_i')为原始数据,应在实验操作过程中认真记录,注意读数的有效数字位数。实验结束后请教师检查并签字。

表 1-4-2 固体线膨胀系数的测定数据及处理

$L_r = 50.00 \text{ cm}, t_r = 28 \text{ ℃}, n_r = 7.82 \text{ cm}, D = 160.0 \text{ cm}, b = 8.20 \text{ cm}$

序号 i	1	2	3	4	5	6	7	8	平均值	说明
温度 $t_i/\text{℃}$	60.0	65.0	70.0	75.0	80.0	85.0	90.0	95.0	——	原始数据,分度值后估读 1 位。因本实验结果与长度单位的选择无关,所以不必将便于读数的 cm 单位换算成 m。其他实验注意与国际标准单位之间的换算
升温读数 n_i/cm	6.68	6.52	6.40	6.25	6.10	5.96	5.82	5.69	——	
降温读数 n_i'/cm	6.81	6.70	6.52	6.40	6.25	6.10	5.92	5.80	——	
$\overline{n_i} = \frac{1}{2}(n_i + n_i')/\text{cm}$	6.745	6.610	6.460	6.325	6.175	6.030	5.870	5.745	——	中间结果可疑数字多保留一位,下同
$x_i = (t_i - t_r)/\text{℃}$	32.0	37.0	42.0	47.0	52.0	57.0	62.0	67.0	49.5	平均值用于最小二乘法计算
$x_i^2/\text{℃}$	1 024	1 369	1 764	2 209	2 704	3 249	3 844	4 489	2 581.5	用于最小二乘法计算
$y_i = \|\overline{n_i} - n_r\|/\text{cm}$	1.075	1.210	1.360	1.495	1.645	1.790	1.950	2.075	1.575	平均值用于最小二乘法计算
$x_i y_i/\text{cm} \cdot \text{℃}$	34.40	44.77	57.12	70.27	85.54	102.03	120.90	139.03	81.76	用于最小二乘法计算
y_i^2	1.156	1.464	1.850	2.235	2.706	3.204	3.803	4.306	2.590	用于最小二乘法计算相关系数
$\alpha_i = \frac{y_i b}{2DL_r x_i} / \times 10^5 \text{ ℃}^{-1}$	1.722	1.676	1.660	1.630	1.621	1.609	1.612	1.587	1.640	中间结果可疑数字多保留一位,结果表达时截掉
$\|\alpha_i - \overline{\alpha}\| / \times 10^5 \text{ ℃}^{-1}$	0.082	0.036	0.020	−0.010	−0.019	−0.031	−0.028	0.053	——	只用于估算标准偏差,用计算器或计算机直接计算时,此两行可略
$(\alpha_i - \alpha)^2 / \times 10^{14} \text{ ℃}^{-1}$	67.2	13.0	4.0	1.0	3.6	9.6	7.8	28.1	——	

注:"说明"一列不属表格内容。

根据原始数据进行计算,填写表格所有内容。注意单位、科学计数法和有效数字。

（2）求标准偏差及表述实验结果

根据表格中数据可得$\bar{\alpha}$的标准偏差

$$S(\bar{\alpha}) = \sqrt{\frac{\sum\limits_{i=1}^{8}(\alpha_i - \bar{\alpha})}{8(8-1)}} = 0.02 \times 10^{-5} \ ℃^{-1}$$

测量结果表达式

$$\alpha = \bar{\alpha} \pm S(\bar{\alpha}) = (1.64 \pm 0.02) \times 10^{-5} \ ℃^{-1}$$

（3）作图法处理实验数据

①手动描点作图（参照 1.4.2 内容，步骤略）。见图 1-4-3，在图上取两点 $P_1(33, 1.10)$ 和 $P_2(64, 2.00)$，计算得

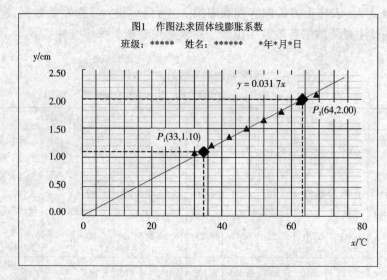

图 1-4-3　作图法求固体线膨胀系数

$$k = \frac{2.00 - 1.10}{64 - 33} = 0.029\ 0$$

$$\alpha = \frac{kb}{2DL_r} = 1.49 \times 10^{-5} \ ℃^{-1}$$

②目前许多实验室或学生个人都备有计算机,可以用办公软件 Microsoft Excel 进行作图处理数据。基本步骤是先将数据按行列输入到 Excel 表格中,然后插入图表并选择合适的图表类型,设置合适的图表参数,从而得到实验曲线。关于软件的具体操作步骤请读者查阅相关书籍或资料自学。应用计算机作图可以减少手动作图时人为主观因素的影响,还可以自动进行有关计算。本例用 Excel 得到的直线公式为

$$y = 0.031\ 7x$$

则斜率 $k = 0.031\ 7$，计算得

$$\alpha = \frac{kb}{2DL_r} = 1.62 \times 10^{-5} \ ℃^{-1}$$

（4）用最小二乘法计算结果

根据表中中间结果，利用式（1-4-7）计算直线斜率

$$k' = \frac{\overline{xy} - \overline{x}\,\overline{y}}{\overline{x^2} - \overline{x}^2} = 0.028\ 9$$

膨胀系数

$$\alpha' = \frac{k'b}{2DL_r} = 1.45 \times 10^{-5}\ ℃^{-1}$$

相关系数

$$r = \frac{\overline{xy} - \overline{x}\,\overline{y}}{\sqrt{(\overline{x^2} - \overline{x}^2)(\overline{y^2} - \overline{y}^2)}} = 0.999\ 8 = 1.00$$

说明 x 和 y 完全线性相关，直线拟合合理。

例2　根据转动惯量测定实验的数据评定下圆盘转动惯量的不确定度（见实验5）。

解: 本实验内容较多，这里只评定下圆盘转动惯量的不确定度，与其无关的数据做了删减。

（1）实验数据记录

表 1-4-3　下圆盘转动惯量测量数据记录表

		20 个周期 $20T_0/s$	上盘悬孔 间距 a/cm	下盘悬孔 间距 b/cm	说明
直接测量结果	1	28.468	6.50	12.50	毫秒计不估读，钢直尺估读到 0.5 mm。$20T$ 作为中间结果可多保留一位，其他两个量 a 和 b 下一位是 0 可不多保留
	2	28.471	6.55	12.40	
	3	28.456	6.50	12.40	
	4	28.492	6.55	12.35	
	5	28.472	6.50	12.50	
	平均	28.471 8	6.52	12.43	
	u_A	0.005 8	0.013	0.03	A 类不确定度根据式（1-2-8）
	u_B	0.001	0.1	0.1	B 类不确定度取最小分度值
	u	0.0059	0.11	0.11	总不确定度根据式（1-2-12）
间接测量结果	测量值	$\overline{T_0} = 1.423\ 6$ s	$\overline{R} = 3.764$ cm	$\overline{r} = 7.176$ cm	中间结果多保留一位
	不确定度 u	0.000 30 s	0.059 cm	0.061 cm	传递公式按表1-2-4内容，对中间结果多保留一位，只进不舍

表 1-4-4　单次长度测量与给定质量记录表

物理量	上、下圆盘间距 H/cm	下圆盘质量 m_0/g	说明
测量值	50.50	467	单次测量只有 B 类不确定度，取仪器分度值，按式（1-2-11）
不确定度 u	0.1	1	

（2）不确定度的评定（方括号中的内容为对过程的解释说明）

①计算下圆盘的转动惯量。

$$I_0 = \frac{m_0 g R r}{4\pi^2 H} T_0^2 = 1.257 \times 10^{-3} \text{ kg} \cdot \text{m}^2 \qquad [\text{暂时多保留一位,再根据不确定度截断。}]$$

②根据式(1-2-15)可得,转动惯量 I_0 的相对不确定度

$$u_r(I_0) = \sqrt{(\frac{u(m_0)}{m_0})^2 + (\frac{u(\overline{R})}{\overline{R}})^2 + (\frac{u(\overline{r})}{\overline{r}})^2 + 4(\frac{u(\overline{T_0})}{T_0})^2 + (\frac{u(H)}{H})^2} = 2.06\%$$

[中间结果多保留一位,只进不舍。注意计算时将所有数据的单位换算成国际标准单位。]

不确定度

$$u(I_0) = I_0 u_r(I_0) = 0.03 \times 10^{-3} \text{kg} \cdot \text{m}^2 \qquad [\text{只保留一位有效数字,只进不舍。}]$$

（3）实验结果

$$I_0 = (1.26 \pm 0.03) \times 10^{-3} \text{kg} \cdot \text{m}^2 (P = 68.3\%)$$

[根据不确定度截断,科学计数法表示。]

相对不确定度

$$u_r(I_0) = 2.1\% (P = 68.3\%)$$ [保留二位有效数字,无特殊说明时默认为标准不确定度,括号中的置信概率可以省略。]

1.5 物理实验的基本测量方法

测量是物理实验的主要内容之一。一套巧妙、成熟的测量方法往往是一代或者几代科学家和实验工作者智慧的结晶,方法本身使人们更加容易、准确地获得测量值,而测量方法的发明和完善过程更给人们以启迪,值得学习和借鉴。

测量的分类方法有许多种,在 1.1 中作过简单介绍。本节只对在物理实验中常用的按测量技术分类的几种方法作概括介绍。

1.5.1 比较法

比较法是将待测物理量与已知的该物理量的标准量具（仪器）进行比较,测出其量值的方法。比较法是最普遍、最基本、最常用的测量方法,任何测量过程实际上都是种比较的过程。根据测量过程中是否对物理量进行转换,比较法可分为直接比较法和间接比较法两种。

1. 直接比较法

直接比较法是将待测物理量与一个经过校准的属于同类物理量的标准量具直接进行比较进而得出测量值的方法。它所测量的物理量一般为基本量。例如,用米尺、游标尺和螺旋测微计测量长度;用秒表和数字毫秒计测量时间;用伏特表测量电压等。仪表刻度预先用标准量仪进行分度和校准。在测量过程中,除了将其指示值乘以测量仪器的常数或倍率外,无需作附加的操作或计算。由于测量过程简单方便,在物理量测量中的应用较广泛。

直接比较法具有以下特点:

①被测量与标准量的量纲相同;

②被测量与标准量是同时发生的,没有时间的超前或滞后;

③被测量与标准量直接比较而得到被测量的值。

2. 间接比较法

当待测物理量难以与标准量直接比较时,可以通过物理量之间的函数关系将该量与标准量进行间接比较,从而测出大小,这就是**间接比较法**。例如:利用李萨如图形测信号频率等。

1.5.2　放大法

物理实验中经常会遇到一些微小的物理量,这些量无法被实验者或仪器直接感觉和反映,或者直接用仪器测量会造成很大的误差。这时可以设计相应的装置或采用相应的手段将待测量放大后再进行测量,即**放大法**。常用的放大法有累积放大法、机械放大法、电学放大法和光学放大法等。

1. 累积放大法

很多物理量若进行单次测量可能会产生较大的误差,如测量纸张的厚度、单摆或三线摆的周期、等厚干涉相邻条纹的间距等,此时可用累积放大法进行测量。**累积放大法**也称**累计放大法或叠加放大法**,是对于某些可简单重叠的物理量进行展延若干倍后再进行测量然后取平均值的方法。以用秒测量三线摆的周期为例,人操作秒表的平均反应时间为 $\triangle T = 0.2$ s,假设单摆的周期为 $T = 2.0$ s,则单次测量周期的相对误差为 $\triangle T/T = 10\%$。但是,如果改为测量 50 次,那么因人的反应时间而引入的相对误差会降低到 $\triangle T/(50T) = 0.2\%$。累积放大法的优点是对被测物理量进行简单重叠,不改变测量性质但可以明显减小测量的相对误差,增加测量结果的有效数字位数。

2. 机械放大法

利用机械部件之间的几何关系,使标准单位量在测量过程中得到放大的方法称为**机械放大法**。游标卡尺与螺旋测微计都是利用机械放大法进行精密测量的典型例子,另外迈克尔逊干涉仪、读数显微镜的机械部分也属此类。以螺旋测微计为例,套在螺杆上的微分筒被分成 50 格,微分筒每转动一圈,螺杆移动 0.5 mm。每转动一格,螺杆移动 0.01 mm。如果微分筒的周长为 50 mm,微分筒上每一格的弧长相当于 1 mm。这相当于螺杆移动 0.01 mm 时,在微分筒上却变化了 1 mm,即放大了 100 倍。物理天平也是机械放大法的典型例子。设想如果没有指针而靠眼睛判断天平横梁的水平是很困难的,而通过一个固定于横梁且与横梁垂直的长指针,就可以将横梁微小的倾斜放大为较大的可精确观测的长度量。

3. 光学放大法

光学放大法可分为视角放大和微小变化量放大两种。

（1）视角放大

由于人眼分辨率的限制,当视角小于某一量值时,人眼将不能分辨物体的细节,只有借助放大镜、显微镜、望远镜等光学放大仪器。这类仪器只是在观察时放大了视角,没有把待测量的实际尺寸放大,因此测量时不会增加误差。许多精密仪器为了提高测量的精度,一般都会在仪器的读数装置上安装一个视角放大器。例如:光学仪器中的测微目镜、读数显微镜等,实际上就是机械放大与光学视角放大的组合仪器。

（2）微小变化量放大

这种方法的主要形式是光杠杆,其原理是应用光的反射定律,把变化角度成倍放大,并利用光线构成一个很长的指针指示长度的变化。光杠杆的应用详见实验 7 和实验 8。

4. 电学放大法

电学量的放大是物理实验中最常用的技术之一,包括电压放大、电流放大、功率放大等。三极管能够实现对微小电流的放大,示波器中也包含了电压放大电路。

由于电学量放大技术成熟且易于实现,所以也常将其他非电量转换为电量放大后再进行测量。如在光电效应实验中,就是将微弱的光信号先转换为电信号再放大后进行测量。声速测量实验中接收超声波的压电换能器是将声波的压力信号先转换为电信号,再放大进行测量。但是,对电信号放大通常会伴随着对噪声的等效放大,对信噪比没有改善甚至会有所降低。因此电信号放大技术通常是与提高信号信噪比技术结合使用。

1.5.3　模拟法

模拟法是依据相似性理论,对一些特殊的研究对象(如难于观测、过于庞大或微小、十分危险或移动缓慢)人为地制造类似的模型进行实验。模拟法能方便地再现自然现象,将抽象的理论具体化,还可以进行单因素或多因素的交叉实验,可加速或减缓物理过程。利用模拟法可以节省时间和物力,提高实验效率,达到实际测量无法达到的效果。

模拟法有物理模拟、数学模拟和计算机模拟三类。

1. 物理模拟法

物理模拟法是指在模拟过程中保持物理本质不变,人为制造的"模型"与原型的物理过程和几何形状相同或相似的模拟方法。例如,对河流、水坝、建筑群体的模拟,研究飞行器的风洞实验等。

2. 数学模拟法

数学模拟法是指模型和原型在物理实质方面可以完全不同,但它们却遵循相同的数学规律,通过研究模型可得到与原型类似性质的方法。静电场的描绘一般采用典型的数学模拟法,是用稳定电流场模拟静电场。

3. 计算机模拟法

计算机模拟法是通过一系列观察和推理,用计算机建立实验模型模拟实验的操作、测量和数据处理过程。这种方法形象逼真,直观性强,等同真实实验的效果,如大学物理仿真实验。这种方法不但节约实验器材,而且效率更高,并能解除进行某些真实实验所带有的危险性和不可能性,如原子核裂变实验。随着计算机的迅速发展和广泛使用,计算机模拟已发展成为物理学的一个分支——计算物理学。

1.5.4　平衡法

平衡法是利用物理学中平衡态的概念,将处于比较的物理量之间的差异逐步减小到零的状态,判断测量系统是否达到平衡态来实现测量。在平衡法中,并不研究被测物理量本身,而是与一个已知物理量或相对参考量进行比较。当两物理量差值为零时,用已知量或相对参考量描述待测物理量。利用平衡法,可将许多复杂的物理现象用简单的形式描述,可以使一些复杂的物理关系简单化。如用等臂物理天平称物理质量,当天平达到力矩平衡时,待测物体的质量和作为参考量的砝码的质量相等。用于测电阻的惠斯登电桥是一种典型的桥式电路。桥式电路是根据电流、电压等电学量之间的平衡原理而专门设计出的电路,可用来测量电阻、电感、介电常数、磁导率等电磁学参数。

1.5.5 补偿法

补偿法就是在测量中,通过一个标准的物理量产生与待测物理量等量或相同的效应,用于补偿(或抵消)待测物理量的作用,使测量系统处于平衡状态,从而得到待测量与标准量之间的确定关系。补偿法通常与平衡法、比较法结合使用。根据作用来划分,补偿法分为补偿法测量和补偿法消除系统误差两个方面。

1. 补偿法测量

补偿测量系统通常包含补偿装置和指零装置两部分。补偿装置产生补偿效应,并获得设计规定的测量精度。指零装置是一个比较系统,用于显示待测量与补偿量的比较结果。电位差计就是利用电压补偿原理测量电压的,参见实验 44。

2. 补偿法消除系统误差

在测量中由于各种条件的限制,有些系统误差无法消除。利用补偿法引入相同的效应补偿那些无法消除的系统误差,是补偿法的主要应用。迈克尔逊干涉仪上的补偿板就是为了补偿光在分束镜上引入的光程差。

1.5.6 转换法

能量守恒及相互转换规律在自然界中普遍存在,**转换法**就是依据这些规律,将某些因条件所限无法直接用仪器测量或者无法达到测量精度要求的物理量,转换成为另一种形式的物理量进行测量的方法。转换法通常分为参量转换和能量转换两类。

1. 参量转换法

参量转换法是利用各种参量的变换及其变化的定量函数关系间接测量某一物理量的方法。间接比较法一般都属此类,众所周知的曹冲称象,实际上是把不可直接测量的大象的重量转换为可测的石块的重量。

2. 能量转换法

能量转换法是将某种形式的物理量通过能量转换装置,转换为另一种与之存在特定函数关系的物理量来进行测量和计算的方法。用作能量转换的器件称为传感器,随着各种新型功能材料的问世,传感器的应用范围越来越广。由于电学量具有应用面广、测量方便和仪表的通用性强、易于生产等优点,实验中多是将其他形式的物理量转换成电学量来测量和计算。下面简单介绍几种。

1)光电转换 通过光电池、光电倍增管或 CCD 等将光能转换成电能,如硅光电池、光谱仪、单缝衍射等实验。

2)压电转换 通过压电陶瓷等压电换能器将机械能转换为电能,如声速测量实验中用到的超声换能器是把声波转换成电信号。

3)热电转换 利用热电偶、热敏电阻等将热能转换为电能,如万用表、导热系数测定仪的测温功能就是通过热电偶实现的。

1.5.7 干涉、衍射法

由于光波长短,通过干涉或衍射图案,能够观测被测物体的微小位移或线度,所以干涉、衍射法常用于测量微小长度的精密测量实验中。

根据等厚干涉的原理,可以用牛顿环干涉测量透镜的曲率半径,可以用劈尖干涉测量微小夹角,可以根据条纹的变形检测表面的平整度;观测迈克尔逊干涉仪的干涉条纹,可精确地测定光的波长、透明介质的折射率、薄膜的厚度、微小的位移等物理量。衍射法主要应用于对微小物体和晶格常数的测量,如单缝衍射法测细丝直径等,见实验 28 和 30。

习　题

1. 物理量的测量值、公认值和真值三者之间有何区别与联系?

2. 测量结果的误差、偏差和不确定度三者之间有何区别与联系?

3. 判断下列情况各属于哪类误差:

(1)钢尺因降温而收缩;

(2)游标卡尺零点计数不准;

(3)水银温度计毛细管不均匀;

(4)天平零点不准;

(5)检流计零点漂移;

(6)电表的接入误差;

(7)电压起伏引进的电表读数波动;

(8)用毫秒计测三线摆周期时,由于圆盘的摆荡造成挡光杆不完全挡光周期数加倍。

4. 直接测量的有效数字位数由哪些因素决定?

5. 若某物理量测量不确定度的 A 类分量明显大于 B 类分量,说明什么问题? 如果情况相反又说明什么问题? 针对两种情况应该采取怎样的措施?

6. 指出下列各量有几位有效数字:

(1)9.80　　(2)0.000 2　　(3)1.000 4　　(4)2.40×10^{-9}　　(5)3.141 59

7. 五位同学用同 50 分度的游标卡尺测量一圆柱的直径,每人测一次,请判断下列读数的正误:

(1)6.800 cm　　(2)6.805 cm　　(3)6.801 cm　　(4)6.800 2 cm　　(5)6.80 cm

8. 试比较下列测量值的优劣:

(1)9.768 ± 0.002 cm　　(2)$9.768\ 1 \pm 0.000\ 4$ cm　　(3)9.76 ± 0.05 cm

9. 根据有效数字运算规则计算下列实验数据最终结果(要求写出详细计算过程):

(1)46.703+1.2　　(2)12.966×2.00　　(3)27.658÷0.03　　(4)$6.73^2 \cdot \pi$

10. 试推导下列间接测量量的不确定度传递公式:

(1)$f = \dfrac{l^2 - e^2}{4l}$　　(2)$\eta = \dfrac{(\rho - \rho_0) d^2 g}{18v}$

11. 光电效应实验测定截止电压与入射光频率关系数据如下表:

波长 λ/nm	365	405	436	546	577
频率 $\nu/ \times 10^{14}$ Hz	8.214	7.408	6.879	5.490	5.196
截止电压 $|U_a|/$ V	1.826	1.358	1.202	0.609	0.568

试根据表中数据分别用最小作图法和最小二乘法求普朗克常数(计算公式参见实验 32)。

第 2 章　物理实验常用仪器及基本规则

2.1　力学和热学实验常用仪器

力学和热学实验是大学物理实验的开端,也是后继实验课程的基础。它对加深物理规律的认识、培养基本的实验技能、养成良好的实验习惯具有重要意义。物理学中有 7 个基本物理量,在力学、热学实验中就遇到 4 个,即长度、质量、时间、温度。这些基本物理量的测量现已有了更为现代化的测量方法和手段,但在力学、热学实验中学习并掌握常规的测量方法和手段,仍然是十分必要的基本训练。下面简要介绍基本力学、热学测量仪器。

2.1.1　长度测量仪器

长度的测量是一切测量的基础,是最基本的物理量的测量。熟练地使用长度测量仪器以及测量方法是力学实验最基本的技能之一。物理实验中常用的长度测量仪器有米尺、游标卡尺、螺旋测微计等,其中游标卡尺和螺旋测微计将在力学基础实验中作详细介绍,这里只介绍米尺。通常用量程和分度值表示长度测量仪器的规格。

米尺是一种最简单的测长仪器,最小分度值一般为 1 mm,所以毫米后的一位数只能估读。实验中读取的数据的最后一位应该是读数随机误差所在的位,这是仪器读数的一般规律。米尺能够精确到毫米一位,毫米以下则需凭眼睛估计。米尺的仪器误差取最小分度值的一半或最小分度值。

使用米尺测量长度时应该注意以下问题。

①应使米尺刻度贴近被测物体,读数时视线应垂直于所读刻度,以避免因视线方向改变而产生的误差。

②避免因米尺端点磨损而带来的误差,因此测量时可以不从端点而从零以后某一整数值刻度线作为起点,此刻度线即为“初读数”。被测物长度等于米尺读数减去初读数。

③避免因米尺刻度不均匀而带来的误差,可将米尺不同位置作为起点进行多次测量。

2.1.2　质量测量仪器

质量是基本物理量之一,常用天平测量。实验室有物理天平和电子天平。电子天平操作比较简单,这里不再介绍。

天平是一种等臂杠杆,按称衡的精确程度分等级。精确度低的是物理天平。不同精确度的天平配置不同等级的砝码。各种等级的天平和砝码的允许误差都有规定,可以查看产品说明书。天平的规格除了等级以外,主要还有最大称量和感量(或灵敏度)。最大称量是天平允许称量的最大质量。感量就是天平的摆针从标度尺上零点平衡位置偏转一个最小分格时,天平两称盘上的质量差。一般说来,感量的大小应该与天平砝码(游码)读数的最小分度值相适应。灵敏度是感量的倒数,即天平平衡时,在一个盘中加单位质量后摆针偏转的格数。

一、物理天平的构造

物理天平的构造如图 2-1-1 所示。天平的横梁 1 上装有三个刀口,其中左右两边各一个,横梁中间一个。中间的刀口置于支柱 2 上作为支点,使横梁形成等臂杠杆。横梁上边装有刻度尺,用来表示游码 3 的位置。利用游码可作 1.0 g 以下的称量。横梁两端的调整螺母 4 是在使用前调整天平平衡时用的。两侧刀口各悬挂一个等重秤盘,用来放置物体和砝码。转动旋钮 5 可使横梁上升和下降。横梁降下时制动架就会把它托住以免使刀口磨损。横梁下面有一固定指针 6。当横梁摆动时它也随之摆动,实验时可根据指针在刻度尺上的读数判断天平是否平衡。底座左边装有一支架和托盘 7,用来托住不被称量的物体。水平仪是用来判断天平底座是否水平的标志,如不水平,可调整底角螺丝 14。

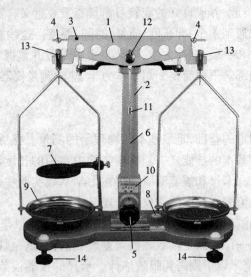

1. 横梁　2. 支柱　3. 游码　4. 平衡螺母　5. 制动旋钮　6. 指针
7. 托盘　8. 水平仪　9. 秤盘　10. 标尺　11. 感量砣　12. 主刀口
13. 刀口　14. 底脚调节螺丝

图 2-1-1　物理天平

二、天平的使用方法和注意事项

①使用前应调整天平底脚螺丝,使水平仪气泡居中。

②天平空载时将游码置于零位置,转动旋钮支起横梁,观察指针是否在零点(或以零点为对称点左右摆动)。如指针偏向一边,可降下横梁,调节平衡螺母。反复调整,直至支起横梁后,指针指向中央零线或在零线附近作对称摆动时为止。

③称量物体时,应把被称物体放在左盘,砝码放在右盘。加减砝码必须使用镊子,严禁手拿。

④取放物体和砝码,移动游码和天平时,都应将横梁制动以免损坏刀口。

⑤天平平衡时,读取砝码和游码所示的总质量即为被称物体质量。

2.1.3　时间测量仪器

测量时间的方法很多,测时器具通常是基于物理机械、电磁或原子等运动的周期性而设计的。在物理实验中常用的计时仪器有机械秒表、电子秒表和数字毫秒计等。

一、机械秒表

机械秒表的结构如图 2-1-2 所示,表面上有两个指针,长针为秒针,短针为分针。秒针转一周为 30 s,最小分度值为 0.1 s。分针转一周为 15 min,秒针转二周,分针走一格。秒表上端的可旋转按钮 A 是给发条上弦和控制秒表走时、停止和回零用的。使用前先旋紧发条,测量时用手掌握住秒表,大拇指按在按钮 A 上。第一次按下按钮 A 若秒表开始走动,第二次按下 A 秒表停止走动,第三次按下 A 时指针都回到零位。

图 2-1-2　机械秒表

使用秒表时要注意以下几点:

①检查零点是否准确,如不准,应记下初读数,并对读数作修正;

②实验中切勿摔碰,以免震坏;

③实验完毕,应让秒表继续走动,使发条完全放松。

二、电子秒表

图 2-1-3　电子秒表

电子秒表的时基是晶体振荡器,用液晶显示时间。电子秒表的外形和使用方法千差万别,但一般都是多功能的,既可以计时间间隔,也可作为钟表显示时间。电子秒表的外形如图 2-1-3 所示。表面的液晶显示器可显示的最小时间为 0.01 s。S_3 按钮控制"走/停",S_2 按钮控制"回零",S_1 为"功能选择"。使用时一般调到秒表状态,只需使用 S_2、S_3 两个按钮启动、停止和复零三种功能。

三、数字毫秒计

数字毫秒计的基本原理是利用一个频率很高的石英振荡器作为时间信号发生器,不断产生标准时基信号。在实验中,它通过光电元件和一系列电子元件所组成的控制电路控制时基信号计时,并在数码管中显示出被测定的时间间隔。在气垫导轨实验中将使用毫秒计测时间间隔。毫秒计的型号有很多种,比如 FB213 型数显计数计时毫秒计时范围 0 ~ 99.999 s。

2.1.4　温度测量仪器

热力学中的基本物理量是温度。温度是表征物质分子热运动剧烈程度的物理量,描述了物体的冷热程度。热力学温度是作为国际基本量之一的温度标准,单位是开尔文,简称开,符号 K。其定义是:1 K 等于水的三相点的热力学温度的 1/273.16。日常生活和一般实验中常以摄氏温标标定温度。以摄氏度(℃)为单位,规定水的冰点 273.15 K 为 0 ℃,水的沸点 373.15 K 为 100 ℃。物理实验中常用的测量温度的基本仪器有液体温度计、气体温度计、电阻温度计和热电偶等。这里只介绍常用的液体温度计。

一、液体温度计

测温物质为某种液体,将其装在细而均匀的毛细玻璃管中。当受到冷热变化时其体积发生变化,事先定标后就可以测出待测物体的温度,这就是液体温度计。液体温度计常用的测温物质有水银、酒精等。

水银温度计具有水银不粘玻璃、水银的膨胀系数变化很小、测量范围广(-30 ~ +300 ℃)、读数方便和迅速等优点,因此被广泛应用。

不同等级的温度计分度值不同,普通水银温度计测温范围有 0 ~ 50 ℃,0 ~ 100 ℃,0 ~ 150 ℃ 等,分度值一般为 1 ℃,示值误差限等于分度值。

使用液体温度计时一般应注意以下几点:

①使用温度计时,被测物体的容量须超过温度计的贮液泡液体容量的几百倍以上;

②温度计浸入被测介质的深度应等于温度计本身所标明的深度,在温度计上没有标志时, 一般应把温度计浸到被读数的分度线;

③使用温度计时,应避免振动和移动,且不使温度计经常接触剧烈变化的温度;

④在测高温和低温时,要注意所用温度计的适用范围,使用时逐步浸入被测介质。

2.2　电磁学实验常用仪器

电磁测量是现代生产和科学研究中应用很广的一种测量方法和技术。除了测量电磁量 外,它还可以测量通过换能器转换的非电量。电磁学实验的目的,是学习电磁学中常用的典型 测量方法(如伏安法、电桥法、补偿法、模拟法等),通过学习这些方法进行实验技能的训练,培 养看电路图、正确连接线路和分析判断实验故障的能力;同时通过实验的观测,深入认识和掌 握电磁学理论的基本规律。由于电磁学实验中的一些基本仪器是经常要用到的,掌握其性能 和用法对顺利进行各项实验都有重要意义,因此有必要在实验前加以介绍。

2.2.1　电源

一、直流电源

直流电用字母"DC"或符号"—"表示。实验室使用的直流电源有两种,即直流稳压稳流 电源和甲电池。

1. 直流稳压稳流电源

直流稳压稳流电源的共同特点是稳定性高,纹波电压低,一般设有过压、过流保护功能。 输出压可以从零起调,电流可以从零预置到额定值。

2. 甲电池

甲电池的标称电压值为 1.5 V(实际上新出厂的甲电池电动势可达 1.6 V 以上)。它内阻 小,但容量有限,要经常注意更换。

二、交流电源

交流电用字母"AC"或符号"～"表示。国家电网提供的市电就是交流电,交流电有单相 220 V 和三相 380 V 两种,频率均为 50 Hz。实验室用到的不同电压和频率的交流电源可通过 实验用交流电源获得,有的电源直接整合在成套实验仪器内。

2.2.2　变阻器

在实验中常用旋转式电阻箱或滑线式变阻器改变电路中的电阻,从而调节电路中的电流 或电压。

一、电阻箱

常用的电阻箱是转盘式的,它是由若干个电阻元件按一定的组合方式连接而成。旋转电 阻箱上的旋钮可以得到不同的电阻值。以 ZX-21 型旋转式电阻箱为例,如图 2-2-1,箱面上有

0、0.9 Ω、9.9 Ω、99 999.9 Ω 四个接线柱和 6 个旋转盘,"0"分别与其他三个接线柱两两组合构成所使用的电阻箱的三种不同调整范围。每个转盘都有 0~9 共 10 个数字。盘下方有一小三角形箭头,并注有"×0.1"、"×1"、"×10"……字样,称做倍率。使用时,可根据需要选择其中一种,电阻值由转盘读出。方法是:各转盘箭头所指读数乘以箭头下面的倍率,然后全部相加。在测量阻值较小的电阻时,为了减小系统误差,需要接"0.9"或"9.9"两个接线柱。从图 2-2-2 内部线路图可以看出,这时分别只接入一个或两个转盘,这样就减少了多余旋钮触点带来的误差。

图 2-2-1　ZX-21 型旋转式电阻箱面板

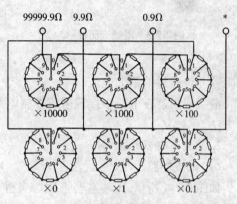

图 2-2-2　ZX-21 型旋转式电阻箱内部线路图

电阻箱的规格主要由以下参数确定。

1. 总电阻,即最大电阻

如 ZX-21 型电阻箱的总电阻为 99 999.9 Ω。

2. 额定功率

额定功率指电阻箱每个电阻的功率额定值。通常电阻的额定功率为 0.25 W。由 $I = \sqrt{W/R}$ 可计算出通过阻值为 R 的额定电流。显然,阻值愈大的挡,允许的额定电流愈小。电流过大会使电阻发热,导致阻值不准,甚至烧毁。

3. 等级

电阻箱根据标称误差的大小分为若干等级。一般分为 0.02、0.05、0.1、0.2 等,它表示电阻值的百分误差。例如,0.1 级电阻箱,表示电阻值的百分误差为 0.1%。电阻箱的级别不同,允许的接触电阻的标准也不同。对于 0.1 级电阻箱,规定每个旋钮的接触电阻不得大于 0.002 Ω。当电阻较大时,误差很小;电阻较小时,误差就非常大。电阻箱的仪器误差计算式为

$$\Delta_{仪} R = \sum_i a_i \% \cdot R_i + R_0$$

式中,a_i 为电阻箱示值盘的准确度等级;R_i 为各示值盘的示值;R_0 为残余电阻。

标称误差和接触电阻误差之和就是电阻箱的总误差。电阻箱应经常擦洗,否则接触电阻会远远超过允许值。使用前应来回旋转一下各旋钮,使电刷接触可靠。

二、滑线变阻器

1. 滑线变阻器的结构和规格

图 2-2-3 滑线变阻器

在电学实验中滑线变阻器用得较多。它可控制电路中的电压和电流,构造如图 2-2-3 所示。把电阻丝密绕在绝缘瓷管上,两端与固定在瓷管上的接线柱 A、B 连接。电阻丝外部涂有绝缘材料,使线圈之间彼此绝缘。瓷管上方装有一根金属棒,一端与接线柱 C 相联。棒上套有滑动接触器,紧压在电阻丝上,调节滑动头即可改变 AC、BC 间的电阻。

滑线变阻器的主要规格是全电阻和额定电流。全电阻即 AB 间的电阻值,以 R_0 表示。额定电流即变阻器允许通过的最大电流。

滑线变阻器在电路中接成限流控制电路和分压控制电路时,应分别注意它们的作用和使用方法。

2. 滑线变阻器的应用

(1) 限流电路

如图 2-2-4 所示,B 端空着不用。当滑动 C 时,回路电阻变化,因此,回路电流改变。通过调节滑动接触器 C,可使回路电流由最小值到最大值。

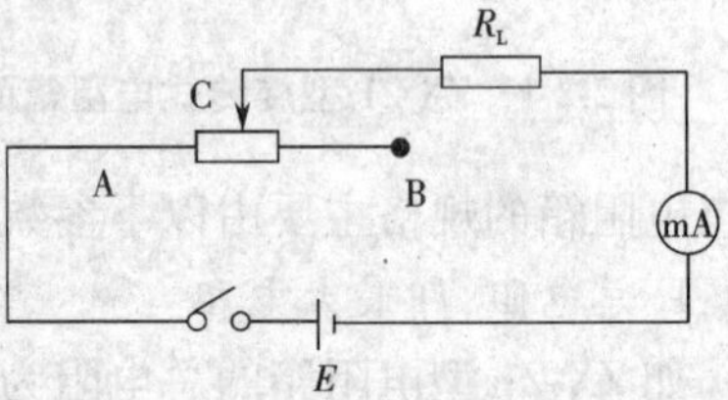

为保证安全,接通电源前应使滑动接触器 C 处在 B 端的位置上,这样 AC 电阻值最大,回路电流最小。然后再减小 AC 值,使电流增至所需数值。

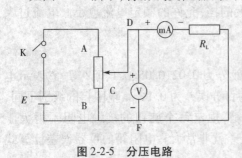

图 2-2-4 限流电路

(2) 分压电路

如图 2-2-5 所示,将滑线变阻器的两个固定端 A、B 与电源·E 两极相连,滑动端 C 和固定端 B 将变阻器 CB 段电压引出。

图 2-2-5 分压电路

电源 E 是 U_{AC} 与 U_{CB} 之和,因此 U_{CB} 是电源 E 的一部分。改变滑动端 C 的位置,就可以改变输出电压 U_{CB} 的大小。当 C 端移至 B 端时 $U_{CB}=0$;当 C 端移至 A 端时 $U_{CB}=E$,输出电压最大。所以输出电压可从零到电源电压 E 的任意数值进行调节。为了保证安全,接通电源时,应使 $U_{CB}=0$,然后滑动 C 使电压调到所需要的数值。

2.2.3 电表

目前常用的电表有磁电式和数字式两大类,实验室用的较多的是磁电式仪表,但随着数字技术的普及,数字式电表也越来越多,但磁电式电表仍然是基本常用的,有着不可替代的作用。所以,这里主要介绍磁电式电表,关于数字式电表参照实验 3。

实验室用的检流计、直流电流表和电压表等绝大部分是磁电式电表。磁电式电表的内部构造与原理如图 2-2-6 所示。在永久磁铁的两极上连着两个半圆筒形的极掌,极掌之间装有圆柱形软铁芯,它的作用是使极掌和铁芯间的空隙中的磁场加强,并且使磁力线以圆柱的轴为中心呈均匀辐射状。在圆柱形铁芯和极掌间有一个长方形线圈,线圈的转轴上固定着指针和游丝。游丝的另一端固定在仪表内部的支架上。这一基本结构可称作"表头"。当有电流通过线圈时,线圈就受电磁力矩作用而偏转,同时游丝因形变而产生反扭力矩。当电磁力矩与游丝的反扭力矩平衡时,线圈达到一定的偏转角。这个偏转角的大小与所通入的电流成正比,电流方向不同,偏转方向就不同,这是磁电式电表的基本特征。

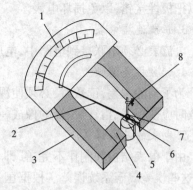

1. 刻度盘　2. 指针　3. 永久磁铁　4. 极掌
5. 线圈　6. 软铁芯　7. 游丝　8. 调零器
图 2-2-6　磁电式电表的构造

一、检流计

检流计是专门用来检测电路中有无电流通过的电表。它的指针零点在刻度的中央,便于检测出不同方向的直流电流。它的主要规格按电流常数(即偏转一小格所代表的电流值,实验时常用的有 10^{-4}A/小格、10^{-6}A/小格、10^{-9}A/小格)和内阻(一般在 100 Ω 左右)划分。

二、电流表

在磁电式表头的线圈上并联一个阻值很小的分流电阻,就构成了电流表,它用来测量电路中电流的大小。电流表的主要规格如下。

①量程,即指针偏转满刻度时的电流值,电流表一般是多量程的。

②内阻,指表头内阻与为了扩程而并联的分流电阻的总电阻,对多量程电流表,各量程内阻不同,量程越大,内阻越小。安培表的内阻一般在 1 Ω 以下,毫安表的内阻一般在几欧到几十欧。

三、电压表

在磁电式表头线圈上串联一个附加的高电阻,就构成了电压表。它是用来测量电路中某两点之间电压的仪表。电压表的主要规格如下。

①量程,即指针偏转满刻度时的电压值,电压表通常也是多量程的。

②内阻,指表头内阻加上扩程而串联的电阻。对于多量程电压表,各量程的内阻也不一样。但是对同一个电表来说,表头的满偏电流 I_g 是相同的,而 $1/I_g = R/U$,所以对同一个电压表的各个量程的每伏欧姆数相同,用 Ω/V 表示。这样电压表中某一量程的内阻可由下式计算:

内阻 = 量程 × 每伏欧姆数

四、电表使用方法及注意事项

1. 合理选择量程

根据待测电流或电压的大小,选择合适的量程。若量程太小,过大的电流或电压将会损坏电表;若量程过大,则指针偏转太小,读数不准确。合理的选择是,使电表的指针偏转到满刻度的 2/3 左右为宜。为了保险起见,可先选用最大的量程进行测量,若不合适,再调换。

2. 注意电表极性

接线柱旁标有"+"、"−"极性,"+"表示电流流入端,"−"表示电流流出端,接线时切不可以把极性接错,以免损坏电表。

　　3.正确连接电表

电流表必须串联接到电路中,电压表应与被测电压的两端并联。

　　4.读数视差消除

为了消除视差,读数时,必须使视线垂直于表面刻度线。精密电表的指针下面有反射镜,读数时应使视线、指针、指针的像成一直线。

　　5.电表的基本误差

由于电表结构和制作不完善,即使按规定条件正确使用电表,电表的指示数仍有一定误差,这些误差属于系统误差。根据国家标准规定,各类电表的准确度等级分为0.1、0.2、0.5、1.0、1.5、2.5、5.0共7级,表示级别的数字越小,电表级别越高,准确度越好。

使用级别为 K 的电表进行测量时,测量值的仪器误差为:

$$\Delta_m = A_m K\%$$

式中, Δ_m 为电表的仪器误差; A_m 为电表量程; K 是电表的准确度等级。

　　6.电表的技术指标

电表制作时主要的技术性能都用符号表示,并在表面上给出了一些主要的技术参数,见表2-2-1。使用前应了解这些性能和参数。

表 2-2-1　常用电气仪表面板上的标记

名　称	符　号	名　称	符　号
测量仪表符号	○	磁电仪表	∩
检流计	G	静电仪表	=
安培表	A	直流	—
毫安表	mA	交流(单相)	~
微安表	μA	直流和交流	≃
伏特表	V	标度尺准确度等级	1.5
毫伏表	mV	指示准确度等级(1.5级)	(1.5)
千伏表	kV	标度尺为垂直	⊥
欧姆表	Ω	标度尺为水平	⌐
兆欧表	MΩ	绝缘强度(试验电压 2 kV)	☆2
负端钮	−	接地端	⊥
正端钮	+	调零	↶
公共端钮	*	Ⅱ级防外磁和防外电	Ⅱ

2.3　光学实验常用仪器

光学在现代科学中占有十分重要的地位,光学的发展,特别是 20 世纪 60 年代激光的问世,把人类社会推向信息时代、光电子时代。激光也被广泛应用于精密测量、国防、通信等方面,同时还为光学实验技术提供了重要的实验手段,丰富了光学的实验内容。

在高科技的今天,更应该学好光学理论,做好光学实验。光学实验中使用的实验仪器大部分是贵重的精密仪器,因此了解一些光学仪器的知识尤为重要,这不仅可以保证实验顺利进行,而且对养成良好的实验习惯和科学作风也很有益处。本节将对光学实验中的一些光源、光学元件进行简单介绍。

2.3.1　光源

一、白炽灯

白炽灯是热辐射光源,可作为白光光源和一般照明用。白炽灯以高熔点的钨丝作为发光体,通电后温度约 2 500 K,达到白炽发光。白炽灯玻璃泡内抽成真空,充进惰性气体以减少钨的蒸发。白炽灯的光谱为连续光谱。

二、汞灯

汞灯是一种气体放电光源。常用低压汞灯的玻璃管胆内的汞蒸气压很低,发光效率不高,是小强度的弧光放电光源,可用它产生汞元素的特征光谱线。GP20 型低压汞灯的电源电压为 220 V,工作电压为 20 V,工作电流为 1.3 A。

高压汞灯也是常用的光源,它的管胆内的汞蒸气压较高,发光效率也较高,是中高强度的弧光放电灯。高压汞灯用于需要较强光源的实验,加上适当的滤光片可得到一定波长的单色光。汞灯工作时必须串接适当的镇流器,否则即烧坏灯丝。为了保护眼睛,不要直接注视强光源。正常工作的灯泡如遇临时断电或电压有较大波动而熄灭,须等待灯泡逐渐冷却,汞蒸气压降到适当程度之后才可以重新发光。

三、钠灯

钠灯能够发出比较强的黄光,是实验室常用的单色光源之一。因为钠光谱中有 589.0 nm 和 589.6 nm 两条波长很接近的特强谱线,通常取平均值,以 589.3 nm 作为测量折射率等许多物理常数的单色光。低压钠灯与低压汞灯的工作原理相类似。充有金属钠和辅助气体的玻璃泡是用抗钠玻璃吹制的,通电后先是氖放电呈现红光,待钠滴受热蒸发产生低压蒸气,很快取代氖气放电,经过几分钟以后发光稳定,射出强烈黄光。GP20 Na 低压钠灯与 GP20 Hg 低压汞灯使用同一规格的镇流器。

四、氦氖激光器

氦氖激光器是实验室常用的激光电源,它单色性好、亮度高、方向性好、空间相干性高。其发出的光为波长 632.8 nm 的红光。普通光源是自发发射而发光的,激光器是受激发射而发光的。因此,其正常工作管压降一二千伏以上,激发电压要几千伏。使用时要注意人身安全,不要触及电极。激光器关闭后,也不能触及电极,以免电源内的电容器高压放电伤人。由于激光束的能量高度集中,应注意保护眼睛,不可直接对着激光束观察。

2.3.2　光学常用仪器介绍

一、读数显微镜

1.仪器结构

读数显微镜(图 2-3-1)是利用螺旋测微机构控制镜筒(或工作台)移动的一种测量长度的

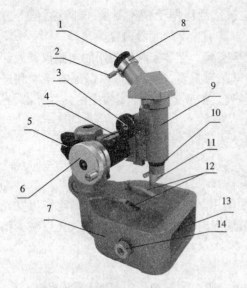

1. 目镜　2. 锁紧螺钉　3. 调焦手轮　4. 标尺
5. 旋手　6. 测微鼓轮　7. 底座　8. 锁紧圈
9. 镜筒支架　10. 物镜　11. 反射镜
12. 压片　13. 反光镜　14. 反光镜小手轮
图 2-3-1　读数显微镜

精密仪器,可分为测量架和底座两大部分。在测量架上装有显微镜筒和移动镜筒的螺旋测微装置。显微镜的目镜用锁紧圈和锁紧螺钉固紧于镜筒内。物镜用螺纹与镜筒连接。整体的显微镜筒可用调焦手轮调焦。旋转测微鼓轮,显微镜镜筒能够沿导轨横向移动,初末两位置之差即所测长度。测微鼓轮每旋转一周,显微镜筒移动 1 mm。测微鼓轮圆周均分为 100 个刻度,所以测微鼓轮每转一格,显微镜筒移动 0.01 mm。测量架的横杆插入立柱的十字孔中,立柱可在底座内移动和升降,用旋手固紧。

2. 使用方法

使用前先调整目镜 1,对分划板(叉丝)聚焦清晰后,再转动调焦手轮 3,同时从目镜观察,使被观测物成像清晰,无视差。为了测量准确,必须使待测长度与显微镜筒移动方向平行。还要注意,应使镜筒单向移动到起止点读数,以避免由于螺旋空回产生的误差。若以毫米为单位,镜筒位置读数的整数部分从附在导轨上的 50 mm 标尺读出,小数部分从测微鼓轮上读出。

二、测微目镜

1. 测微目镜的结构

测微目镜一般作为光学精密计量仪器的附件使用,如读数显微镜、调焦望远镜以及各种测长仪等都装有这种目镜。此镜也可以单独使用。它的量程较小,只有 8 mm,但准确度较高,其结构如图 2-3-2 所示。在靠近目镜焦平面的固定分划板上刻有量程 8 mm 的玻璃标尺,分度值为 1 mm。与它相距 0.1 mm 处平行放置一块玻璃的活动分划板,其上刻有十字准线和竖直双线。当眼睛贴近目镜筒观察时,即可在明视距离处看到玻璃尺上放大的刻线及与其相叠的叉丝像,见图 2-3-3。活动分划板的框架与测微器鼓轮丝杆相连,故测微器鼓轮旋转时,丝杆就会推动分划板左右移动,这时目镜中的竖直双线和叉丝将沿垂直目镜光轴的平面横向移动。测微器鼓轮每旋转一圈,活动分划板就移动 1 mm;由于鼓轮上分有 100 个小格,因此每转过一个小格,分划板移动 0.01 mm。

测微目镜的读数方法是:双线和叉丝交点位置的毫米数从固定分划板上读出,毫米以下的数值由测微鼓轮上读出,两数之和即被测点所在的位置。图 2-3-3 中所示的读数为 5.520 mm。

2. 调节方法

测量时,先调节目镜与分划板的间距,直到看清楚叉丝为止;然后调节目镜筒与被测实像之间的距离,调至可清晰地看到被测物体的像,并应仔细调节到叉丝与被测像无视差为止,即两者处在同一平面上。测量时应注意:由于螺旋与螺套之间存有间隙,因此当测微目镜对同一目标测量时,只能沿着同一方向缓慢转动鼓轮依次测量,中途不可反向,否则会出现鼓轮开始反转而分划板却尚未被带动的现象,产生回程差。对被测目标进行长度测量时,先使叉丝的叉

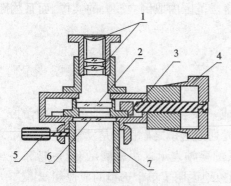

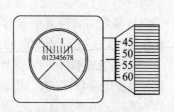

1. 复合目镜 2. 分划板 3. 螺杆 4. 读数鼓轮

5. 接管固定螺钉 6. 防尘玻璃 7. 接管

图 2-3-2　测微目镜　　　　　　　　　　　　　　图 2-3-3　测微目镜视场内的标尺和叉丝

点对准目标一侧,记下读数,再使叉丝对准目标的另一侧,记下读数,两数之差即是被测目标的大小。旋转鼓轮时,动作一定要缓慢,若叉丝已达刻度尺一端,则不能再强行旋转测微鼓轮,否则会损坏读数机构。虽然分划板刻度尺是 0 ~ 8 mm,但一般测量应尽量在 1 ~ 7 mm 范围内进行,竖丝或叉丝交点不许越出毫米尺刻线之外。这是为保护测微装置的准确度所必须遵守的规则。

2.3.3　基本光路的调节方法

一、凸透镜的成像规律

几乎所有的光学实验都会遇到凸透镜的成像问题。熟悉并掌握凸透镜的成像规律,可使实验做得顺利。

图 2-3-4 表示一个凸透镜在物处于位置 1、2、3……时的成像光路图。从图中可见,相应的像位置为 1′、2′、3′……由这个光路图和学过的几何光学知识,可以总结出物距变化时相应的像距变化规律。

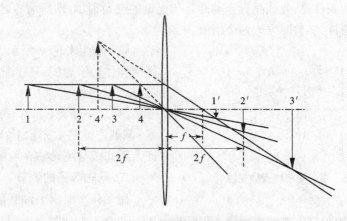

图 2-3-4　凸透镜成像光路图

①物距由无穷远变至 2f 时(f 是透镜的焦距),像距由 f 变至 2f,在这个范围内成倒立缩小的实像,而且物距变化很大,像距变化却很小。

②物距由 $2f$ 变到 f 时,像距由 $2f$ 变至无穷远,在这段范围内成倒立放大的实像,而且物距变化很小,像距变化却很大。

③物与像大小之比等于物距与像距之比。

④物距小于 f 时,不成实像。

⑤物与屏之间的距离小于 $4f$ 时,屏上不能成像。

⑥在焦距以外的一点发出的光,通过透镜之后变成一束会聚光;在焦面上一点发出的光,通过透镜之后变成平行光;在焦距以内的一点发出的光通过透镜之后仍然是发散的。

如果以 s 代表物距,以 s' 代表像距,用直角坐系的横轴表示 s,纵轴表示 s',并把每一对相关的 s 值和 s' 值连成直线,会得到 2-3-5 的图。它形象地说明了单个透镜的成像规律。

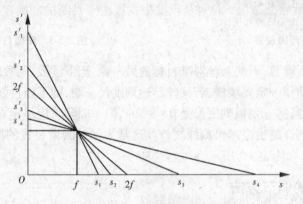

图 2-3-5　物距与像距关系

薄透镜是指透镜中心厚度 d 远小于透镜的曲率半径 R(或透镜焦距 f)。透镜分为两大类:一类是凸透镜,另一类是凹透镜。

在近轴条件下,用下面的公式来分析薄透镜成像规律:

$$\frac{1}{s'} + \frac{1}{s} = \frac{1}{f}$$

此公式成立的条件是:光线靠近光轴并且与光轴的夹角很小,即所谓的近轴光线。为了满足近轴光线这一条件,实验时采取两个措施。

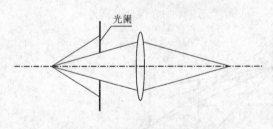

图 2-3-6　用光阑阻挡远轴光线

第一,如图 2-3-6 所示,在透镜前可加一光阑挡住边缘光线,只让光线通过透镜中心部分。

第二,把物光(如灯丝或被照明的狭缝等)调到透镜的主光轴上,就可以进一步保证入射光线与主光轴夹角很小。

二、同轴等高的调节

在光具座上或平台上布置光路,都要进行同轴等高调节,以保证光路的准确性。把所有光学元件中心调成等高,并与透镜主光轴重合的操作称为同轴等高调节,调整方法如下。

1)粗调　将透镜及像屏等滑到物屏处,尽量靠拢,调整各元件高低、左右,用目测使各元件中心在一条直线上,再小心分开到光具座各自位置。

2）细调　保持物屏不变，做调整基准，在光具座上滑动待测透镜及像屏于不同位置，使之一次成大像，一次成小像，注意观察两次成像过程中像在物屏上的中心位置是否保持不变。如果滑动到不同位置时像的中心有相对移动，则须仔细调整透镜的高低或左右，一直到像的中心不变为止（或变化最小）。

三、成像清晰位置的判断

能否正确判断成像的清晰位置是一些光学实验获得准确结果的关键。从光具座上透镜成像的例子可见，移动透镜时屏上的像由不清晰到清晰再到不清晰是个连续变化的过程，清晰与否是通过比较判断的。为了准确地找到像的最清晰位置，可采用左右逼近法读数。先使透镜自左向右移动，到成像清晰为止，记下透镜位置，再自右向左移动透镜，到像清晰再记录透镜位置，取其平均作为最清晰的像位。这种从渐变中找极值点判断的准确程度取决于实验者的经验和认真仔细的工作态度。

四、消除视差

光学实验中经常遇到测量对象的位置和大小的问题。根据经验，要测准物体的大小，必须将量度标尺与被测物体紧靠在一起。如果标尺离物体较远，所读数值因眼睛位置的不同会有所改变，因此难以测准，如图 2-3-7 所示。当然这种情况下把标尺放到物体上进行测量是容易做到的，但是，在光学实验中，经常是用一只眼睛通过光学仪器（如读数显微镜、测微目镜等）观察和测

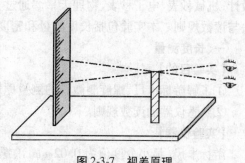

图 2-3-7　视差原理

量。为了使测量结果不因眼睛的位置不同而变动，必须把测量对象与标尺调到同一平面上来，这就要利用视差现象帮助解决这个问题。

为了认识视差现象，同学自己可以做一个简单的实验：把自己左右手的食指伸直，一前一后横在视平线附近，前者代表标尺，后者代表物体，用一只眼睛进行观察。当上下移动眼睛时，就会发现两指间有相对位移，这种现象就称为视差。而且还可以看到，离眼睛近者与眼睛移动方向相反，离眼睛远者则与眼睛移动方向相同，由此就可以利用"视差现象"判断物体和标尺离眼睛的远近，从而把它们调到同一平面上。当调至同一水平面上时，眼睛再上下（或左右）移动，被测物体与标尺间就不会发生相对位移。这个调整过程叫做"消除视差"。

第3章　基础·验证实验

实验1　力学基础实验

力学基础实验是大学物理实验中最基础的实验,涉及的物理实验仪器有游标卡尺、螺旋测微计、机械秒表、电子秒表、物理天平。通过力学基础实验使学生学会这些基本仪器的使用方法与读数规则。本实验包括长度测量和密度测量两部分。

一、长度测量

【实验目的】

①了解游标卡尺、螺旋测微计的测量原理和使用方法。

②熟悉仪器的读数规则。

【实验仪器】

游标卡尺(最小分度值为 0.02 mm)、螺旋测微计(最小分度值为 0.001 mm)、电子秒表、待测半空心圆柱体、钢球等。

【实验原理】

1. 游标卡尺

在米尺上附加一个刻度均匀且可以滑动的游标(又称**副尺**),即可巧妙地提高米尺的测量精度。这种由主尺和副尺(游标)组成测量长度的仪器叫做**游标卡尺**(图 3-1-1)。游标卡尺的巧妙之处在于:游标将主尺上的最小一个刻度(即 1 mm)均匀地分成 n 等份。于是,副尺的分度值即为:

$$\varepsilon_x = \frac{1}{n}\ (\text{mm}) \tag{3-1-1}$$

ε_x 实际上就是游标卡尺的最小分划单位,即分度值。由于 ε_x 可由游标上的格数精确地给出,因此,游标卡尺的测量精度明显优于米尺。普通游标卡尺有 10、20、50、100 分度等几种,对应的分度值为 0.1 mm、0.05 mm、0.02 mm 和 0.01 mm。本实验拟采用 50 分度游标卡尺,如图 3-1-1 所示。

游标卡尺的读数方法是:待测长度是主、副尺两零点间的距离 x,其小于副尺零刻线的整数部分 k 在主尺上读出,超出主尺整刻度线 k 的小数部分在副尺上读出。若副尺上第 m 个刻线与主尺上某刻线重合,故可断定副尺零刻线与主尺上第 k 个刻度线相距 $m\varepsilon_x$。于是可得待测长度为:

$$x = k + m\varepsilon_x\ (\text{mm}) \tag{3-1-2}$$

图 3-1-1 中,主尺读数 $k=32$ mm,副尺上第 16 个刻线与主尺上某刻线(与具体是哪一条无关)重合,故副尺读数为 $16 \times 0.02 = 0.32$ mm(可从副尺上的刻度直接读出),可得待测长度为

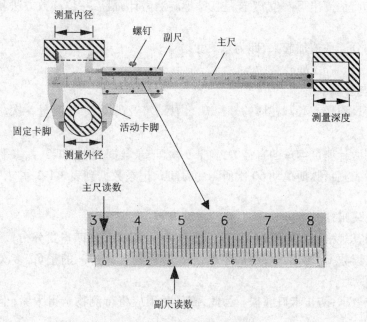

图 3-1-1　游标卡尺示意图

$32 + 0.32 = 32.32$ mm。注意：游标卡尺不能估读。

2. 螺旋测微计

螺旋测微计的设计采用了机械放大原理。螺旋测微计(图 3-1-2)由主尺、副尺套筒组成。副尺套筒与微调螺杆固连在一起，并以螺纹与主尺连接，螺距为 0.5 mm，主尺分度为 0.5 mm。因此，副尺套筒旋转一周即在主尺上移动一格，即 0.5 mm。副尺套筒将主尺的一个刻度 0.5 mm 均分成 50 个小格，因此，副尺套筒上的最小一个刻度为 0.01 mm。需要强调的是，特殊的一种螺旋测微计在主尺加上另一刻度尺，将副尺套筒上的一个最小刻度 0.01 mm 又分成 10 份。这种刻度尺的最小分度值将变为 0.001 mm。

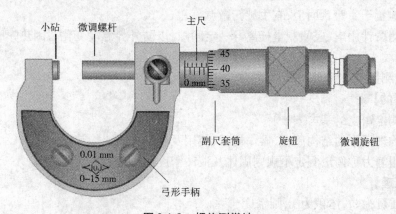

图 3-1-2　螺旋测微计

读数方法如下：

①根据副尺套筒读出被测物在主尺上的刻度值 k；

②根据主尺上水平刻度线读出对应在副尺套筒上的刻度值 m；

③在副尺套筒估读出下一位 n（若是特殊螺旋测微计，最后一位读数方法和游标卡尺的读数方法一致）。

将上面三部分读数值加起来，即为总尺寸。

$$x = k + m\varepsilon_x + n \ (\text{mm}) \tag{3-1-3}$$

【实验内容与步骤】

①用游标卡尺测量空心圆柱体的外径 D_1、内径 D_2 及高度 H，各测量 5 次，并求平均值，记录数据到表 3-1-1；

②用螺旋测微计测量钢球的直径 D，测量 5 次，记录数据到表 3-1-2，并求平均值；

③用电子秒表测量脉搏跳动 60 次所需的时间 t，记录数据到表 3-1-2，并求平均值。

【注意事项】

1. 游标卡尺使用注意事项

①首先判明其规格（量程、分度值）及读数方法（游标卡尺属两点式分布）。

②记下零点读数 x_0，称之为仪器的零点误差。应注意判断 x_0 的正负，多次测量时在平均值中减去 x_0 即可。

③注意保护量爪，防止卡口磨损。为此，测量时不应将待测物卡得太紧，卡住待测物体后切忌来回挪动。

④使用卡尺应采用右手正握，左手持物。测内径时量爪与待测物轴线平行，测外径时量爪与待测物轴线正交，测高度时主尺端面应与待测物端面吻合。

⑤用毕将其紧固螺钉松开。

2. 螺旋测微计使用注意事项

①明确螺旋测微计量程 0 ~ 25.000 mm；

②注意不要丢掉主尺上可能露出的"半整数"（0.5 mm）；

③测量前应记下零点读数 x_0，以便在平均值中修正；

④测量时不得直接旋转副尺套筒，应轻转其尾部的微调旋钮；

⑤使用螺旋测微计应采取左手捏持弓形手柄上的绝热塑料（以免弓形手柄热膨胀），将待测物体稳妥地置于实验台面上，右手旋转微调旋钮；

⑥螺旋测微计用毕，应使测量杆离开一定间隙，以防外界温度变化时因热膨胀而使其过分压紧，损坏螺纹。

二、密度测量

【实验目的】

①了解测定密度的基本方法。

②掌握物理天平的结构原理、操作规程、使用及维护方法。

③掌握用静力称衡法测定不规则固体及液体密度的原理和方法。

【实验原理】

若物体质量为 m、体积为 V，则密度

$$\rho = m/V \tag{3-1-4}$$

对于形状规则、密度均匀的物体，可直接根据定义，通过测定质量和体积求得密度。对于形状不规则的物体，可用流体静力称衡法间接地测出体积。这是测量不规则物体密度的常用方法。

若不计空气浮力，则物体在空气中的重量 $w = mg$ 与其在液体中的示重 $w_1 = m_1 g$ 之差即为

它在该液体中所受的浮力,即:

$$F = w - w_1 = (m - m_1)g \tag{3-1-5}$$

式中,m 及 m_1 分别表示物体在空气及液体中的示质量。根据阿基米德原理:物体在液体中所受的浮力等于它排开液体的重量,若以 ρ_0 表示液体的密度,V 表示排开液体的体积,即待测物体的体积,则有

$$F = \rho_0 g V \tag{3-1-6}$$

由以上三式可解得待测物体的密度

$$\rho = m\rho_0 / (m - m_1) \tag{3-1-7}$$

如将上述物体再浸入密度为 ρ_2 的待测液体中,测得示质量为 m_2,则有

$$(m - m_2)g = \rho_2 g V \tag{3-1-8}$$

由上式又可解得待测液体的密度

$$\rho_2 = \rho_0 (m - m_2) / (m - m_1) \tag{3-1-9}$$

可知,用静力称衡法测定固体或液体的密度,最终将转化为质量的测量。液体(水)在不同温度下的密度可从附录中查到。

【实验仪器】

物理天平、待测样品、已知液体(水)、玻璃烧杯、细线及温度计等。

【实验内容与步骤】

①用物理天平测量未知被测物分别在空气中、水中的质量,各测量 5 次,记入表 3-1-3,求密度。

②测量该物体在未知液体中的质量,测量 5 次,记入表 3-1-3,并求密度。

【注意事项】

①严格遵守物理天平操作步骤和操作规则,正确使用天平。

②在液体中称衡时应注意不使样品露出水面或接触烧杯,并防止待测液体与已知液体混合。

③实验中应注意随时排除附着于待测样品上的气泡,可以用细丝轻轻摇振排除。

【数据记录与处理】

表 3-1-1 用游标卡尺测量空心圆柱体的内径、外径、高

测量量 \ 次数	1	2	3	4	5	平均值
内径 D_1/mm						
外径 D_2/mm						
高 H/mm						

①空心圆柱体的内径 D_1 的不确定度评定:

A 类不确定度:$u_A(D_1) = \sqrt{\dfrac{\sum\limits_{n=1}^{5} (D_i - \overline{D}_1)^2}{n(n-1)}} = \underline{\qquad\qquad}$

B 类不确定度:$u_B = \dfrac{0.02}{\sqrt{3}}$

合成不确定度：$u = \sqrt{\left[u_A(D_1) \right]^2 + u_B^2} = $ _____

测量结果表达式：$D_1 = \overline{D_1} \pm u = $ _____

②空心圆柱体的外径 D_2 的不确定度评定：

A 类不确定度：$u_A(D_2) = \sqrt{\dfrac{\sum\limits_{n=1}^{5} \left(D_i - \overline{D_2} \right)^2}{n(n-1)}} = $ _____

B 类不确定度：$u_B = \dfrac{0.02}{\sqrt{3}}$

合成不确定度：$u = \sqrt{\left[u_A(D_2) \right]^2 + u_B^2} = $ _____

测量结果表达式：$D_2 = \overline{D_2} \pm u = $ _____

③空心圆柱体的高 H 的不确定度评定：

A 类不确定度：$u_A(H) = \sqrt{\dfrac{\sum\limits_{n=1}^{5} \left(H_i - \overline{H} \right)^2}{n(n-1)}} = $ _____

B 类不确定度：$u_B = \dfrac{0.02}{\sqrt{3}}$

合成不确定度：$u = \sqrt{\left[u_A(H) \right]^2 + u_B^2}$

测量结果表达式：$H = \overline{H} \pm u = $ _____

表 3-1-2　螺旋测微计测量钢球的直径及电子秒表测量脉搏跳动 60 次所需的时间

测量量＼次数	1	2	3	4	5	零点误差 x_0	平均值	修正值
钢球的直径 D/mm								
时间 t/s						——		——

④空心圆柱体的外径 D 的不确定度评定：

A 类不确定度：$u_A(D) = \sqrt{\dfrac{\sum\limits_{n=1}^{5} \left(D - \overline{D} \right)^2}{n(n-1)}} = $ _____

B 类不确定度：$u_B = \dfrac{0.001}{\sqrt{3}}$

合成不确定度：$u = \sqrt{\left[u_A(D) \right]^2 + u_B^2} = $ _____

测量结果表达式：$D = \overline{D} \pm u = $ _____

⑤脉搏跳动 60 次的时间 t 的不确定度评定：

A 类不确定度：$u_A(t) = \sqrt{\dfrac{\sum\limits_{n=1}^{5} \left(t - \overline{t} \right)^2}{n(n-1)}} = $ _____

B 类不确定度：$u_B = \dfrac{0.01}{\sqrt{3}}$

合成不确定度:$u = \sqrt{\left[u_A(t)\right]^2 + u_B^2} = $ _____

测量结果表达式:$t = \bar{t} \pm u = $ _____

表 3-1-3 物体质量的测量

测量量 \ 次数	1	2	3	4	5
空气中的质量 m/kg					
水中的质量 m_1/kg					
未知液体中的质量 m_2/kg					
被测物体的密度 ρ/kg·m^{-3}					
平均值 $\bar{\rho}$/kg·m^{-3}					
未知液体的密度 ρ_2/kg·m^{-3}					
平均值 $\bar{\rho}_2$/kg·m^{-3}					

【研究与讨论】

①为什么说长度测量对物理实验具有十分重要的意义?

②何谓仪器的量程、分度值?50 分度卡尺和螺旋测微计的分度值各为多少?

③怎样判断卡尺和螺旋测微计是否存在零点误差?如何确定零点误差的符号?

④试说明卡尺和螺旋测微计的结构特点、读数方法及使用注意事项。

⑤物理天平在使用过程中要注意哪几个问题?

实验 2　光学基础实验

光学是物理学中最早发展起来的学科之一,具有悠久的历史和广泛的应用领域。在种类繁多的光学仪器中,透镜最常用,而焦距是透镜的一个主要参数,它决定透镜的成像位置和性质(大小、虚实、倒正等)。本实验通过测量薄透镜的焦距,掌握几何光学的基本测量方法和光路的调整技术。

【实验目的】

①学习光具座上光学元件的等高共轴调节方法。

②掌握透镜焦距的测量方法。

【实验仪器】

导轨(光具座)、滑座、带有毛玻璃的白炽灯光源 S、物屏 P、凸透镜 L($f = 190$ mm/150 mm)、二维调整架、平面反射镜 M、白屏 H、1/10 mm 分划板 F、被测目镜 L_E($f_E = 14$ mm)、可变口径二维架、测微目镜 L(去掉其物镜头的读数显微镜)、读数显微镜架。

【实验原理】

1. 自准直法测薄透镜焦距

如图 3-2-1 所示,当发光点处在凸透镜的焦平面时,发出的光线通过透镜后将成为一束平行光。若用与主光轴垂直的平面镜将此平行光反射回去,反射光再次通过透镜后仍会聚于透镜的焦平面上,其会聚点将在发光点相对于光轴的对称位置上。这样,有品字图案透光孔的物屏位于焦平面时,成的像将与原图案互补,如图 3-2-2 所示,形成清晰的正六边形。此时,物屏 P 与透镜间的距离即为透镜焦距 f。这种方法是利用调节实验装置本身使之产生平行光以达到测量焦距的目的,所以称为**自准直法**。

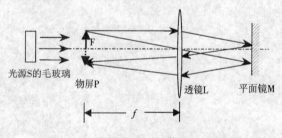

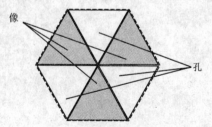

图 3-2-1　自准直法测透镜焦距光路图　　　　图 3-2-2　自准直法物屏上物
　　　　　　　　　　　　　　　　　　　　　　　　　　和像的互补图案

2. 位移法测薄凸透镜焦距

位移法也叫**共轭法**或**两次成像法**。对凸透镜而言,当物和像屏间的距离 l 大于 4 倍焦距时,在它们之间移动透镜,则在屏上会出现两次清晰的像,一个为放大的像 P',一个为缩小的像 P''。光路如图 3-2-3 所示,分别记下两次成像时透镜距物的距离 s_1、s_2 和距屏的距离 s'_1、s'_2。根据光线的可逆性原理,这两个位置是共轭的,即

$$s_1 = s'_2 \qquad s_2 = s'_1$$

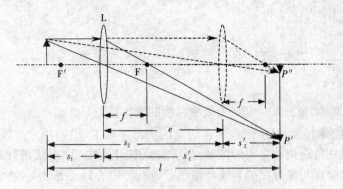

图 3-2-3　位移法测透镜焦距光路图

令 $e = |s_1 - s_2|$，则

$$l - e = s_1 + s'_2 = 2s_1 = 2's_2$$

$$s_1 = s'_2 = (l-e)/2$$

而 $s'_1 = l - s_1 = l - (l-e)/2 = (l+e)/2$。把结果带入透镜成像的高斯公式

$$\frac{1}{s} + \frac{1}{s'} = \frac{1}{f} \tag{3-2-1}$$

得到透镜的焦距为

$$f = (l^2 - e^2)/4l \tag{3-2-2}$$

　　由此便可算得透镜的焦距。这个方法的优点是把焦距的测量归结为对可以精确测定的量 l 和 e 的测量，避免了在测量 s 和 s' 时，由于估计透镜中心位置不准确带来的误差。

　　3. 目镜焦距 f_E 的测量

　　高斯公式(3-2-1)中，物距和像距是从透镜的光心算起的。若都从焦点 F 和 F′算起，令

$$s = x + f \qquad s' = x' + f'$$

式中，x 为从 F 算起的物距，x' 为从 F′算起的像距，将上式代入式(3-2-1)中，可得薄透镜成像的牛顿公式

$$xx' = ff'$$

若物空间和像空间的光学介质相同，则

$$f = f' \qquad xx' = f^2$$

这样，焦距的测量可以归结为测量焦点到光学系统的某一指定点的距离。

　　根据透镜的线放大率公式

$$m = y'/y = -f/x = -x'/f'$$

测量时若改变被测目镜和测微目镜的位置，测出两次成像的放大率和物距

$$m_1 = -\frac{x'_1}{f} \qquad m_2 = -\frac{x'_2}{f}$$

两式相减，得

$$m_2 - m_1 = \frac{x'_1 - x'_2}{f}$$

　　设两次成像测微目镜的位置分别为 a_1 和 a_2，待测目镜的位置分别为 b_1 和 b_2，且令像距改变量

$$S = (a_2 - a_1) + (b_2 - b_1)$$

则被测目镜焦距

$$f_E = \frac{S}{m_2 - m_1} \tag{3-2-3}$$

像放大率

$$m_x = (\text{像宽}/\text{实宽})/20 \quad (20 \text{ 为微测目镜的放大倍数})$$

【实验内容与步骤】

为了计数准确并且避免不必要的像差,光学实验中需要对光学系统进行等高共轴调节,使各光学元件光轴重合且与光具座的导轨严格平行,物、屏中心处于光轴上,物平面、像平面垂直于光轴。此外,照明光束也应尽量沿光轴方向。本实验所有操作内容都需要进行上述调节步骤,概述如下。

1)粗调 将光源、物、透镜(组)、像屏或测微目镜等元件,安装在光具座上,并使它们尽量靠拢,目视调节各元件的高低、左右位置和方向,使各元件的中心大致在与导轨平等的同一直线上,并使物平面、像平面和透镜面三者相互平行且垂直于导轨。

2)细调 点亮光源,通过成像观察并调节各元件的位置和方向,最终达到共轴。

1. 自准直法测薄透镜焦距

①按图 3-2-1 选择并安装元件,调节成共轴。

②前后移动凸透镜 L,使在物屏 P 上成一清晰的品字形像。

③调 M 的倾角,使 P 屏上的像与物重合。

④再前后微动透镜 L,使 P 屏上的像既清晰又与物同大小。

⑤分别记下 P 屏和透镜 L 的位置 a_1 和 b_1;

⑥保持透镜 L 不动,把 P 屏转 180°,微调 P 屏的位置使成像与步骤④相同,记录 P 屏的新位置 a_2。

⑦保持 P 屏位置不动,把透镜 L 转 180°,重复步骤④,记录透镜 L 的新位置 b_2。

⑧分别用 $f = 150$ mm 和 $f = 190$ mm 的透镜各做一遍,数据记入表 3-2-1,比较实验值和真实值的差异,并分析其原因。

⑨可选择更多规格的透镜进行实验。(选做)

2. 位移法测薄凸透镜焦距

①按图 3-2-3 选择并安装元件,调节成共轴,使物屏 P 和像屏 H 之间的距离 l 大于 4 倍焦距,记录物和屏的位置 l_P 和 l_E。

②沿标尺前后移动透镜 L,使品字形物在像屏 H 上成一清晰的放大像,记下 L 的位置 a_1。

③分别将品字物屏和像屏旋转 180°并保证成像不变,再记录物和屏的位置 l'_P 和 l'_E。

④再沿标尺向后移动 L(远离光源),使物再在像屏 H 上成一缩小像,记下 L 的位置 b_1。

⑤将透镜 L 转 180°,重复第②~③步,又得到 L 的两个位置 a_2、b_2。

⑥计算 $l = |l_P - l_E + l'_P - l'_E|/2$,$e = |a_1 - b_1 + a_2 - b_2|/2$。

⑦数据记入表 3-2-2,分别用 $f = 150$ mm 和 $f = 190$ mm 的透镜各做一遍,比较实验值和真实值的差异并分析原因。

3. 目镜焦距 f_E 的测量

①把全部器件按图 3-2-4 的顺序摆放在导轨上,靠拢后目测调至共轴。

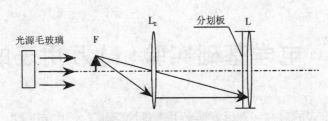

图 3-2-4　目镜焦距测量光路图

②在 F、L_E、L 的底座距离很小的情况下,前后移动 L_E,直至在测微目镜 L 中看到清晰的 1/10 mm 的刻线,并使之与测微目镜中的标尺(mm 刻线)无视差。

③测出 1/10 mm 刻线的宽度,求出其放大倍率 m_1,并分别记下 L 和 L_E 的位置 a_1、b_1。

④把测微目镜 L 向后移动 30～40 mm,再慢慢向前移动 L_E,直至在测微目镜 L 中又看到清晰且与毫米标尺刻线无视差的 1/10 mm 刻线的像。

⑤再测出像宽,求出 m_2,记下 L 和 L_E 的位置 a_2、b_2,计算目镜焦距 f_E。

【注意事项】

①各透镜的光心或屏幕平面与滑块刻度线之间可能有一定水平距离,在测定位置和计算距离时要根据说明书或具体实验条件进行修正。

②对于放大率较高的元件,若共轴调节不理想,可能成像于视场之外,所以应细心调节元件的共轴。

【数据记录与处理】

表 3-2-1　自准直法测薄凸透镜焦距　　　　　　　　　　　（单位:mm）

透镜	a_1	b_1	a_2	b_2	$f_1 = \lvert b_1 - a_1 \rvert$	$f_2 = \lvert b_2 - a_2 \rvert$	$f = (f_2 + f_1)/2$
$L_1 (f = 190)$							
$L_2 (f = 150)$							

表 3-2-2　用位移法测薄凸透镜焦距　　　　　　　　　　　（单位:mm）

透镜	l_P	l_E	l'_P	l'_E	a_1	a_2	b_1	b_2	l	e	f
L_1											
L_2											

表 3-2-3　目镜焦距的测量　　　　　　　　　　　（长度单位:mm）

位置 x	a_x	b_x	像宽	实宽	m_x	S	f_E
1							
2							

【研究与讨论】

①光路的共轴调节要注意哪些?

②在日常生活中如何测凸透镜的焦距?

③自准法中平面镜离透镜远近对测量是否有影响?

④位移法获得二次成像的条件是什么? 这种方法有何优点?

实验 3　电学基础实验(1)万用表的使用

　　万用表是万用电表的简称。万用表具有用途多、量程广、使用方便等优点,是电子测量中最常用的工具,掌握万用表的使用方法是电子技术的一项基本技能。万用表能测量电流、电压、电阻,有的还可以测量三极管的放大倍数以及频率、电容、温度、分贝等。万用表有很多种,现在最流行的有机械指针式和数字式。机械指针式万用表的原理是利用一只灵敏的磁电式直流电流表(微安表)做表头。当微小电流通过表头,就会有电流指示,但表头不能通过大电流。所以,必须在表头上并联与串联一些电阻进行分流或降压,从而测出电路中的电流、电压和电阻。由于数字万用表具有测量精确、取值方便、功能齐全等优点,因此深受使用者的欢迎。有些数字万用表则增加了数据记忆及语音报数等功能,给实际检测工作带来很大的方便。

【实验目的】

　　①了解万用表的基本功能。

　　②会使用万用表测量直流电压、直流电流、交流电压、交流电流、电阻、电容、二极管正向压降等。

【实验原理】

1. UT58B 万用表面板介绍

　　UT58B 万用表为三位半表,面板见图 3-3-1,LCD 显示窗首位只能显示 1 或 0,固而称其为半位。若显示 1,则表示超出测量范围。后三位可以显示数字 0 到 9。数据保持按键开关 HOLD 用于锁定屏幕显示的数字。

2. 屏幕显示功能和输入端口

　　UT58B 万用表屏幕显示符号对应的具体功能见表 3-3-1。

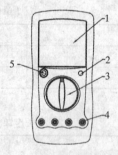

1. LCD 显示窗　2. 数据保持按键开关 HOLD
3. 功能量程选择旋钮　4. 输入端口
5. 电源按键开关 POWER

图 3-3-1　UT58B 万用表面板

表 3-3-1　UT58B 万用表屏幕显示功能

符号	说明
HFE	三极管放大倍数
🔋	电池欠压提示符
AC	测量交流时显示,直流关闭
–	显示负的读数
⫯	二极管测量提示符
🎜	电路通断测量提示符
H	数据保持提示符
⚠	Connect Terminal 输入端口连接提示
Ω、kΩ、MΩ	电阻单位:欧姆、千欧姆、兆欧姆
mV、V	电压单位:毫伏、伏特
nF、μF	电容单位:纳法、微法
μA、mA、A	电流单位:微安、毫安、安培
℃	温度单位:摄氏度
kHz	频率单位:千赫兹

3. UT58B 万用表功能简介

UT58B 万用表功能量程选择旋钮见表 3-3-2。

表 3-3-2　UT58B 万用表功能简介表

开关位置	功能说明
V $\overline{\cdots}$	直流电压测量
V ～	交流电压测量
⊣⊢	电容测量
Ω	电阻测量
▸⊢	二极管测量
♫	电路通断测量
A $\overline{\cdots}$	直流电流测量
A ～	交流电流测量
℃	温度测量
hFE	三极管放大倍数测量

【实验仪器】

UT58B 万用表, TCJD – 1 型电路板(见图 3-3-2)。

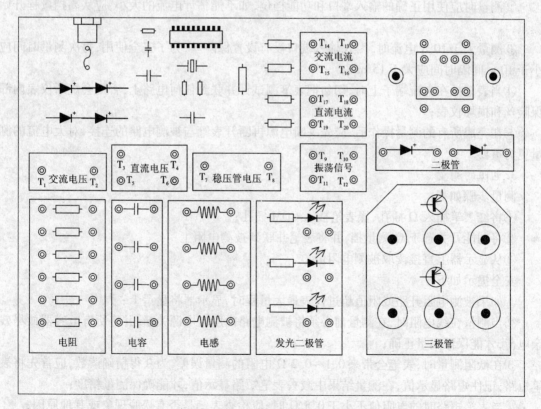

图 3-3-2　TCJD – 1 型电路板外观结构图

【实验内容与步骤】

1. 直流电压测量

测量步骤如下：

①将红表笔插入 V 插孔，黑表笔插入 COM 插孔；

②将功能量程开关置于 V 或 V～电压测量挡，并将表笔并联到待测电源负载上；

③从显示器上直接读取被测电压值。交流测量显示值为正弦波有效值（平均值响应）。

安全提示如下：

①不要输入高于 1 000 V 的电压，测量更高的电压是有可能的，但有损坏仪表的危险；

②在测量高电压时，要特别注意避免触电；

③在完成所有的测量操作后，要断开表笔与被测电路的连接。

2. 交直流电流测量

测量步骤如下：

①将红表笔插入 μA、mA 或 A 插孔，黑表笔插入 COM 插孔；

②将功能量程开关置于 A 或 A～电流测量挡，并将仪表表笔串联到待测回路中；

③从显示器上直接读取被测电流值，交流测量显示值为正弦波有效值（平均值响应）。

安全提示如下：

①在仪表串联到待测回路之前，应先将回路中的电源关闭；

②测量时应使用正确的输入端口和功能挡位，如不能估计电流的大小，应从高挡量程开始测量；

③测量大于 10 A 电流时，因 A 输入端口没有设置保险丝，为了安全使用，每次测量时间应小于 10 s，间隔时间应大于 15 min；

④当表笔插在电流端子上时，切勿把表笔测试针并联到任何电路上，否则会烧断仪表内部保险丝和损坏仪表；

⑤在完成所有的测量操作后，应先关断电源再断开表笔与被测电路的连接，对大电流的测量更为重要。

3. 电阻的测量

测量步骤如下：

①将红表笔插入 Ω 插孔，黑表笔插入 COM 插孔；

②将功能开关置于 Ω 测量挡，并将表笔并联到被测电阻上；

③从显示器上直接读取被测电阻值。

安全提示如下：

①如果被测电阻开路或阻值超过仪表最大量程时，显示器将显示 1 ；

②当测量在线电阻时，在测量前必须将被测电路内所有电源关断，并将所有电容器放尽残余电荷，才能保证测量正确；

③在低阻测量时，表笔会带来 0.1~0.2 Ω 电阻的测量误差，为获得精确读数，应首先将表笔短路，记住短路显示值，在测量结果中减去表笔短路显示值，才能确保测量精度；

④当表笔短路时的电阻值不小于 0.5 Ω 时，应检查表笔是否有松脱现象或其他原因；

⑤测量 1 MΩ 以上的电阻时，可能需要几秒钟后读数才会稳定，这对于高阻的测量属正常，为了获得稳定读数尽量选用短的测试线。

4. 二极管的测量

测量步骤如下：

①将红表笔插入 Ω 插孔，黑表笔插入 COM 插孔（红表笔极性为 +，黑表笔极性为 −）；

②将功能开关置于通断测量挡，红表笔接到被测二极管的正极，黑表笔接到二极管的负极；

③从显示器上直接读取被测二极管的近似正向 PN 结压降值，单位为 mV。

安全提示如下：

①如果被测二极管开路或极性反接时，显示 1 ；

②当测量在线二极管时，在测量前必须首先将被测电路内所有电源关断，并将所有电容器残余电荷放尽；

③二极管测试开路电压约为 3 V；

④不要输入高于直流 60 V 或交流 30 V 以上的电压，避免伤害人身；

⑤在完成所有的测量操作后，要断开表笔与被测电路的连接。

5. 电路通断测量

测量步骤如下：

①将红表笔插入 Ω 插孔，黑表笔插入 COM 插孔；

②将功能开关置于通断测量挡，并将表笔并联到被测电路两端，如果被测二端之间电阻大于 70 Ω，认为电路断路，被测二端之间电阻小于或等于 10 Ω，认为电路良好导通，蜂鸣器连续声响；

③从显示器上直接读取被测电路的近似电阻值，单位为 Ω。

安全提示如下：

①当检查在线电路通断时，在测量前必须先将被测电路内所有电源关断，并将所有电容器残余电荷放尽；

②电路通断测量，开路电压约为 3 V；

③不要输入高于直流 60 V 或交流 30 V 以上的电压，避免伤害人身；

④在完成所有的测量操作后，要断开表笔与被测电路的连接。

6. 电容的测量

测量步骤如下：

①将转接插座插入 V 和 mA 插孔；

②量程开关置于 F 挡位，然后将被测电容插入转接插座对应插孔或用表笔直接接触被测量电容两端；

③从显示器上直接读取被测电容值。

安全提示如下：

①如果被测电容短路或容值超过仪表的最大量程时，显示器将显示 1；

②所有的电容在测试前必须将全部残余电荷放尽；

③大于 10 μF 容值测量时，会需要较长的时间，属正常；

④不要输入高于直流 60 V 或交流 30 V 以上的电压，避免伤害人身；

⑤在完成所有的测量操作后，取下转接插座。

7. 温度测量

测量步骤如下：

①将转接插座插入 V 和 mA 插孔；

②量程开关置于℃挡位，此时 LCD 显示 1，然后将温度探头（K 型插头）插入转接插座对应温度插孔，此时 LCD 显示室温；

③将温度探头探测被测物体表面，数秒后从 LCD 上直接读取被测温度值。

安全提示如下：

①仪表所处环境温度不得超出 18～23 ℃范围之外，否则会造成测量误差，对低温测量更为明显；

②不要输入高于直流 60 V 或交流 30 V 以上的电压，避免伤害人身；

③在完成所有的测量操作后，取下温度探头和转接插座。

8. 三极管 hFE 测量

测量步骤如下：

①将转接插座插入 V 和 mA 二插孔；

②量程开关置于 hFE 挡位，然后将被测 NPN 或 PNP 型三极管插入转接插座对应孔位；

③从显示器上直接读取被测三极管 hFE 近似值。

安全提示如下：

①不要输入高于直流 60 V 或交流 30 V 以上的电压，避免伤害人身；

②完成所有的测量操作后，取下转接插座。

上述内容中 7、8 两项可根据实际情况由学生自拟表格选做。

【数据记录与处理】

每组测试点测量三次，写好测量数值和单位，并记录所使用的量程，最后计算出平均值，填写到表 3-3-3 中。

表 3-3-3　万用表使用测试数据记录

测量项	测量点	1	2	3	量程	单位	平均值
交流电压 $\tilde{V}$	T1、T2						
直流电压 $\bar{V}$	T3、T4						
	T5、T6						
稳压管电压 V	T7、T8						
交流电流 $\tilde{A}$	T13、T14						
	T15、T16						
直流电流 $\bar{A}$	T17、T18						
	T19、T20						

续表

测量项	测量点	1	2	3	量程	单位	平均值
电阻 R	$R1$						
	$R2$						
	$R3$						
	$R4$						
	$R5$						
	$R6$						
电容 C	$C1$						
	$C3$						
	$C4$						
发光二极管/V	LED1						
	LED2						
	LED3						
二极管正向压降/mV	D1						
	D2						

【研究与讨论】

①UT58B 型万用表可以测量哪些量？

②用万用表如何检测线路是否断路？请列出几种方法。如果没有万用表如何检测？

③请列出三点以上数字式万用表和指针式万用表的区别？

实验4　电学基础实验(2) 示波器的使用

示波器能够显示各种电信号的波形。一切可以转化为电压的电学量和非电学量及它们随时间作周期性变化的过程都可以用示波器观测。示波器是一种用途十分广泛的测量和显示仪器。目前大量使用的示波器有两种:模拟示波器和数字示波器。模拟示波器发展较早,技术已经非常成熟。随着数字技术的飞速发展,数字示波器拥有了许多模拟示波器不具备的优点:能长时间保存信号;测量精度高;具有很强的信号处理能力;具有输入输出功能,可以与计算机或其他外设相连实现更复杂的数据运算或分析;具有先进的触发功能等等。而且随着相关技术的进一步发展,其使用范围将更加广泛。所以,学习示波器,尤其是数字示波器的使用十分重要。本实验介绍模拟示波器的主要结构和基本原理,重点学习数字示波器的使用。

【实验目的】

①了解模拟示波器的主要结构和基本原理。

②熟悉数字示波器的特点,学会使用数字示波器观察波形以及测量未知信号。

③学会使用信号发生器。

④利用李萨如图形测频率。

【实验仪器】

模拟示波器、数字示波器、信号发生器、信号线。

【实验原理】

1. 模拟示波器

示波器的电路组成是多样而复杂的,这里仅介绍主要部分。示波器的主要部分有示波管、带衰减器的 Y 轴放大器、带衰减器的 X 轴放大器、扫描发生器(锯齿波发生器)、触发同步和电源等,结构如图 3-4-1 所示。

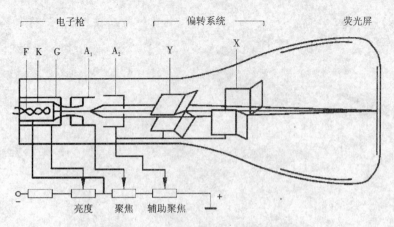

图 3-4-1　模拟示波器主要结构图

(1)示波管

示波管是示波器的主要部分,如同示波器的心脏。示波管主要包括电子枪、偏转系统和荧光屏三部分,全都密封在高真空的玻璃外壳内。下面分别说明各部分的作用。

1)电子枪　由灯丝 F、阴极 K、控制栅极 G、第一阳极 A_1、第二阳极 A_2 五部分组成。灯丝通电后加热阴极,阴极被加热后发射电子。控制栅极是一个顶端开孔的圆筒,套在阴极外面。它的电位比阴极低,对阴极发射出来的电子起控制作用,只有初速度较大的电子才能穿过栅极顶端的小孔然后在阳极加速下奔向荧光屏。示波器面板上的“亮度”调整就是通过调节栅极电位以控制射向荧光屏的电子流密度,从而改变屏上的光斑亮度。阳极电位比阴极电位高很多,电子被它们之间的电场加速形成射线。当控制栅极、第一阳极、第二阳极之间的电位调节合适时,电子枪内的电场对电子射线有聚焦作用,所以第一阳极也称聚焦阳极。面板上的“聚焦”调节,就是调第一阳极电位,使荧光屏上的光斑成为明亮、清晰的小圆点。第二阳极电位更高,又称加速阳极。

2)偏转系统　它由两对相互垂直的偏转板组成,一对竖直偏转板 Y,一对水平偏转板 X。在偏转板上加以适当电压,电子束通过时,其运动方向发生偏转,从而使电子束在荧光屏上的光斑位置发生改变。

3)荧光屏　它是示波器的显示部分,当加速聚焦后的电子打到荧光屏上时,屏上所涂的荧光物质就会发光,从而显示出电子束的位置。

由此可知,光点在荧光屏上偏移的距离与偏转板上所加的电压成正比,因而可将电压的测量转化为屏上光点偏移距离的测量,这就是示波器测量电压的原理。

(2)信号放大器和衰减器

由于示波管本身的 X 及 Y 轴偏转板的灵敏度不高,当加在偏转板的信号过小时,要预先将小的信号电压加以放大后再加到偏转板上,为此设置 X 轴及 Y 轴电压放大器。同样,当输入信号电压过大时,信号发生畸变,甚至使仪器受损,也要设置衰减器,使过大的信号电压变小以适应仪器要求。

(3)扫描系统

如果只在竖直偏转板(Y 轴)上加一正弦波电压,水平偏转板(X 轴)不加电压,则电子束将随电压的变化只在竖直方向上往复运动,在荧光屏上看到的是一条竖直亮线,如图 3-4-2(a)所示。

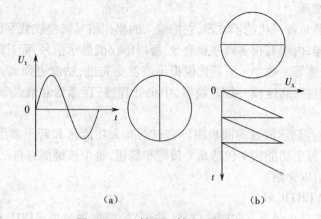

图 3-4-2　Y 轴和 X 轴分别加电压

(a)只在 Y 轴加电压　(b)只在 X 轴加电压

　　要能显示波形,必须同时在水平偏转板加一扫描电压,使电子束的亮点沿水平方向拉开。这种扫描电压的特点应是:电压随时间成线性关系增加到最大值,然后突然回到最小值,此后再重复变化。这种扫描电压随时间变化的关系曲线形同"锯齿",故称为"**锯齿波电压**",如图3-4-2(b)所示。如果只在水平偏转板(X轴)加上这样的锯齿波电压,Y轴不加电压,则电子束偏转电压随时间的变化只在水平方向上往复运动,在荧光屏上看到的是一条水平亮线。

　　扫描系统也称时基电路。需要指出的是,只有扫描系统输出的锯齿波扫描电压的周期与Y轴信号电压的周期完全相等或成严格的整数倍关系时,电子束才能在荧光屏上合成一个或几个完整的波形,而这个过程必须依靠同步电路来达到。同步电路的工作方式为,从垂直放大系统中取出部分待测信号作为触发信号送入到触发器中,驱动触发器产生触发脉冲,从而迫使X轴的水平扫描信号的周期与Y轴的待测信号周期同步。这样在荧光屏上就显示了由X轴与Y轴合成的完整的波形,如图3-4-3所示。

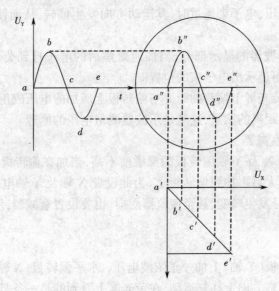

图3-4-3　Y轴和X轴同时加电压

2. 数字存储示波器

　　数字存储示波器是新一代的示波器,它把输入的模拟信号转换成数字信号,采用液晶显示屏。它像计算机一样,内部有很多程序和命令,所以不仅能显示信号,而且能对信号进行处理,如存储比较、数学运算等。数字示波器比模拟示波器更先进,功能更强大,使用更方便。数字示波器由信号放大电路、高速模—数转换器、中央处理器、存储器和液晶显示器(包括驱动电路)组成。

　　图3-4-4为数字存储示波器的面板图。它包括几大功能区和若干常用功能键,每个功能区都在一个方框内,每个功能区又包括几个按键和旋钮,每个按键都有自己的菜单。下面就其中的主要功能分别给以介绍。

　　(1)垂直系统(VERTICAL)

　　垂直系统的功能是在竖直方向调节信号(波形)的幅度和位置。CH1和CH2为两个波道的选择按键,上面两个旋钮分别为两个波道的竖直幅度调节,下面两个旋钮分别为两个波道的波形竖直位移调节。中间的MATH键用于数学运算,在它的菜单里选择操作,可对两个波道

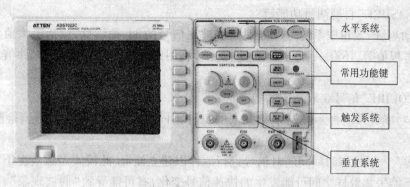

图 3-4-4　数字存储示波器面板图

的波形进行加、减、乘、除运算。REF 键为存储比较,可将当前波形存储,与后面的波形进行比较。

（2）水平系统（HORIZONTAL）

水平系统的功能是在水平方向调节波形的幅度和位置。最左边的旋钮为扫描时间调节,中间的按键为水平设置,在它的菜单里可以进行视窗大小的设定和波形局部的放大。最右边的旋钮为波形的水平位移。

（3）触发系统（TRIGGER）

触发系统的功能是确定示波器开始采集数据和显示波形的时间。正确设置触发系统,示波器就能将不稳定的显示结果或空白显示屏转换为有意义的波形。在触发控制区有一个旋钮、三个按键。

1）"LEVEL"旋钮　触发电平,设定触发点对应的信号电压,以便进行采样。

2）"SET TO 50％"　设置触发电平为待测信号幅值的垂直中点。

3）"FORCE"按钮　强制产生一触发信号,主要应用于触发方式中的正常和单次模式。

4）"TRIG MENU"按钮　显示"触发菜单",可通过该菜单选择触发信号的来源（哪一个波道）以及触发信号的类型（上升沿或下降沿）。

（4）常用功能键

在示波器面板右侧中上部,有一排常用功能键。

1°　"AUTO"自动键

这是一个非常重要的按键,它的功能是捕捉信号和更新信号。开机后,先按它,会把所有的信号捕捉进来,并且自动在屏幕上显示一个大小最合适的波形。当信号发生变化时,按它,会把变化后的信号捕捉进来,所以它是一个最重要也是最常用的功能键。

2°　"CURSORS"光标测量功能键

使用光标测量功能可以通过移动成对出现的光标,并从显示读数中读取它们的数值,从而测量波形上任何一部分的电压或时间。

1）电压光标　电压光标在显示屏上以水平线出现,可测量垂直参数。

2）时间光标　时间光标在显示屏上以竖直线出现,可测量水平参数。

3）光标移动　使用"万能"旋钮移动光标 1 和光标 2。只有光标菜单显示时才能移动光标。

3° "MEASURE"自动测量功能键

在"自动测量"菜单中系统可以分别显示被测信号的 11 种信息,包括最大值、最小值、峰－峰值、均方根值等,还有一个"全部测量"选项,利用此选项可以一次把 11 种信息全部显示在屏幕上。

4° "ACQUIRE"信号获取系统功能键

此系统功能可以选择示波器采集数据的三种不同方式,即"采样"、"峰值检测"和"平均值"。

1)"采样"　以均匀时间间隔对信号进行取样以建立波形,此模式多数情况下可以精确表示信号,但不能采集取样之间可能发生的快速信号变化,有可能导致"假波现象",并可能漏掉窄脉冲。这些情况下应使用"峰值检测"模式。

2)"峰值检测"　示波器在每个取样间隔中找到输入信号的最大值和最小值并使用这些值显示波形。此模式可以获取并显示可能丢失的窄脉冲,并可避免信号的混淆,但显示的噪声比较大。

3)"平均值"　示波器采集几个波形,将它们平均,然后显示最终波形。此模式可减少所显示信号中的随机或无关噪声。

5° "DISPLAY"显示系统功能键

显示系统设置屏幕的颜色、对比度、网格信号的显示格式、显示类型以及显示时间。显示格式中,"YT"格式时,横轴为时间,纵轴为电压;"XY"格式时,横轴为 X 方向电压,纵轴为 Y 方向电压。观察李萨如图形时,用"XY"格式。

6° "SAVE/RECALL"存储系统功能键

用来实现信号的存储和调出,存储系统可存储最多十个波形,需要时可调出使用。

3. 函数信号发生器

函数信号发生器可产生正弦波、三角波、方波等,也可产生各种连续的扫频信号、函数信号、脉冲信号等,另外它还具有测频功能,是电子工程、电子实验室、电子产品生产线以及科研的理想设备。如图 3-4-5 所示,仪器的前面板划分为几大功能区,下面介绍主要功能。

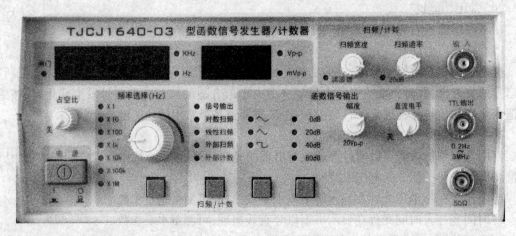

图 3-4-5　函数信号发生器面板图

（1）输出频率调节

面板左上角为频率显示窗口，显示输出信号的频率值，频率的单位分两挡，分别为"kHz"和"Hz"。频率显示窗口下为"频率选择"功能区，设有频段指示和频段选择按键以及频率细调旋钮。例如频段范围选择"×100"挡，表示频率的变化范围在 100 Hz 左右（并非窗口数值乘以 100 倍），此时只能调出 100 Hz 左右的频率值。注意需要不同的频率时，先要按旋钮下的方形频段选择按键，选择正确的频段，再调频率细调旋钮，则可调出需要的频率。

（2）输出电压调节

输出电压调节区包括电压显示窗口和它右下方的"函数信号输出"功能区。该区包括波形选择、输出衰减以及电压幅度调节旋钮。电压窗口显示的电压值为峰－峰值，电压单位分两挡，即伏和毫伏。按下面的波形选择键可在三种波形中任选一种输出。按输出衰减键可设定输出电压的衰减倍率。旋转电压幅度调节旋钮，可调节窗口的输出电压值。

（3）扫频调节

"扫频调节"区位于面板右上角，"扫频宽度"旋钮有两个功能，一是调节输出信号的频率调制宽度；二是在测量外部低频信号的频率时，如果信号中有高频分量影响频率测量，可将此旋钮逆时针旋到底，打开滤波器（指示灯亮），此时输入信号中 100 kHz 以上的频率分量被抑制。

"扫频速率"旋钮的功能为调节扫频信号的扫频速率，如果扫频电压来自外部，并且输入电压太大影响扫频速率时，可将该旋钮逆时针旋到底（指示灯亮），此时输入信号被衰减 20 dB。

（4）工作模式选择

工作模式选择区位于电压显示窗口下方，包括一个选择按键和五种工作模式选择指示。五种模示如下："信号输出"输出单一频率的函数信号；"对数扫频"用对数扫频方式输出函数信号；"线性扫频"用线性扫频方式输出函数信号；"外部扫频"用外部扫频方式输出函数信号；"外部计数"测量外部信号频率，此时测频系统作为频率计使用。

4. 利用李萨如图形测频率

设两个互相垂直的简谐振动为

$$x = A_1\cos(2\pi f_1 t + \varphi_1)$$
$$y = A_2\cos(2\pi f_2 t + \varphi_2)$$

式中，f_1、f_2 为两个振动的频率，φ_1、φ_2 为两个振动的初相。当 $f_1 \neq f_2$ 时，两个振动的合成的轨迹比较复杂，但当 f_1 与 f_2 成简单的整数比时，两个振动的合成轨迹为封闭稳定的几何图形。这些图形称为**李萨如图形**，如图 3-4-6 所示。

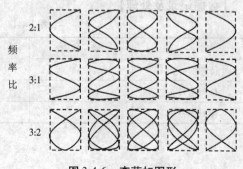

图 3-4-6　李萨如图形

李萨如图形有如下规律：设 x 方向和 y 方向的简谐振动的频率分别为 f_x 和 f_y，李萨如图形在 x 方向和 y 方向的切点的个数分别为 n_x 和 n_y，则

$$f_x : f_y = n_y : n_x$$

因此,若已知其中一个信号的频率,从李萨如图形上数得切点个数 n_x 和 n_y,就可以求出另一待测信号的频率。图中左侧为频率比 $f_x:f_y$。

【实验步骤】

1. 准备

根据数字示波器使用和操作原理(可查阅说明表),熟悉面板上各主要功能键及菜单按钮的作用,为后面的测量做准备,具体如下。

①打开示波器和信号源的开关。

②设置信号源:频率选择放"×1 k"挡,旋转旋钮使输出频率为 500 ~ 600 Hz,扫频/计数放"信号输出",波形选择选正弦波"~",输出衰减选"0 dB",旋转幅度旋钮,使输出电压峰 – 峰值为 3 ~ 6 V。

③根据输入信号的信息,分别练习示波器各功能键、旋钮的功能和各菜单键的用法。

2. 测量未知信号的参数

①分别将实验桌上的待测信号 a、b、c 接入 CH2 波道。

②按 MEASURE 按钮及菜单键,显示自动测量菜单。

③分别适当选择屏幕右侧的五个菜单操作键,将显示的待测信号信息记录下来,填入表 3-4-1。

3. 光标测量

①桌上待测信号 c 接入 CH2 波道,按 CURSORS 按钮,显示光标测量菜单。

②按 cur1,旋万能旋钮"USER SELECT",移动光标 1,适当选择"类型",则屏幕上显示光标 1 位置的电压、时间信息。

③按 cur2,重复步骤②。

4. 利用李萨如图形测频率

①将实验桌上待测信号 c 接入 CH2 波道,将信号源的信号接入 CH1 波道。

②按"DISPLAY"键,格式选择"XY"。

③分别调 CH1 和 CH2 的垂直衰减钮,使李萨如图形大小适中,适当调节水平控制区最左的时基钮,使图形完整,适当微调信号源频率,使图形稳定。

④根据要求调信号源的频率,与待测信号 c 成几种倍数关系,作出几种李萨如图形,结果填入表 3-4-2。

【数据记录及处理】

表 3-4-1　未知信号的测量

	峰 – 峰值	均方根值	周期	频率
待测信号 a				
待测信号 b				
待测信号 c				

表 3-4-2　利用李萨如图形测频率

$f_1 : f_2$	图形	f_1/Hz	f_2/Hz
1:1			
1:2			
1:3			
2:3			
3:2			

【研究与讨论】

①在 CH1 和 CH2 按钮的菜单中有探头选项,分别为 1X、10X、100X、1 000X,探头选择不同,电压的测量值有何不同? CH1 波道探头设置变化后, CH2 波道是否也随之变化?

②李萨如图形是如何形成的?

实验5　转动惯量的测定

　　描述刚体本身相对于转轴的特征的物理量叫做**刚体对于转轴的转动惯量**,简称**转动惯量**。转动惯量与刚体的质量大小、质量分布和转轴的位置三个因素有关。转动惯量表述的是刚体转动惯性的大小,是研究和描述刚体转动定律的一个重要物理量,类似于作平动的物体的质量。在科研和生产中会遇到很多转动问题,飞轮、叶片、电机的转子、钻机等所有转动的物体都会涉及转动惯量,因此转动惯量的测量和研究具有重要意义。对于形状简单、质量分布均匀的刚体,可以通过尺寸、质量的测量,利用相应的数学公式计算出转动惯量。但对于形状复杂或者质量分布不均匀的刚体,用公式计算就非常困难甚至不可能,一般要用实验方法来测定。测定刚体转动惯量的方法很多,本实验中用的是三线摆法。

【实验目的】

①学会用三线摆测定物体的转动惯量。

②学会用累积放大法测量周期。

③验证转动惯量的平行轴定理。

【实验仪器】

三线摆转动惯量实验仪(附待测圆环和圆柱)、数显计数计时毫秒仪(或秒表)、游标卡尺、钢直尺、水准仪。

【实验原理】

1. 测量圆盘绕中心轴的转动惯量 I_0

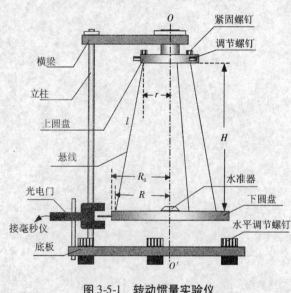

图 3-5-1　转动惯量实验仪

　　图 3-5-1 是三线摆转动惯量实验仪的示意图。上、下圆盘均处于水平状态,悬挂在横梁上。三个悬点均匀分布的等长悬线将两圆盘相连。上圆盘可以固定转动,用手拧动上圆盘可以带动下圆盘绕中心轴 OO' 作扭摆运动。由于下圆盘的摆动周期 T_0 与其转动惯量 I_0 大小有关,所以当下圆盘及其上面放的刚体的转动惯量 I 不同时,相应的扭摆周期 T 也不同。

　　当下盘转动角度 θ 很小,且略去空气阻力时,扭摆的运动可近似看作简谐运动,其运动方程为:

$$\theta = \theta_0 \sin \frac{2\pi}{T_0} t \qquad (3\text{-}5\text{-}1)$$

　　如图 3-5-2 所示,当摆离开平衡位置最远时,转角为 θ_0,其重心升高 h,根据机械能守恒定律有:

$$\frac{1}{2}I_0\omega_0^2 = m_0 gh \tag{3-5-2}$$

式中，I_0 为下圆盘的转动惯量，ω_0 为平衡位置处转动角速度，m_0 为下圆盘质量，g 为重力加速度。

变形，得

$$I_0 = \frac{2m_0 gh}{\omega_0^2} \tag{3-5-3}$$

而

$$\omega = \frac{\mathrm{d}\theta}{\mathrm{d}t} = \frac{2\pi\theta_0}{T_0}\cos\frac{2\pi}{T_0}t \tag{3-5-4}$$

$t = 0$ 时，

$$\omega = \omega_0 = \frac{2\pi\theta_0}{T_0} \tag{3-5-5}$$

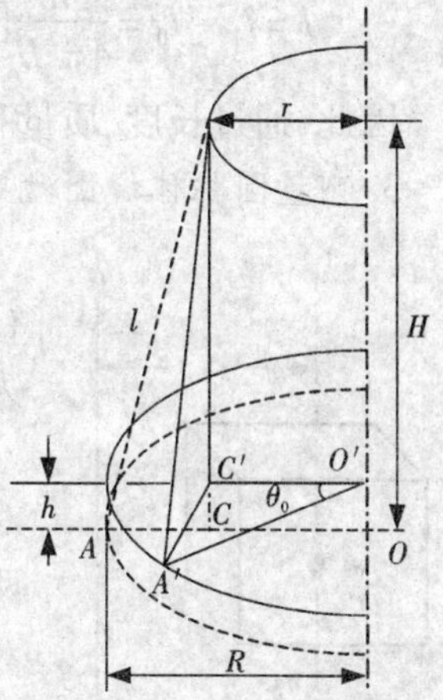

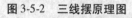

图 3-5-2　三线摆原理图

将式(3-5-5)代入式(3-5-2)得

$$I_0 = \frac{m_0 gh T_0^2}{2\pi^2\theta_0^2} \tag{3-5-6}$$

从图 3-5-2 中的几何关系可得

$$(H-h)^2 + R^2 + r^2 - 2Rr\cos\theta_0 = l^2 = H^2 + (R-r)^2$$

简化得

$$Hh - \frac{h^2}{2} = Rr(1-\cos\theta_0)$$

因为 θ 很小，因此 h^2 是一个二阶小量，略去 $\dfrac{h^2}{2}$，且取 $1-\cos\theta_0 \approx \theta_0^2/2$，则有

$$h = \frac{Rr\theta_0^2}{2H} \tag{3-5-7}$$

式(3-5-7)代入式(3-5-6)得

$$I_0 = \frac{m_0 gRr}{4\pi^2 H}T_0^2 \tag{3-5-8}$$

式中，m_0 为下盘的质量；r、R 分别为上、下悬点离各自圆盘中心的距离；H 为平衡时上下盘间的垂直距离；T_0 为下盘作简谐运动的周期，g 为重力加速度，不同地区的取值请查阅有关资料或由实验室给定。

2. 测量圆环的转动惯量 I

将质量为 m 的待测物体放在下盘上，并使待测刚体的转轴与 OO' 轴重合。测出此时摆运动周期 T_1 和上下圆盘间的垂直距离 H_1。同理可求得待测刚体和下圆盘对中心转轴 OO' 轴的总转动惯量为：

$$I_1 = \frac{(m_0 + m)gRr}{4\pi^2 H_1}T_1^2 \tag{3-5-9}$$

如不计因重量变化而引起悬线伸长，则有 $H \approx H_1$。那么，待测物体绕中心轴的转动惯量为：

$$I = I_1 - I_0 = \frac{gRr}{4\pi^2 H}\left[(m + m_0)T_1^2 - m_0 T_0^2\right] \tag{3-5-10}$$

因此,通过长度、质量和时间的测量,便可求出刚体绕某轴的转动惯量。

3. 测量圆柱体绕圆盘中心轴的转动惯量并验证平行轴定理

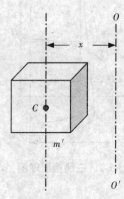

若质量为 m' 的物体绕通过其质心轴的转动惯量为 I_C,当转轴平行移动距离 x 时(如图 3-5-3 所示),则此物体对新轴 OO' 的转动惯量为 $I_{OO'} = I_C + m'x^2$。这一结论称为转动惯量的**平行轴定理**。

实验时将质量均为 m',形状和质量分布完全相同的两个圆柱体对称地放置在下圆盘上(下盘有对称的小孔)。按同样的方法,测出两小圆柱体和下盘绕中心轴 OO' 的转动周期 T_x,则可求出每个柱体对中心转轴 OO' 的转动惯量:

$$I_x = \frac{(m_0 + 2m')gRr}{8\pi^2 H}T_x^2 - \frac{I_0}{2} \tag{3-5-11}$$

图 3-5-3　平行轴定理

如果测出小圆柱中心与下圆盘中心之间的距离 x 以及小圆柱体的半径 R_x,则由平行轴定理可求得

$$I'_x = \frac{1}{2}m'R_x^2 + m'x^2 \tag{3-5-12}$$

比较 I_x 与 I'_x 的大小,可验证平行轴定理。

【实验内容与步骤】

1. 调整实验装置

①用钢直尺测量三条悬线的长度,若不等长,利用上圆盘上的三个调节螺丝进行调节,使三悬线等长。

②将水准器放在下圆盘中央,观察水准器调节底板上三个调节螺钉,使下圆盘处于水平状态并保持稳定。

③若用毫秒仪应适当调整光电门与挡光杆的相对位置,保证下圆盘转动时挡光杆可以完全挡光并不与光电门接触,且使光电门位于振动的平衡位置处,开启毫秒仪并设置计数为 20 次。若用秒表将秒表设置为计时状态,并检查按钮是否灵活可靠。

2. 测量周期 T_0、T_1 和 T_x

①在下圆盘处于静止状态下,轻轻转动上圆盘的转动手柄,将上圆盘转过一个小角度(5°~15°),带动下圆盘绕中心轴 OO' 作微小扭摆运动(不应伴有晃动,转动角度以 10° 以内为宜)。摆动若干次后达到平稳扭摆状态,开始计时,记录 20 个周期的时间 $20T_0$。计时装置复位,重新使圆盘静止,重复上述方法测量 5 次,每次 20 个周期,将数据记录到表 3-5-1 中,即可算出 T_0,并评定其不确定度。

②将圆环放在下圆盘上,使两者的中心轴线相重叠(圆环的外缘恰好与下圆盘上标记的某一圆周重合),按步骤①的方法测定摆动周期 T_1。

③将两个小圆柱体对称放置在下圆盘的一对孔中,用上述同样方法测定摆动周期 T_x。

3. 长度的测量和质量的记录

①长度测量记入表 3-5-2。用钢直尺分别测出上、下圆盘三个悬点两两之间的距离 a 和 b,各测量 5 次,然后算出悬点到中心的距离 r 和 R(等边三角形外接圆半径);用钢尺测出上下两

圆盘之间的垂直距离 H（单次）和放置两小圆柱体小孔间距 $2x$（5 次）；用游标卡尺量出待测圆环的外、内径 $2R_1$、$2R_2$ 和小圆柱体的直径 $2R_x$ 各 5 次；算出以上各量的间接测量量填入表 3-5-2。由于下圆盘悬点到中心的距离不等于下圆盘的半径（见图 3-5-4），所以计算理论值用的下圆盘半径 R_0 要用游标卡尺单次测量直径 $2R_0$ 后算得。

②各刚体的质量标记在刚体上，记入表 3-5-3。

③评定与 I_0 有关的各中间量的不确定度并填入表中。

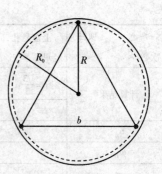

图 3-5-4　下圆盘平面图

【注意事项】

①严禁仪器发生碰撞。

②在测量上下盘之间的高度时，注意不要将钢尺压在下盘上，这样测出的高度会偏大。

③转动角度不可太大，不得晃动。

④挡光杆要完全遮光且不接触光电门，否则将产生错误的周期计数。

【数据记录与处理】

1. 实验数据记录

表 3-5-1　周期测量数据记录　　　　　　　　　　　　　　　单位：s

		下圆盘		下盘加圆环		下盘加两圆柱	
20 个周期	1						
	2						
	3						
	4						
	5						
	平均						
周期		T_0		T_1		T_x	
不确定度	$u_A(T_0)$			—		—	
	$u_B(T_0)$			—		—	
	$u(T_0)$			—		—	

表 3-5-2　长度测量数据记录表　　　　　　　　　　　　　　　单位：cm

次数 ＼ 项目	上盘悬孔间距 a	下盘悬孔间距 b	待测圆环		小圆柱体直径 $2R_x$	放置小圆柱体两小孔间距 $2x$
			外直径 $2R_1$	内直径 $2R_2$		
1						
2						
3						
4						
5						
平均						

续表

项目 次数	上盘悬孔 间　距 a	下盘悬孔 间　距 b	待测圆环		小圆柱体直径 $2R_x$	放置小圆柱体两 小孔间距 $2x$
			外直径 $2R_1$	内直径 $2R_2$		
计算结果	$r = \dfrac{\sqrt{3}}{3}a$	$R = \dfrac{\sqrt{3}}{3}b$	R_1	R_2	R_x	x
u_A			—	—	—	—
u_B			—	—	—	—
u						

表 3-5-3　单次长度测量与给定质量记录

物理量	上、下圆盘间距 H/cm	下圆盘半径 R_0/cm	下圆盘质量 m_0/g	待测圆环质量 m/g	圆柱体质量 m'/g
测量值					
不确定度				—	—

2. 圆盘转动惯量的计算

①用式 (3-5-8) 计算下圆盘的转动惯量 $I_0 = $ _____；

②参照教材第 1 章相关内容评定其不确定度：

$$u(I_0) = I_0 \sqrt{\left(\frac{u(m_0)}{m_0}\right)^2 + \left(\frac{u(\overline{R})}{\overline{R}}\right)^2 + \left(\frac{u(\overline{r})}{\overline{r}}\right)^2 + 4\left(\frac{u(\overline{T}_0)}{\overline{T}_0}\right)^2 + \left(\frac{u(H)}{H}\right)^2} = \text{_____}；$$

③理论值 $I'_0 = \dfrac{1}{2}m_0 R_0^2 = $ _____；

④相对误差 $E(I_0) = $ _____；

3. 圆环转动惯量的计算

①用式 (3-5-10) 计算待测圆环测量结果 $I = $ _____；

②理论值 $I' = \dfrac{m}{2}(R_1^2 + R_2^2) = $ _____；

③相对误差 $E(I') = $ _____；

4. 验证平行轴定理

①用式 (3-5-11) 求出圆柱体绕中心转轴 OO' 的转动惯量 $I_x = $ _____；

②理论值 $I'_x = \dfrac{1}{2}m' R_x^2 + m' x^2 = $ _____；

③相对误差 $E(I_x) = $ _____。

【研究与讨论】

①用三线摆测刚体转动惯量时,为什么必须保持下盘水平?

②在测量过程中,如下盘出现晃动,对周期测量有影响吗? 如有影响,应如何避免?

③三线摆放上待测物后,其摆动周期是否一定比空盘的转动周期大? 为什么?

④验证平行轴定理时,要减小直尺测量小孔间距的误差,小圆柱的相对位置应该放得近些还是远些?

实验 6 落球法测量液体黏滞系数

各种液体具有不同程度的黏滞性。当液体流动时,平行于流动方向的各层流体速度都不相同,即存在着相对滑动,于是在各层之间就有摩擦力产生,这一摩擦力称为**黏滞力**。

黏滞力的方向平行于接触面,大小与速度梯度及接触面积成正比。比例系数 η 称为**黏滞系数**(或**黏度**)。黏滞系数是表征液体黏滞程度的重要参数,是液体流动时内摩擦作用大小的量度。黏滞系数与液体的性质、温度和流速有关,是表征液体黏滞性强弱的重要参数。

在工程技术和科学研究的许多领域中,需要考虑黏滞系数,如现代医学发现,许多心血管疾病都与血液黏度的变化有关。血黏度的大小是人体血液健康的重要标志之一。石油在封闭管道中长距离输送时,输运特性与黏滞性密切相关,因而在设计管道前,必须测量被输石油的黏度。所以液体的黏滞系数是非常重要的物理参数。

本实验用落体法测量黏滞系数较大的液体。

【实验目的】

①观察液体的内摩擦现象。

②学会用落体法测量液体的黏滞系数。

【实验仪器】

液体黏滞系数测定仪、小钢球、密度计、温度计、秒表、游标卡尺、钢卷尺、读数显微镜。

【实验原理】

如图 3-6-1 所示,如果一小球在液体中下落,由于附着于球面的液层与周围其他液层之间存在着相对运动,因此小球受到黏滞阻力。它的大小与小球下落的速度有关。根据斯托克斯定律,小球所受到的黏滞阻力

$$F = 6\pi\eta rv$$

小球在液体中自由下落时,受到三个力的作用且都在竖直方向,即重力 mg、浮力 $\rho_0 Vg$ 和黏滞阻力 F。

开始下落时小球运动速度较小,相应的阻力也小,重力大于黏滞阻力和浮力,所以小球作加速运动。由于黏滞阻力随小球的运动速度增加而逐渐增加,加速度越来越小,最后,三个力达到平衡,即:

$$mg = 6\pi\eta rv + \rho_0 Vg$$

对于小球又有:

$$m = \rho V = \frac{4}{3}\pi r^3 \rho$$

因此

$$\eta = \frac{(m - V\rho_0)g}{6\pi vr} = \frac{(\rho - \rho_0)d^2 g}{18v}$$

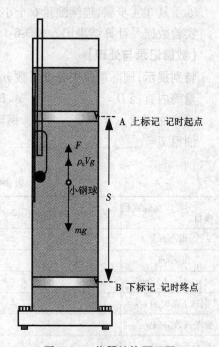

图 3-6-1 仪器结构原理图

圆柱形有机玻璃圆筒内的运动,不是无限广延的液体,考虑到管壁对小球的影响,上式应修正为:

$$\eta = \frac{(\rho - \rho_0) g d^2}{18 \frac{s}{t} \left(1 + 2.4 \frac{d}{D}\right)}$$

【实验内容与步骤】

①调节底板螺丝,使玻璃筒中心轴处于**铅直位置**。

②用游标卡尺测量有机玻璃圆筒的内直径 D,用钢卷尺测量圆筒上标线 A、B 之间的距离。记下实验时的油温 T。用密度计测量蓖麻油的密度。

③将密度计、温度计移动到筒的边缘,给小球下落留下尽量大的液面。至少 5 分钟后才可以放小球,目的是保证液体稳定。

④用读数显微镜测量小钢珠直径。先调整目镜,使叉丝清晰并且保证水平轴与镜筒移动方向一致;将小钢珠放在有机玻璃板的小坑内并对准物镜,通过调焦手轮将镜筒降到最低,然后慢慢升起镜筒并在目镜中观察小钢珠的像,直到边缘成清晰的像为止。再次校准目镜,消除视差。测量时竖直叉丝与小钢珠的左、右边缘相切时各记录一次读数,分别为 d_1 和 d_2,则小钢珠直径 $d = |d_1 - d_2|$。

⑤用镊子夹起小钢球,为了使其表面完全被所测的油浸润,先将小球在油中浸一下,然后放在玻璃圆筒中央,使小球沿圆筒轴线下落。当小球经过标记 A 时,立即按下秒表,使秒表开始计时。当小球经过标记 B 时,再按一下秒表,停止计时。秒表记录了小球从 A 下落到 B(即经过距离 S)所需的时间 t。

⑥重复③④步骤,连续测量 6 个小球的直径 d 和下落的时间 t。

实验数据及计算结果记入表 3-6-1 中。

【数据记录与处理】

特别提示:国际单位中黏度系数 η 的单位为帕秒(Pa·s),$1\ Pa \cdot s = 1\ kg \cdot m^{-1} \cdot s^{-1}$

量筒内直径 $D =$ ＿＿＿＿＿　　　A、B 间距离 $S =$ ＿＿＿＿＿

蓖麻油密度 $\rho_0 =$ ＿＿＿＿＿　　钢珠的密度 $\rho =$ ＿＿＿＿＿

油温 $T =$ ＿＿＿＿＿＿＿＿＿＿

表 3-6-1　实验数据记录表格

项目　　实验次数	1	2	3	4	5	6
d_1/mm						
d_2/mm						
$d = |d_1 - d_2|$/mm						
钢珠下落时间 t/s						
黏滞系数 η/ Pa·s						
黏滞系数 $\bar{\eta}$/Pa·s						

评定 $\bar{\eta}$ 的不确定度并写出测量结果。

【研究与讨论】

①落球法测量液体黏滞系数的基本原理和适用范围是什么？

②玻璃管外壁的上、下标志线的位置是否可以选取在液面处和管底部？

③小球下落时如果偏离中心较大或玻璃管不铅直，对实验有无影响？

④实验中为什么要测量液体的温度？

实验7 金属杨氏模量的测定

杨氏模量是表征固体材料性质的一个重要物理量,是工程设计上选用材料时需要考虑的重要参数之一。杨氏模量一般只与材料的性质和温度有关,与几何形状无关。实验测定杨氏模量的方法很多,本实验采用静态拉伸法测定金属丝的杨氏模量。本实验提供了一种测量微小长度变化的方法,即光杠杆法。光杠杆法可以实现非接触式的放大测量,且直观、简便、精度高,所以常被采用。

【实验目的】

①测定金属丝的杨氏模量。

②掌握用光杠杆测量微小长度变化的原理和方法。

③学习用逐差法处理实验数据。

【实验仪器】

金属丝、杨氏模量测定仪、砝码、光杠杆、钢卷尺、螺旋测微计、游标卡尺,如图3-7-1所示。

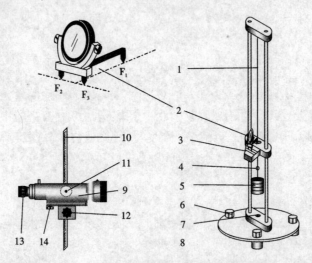

1.金属丝 2.光杠杆 3.平台 4.挂钩 5.砝码 6.底座水平调节螺钉 7.水平仪 8.底座
9.内调焦望远镜 10.标尺 11.物镜调焦手轮 12.锁紧手轮 13.目镜 14.俯仰调节螺丝

图3-7-1 实验装置示意图

【实验原理】

1. 杨氏弹性模量

固体在外力作用下发生的形变可分为两类,即弹性形变和范性形变。外力撤除后物体能完全恢复原状的形变为弹性形变,外力撤除后物体不能完全恢复的形变为范性形变。本实验中只研究金属丝的弹性形变。

设金属丝的原长为 L、横截面积为 S,沿长度方向施力 F 后,长度改变 ΔL。金属丝单位面积上受到的垂直作用力 F/S 称为**正应力**。金属丝的相对伸长量 $\Delta L/L$ 称为**线应变**。根据实验

结果,在弹性范围内,由胡克定律可知物体的正应力与线应变成正比,即

$$\frac{F}{S} = Y\frac{\Delta L}{L} \tag{3-7-1}$$

比例系数 Y 即为**杨氏弹性模量**(简称"杨氏模量")。它的值

$$Y = \frac{F/S}{\Delta L/L} \tag{3-7-2}$$

杨氏弹性模量表征材料本身的性质。Y 越大的材料,要使它发生一定的相对形变所需要的单位横截面积上的作用力也越大。一些常用材料的 Y 值见表 3-7-1。Y 的国际单位制单位为帕斯卡,记为 Pa(1 Pa = 1 N/m^2 ;1 GPa = 10^9 Pa)。

表 3-7-1　一些常用材料的杨氏弹性模量

材料名称	钢	铁	铜	铝	铅	玻璃	橡胶
Y/GPa	192 ~ 216	113 ~ 157	73 ~ 127	约 70	约 17	约 55	约 0.007 8

本实验测量的是钢丝的杨氏弹性模量。如果钢丝直径为 d,则钢丝横截面积

$$S = \frac{\pi d^2}{4}$$

由此,式(3-7-2)可变为

$$Y = \frac{4FL}{\pi d^2 \Delta L} \tag{3-7-3}$$

可见,只要测出式(3-7-3)中右边各量,就可计算出杨氏弹性模量。式中 L(金属丝原长)可由米尺测量,d(钢丝直径)可用螺旋测微计测量,F(外力)可由实验中钢丝下面悬挂的砝码的重力 $F = mg$ 求出。而 ΔL 是一个微小长度变化,用一般方法无法准确测量,因此,本实验利用光杠杆的光学放大作用对钢丝微小伸长量 ΔL 进行间接测量。

2. 光杠杆测量微小长度变化原理

尺读望远镜和光杠杆组成图 3-7-2 所示光杠杆测量系统。光杠杆结构如图 3-7-1 中 2 所示,它是一个可绕通过镜面中心的水平轴转动的平面镜。平面镜的支架由三个尖足支撑,三个尖足的连线为一等腰三角形。前两尖足连线与平面镜水平轴线在同一平面内(平面镜俯仰方位可调),后足在前两足连线的中垂线上。尺读望远镜由一把竖立的毫米刻度尺和在尺旁的一个望远镜组成,见图 3-7-2。

将光杠杆和望远镜按图 3-7-2 所示放置好,按仪器调节顺序调好全部装置后,就会在望远镜中看到经由光杠杆平面镜反射的标尺像。设开始时光杠杆的平面镜竖直,即镜面法线在水平方向,在望远镜中恰能看到平面镜反射的标尺刻度 n_0 的像,即没加砝码时,望远镜中标尺的读数为 n_0。当挂上重物使细钢丝受力伸长后,光杠杆的后足尖 F_1(见图 3-7-1)随之下降 ΔL,光杠杆平面镜转过一较小角度 θ,法线也转过同一角度 θ。根据反射定律,此时反射到望远镜中的读数变为 n_1(n_1 为标尺某一刻度),记 $n_1 - n_0 = \Delta n$。

由图 3-7-2 可知

$$\tan \theta = \frac{\Delta L}{b}$$

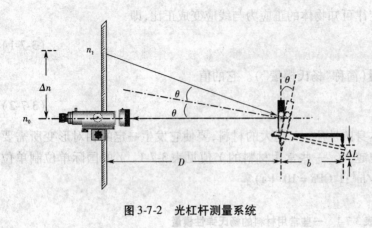

$$\tan 2\theta = \frac{\Delta n}{D}$$

式中,b 为光杠杆常数(光杠杆后足尖至前足尖连线的垂直距离);D 为光杠杆镜面至尺读望远镜标尺的距离。

由于偏转角度 θ 很小,即 $\Delta L \ll b$,$\Delta n \ll D$,所以近似地有

$$\theta \approx \frac{\Delta L}{b},\ 2\theta \approx \frac{\Delta n}{D}$$

图 3-7-2 光杠杆测量系统

则

$$\Delta L = \frac{b}{2D}\Delta n \tag{3-7-4}$$

因此,微小变化量 ΔL 可通过较易准确测量的 b、D、Δn 间接求得。将式(3-7-4)代入式(3-7-3)得

$$Y = \frac{8FLD}{\pi d^2 b \Delta n} \tag{3-7-5}$$

通过上式便可算出杨氏模量 Y。

【实验步骤】

1. 杨氏模量测定仪的调整

①调节杨氏模量测定仪底座上的调整螺钉,使水平仪水平,从而达到平台水平,支架、细钢丝铅直。

②将光杠杆放在平台上,两前足放在平台前面的横槽中,后足放在钢丝下端的圆筒形夹头上适当位置,不能与钢丝接触,不要靠着圆孔边,也不要放在夹缝中。

2. 光杠杆及望远镜镜尺组的调整

①将望远镜放在离光杠杆镜面 1.5~2.0 m 处,并使二者在同一高度。调整光杠杆镜面与平台面垂直,望远镜筒成水平,并使标尺竖直。

②使望远镜筒方向对准光杠杆反射镜面,沿着望远镜筒上端准星的方向看反射镜中有无标尺的反射像。如看不到,可左右移动望远镜位置,直到在镜中看到标尺的像为止。此时望远镜左右方向的位置不能再动。

③调节望远镜目镜,使十字叉丝清晰,再调节物镜,从镜筒内看清小镜子镜面,调整望远镜筒下的倾斜螺丝,同时左右转动望远镜,直到小镜子镜面在望远镜视野的正中位置。

④调节物镜,从镜筒内看清标尺像,细心调整,消除视差,使标尺像与叉丝无相对位移,记录下标尺的初始读数值。(注意:记录初始读数后,绝不能再碰已调好的实验装置!)

3. 测量

①将砝码逐个加在砝码盘上,共加 5 次,每加一次砝码记录望远镜中标尺的相应读数 n_i。

②依次减砝码至 5 次的砝码全部取下,每减一次砝码分别记录望远镜中标尺的相应读数

n_i。

③重复步骤①、②,测量结果记入表 3-7-2。

④用米尺测量望远镜标尺到光杠杆镜面的距离 D,钢丝原长 L,用螺旋测微计在钢丝不同位置测直径 d 三次,测量结果分别记入表 3-7-3、表 3-7-4。

⑤测量光杠杆常数 b。取下光杠杆在展开的白纸上同时按下三个尖足的位置,用直尺作出光杠杆后足尖到两前足尖连线的垂线,再用游标卡尺测出 b。

【注意事项】

①加减砝码时,要轻拿轻放,待系统稳定后才能读取标尺读数 n_i。

②注意保护平面镜和望远镜,不能用手触摸光学面。

③实验完成后,应将砝码取下,防止钢丝疲劳。

【数据记录与处理】

表 3-7-2　钢丝伸长量的测量

砝码质量/kg	望远镜中标尺读数 n_i/cm				
	加砝码	减砝码	加砝码	减砝码	平均值
$m_0 = 0.000$					$\overline{n_0} =$
$m_1 = 2.000$					$\overline{n_1} =$
$m_2 = 4.000$					$\overline{n_2} =$
$m_3 = 6.000$					$\overline{n_3} =$
$m_4 = 8.000$					$\overline{n_4} =$
$m_5 = 10.000$					$\overline{n_5} =$

表 3-7-3　三个常数的测量

镜面到标尺距离 D/cm	
钢丝原长 L/cm	
光杠杆杆长 b/cm	

表 3-7-4　钢丝直径的测量

螺旋测微计零点读数:＿＿＿＿mm

次　数	1	2	3	平均值 $\overline{d}$	修正值 d_x
直径 d/mm					

1. 用逐差法处理数据

本实验的直接测量量是等间距变化的多次测量,故采用逐差法处理数据。

①用逐差法计算

$$\overline{\Delta n} = \frac{|\overline{n_3} - \overline{n_0}| + |\overline{n_4} - \overline{n_1}| + |\overline{n_5} - \overline{n_2}|}{3}$$

②由公式

$$\overline{Y} = \frac{8FLD}{\pi d_x^2 b \overline{\Delta n}}$$

计算杨氏弹性模量值。

2. 单次测量量的不确定度

D、L、b 为单次测量量,其不确定度只有 B 类分量,A 类分量为零。

$$u(D) = 1 \text{ mm}, u(L) = 1 \text{ mm}, u(b) = 0.02 \text{ mm}$$

米尺的最小分度为 1 mm,游标卡尺的示值误差为 0.02 mm。

3. 评定 d_x 的不确定度

$$u_A(d_x) = \sqrt{\frac{(d_1 - \bar{d})^2 + (d_2 - \bar{d})^2 + (d_3 - \bar{d})^2}{3(3-1)}}$$

$$u_B(d_x) = \frac{0.004}{\sqrt{3}} \text{ mm}（螺旋测微计的示值误差为 0.004 mm）$$

d_x 的总不确定度

$$u(d_x) = \sqrt{u_A^2(d_x) + u_B^2(d_x)} = \underline{\hspace{2cm}}$$

4. 评定 $\overline{\Delta n}$ 的不确定度

$$u_A(\overline{\Delta n}) = \sqrt{\frac{(\Delta n_1 - \overline{\Delta n})^2 + (\Delta n_2 - \overline{\Delta n})^2 + (\Delta n_3 - \overline{\Delta n})^2}{3(3-1)}} = \underline{\hspace{2cm}}$$

其中,$\Delta n_1 = |\overline{n_3} - \overline{n_0}|, \Delta n_2 = |\overline{n_4} - \overline{n_1}|, \Delta n_3 = |\overline{n_5} - \overline{n_2}|$。

$$u_B(\overline{\Delta n}) = \frac{1}{\sqrt{3}} \text{ mm} = \underline{\hspace{2cm}}$$

$$u(\overline{\Delta n}) = \sqrt{u_A^2(\overline{\Delta n}) + u_B^2(\overline{\Delta n})} = \underline{\hspace{2cm}}$$

5. 评定 $\bar{Y}$ 的相对不确定度

$$u_r(\bar{Y}) = \frac{u(\bar{Y})}{\bar{Y}} = \sqrt{\left[\frac{u(L)}{L}\right]^2 + \left[\frac{u(D)}{D}\right]^2 + 2^2\left[\frac{u(d_x)}{d_x}\right]^2 + \left[\frac{u(b)}{b}\right]^2 + \left[\frac{u(\overline{\Delta n})}{\Delta n}\right]^2} \times 100\%$$

6. 评定 $\bar{Y}$ 的不确定度

$$u(\bar{Y}) = u_r(\bar{Y})\bar{Y} = \underline{\hspace{2cm}}$$

7. 结果表达式

写出测量结果表达式

$$Y = \bar{Y} \pm u(\bar{Y}) = \underline{\hspace{2cm}}$$

【研究与讨论】

①材料相同,粗细、长度不同的两根钢丝的杨氏弹性模量是否相同?

②光杠杆测微小长度法有何优点? 叙述原理。

实验 8 固体线膨胀系数的测定

绝大多数物体都具有"热胀冷缩"的特性。这是因为当温度变化时,固体内部受热运动的影响,原子间的距离随着变化,从而引起物体密度或长度的改变。固体热膨胀时,它在各个线度上(如长、宽、高及直径等)都要膨胀。人们把物体体积的增大称为**体膨胀**;把物体线度的增长称为**线膨胀**。物体的这个性质在工程结构设计(如桥梁、铁轨和电缆工程等)、精密仪表设计、材料的焊接和加工过程中应充分考虑。

【实验目的】
①测量金属杆的线膨胀系数。
②分别用公式法、作图法及最小二乘法处理数据。

【预习提纲】
①固体的线膨胀系数的概念。
②光杠杆测量微小长度的原理和方法。
③最小二乘法处理数据原理。

【实验仪器】
立式线膨胀实验仪、光杠杆、米尺、游标卡尺。

【实验原理】

1. 固体的线膨胀系数

在相同条件下,长度的变化取决于温度的变化、材料种类和材料原来的长度。测量固体的线膨胀系数,实际上归结为测量某一温度范围内固体的微小伸长量。实验表明,原长度为 L 的固体受热后,相对伸长量与温度变化成正比,即

$$\frac{\Delta L}{L} = \alpha \Delta t \tag{3-8-1}$$

式中,比例系数 α 称为**固体的线膨胀系数**。实验证明,同一材料的线膨胀系数也随温度的不同而有所变化。但在一般情况下,这个变化量很小,所以在温度变化不大的情况下,对一种确定的固体材料,线膨胀系数可认为是一常数。

设温度 $t = 0\ ℃$ 时,固体的长度为 L_0。当温度升高到 t 时,长度为 L_t,据式(3-8-1)有

$$L_t = L_0(1 + \alpha t) \tag{3-8-2}$$

如果在温度为 t_1 和 t_2 时(设 $t_1 < t_2$),金属杆长度分别为 L_1 和 L_2,根据式(3-8-2)可导出

$$L_1 = L_0(1 + \alpha t_1) \tag{3-8-3}$$

$$L_2 = L_0(1 + \alpha t_2) \tag{3-8-4}$$

将式(3-8-3)代入式(3-8-4)化简后得

$$\alpha = \frac{L_2 - L_1}{L_1\left(t_2 - \frac{L_2}{L_1}t_1\right)} \tag{3-8-5}$$

因 L_2 与 L_1 非常接近,故 $L_2/L_1 \approx 1$,于是可将式(3-8-5)写成

$$\alpha = \frac{L_2 - L_1}{L_1(t_2 - t_1)} \qquad (3\text{-}8\text{-}6)$$

应注意到,在 α 的表达式中,$\Delta L = L_2 - L_1$ 为一微小伸长量,不能直接测量。这里用光杠杆法测量。光杠杆法是常用的测量微小伸长量的方法。

2. 立式线膨胀实验仪和光杠杆系统

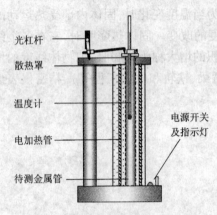

光杠杆
散热罩
温度计
电加热管
待测金属管

电源开关
及指示灯

图 3-8-1　立式线膨胀实验仪剖面图

立式线膨胀实验仪如图 3-8-1 所示,它主要由电加热器和散热器构成。将待测金属管放于加热器中心,内放温度计,用来测量待测金属管的温度。光杠杆的前两足放于平台的横槽中,后足一定要放在与待测金属管相连的白色金属片上。这样才能保证当加热时,光杠杆的后足能够跟随待测金属管的升高而升高。在光杠杆的正对面放有望远镜和标尺,它们和光杠杆组成测量系统,用来测量金属管的微小伸长量 ΔL,如图 3-8-2 所示。

首先记录初始温度并测量待测金属管在此温度下的长度,再把待测金属管放入线膨胀仪的加热器孔中并和底部接触。将温度计插入加热管内的待测金

属管内,并使刻度正对实验者。

将光杠杆和望远镜按图 3-8-2 所示放置好,按仪器调节顺序调好全部装置后,就会在望远镜中看到由光杠杆平面镜反射的标尺像。设开始时,光杠杆的平面镜竖直,即镜面法线在水平方向,在望远镜中恰能看到望远镜处标尺刻度 n_1 的像,即初始温度 t_1 时,望远镜中的读数为 n_1。

加热后,温度由 t_1 升高到 t_2,金属管伸长 $\Delta L = L_2 - L_1$,光杠杆的后脚尖

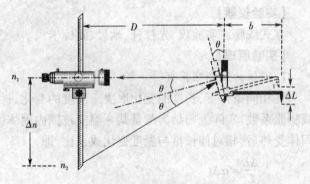

图 3-8-2　光杠杆测量系统

随之升高 ΔL,光杠杆平面镜转过一较小角度 θ,法线也转过同一角度 θ。根据反射定律,此时反射到望远镜中的读数变为 n_2(n_2 为标尺某一刻度),记 $n_2 - n_1 = \Delta n$。

由图 3-8-2 可知

$$\tan \theta = \frac{\Delta L}{b}$$

$$\tan 2\theta = \frac{\Delta n}{D}$$

式中,b 为**光杠杆常数**(光杠杆后足尖至两前足尖连线的垂直距离);D 为光杠杆镜面至尺读望远镜标尺的距离。

由于偏转角度 θ 很小,即 $\Delta L \ll b$,$\Delta n \ll D$,所以近似地有

$$\theta \approx \frac{\Delta L}{b}, 2\theta \approx \frac{\Delta n}{D}$$

则

$$\Delta L = \frac{b}{2D}\Delta n$$

$$\Delta L = L_2 - L_1 = \frac{b}{2D}(n_2 - n_1) \tag{3-8-7}$$

式中，n_1 及 n_2 为温度 t_1 和 t_2 时望远镜标尺的读数，将式(3-8-7)代入式(3-8-6)得

$$\alpha = \frac{b(n_2 - n_1)}{2DL_1(t_2 - t_1)} \tag{3-8-8}$$

此即线膨胀系数的表达式，只要正确测出公式中的各个量，就可得到 α 值。

　　实验中，t_1 取室温，用 t_r 表示。室温下的金属管的长度用 L_r 表示。光杠杆读数用 n_r 表示。t_2 分别取 8 个温度，这样可以测出 8 个 L_2，就可以求出 8 个 α 值，然后取平均值。

【实验步骤】

1. 光杠杆系统调整(图 3-8-2)

①将光杠杆的两前支点放在加热器平台的横槽内，后支点放在金属杆的上端(一定要放在白色金属圈上以和金属管接触)，调整光杠杆镜面使之与地面垂直。

②调整望远镜，先使望远镜筒水平并和光杠杆等高，再使望远镜筒正对光杠杆镜面，眼睛沿着望远镜筒上的准星方向往光杠杆镜中看有无标尺的像，左右移动望远镜，直到在光杠杆镜中看到标尺的像，此时望远镜左右位置勿再移动。

③调望远镜目镜，使叉丝清晰；调望远镜物镜，使能清楚地看到镜面；调整望远镜的俯仰倾斜螺丝，同时左右转动望远镜，直到小镜面位于望远镜视野正中位置。

④调望远镜物镜，在镜中能清楚地看到标尺的读数，记录室温 t_r 和望远镜的初始读数 n_r。(此后整个实验系统不能再碰！)

2. 测量和记录

①接通电源，温度上升。当温度上升至 60 ℃时记录相应的望远镜中的读数值。以后温度每上升 5 ℃记录一次，直到 95 ℃。

②关闭电源，温度先上升几度，待温度下降到 95 ℃时，记录第二组数据。

③用米尺测量标尺到光杠杆镜面的距离 D；用游标卡尺测光杠杆长度 b；取下光杠杆在展开的白纸上同时按下三个尖足的位置，用直尺作出光杠杆后足尖到两前足尖连线的垂线，再用游标卡尺测出 b。

【注意事项】

①升温前的光杠杆读数 n_r 一定要两人读两次，确保正确无误。

②实验中每次应在记录温度到达之前提醒准备，以免错过。

【数据记录与处理】

数据记录表见表 1-4-2，根据实验结果分别用三种方法处理数据。

1. 列表法

①根据实验数据计算 α 值，结果填入表 1-4-2。

②计算平均测量结果 $\bar{\alpha}$ 的标准偏差，写出测量结果表达式。$\bar{\alpha}$ 的标准偏差

$$S(\bar{\alpha}) = \sqrt{\frac{\sum_{i=1}^{8}(\alpha_i - \bar{\alpha})^2}{8(8-1)}}$$

测量结果表达式

$$\alpha = \bar{\alpha} \pm S(\bar{\alpha})$$

2. 最小二乘法

最小二乘法原理请参考本书第 1 章。根据最小二乘法原理求出：

$$k' = \frac{\overline{xy} - \bar{x}\bar{y}}{\overline{x^2} - (\bar{x})^2}$$

再求出

$$\alpha = \frac{k'b}{2DL_1}$$

3. 作图法

①作 $y - x$ 曲线。

②在曲线上任取两点,求斜率 $k = \dfrac{y_2 - y_1}{x_2 - x_1}$。

③计算 $\alpha = \dfrac{kb}{2DL_1}$。

【研究与讨论】

①在温度上升和下降两个过程中测得的 n 值如果相差很大,正常吗? 会对测量结果有何影响? 有何改进建议?

②是否还有其他方法测量固体的线膨胀系数?

实验 9 导热系数的测量

【实验目的】

①了解热传导的物理过程和热电偶的工作原理。

②掌握稳态法的测量条件和稳态法测导热系数的原理。

③用稳态法测定出不良导热体的导热系数。

【实验仪器】

导热系数测定仪,如图 3-9-1 所示。

【实验原理】

根据傅里叶导热方程式,在物体内部取两个垂直于热传导方向,彼此间相距 h,温度分别为 T_1、T_2 的平行平面(设 $T_1 > T_2$)。若平面面积均为 S,那么在 Δt 时间内通过面积 S 的热量 ΔQ 满足下列表达式:

$$\frac{\Delta Q}{\Delta t} = \lambda S \frac{(T_1 - T_2)}{h} \qquad (3\text{-}9\text{-}1)$$

式中,$\dfrac{\Delta Q}{\Delta t}$ 为热流量;λ 为该物质的**热导率**(又称作**导热系数**),在数值上等于相距单位长度的两平面的温度相差 1 个单位时,单位时间内通过单位面积的热量,其单位是 $\text{W} \cdot \text{m}^{-1} \cdot \text{K}^{-1}$。

实验仪器如图 3-9-1 所示,在支架上先放上散热盘 P,在 P 的上面放待测样品 B(圆盘形的不

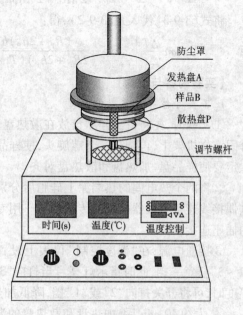

图 3-9-1 导热系数测定仪

良导体),再把带发热器的圆铜盘 A 放在 B 上。发热器通电后,热量从 A 盘传到 B 盘,再传到 P 盘。由于 A、P 盘都是良导体,其温度即可代表 B 盘上、下表面的温度 T_1、T_2。T_1、T_2 分别由插入 A、P 盘边缘小孔的热电偶温度计测量。热电偶的冷端已设计了冰点温度补偿,不必再用杜瓦瓶及冰水混合物。由式(3-9-1)可知,单位时间内通过待测样品 B 任一圆截面的热流量为:

$$\frac{\Delta Q}{\Delta t} = \lambda \frac{(T_1 - T_2)}{h_B} \pi R_B^2 \qquad (3\text{-}9\text{-}2)$$

式中,R_B 为样品的半径;h_B 为样品厚度。当热传导达到稳定状态时,T_1 和 T_2 的值不变,于是通过 B 盘上表面的热流量与由铜盘 P 向周围环境散热的速率相等。因此,可通过铜盘 P 在稳定温度 T_2 时的散热速率求出热流量 $\dfrac{\Delta Q}{\Delta t}$。实验中,在读得稳定时的 T_1 和 T_2 后,即可将 B 盘移去,而使 A 盘的底面与铜盘 P 直接接触。当 P 盘的温度上升到高于稳定时的 T_2 值若干摄氏度后,再将圆盘 A 移开,让铜盘 P 自然冷却。观察其温度 T 随时间 t 的变化情况,然后由此求

出铜盘在 T_2 的冷却速率 $\left.\dfrac{\Delta T}{\Delta t}\right|_{T=T_2}$,而 $mc\left.\dfrac{\Delta T}{\Delta t}\right|_{T=T_2}=\dfrac{\Delta Q}{\Delta t}$ (m 为紫铜盘 P 的质量, c 为铜材的比热容),即紫铜盘 P 在温度为 T_2 时的散热速率。但要注意,这样求出的 $\dfrac{\Delta T}{\Delta t}$ 是紫铜盘 P 的全部表面暴露于空气中的冷却速率,散热表面积为 $2\pi R^2+2\pi R_P h_P$ (其中 R_P 与 h_P 分别为紫铜盘的半径与厚度)。然而,在观察测试样品的稳态传热时,P 盘的上表面(面积为 πR_P^2)是被样品覆盖着的。考虑到物体的冷却速率与它的表面积成正比,则稳态时铜盘散热速率的表达式应作如下修正:

$$\frac{\Delta Q}{\Delta t}=mc\left.\frac{\Delta T}{\Delta t}\right|_{T=T_2}\cdot\frac{\pi R_P^2+2\pi R_P h_P}{2\pi R_P^2+2\pi R_P h_P} \tag{3-9-3}$$

将式(3-9-3)代入式(3-9-2),得:

$$\lambda=mc\left.\frac{\Delta T}{\Delta t}\right|_{T=T_2}\cdot\frac{(R_P+2h_P)h_B}{(2R_P+2h_P)(T_1-T_2)}\cdot\frac{1}{\pi R_B^2} \tag{3-9-4}$$

【实验内容与步骤】

1. 不良导体导热系数的测量

①实验时,先将待测样品盘放在散热盘上面,然后将发热盘放在样品盘上方,并用固定螺母固定在机架上,再调节三个螺旋头,使样品盘的上下两个表面与发热盘和散热盘紧密接触,一定要使样品盘、加热盘和散热盘对齐。

②将两个热电偶的热端涂上硅脂后分别插入加热盘和散热盘侧面的小孔中,并分别将热电偶接线连接到仪器面板的传感器上。用专用导线将仪器机箱后部插座与加热组件圆铝板上的插座连接。

③接通电源,在"温度控制"仪表上设置加温的上限温度。将加热选择开关由"断"打向"1~3"任意一挡,此时指示灯亮。当打向"3"挡时,加温速度最快。当加热盘的温度达到所设温度时,可将开关打向"2"或"1"挡,降低加热电压。

④ 大约 40 min 后,加热盘和散热盘的温度不再上升,说明已达到稳态,每隔 2 min 记录 T_1 和 T_2 值,填入表 3-9-1。

⑤测量散热盘在稳态值 T_2 附近的冷却速率 $\left(\left.\dfrac{\Delta T}{\Delta t}\right|_{T=T_2}\right)$ 。移开加热盘,取下橡胶盘,并使加热盘的底面与散热盘直接接触。当散热盘的温度上升到高于稳态的 T_2 值若干摄氏度后,再将加热盘移开,让散热盘自然冷却。计算散热盘的冷却速率 $\left.\dfrac{\Delta T}{\Delta t}\right|_{T=T_2}$,填入表 3-9-2。

2. 金属导热系数的测量(选做)

将硬铝样品侧面绝热,样品的上、下表面周围分别套一个绝热圆环,置于发热圆盘与散热圆盘之间,两根热电偶分别插入硬铝样品上、下表面的小孔内,设定加热盘温度,采用自动控温对样品加热,待样品达到稳定导热状态,记下样品上、下表面的温度 T_1 和 T_2 的值,然后将其中一个热电偶插入散热盘的小孔内,测出散热盘的温度 T_3 。

移去样品,用加热盘直接对散热盘加热,待散热盘温度高出 T_3 若干,移去加热盘,让散热盘在环境中自然冷却,测出散热盘的冷却速率。

3. 空气导热系数的测量(选做)

通过调节三个螺旋头,使发热圆盘与散热圆盘的距离为 h ,并用塞尺进行测量(即塞尺的厚度），此距离即为待测空气层的厚度。注意：由于存在空气对流，所以此距离不宜过大。

【数据记录与处理】

①记录稳态时样品盘上、下表面的温度 T_1 和 T_2。（每隔 2 min 记录 1 次，共记录 5 次

表 3-9-1　样品盘上、下表面的温度 T_1 和 T_2　　　　　　单位：℃

温度＼次数	1	2	3	4	5	平均值
T_1						
T_2						

②求散热盘在温度为 T_2 时的冷却速率，公式如下：

$$\frac{T_{高} - T_{低}}{\Delta t} = \frac{\Delta T}{\Delta t}\bigg|_{T = T_2}$$

表 3-9-2　样品上、下表面的温度 $T_{低}$ 和 $T_{高}$

$T_{高}/℃$	$T_{低}/℃$	$\Delta t/s$

③根据实验结果，计算橡胶的导热系数公式如下：

$$\bar{\lambda} = mc\frac{\Delta T}{\Delta t}\bigg|_{T = T_2} \cdot \frac{(R_P + 2h_P)}{(2R_P + 2h_P)(\bar{T}_1 - \bar{T}_2)} \cdot \frac{1}{\pi R_B^2}$$

【注意事项】

①热电偶测温点必须与被测物体接触良好。

②本实验装置呈装配式，实验中又需要不断变换，操作必须小心谨慎。抽出被测样品时，应先旋松加热圆筒侧面的固定螺钉。样品取出后，小心将加热圆筒降下，使发热盘与散热盘接触，注意防止高温烫伤。在测定散热盘的冷却速率时，加热盘升起移开后必须牢牢地固定在机架上，防止实验过程中下滑造成事故。

③测铜盘的冷却速率一定是在自然对流的条件下。

④实验结束后，保管好待测样品，不要使样品两端面划伤，影响实验精度。

【研究与讨论】

①测导热系数 λ 要满足哪些条件？

②测冷却速率时，为什么要在稳态温度 T_2（或 T_3）附近选值？如何计算冷却速率？

③讨论本实验的误差因素，并说明导热系数可能偏小的原因。

实验 10　弹簧振子的机械能研究

物体在与偏离平衡位置的位移大小成正比并且总指向平衡位置的回复力(即弹性力)的作用下振动,叫做**简谐振动**。简谐运动是最简单、最基本也是最特殊的机械振动。弹簧振子在作简谐振动时,尽管位移、速度、加速度、回复力均发生变化,但机械能的总量保持不变,原因是振子水平振动时只有弹力做功,所以,它满足机械能守恒条件。

【实验目的】

①观察简谐振动现象,测定弹簧振子的振动周期并验证其机械能守恒。

②学会使用气垫导轨和数字毫秒计。

【实验仪器】

气垫导轨装置、数字毫秒计、焦利氏秤、电子天平、弹簧。

【实验原理】

物体在一定位置附近来回往复的运动称为**机械振动**。机械振动现象广泛地存在于自然界中,例如,摆的运动、气缸中活塞的运动等。而最简单、最基本的振动是简谐振动,一切复杂的振动都可以分解为若干简谐振动。因此,掌握简谐振动的规律及特征,对于复杂振动规律的研究是非常重要的。

根据**胡克定律**,在弹性范围内,弹簧的伸长 x 与所受的拉力 F 成正比,即

$$F = kx$$

式中,比例系数 k 为弹簧的**倔强系数**,与材料的性质及形状有关。

如图 3-10-1 所示,在水平气垫导轨上滑块的两端连接两根弹簧,两弹簧的另一端分别固定在导轨的两端点。选水平向右的方向为 x 轴的正向,两弹簧的倔强系数分别为 k_1、k_2。

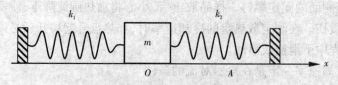

图 3-10-1　弹簧振子的原理图

滑块的平衡位置为坐标原点时,滑块所受的合外力为零。当把滑块从平衡位置向右移至某点 A,位移的距离为 x。此时左边的弹簧被拉长,右边的弹簧被压缩,滑块受到的弹性力为

$$F = -(k_1 + k_2)x \tag{3-10-1}$$

在弹性力的作用下,滑块要发生运动。按照牛顿第二定律($F = ma$),可得

$$m \frac{\mathrm{d}^2 x}{\mathrm{d}t^2} = -(k_1 + k_2)x \tag{3-10-2}$$

其中 $m = m_0 + m_1$。m_1 为滑块质量;m_0 为弹簧折合质量,近似等于弹簧质量的 $\frac{1}{3}$。

令

$$\omega^2 = \frac{k_1 + k_2}{m}$$

则

$$\frac{\mathrm{d}^2 x}{\mathrm{d}t^2} = \omega^2 x \qquad (3\text{-}10\text{-}3)$$

可见,位移 x 必定是一个满足式(3-10-3)的时间函数,因此可用直接代入法证明。

$$x = A\sin(\omega t + \varphi_0) \qquad (3\text{-}10\text{-}4)$$

式(3-10-4)表明,滑块的运动是简谐振动。其中 A 为振幅,表示滑块运动的最大位移;ω 是圆频率;φ_0 为初位相,当 ωt 每增加 2π 时,滑块的运动经过一周后回到原处。滑块运动一周所用的时间叫做周期,用 T 表示,而且圆频率与频率之间的关系为 $f = \dfrac{\omega}{2\pi}$。因此,谐振动的周期

$$T = \frac{1}{f} = \frac{2\pi}{\omega} = 2\pi\sqrt{\frac{m}{k_1 + k_2}} \qquad (3\text{-}10\text{-}5)$$

由此可见,若弹簧的倔强系数 k_1、k_2 和滑块的质量 m 改变,那么周期 T 也会随之改变。根据简谐振动的运动学特征,如将式(3-10-4)对时间求微商,即滑块的速度

$$v = \frac{\mathrm{d}x}{\mathrm{d}t} = A\omega\cos(\omega t + \varphi_0) \qquad (3\text{-}10\text{-}6)$$

本实验中,由于滑块只受弹性力作用,所以任何时刻系统的振动动能为

$$E_k = \frac{1}{2}mv^2 = \frac{1}{2}(m_1 + m_0)v^2 \qquad (3\text{-}10\text{-}7)$$

系统的弹性势能为两个弹簧的弹性势能之和,即

$$E_p = \frac{1}{2}k_1 x^2 + \frac{1}{2}k_2 x^2$$

若 $k = k_1 + k_2$,得

$$E_p = \frac{1}{2}kx^2 \qquad (3\text{-}10\text{-}8)$$

利用式(3-10-6)、式(3-10-7)、式(3-10-8)得总机械能

$$E = E_k + E_p = \frac{1}{2}mv^2 + \frac{1}{2}kx^2 = \frac{1}{2}kA^2 \qquad (3\text{-}10\text{-}9)$$

式(3-10-9)说明简谐振动系统的机械能守恒,可通过测量不同位置 x 处滑块的速度 v,求得 E_k 及 E_p,研究二者之间的相互转换并验证机械能守恒定律。

【仪器介绍】

1. 气垫导轨

气垫导轨由导轨、滑块、光电转换系统和气源几部分组成,整体结构及主要部件如图 3-10-2 所示。

1)导轨　导轨是由一条平直、光滑、截面为三角形的铝合金制成的密闭空腔,固定在钢性较强的钢梁上。导轨长为 1.5 m,轨面上均匀分布着孔径为 0.6 mm 的喷气小孔,导轨一端通过进气嘴和橡胶管与气源(气泵)相连。当压缩气体由气源经橡胶管连续地充入导轨腔体并由小孔喷出时,在轨面上形成气垫将滑块托起,使滑块与导轨几乎无摩擦。为了避免碰撞损坏

仪器,在导轨两端及滑块上都装有缓冲弹簧。三个底脚螺分布于钢梁底部将整个装置托起,用于调节导轨水平。底脚下的垫块用于调节导轨纵向倾斜度。滑轮用于绕绳挂砝码。导轨一侧装有毫米刻度的直尺,用于给光电门定位。

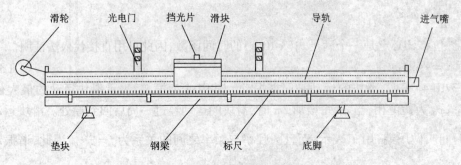

图 3-10-2   气垫导轨示意图

2）滑块   滑块也由铝材精密制成,其下表面与轨面严格吻合,滑块上可选择安装不同规格的挡光片、弹簧等附件。

3）挡光片   挡光片有多种规格和形状,实验中常用的是 U 形和条形,如图 3-10-3 所示。当 U 形挡光片滑过一个光电门时,用数字毫秒计测出相距为 Δx 的 A、C（或 B、D）两沿,两次挡光的时间间隔为 Δt。可根据 $v = \dfrac{\Delta x}{\Delta t}$ 计算出滑块的运动速度。Δt 越小,v 越接近瞬时速度。当条形挡光片随弹簧振子反复经过一个光电门时,通过设置数字毫秒计状态,可以测出某一挡光沿（比如 E）先后两次挡光的时间间隔,即振动周期。当条形挡光片顺次通过两个光电门时,改变数字毫秒计状态,同理可以测出挡光片经过两光电门距离 Δx 所用的时间 Δt,从而计算滑块的速度。

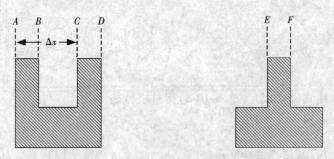

图 3-10-3   U 形（左）和条形（右）挡光片

4）光电转换系统   光电转换系统包括数字毫秒计和光电门。光电门由一对光发射和接收元件组成,将遮光或透光的瞬时信号转换成电信号传给毫秒计。数字毫秒计同时有计数功能,可设置不同的功能状态测量不同的挡光和透光时间间隔及次数,见图 3-10-4 和 3-10-5。

2. 焦利氏秤

焦利氏秤实际上是一个特殊结构的弹簧秤,是用来测量铅直方向微小力的仪器之一。其结构如图 3-10-6 所示。带有标尺（主尺）的铜管装入顶部带有游标（副尺）的套筒内,二者一起配合读数组成一只"游标尺",而且可以通过调节安装在套筒下部的调节旋钮 M 使铜管上下移动。刻有准线"E"的玻璃指示管通过套夹固定于套筒中部。套筒底部由套夹固定着一个小载

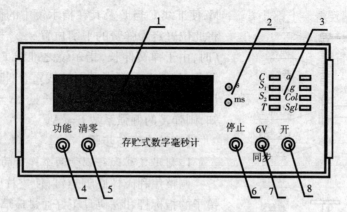

1. 数据显示窗口:显示测量数据、存储单元号和光电门故障信息
2. 单位显示:[ms]、[s]或全灭(无单位——计数)
3. 功能显示:C—计数,S_1—挡光计时,S_2—间隔计时,T—振子周期,a—振子
周期,g—重力加速度,Col—碰撞,Sgl—信号源
4. "功能"键:功能选择
5. "清零"键:清零全部数据,重新开始
6. "停止"键:停止测量,进入循环显示数据
7. "6V 同步"键:与 J2127 型斜槽轨道配合,测重力加速度用
8. 电源开关

图 3-10-4 数字毫秒计面板示意图

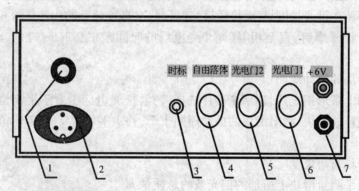

1. 0.3 A 保险管座
2. 交流 220 V 电源输入插座
3. 时标输出:脉冲信号输出
4. 自由落体接口插座:与 J2127 型斜槽轨道配合,测重力加速度用
5. 2 号光电门输入插座
6. 1 号光电门输入插座
7. 6 V、0.5 A 直流稳压电源输出

图 3-10-5 数字毫秒计后盖示意图

物台,载物台的升降可由其下部的螺丝 N 调节。

使用时,将仪器专用弹簧用顶丝 P 紧固在铜管顶部伸出的支撑臂上,弹簧下端挂一刻有准线 F 的指示镜,并将其套于指示管内。然后,将砝码盘挂在指示镜下端。调节焦利氏秤底部两个底脚螺丝 W,使套筒处于铅直位置(此时指示镜应自由悬于指示管中央)。调节旋钮

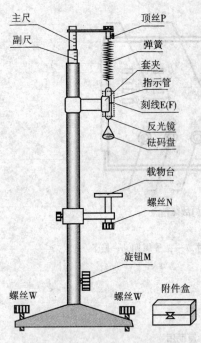

图 3-10-6　焦利氏秤结构图

主尺
副尺
顶丝 P
弹簧
套夹
指示管
刻线 E(F)
反光镜
砝码盘
载物台
螺丝 N
旋钮 M
螺丝 W
螺丝 W
附件盒

M,使准线 F 与 E 及其在指示镜中的像 E' 三线重合,并将此位置定为弹簧的平衡位置 x_n。当在砝码盘施以力 f 时,由于弹簧伸长,指示镜之准线 F 下移。只要再度调节 M,使 F 重新上升至三线重合,即可通过此时游标尺上的读数 x 求出弹簧的伸长量 $\Delta x = x - x_n$。若 f 为已知,则弹簧的倔强系数 $f = k\Delta x$。

【实验内容与步骤】

1. 利用焦利氏秤测量两个弹簧的倔强系数

调整焦利氏秤底脚螺钉,使支柱竖直,并使带有小镜子的指标杆和砝码盘正好通过玻璃管的轴线。

在砝码盘内加 20 g 砝码,调节旋钮 M,使玻璃管上刻线、小镜子中的刻线及小镜子中的像线三线对齐,记下相应的标尺读数 l_1,然后依次递加 5 g 砝码,重复以上操作,三线对齐,直至 45 g 为止,分别记录相应的标尺读数 l_2、l_3……l_6 值,结果填入表 3-10-1。

2. 测量滑块的振动周期

(1)调节导轨水平

将两个光电门安装于导轨上,距离约 50 cm。滑块上插 U 形挡光片,数字毫秒计选择 a 挡位。从右至左推动滑块,使其经过两个光电门,控制其时间在 30 ~ 40 ms 之间,同时观察滑块通过光电门数字毫秒计上的读数是否相等。若不相等,调节导轨的两个调平螺钉,直至相等(两个光电门的时间差在 0.1 ms 之内,认为导轨已经调平)。

(2)测量滑块的振动周期

在滑块上插上条形挡光片,数字毫秒计选择 T 挡,把光电门 1 置于平衡位置或任意位置。在振幅 40 cm 处释放滑块,测出滑块的振动周期十个,并求平均值 T,与理论值比较,结果记入表 3-10-2。

3. 验证简谐振动的能量

①用电子天平测量滑块上所加的挡光条的总质量 m'_1。

②在滑块上插上条形挡光片,数字毫秒计选择 S_1 挡,连上弹簧,记住平衡位置,分别将光电门放在表 3-10-3 的各个指定位置上,保持滑块的每次振幅 $A = 40.0$ cm。分别测出滑块两次通过光电门处的时间 t_1、t_2,结果记入表 3-10-3。

③用游标卡尺测量条形挡光片的宽度 Δx,计算出各点处的速度 $v = \dfrac{\Delta x}{t}$,动能 $E_k = \dfrac{1}{2}mv^2$。

【注意事项】

①在使用过程中,不得随便使劲拉伸弹簧,以免弹簧倔强系数发生变化。

②滑块不能碰撞导轨两侧挡板,必须用手挡住。

【数据记录与处理】

表 3-10-1　弹簧振子的倔强系数记录表

m/kg	20.00	25.00	30.00	35.00	40.00	45.00
l/cm						
逐差 Δl/cm						
$\overline{\Delta l}$/cm						
$k = \dfrac{mg}{\Delta l}$/N·m^{-1}						

表 3-10-2　弹簧振子周期测量记录表　　　　　　　　时间单位:s

序号	1	2	3	4	5	6	7	8	9	10
T_i										
$\overline{T_i}$										
$T = 2\pi\sqrt{\dfrac{m_1 + m_0}{k_1 + k_2}}$					$E = \dfrac{\overline{T_i} - T}{T} \times 100\%$				

表 3-10-3　弹簧振子能量记录表

$\Delta = $ ＿＿＿ cm　　$m = $ ＿＿＿ g

光电门位置 x_i/cm	0.00	5.00	10.00	15.00	20.00	25.00	30.00	35.00
t_i/ms								
t_i/ms								
$\overline{t_i}$/ms								
v/M·s^{-1}								
$E_k = \dfrac{1}{2}mb_1^2$/J								
$E_p = \dfrac{1}{2}kx_i^2$/J								
$E_总 = E_k + E_p$/J								
$\overline{E_总}$/J								

① 计算势能 $E_p = \dfrac{1}{2}(k_1 + k_2)x^2$,总能量 $E = E_k + E_p$。

② 计算能量的标准偏差和相对误差,并写出测量结果表达式。

【研究与讨论】

① 在实验中光电门的作用是什么?

② 简谐振动与机械能守恒的关系是什么? 还有哪些简谐振动也满足能量守恒?

实验 11　静电场的描绘

　　带电体在空间产生静电场。了解带电体周围静电场的分布有助于研究电场中的各种物理现象和控制带电粒子的运动,在科研和工程应用中都有重要的应用。电场的分布是由电荷的分布、带电体的几何形状及周围介质所决定的。由于带电体的形状复杂,大多数情况求不出电场分布的解析解,因此只能靠数值解法求出或用实验方法测出电场分布。直接用电压表法测量静电场的电位分布往往是困难的,因为静电场中没有电流,磁电式电表不会偏转。另外,由于与仪器相接的探测头本身总是导体或电介质,若将其放入静电场中,探测头上会产生感应电荷或束缚电荷,这些电荷又要产生电场,与被测静电场叠加起来,使被测电场产生显著的畸变。因此,实验测量静电场时一般采用间接的测量方法(即模拟法)。

【实验目的】

①学习用模拟方法测绘具有相同数学形式的物理场。

②描绘出分布曲线及场量的分布特点。

③加深对各物理场概念的理解。

④初步学会用模拟法测量和研究二维静电场。

【实验仪器】

　　静电场描绘实验仪(包括导电微晶、双层固定支架、同步探针等,如图 3-11-1 所示)、静电场描绘专用电源、导线。

【仪器介绍】

1.静电场描绘仪

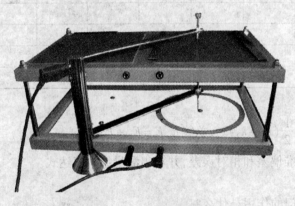

图 3-11-1　静电场描绘仪

　　图 3-11-1 为静电场描绘实验仪,支架采用双层式结构,上层放记录纸,下层放导电微晶。电极已直接制作在导电微晶上,并将电极引线接到外接线柱上,电极间制作有导电率远小于电极且各项均匀的导电介质。接通直流电源(10 V)就可以进行实验。在导电微晶和记录纸上方各有一探针,通过金属探针臂把两探针固定在同一手柄座上,两探针始终保持在同一铅垂线

上。移动手柄座时,可保证两探针的运动轨迹是一样的。由导电微晶上方的探针找到待测点后,按一下记录纸上方的探针,在记录纸上留下一个对应的标记。移动同步探针在导电微晶上找出若干电位相同的点,由此即可描绘出等位线。

2. 电源

静电场描绘仪专用电源如图 3-11-2 所示,其使用方法如下。

①打开电源开关。把功能开关倒向"校正"挡,然后调节"电压调节"旋钮,这时显示屏上的指示值就是电极架下层的两个待测电极之间的电压,实验时要求接入 10 V 电压。

②然后把功能开关倒向"测量"挡,这时显示屏上的指示值就是探针所在位置处的电压值,也就是测量值。

图 3-11-2　静电场描绘仪专用电源

【实验原理】

为了形象地表示电场的分布情况,常采用等位面和电力线描述电场。**电力线**是按空间各点电场强度的方向顺序连成的曲线,**等位面**是电场中电位相等的各点构成的曲面。电力线与等位面是正交的。通常所说的测量静电场就是指测绘静电场中等位面和电力线的分布图形。

但是,直接对静电场进行测量是相当困难的,只有采用间接的方法(模拟法),即仿造另一个场(称为模拟场),使它与原来静电场相似。当用探针对这种模拟场进行测量时,它不会受干扰,可间接地测出被模拟的静电场。用电流场代替静电场是用模拟法测量静电场的一种方法。

模拟法本质上是用一种易于实现、便于测量的物理状态或过程模拟不易实现、不便测量的状态和过程,要求这两种状态或过程有一一对应的两组物理量,且满足相似的数学形式及边界条件。

模拟可分为物理模拟和数学模拟。对一些物理场的研究主要采用物理模拟(物理模拟就是保持同一物理本质的模拟)。数学模拟也是一种研究物理场的方法,它是把不同本质的物理现象或过程用同一数学方程描述。对一个稳定的物理场,若它的微分方程和边界条件确定,解就是唯一的。如果两个不同本质的物理场,描述它们的微分方程和边界条件相同,它们的解就是一一对应的。只要对其中一种易于测量的场进行测绘并得到结果,那么与它对应的另一个物理场的结果也就知道了。由于稳恒电流场易于实现测量,所以就用稳恒电流场来模拟与其具有相同数学形式的其他物理场。

稳恒电流场与静电场是两种不同性质的场,但是两者在一定条件下具有相似的空间分布,即两种场遵守规律在形式上相似,都可以引入电位 U,电场强度 $E = -\nabla U$,都遵守高斯定律。

对于静电场,电场强度在无源区域内满足以下关系:

$$\oint_s E \cdot ds = 0 \qquad \oint_l E \cdot dl = 0 \qquad (3\text{-}11\text{-}1)$$

对于稳恒电流场,电流密度矢量 j 在无源区域内也满足类似的关系:

$$\oint_s j \cdot \mathrm{d}s = 0 \qquad \oint_l j \cdot \mathrm{d}l = 0 \tag{3-11-2}$$

由此可见 E 和 j 在各自区域中满足同样的数学规律,因而在相同边界条件下具有相同的解析解。因此,可以用稳恒电流场模拟静电场。

在模拟时,要保证电极形状一定,电极电位不变,空间介质均匀,在任何一个考察点,均应有"$U_{稳恒} = U_{静电}$"或"$E_{稳恒} = E_{静电}$"。下面结合本实验讨论这种等效性。

1. 同轴电缆及其静电场分布

如图 3-11-3(a)所示,在真空中有一半径为 r_A 的长圆柱形导体 A 和一内半径为 r_B 的长圆筒形导体 B。它们同轴放置,分别带等量异号电荷。由高斯定理知,在垂直于轴线的任一截面 S 内,都有均匀分布的辐射状电场线,这是一个与坐标 Z 无关的二维场。在二维场中,电场强度 E 平行于 XY 平面,等位面为一簇同轴圆柱面。因此只要研究 S 面上的电场分布即可。

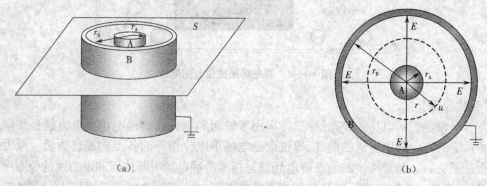

图 3-11-3　同轴电缆及其静电场分布
(a)同轴电缆结构图　(b)同轴电缆截面图

由静电场中的高斯定理可知,距轴线距离 r 处(图 3-11-3(b))各点电场强度为 $E = \dfrac{\lambda}{2\pi\varepsilon_0 r}$。式中,$\lambda$ 为柱面每单位长度的电荷量。其电位为

$$U_r = U_A - \int_{r_A}^{r} E \cdot \mathrm{d}r = U_A - \frac{\lambda}{2\pi\varepsilon_0} \ln \frac{r}{r_A} \tag{3-11-3}$$

设 $r = r_B$ 时,$U_B = 0$,则有

$$\frac{\lambda}{2\pi\varepsilon_0} = \frac{U_A}{\ln \dfrac{r_B}{r_A}} \tag{3-11-4}$$

代入上式,得

$$U_r = U_A \frac{\ln \dfrac{r_B}{r}}{\ln \dfrac{r_B}{r_A}} \tag{3-11-5}$$

$$E'_r = -\frac{\mathrm{d}U_r}{\mathrm{d}r} = \frac{U_A}{\ln \dfrac{r_B}{r_A}} \cdot \frac{1}{r} \tag{3-11-6}$$

2. 同轴圆柱面电极间的电流分布

若上述圆柱形导体 A 与圆筒形导体 B 之间充满了电导率为 σ 的不良导体，A、B 与电流电源正负极相连接（图 3-11-4），A、B 间将形成径向电流，建立稳恒电流场 E'_r。可以证明不良导体中的电场强度 E'_r 与原真空中的静电场 E_r 是相等的。

取厚度为 t 的圆轴形同轴不良导体片为研究对象。设材料电阻率为 $\rho (\rho = 1/\sigma)$，则任意半径 r 到 $r + \mathrm{d}r$ 的圆周间的电阻是

$$\mathrm{d}R = \rho \cdot \frac{\mathrm{d}r}{s} = \rho \cdot \frac{\mathrm{d}r}{2\pi rt} = \frac{\rho}{2\pi t} \cdot \frac{\mathrm{d}r}{r} \tag{3-11-7}$$

则半径为 r 到 r_B 之间的圆柱片的电阻为

$$R_{rr_B} = \frac{\rho}{2\pi t} \int_r^{r_B} \frac{\mathrm{d}r}{r} = \frac{\rho}{2\pi t} \ln \frac{r_B}{r} \tag{3-11-8}$$

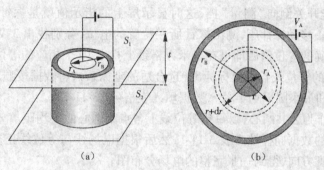

图 3-11-4 同轴电缆的模拟模型

(a) 立体图 (b) 截面图

总电阻（半径 r_A 到 r_B 之间圆柱片的电阻）

$$R_{r_A r_B} = \frac{\rho}{2\pi t} \ln \frac{r_B}{r_A} \tag{3-11-9}$$

设 $U_B = 0$，则两圆柱面间所加电压为 U_A，径向电流

$$I = \frac{U_A}{R_{r_A r_B}} = \frac{2\pi t U_A}{\rho \ln \frac{r_B}{r_A}} \tag{3-11-10}$$

距轴线 r 处的电位为

$$U'_r = I R_{rr_B} = U_A \frac{\ln \frac{r_B}{r}}{\ln \frac{r_B}{r_A}} \tag{3-11-11}$$

则 E'_r 为

$$E'_r = -\frac{\mathrm{d}U'_r}{\mathrm{d}r} = \frac{U_A}{\ln \frac{r_B}{r_A}} \cdot \frac{1}{r} \tag{3-11-12}$$

由以上分析可见，U_r 与 U'_r、E_r 与 E'_r 的分布函数完全相同。这两种场分布相同的原因可以从电荷产生场的观点分析。在导电质中没有电流通过的，其中任一体积元（宏观小、微观大，其内仍包含大量原子）内正负电荷数量相等，没有净电荷，呈电中性。当有电流通过时，单

位时间内流入和流出该体积元内的正、负电荷数量相等,净电荷为零,仍然呈电中性。因而,整个导电质内有电场通过时也不存在净电荷。这就是说,真空中的静电场和有稳恒电流通过时导电质中的场都是由电极上的电荷产生的。事实上,真空中电极上的电荷是不动的,在有电流通过的导电质中,电极上的电荷一边流失,一边由电源补充,在动态平衡下保持电荷的数量不变。所以这两种情况下电场分布是相同的。

【实验内容与步骤】

1. 描绘同轴电缆的静电场分布

①连接电路时,电源输出正、负极与静电场描绘仪电极的正、负极相连(红接红、黑接黑),探针手柄接线柱接电源上探针测量的正极。把毫米方格纸固定在上层平板上。

②打开电源开关。把功能开关倒向"校正"挡,然后调节"电压调节"旋钮,这时显示屏上的指示值就是电极架下层的两个待测电极之间的电压,实验时接入 10 V 电压。

③然后把功能开关倒向"测量"挡,这时显示屏上的指示值就是探针所在位置处的电压值,也就是测量值。移动探针座,测出探针所在位置的电位,分别找出 3 V、4 V、5 V、6 V、7 V 等位线,待找出准确的等位值后即可在毫米方格纸上打出 10 个相应的等位点。

④将 $U = 7$ V 的等位线各点坐标标出(选合适的坐标系),将数据按顺序输入计算机,得到圆心坐标(x_0, y_0)和最小圆平均半径 r,数据填入表格(表 3-11-1)。

⑤把(x_0, y_0)作为公共圆心,以每条等位线上各点到圆心的平均距离 r 为半径画出等位线的同心圆簇,相应的数据同样填入表 3-11-1,然后根据电场线与等位线正交原理,再画出电场线,并指出电场强度方向,得到一张完整的电场分布图。

⑥作电场线时要注意电场线与等位线正交,导体表面是等位面,电场线垂直于导体表面,电场线发自正电荷而终止于负电荷,疏密要表示出场强的大小,根据电极正、负画出电场强度方向。

2. 描绘一对长直平行导线的静电场分布

①连接电路,把毫米方格纸固定在上层平板上。两极间采用 10 V 的电源电压。

②移动探针座,测出探针所在位置的电位,分别找出 1 ~ 9 V 等位线,待找出准确的等位值后即可在毫米方格纸上打出相应的等位点,要求每条等位线上找 10 个以上的点。

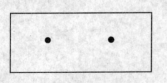

图 3-11-5　长直平行导线型电极

③把电位相等的点连成光滑的曲线,画出等位线,再作出电场线,最后画出电场强度方向,得到完整的长直平行导线的静电场分布图(图 3-11-5)。

3. 描绘一个劈尖电极和一个条形电极的静电场分布

操作同步骤 2,分别测 1 ~ 9 V 的等位线,最后得到劈尖电极和条形电极的静电场分布图(图 3-11-6)。

4. 描绘聚焦电极的电场分布

利用图 3-11-7 所示模拟模型,测绘阴极射线示波管内聚焦电极间的电场分布。要求测出 7 ~ 9 条等位线,相邻等位线间的电位差为 1 V。该场为非均匀电场,等位线是一簇互不相交的曲线,每条等位线的测量点应取得密一些,画出电力线,可了解静电透镜聚焦的分布特点和作用,加深对阴极射线示波管电聚焦原理的理解。

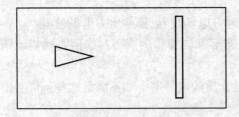

图 3-11-6 劈尖形电极和条形电极

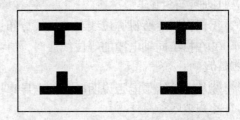

图 3-11-7 静电透镜聚焦场的模拟模型

【注意事项】

1. 模拟法使用的条件

模拟方法的使用有一定的条件和范围,不能随意推广,否则将会得到荒谬的结论。用稳恒电流场模拟静电场的条件可以归纳为下列三点:

①稳恒电流场中的电极形状应与被模拟的静电场中的带电体几何形状相同;

②稳恒电流场中的导电介质是不良导体且电导率分布均匀,并满足 $\sigma_{电极} \gg \sigma_{导电介质}$,才能保证电流场中的电极(良导体)的表面也近似是一个等位面;

③模拟所用电极系统与被模拟电极系统的边界条件相同。

2. 测绘方法

场强 E 在数值上等于电位梯度,方向指向电位降落的方向。考虑到 E 是矢量,而电位 U 是标量,从实验测量来讲,测定电位比测定场强容易实现,所以可先测绘等位线,然后根据电场线与等位线正交的原理,画出电场线。这样就可由等位线的间距确定电场线的疏密和指向,将抽象的电场形象反映出来。由于导电微晶边缘处电流只能沿边缘流动,因此等位线必然与边缘垂直,使该处的等位线和电力线严重畸变,这就是用有限大的模拟模型去模拟无限大的空间电场时必然会受到的"边缘效应"影响。如要减小不利影响,则要使用"无限大"的导电微晶进行实验,或者人为地将导电微晶的边缘切割成电力线的形状。

3. 操作要点

电极、探针应与导线保持良好的接触,上探针应尽量与坐标纸面垂直。

【数据记录与处理】

①在坐标纸上描绘同轴电缆的静电场分布。

②计算并填写表 3-11-1。

表 3-11-1 描绘同轴电缆的静电场分布数据记录表

$U_A = \_\_\_\_$ V $\qquad r_A = 0.50$ cm $\qquad r_B = 7.50$ cm

U_n/V	3	4	5	6	7
r/cm					
U_r/V					
$\Delta U = \|U_n - U_r\|$/V					
$\dfrac{\Delta U}{U_r} \times 100\%$					
E_r/V·m^{-1}					

【研究与讨论】

①根据测绘所得等位线和电场线分布,分析哪些地方电场较强,哪些地方电场较弱?

②在描绘同轴电缆的等位线簇时,如何正确确定圆形等位线簇的圆心? 如何正确描绘圆形等位线?

③从实验结果能否说明电极的电导率远大于导电介质的电导率? 如不满足这些条件会出现什么现象?

④由导电微晶与记录纸的同步测量记录,能否模拟出点电荷激发的电场或同心圆球壳带电体激发的电场,为什么?

实验 12 霍尔效应及其应用

如果磁场中载流体电流的方向与磁场垂直,则在垂直于电流和磁场的方向会产生一附加的横向电场。这个现象是美国霍普金斯大学研究生霍尔于 1879 年发现的,后被称为**霍尔效应**。如今霍尔效应不但是测定半导体材料电学参数的主要手段,而且利用该效应制成的霍尔器件已广泛用于非电量的测量、自动控制和信息处理等方面。在生产自动化日益普及的今天,作为敏感元件之一的霍尔器件,将有更广泛的应用前景。掌握这一富于实用性的实验,对科研和生产都是非常必要的。

【实验目的】

①掌握用"对称测量法"消除系统误差的方法,测量试样的 V_H—I_S 和 V_H—I_M 曲线。

②了解霍尔效应实验原理以及有关霍尔器件对材料的要求的知识。

③确定被测样品的霍尔系数和导电类型。

【实验仪器】

霍尔效应实验仪。霍尔效应实验仪分实验仪和测试仪两部分,通过导线连接进行实验。仪器面板如图 3-12-1 所示。

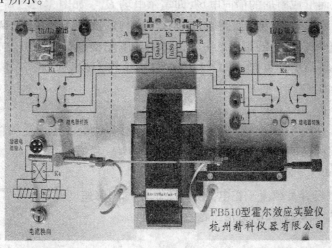

(a)

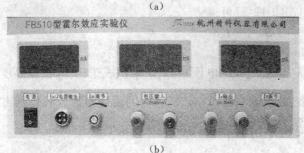

(b)

图 3-12-1 霍尔效应实验仪面板图

(a)实验仪面板图 (b)测试仪面板图

【实验原理】

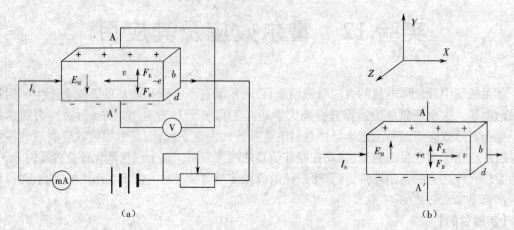

图 3-12-2　霍尔效应实验原理示意图
(a)n 型试样及电路图　(b)p 型试样

1. 霍尔效应

从本质上讲,霍尔效应是运动的带电粒子在磁场中受洛伦兹力作用而引起的偏转。当带电粒子(电子或空穴)被约束在固体材料中,这种偏转就导致在垂直电流和磁场方向上产生正负电荷的聚积,从而形成附加的横向电场,即霍尔电场 E_H。如图 3-12-2 所示的半导体试样,若在 X 方向通以电流 I_S,在 Z 方向加磁场 B,则在 Y 方向即试样 A – A′电极两侧就开始聚集异号电荷而产生附加电场。电场的指向取决于试样的导电类型。对于图 3-12-2(a)所示的 n 型半导体试样,霍尔电场沿 Y 逆方向,图 3-12-2(b)的 p 型半导体试样则沿 Y 方向。即有

$$E_H(Y) < 0 \qquad (n 型)$$
$$E_H(Y) > 0 \qquad (p 型)$$

显然,霍尔电场 E_H 是阻止载流子继续向侧面偏移。当载流子所受的横向电场力 E_H 与洛伦兹力 $e\bar{v}B$ 相等,样品两侧电荷的积累就达到动态平衡,故有

$$eE_H = e\bar{v}B \tag{3-12-1}$$

式中,E_H 为霍尔电场,$\bar{v}$是载流子在电流方向上的平均漂移速度。

设试样的宽为 b,厚度为 d,载流子浓度为 n,则

$$I_S = ne\bar{v}bd \tag{3-12-2}$$

由式(3-12-1)和式(3-12-2)可得:

$$V_H = E_H b = \frac{1}{ne}\frac{I_S B}{d} = R_H \frac{I_S B}{d} \tag{3-12-3}$$

即霍尔电压 V_H(A 、A″电极之间的电压)与 $I_S B$ 乘积成正比,与试样厚度 d 成反比。比例系数 $R_H = \dfrac{1}{ne}$ 称为霍尔系数,是反映材料霍尔效应强弱的重要参数。只要测出 $V_H(V)$,知道 $I_S(A)$、$B(G)$ 和 $d(cm)$,可按下式计算 $R_H(cm^3/C)$:

$$R_H = \frac{V_H d}{I_S B} \times 10^7 \tag{3-12-4}$$

式中,10^7 是由于磁感应强度 B 用电磁单位(mT),而其他各量均采用 CGS 实用单位。

2. 霍尔系数 R_H 与其他参数间的关系

根据 R_H 可进一步确定以下参数。

①由 R_H 的符号（或霍尔电压的正负）判断样品的导电类型。判别的方法是按图 3-12-2 所示的 I_a 和 B 的方向。若测得的 $V_H = V_{A'A} < 0$，即 A 点电位高于 A′点的电位，则 R_H 为负，样品属 n 型；反之则为 p 型。

②由 R_H 求载流子浓度 n，即 $n = \dfrac{1}{|R_H|e}$。应该指出，这个关系式是假定所有载流子都具有相同的漂移速度得到的。严格计算时，如果考虑载流子的速度统计分布，须引入 $\dfrac{3\pi}{8}$ 的修正因子。

3. 霍尔效应与材料性能的关系

由上述可知，要得到大的霍尔电压，关键是要选择霍尔系数大（即迁移率高、电阻率 ρ 亦较高）的材料。因 $|R_H| = \mu\rho$，就金属导体而言，μ 和 ρ 均很低，而不良导体 ρ 虽高，但 μ 极小，因而上述两种材料的霍尔系数都很小，不能用来制造霍尔器件。半导体 μ 高，ρ 适中，是制造霍尔元件较理想的材料。由于电子的迁移率比空穴迁移率大，所以霍尔元件多采用 n 型材料，其次霍尔电压的大小与材料的厚度成反比，因此薄膜型的霍尔元件的输出电压较片状要高得多。霍尔器件厚度是一定的，所以实际上采用 $K_H = \dfrac{1}{ned}$ 表示器件的灵敏度，K_H 称为霍尔灵敏度，单位为 mV/(mA·T)。

4. 实验方法

需要注意的是，在产生霍尔效应的同时，因伴随着各种副效应，以致实验测得的 A、A′两极间的电压并不等于真实的霍尔电压 V_H，而是包含着各种副效应所引起的附加电压，因此必须设法消除。根据副效应产生的机理可知，采用电流和磁场换向的对称测量法，基本上能把副效应的影响从测量结果中消除。即在规定了电流和磁场正、反方向后，分别测量由下列四组不同方向的 I_S 和 B 组合的 $V_{A'A}$（A′、A 两点的电位差），即：

$$
\begin{aligned}
+B, +I_S \qquad & V_{A'A} = V_1 \\
-B, +I_S \qquad & V_{A'A} = V_2 \\
-B, -I_S \qquad & V_{A'A} = V_3 \\
+B, -I_S \qquad & V_{A'A} = V_4
\end{aligned}
\tag{3-12-5}
$$

然后求 V_1、V_2、V_3 和 V_4 的代数平均值：

$$
V_H = \frac{V_1 - V_2 + V_3 - V_4}{4}
\tag{3-12-6}
$$

通过上述的测量方法，可以最大限度地消除所有的副效应。

【实验步骤】

1. 掌握仪器性能，连接测试仪与实验仪

①开机或关机前，应该将测试仪的"I_S 调节"和"I_M 调节"旋钮逆时针旋到底。

②连接测试仪与实验仪之间的各组对应连接线。严禁将测试仪的励磁电源"I_M 输出"误接到实验仪的"I_S 输入"或"V_H 输出"端，否则，一旦通电，霍尔样品将损坏。

③接通电源，预热数分钟，这时电流表显示".000"，电压表显示为"0.00"。按钮开关释放

时,继电器常闭触点接通,相当于双刀双掷开关向上合,发光二极管指示出导通线路。

2. 测绘 V_H—I_M 曲线

①把霍尔传感器位置调节到磁铁空气隙中心,保持 I_S 绝对值不变(取 $I_S = \pm 3.00$ mA)。

②改变 I_M 的值,测量霍尔电压值,将实验测量值记入表 3-12-1 中。I_M 取值范围为 $\pm(0.10 \sim 1.00)$ A。(I_M 可用实验仪面板左下角的拨动开关改变电流方向,而 I_S 需用交换红、黑连接线的方法来改变电流方向。)

3. 测绘 V_H—I_S 曲线

①把霍尔传感器位置调节到磁铁空气隙中心,保持 I_M 绝对值不变(取 $I_M = \pm 0.500$ A)。

②改变 I_S 的值,测量霍尔电压值,将实验测量值记入表 3-12-2 中。I_S 取值范围为 $\pm(0.50 \sim 5.00)$ mA(I_M 和 I_S 方向改变方法同上)。

4. 测绘 B—X 曲线

测量电磁铁气隙磁场沿水平方向的分布。调节励磁电流 $I_M = 500$ mA,$I_H = 5.00$ mA 时,测量霍尔输出电压 U_H 与水平位置 X 的关系,数据填入表 3-12-3 中。

【注意事项】

①当霍尔片未连接到实验仪且实验仪与测试仪未连接好时,严禁开机加电,否则,极易使霍尔片遭受冲击电流而损坏。

②霍尔片性脆易碎,电极甚细易断,严防撞击或用手去摸,否则容易损坏。霍尔片放置在亥姆霍兹线圈中间,在需要调节霍尔片位置时,亦需要小心谨慎。

③加电前必须保证测试仪的"I_S 调节"和"I_M 调节"旋钮均置零位(即逆时针旋到底),严防霍尔片工作电流 I_S 未调到零就开机。

④测试仪的"I_S 输出"接实验仪的"I_S 输入","I_M 输出"接"I_M 输入"。

表 3-12-1   测绘 V_H—I_M 实验曲线数据记录表 $I_S = \pm 3.00$ mA

I_M(A)	V_1/mV($+B$, $+I_S$)	V_2/mV($-B$, $+I_S$)	V_3/mV($-B$, $-I_S$)	V_4/mV($+B$, $-I_S$)	$V_H = \dfrac{V_1 - V_2 + V_3 - V_4}{4}$/mV
0.100					
0.200					
0.300					
0.400					
0.500					
0.600					
0.700					
0.800					
0.900					
1.000					

表3-12-2　测绘 V_H—I_S 实验曲线数据记录表　　　　　$I_M = \pm 0.500$ A

I_M(A)	V_1/mV($+B$, $-I_S$)	V_2/mV($-B$, $+I_S$)	V_3/mV($-B$, $-I_S$)	V_4/mV($+B$, $-I_S$)	$V_H = \dfrac{V_1 - V_2 + V_3 - V_4}{4}$
0.50					
1.00					
1.50					
2.00					
2.50					
3.00					
3.50					
4.00					
4.50					
5.00					

表3-12-3　电磁铁气隙沿水平方向的磁场分布数据表格　$I_S = 5.00$ mA, $I_M = \pm 500$ mA

X /mm	$U_{m正}$/mV	$U_{m反}$/mV	$U_{m平均}$/mV	B /mT
−20				
−18				
−16				
…				
（间隔2 mm）				
16				
18				
20				

【数据记录与处理】

①根据数据记录计算表中各量。

②用毫米方格纸画绘 V_H—I_S 曲线和 V_H—I_M 曲线。

③自拟表格,测单边水平方向磁场分布,测量点不得少于八点(不等步长),以磁心中间为相对零点位置,作 V_H—X 图,另半边作图时对称补足。

【研究与讨论】

①霍尔电压是怎样形成的? 它的极性与磁场和电流方向(或载流子浓度)有什么关系?

②测量过程中哪些量要保持不变? 为什么?

③换向开关的作用、原理是什么? 测量霍尔电压时为什么要接换向开关?

实验 13　分压电路与限流电路

电路一般都包括电源、控制电路和测量电路三部分。三部分中测量电路是根据实验目的事先确定的,它等效于一个负载。根据要求,必须给负载提供一定的电压和电流,这就确定了电源的规格。控制电路的作用是控制负载的电流和电压达到要求。完成这一任务的电路分别称为限流电路和分压电路。滑线变阻器的优点是连续可调,串联在电路中可控制电流大小,并联在电路中可控制电压,因而是常用的电路控制元件。

本实验通过对滑线变阻器分压特性和限流特性的研究,了解滑线电阻与负载应如何匹配,从而达到预期结果。

【实验目的】

①了解基本电学仪器的性能和使用方法。

②掌握滑线变阻器限流与分压两种电路的连接方法及性能和特点。

③熟悉电学实验的基本操作规程和安全常识。

【实验仪器】

稳压电源、滑线变阻器、电阻箱、电压表、电流表、开关、导线。

【实验原理】

1. 滑线变阻器的分压特性

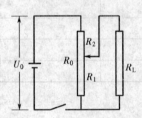

图 3-13-1　分压线路原理图

滑线变阻器分压电路如图 3-13-1 所示。滑线变阻器的两固定端分别接于电源的正负极,负载电阻与 R_1 并联,U_0 为电源的端电压。

电路的总电阻 R 可以看成是 R_1 和 R_L 并联后,再与 R_2 串联:

$$R = R_2 + \frac{R_1 R_L}{R_1 + R_L}$$

因此,回路的总电流

$$I = \frac{U_0}{R} = \frac{U_0}{R_2 + \dfrac{R_1 R_L}{R_1 + R_L}} \tag{3-13-1}$$

而 R_L 上的电压

$$U_L = I \cdot \frac{R_1 R_L}{R_1 + R_L} = \frac{\dfrac{R_1 R_L}{R_1 + R_L} U_0}{R_2 + \dfrac{R_1 R_L}{R_1 + R_L}} = \frac{R_1 R_L U_0}{R_2 (R_1 + R_L) + R_1 R_L} \tag{3-13-2}$$

对于一定的电源 E 和负载 R_L,U_L 只与 R_1 和 R_2 有关,又注意到 $R_1 + R_2 = R_0$ 是一常量(即滑线变阻器的总电阻),所以可以表示出 U_L 与滑键位置的关系。为了得到较明显而普遍的式子,现令

$$X = \frac{R_1}{R_0} \quad (\text{滑键在电阻上的相对位置})$$

$$K = \frac{R_L}{R_0} \quad (\text{负载与电阻之比})$$

则负载 R_L 上的电压为

$$U_L = \frac{KXU_0}{K + X - X^2} \tag{3-13-3}$$

且

$$\frac{U_L}{U_0} = \frac{KX}{K + X - X^2}$$

2. 滑线变阻器的限流特性

滑线变阻器作限流器的线路如图 3-13-2 所示。这时负载 R_L 中的电流等于

$$I_L = \frac{U_0}{R_L + R_2}$$

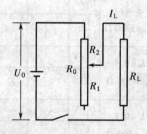

图 3-13-2　限流线路原理图

若 K 与 X 的定义式不变，令 $I_0 = \frac{U_0}{R_L}$，则可导出通过负载的电流

$$I_L = \frac{KI_0}{1 + K - X}$$

则

$$\frac{I_L}{I_0} = \frac{K}{1 + K - X}$$

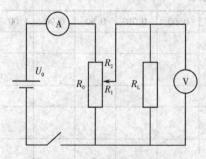

图 3-13-3　分压电路接线图

【实验内容与步骤】

1. 分压电路特性研究

按照图 3-13-3 连接分压线路，复查无误后，闭合电源开关（如果发现电流过大要立即切断电源），移动变阻器滑动头，在电流从最小到最大的过程中，测量 11 次电流值以及相应滑动头在标尺上的相对位置。取 $U_0 = 3$ V，分别作 $K = 10$、1、0.5、0.1、0.01 时，$\frac{U_L}{U_0}$ 与 X 的关系曲线，并讨论实验结果。（$R_0 = 1\,000\ \Omega$）

2. 限流电路特性研究

按图 3-13-4 连接限流线路，复查一次电路无误后，移动变阻器滑动头，在加在负载上的电压从最小到最大的过程中，测量 11 次电流值以及相应滑动头在标尺上的相对位置。取 $U_0 = 10$ V，分别作 $K = 10$、2、1、0.5、0.1、0.01 时 $\frac{I_L}{I_0}$ 与 X 的关系曲线，并讨论实验结果。（$R_0 = 1\,000\ \Omega$）

【注意事项】

①每次改变 K 时，必须断开开关。

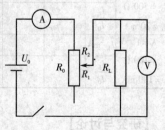

图 3-13-4　限流电路接线图

②使用电流表与电压表之前必须先选择合适的量程。

【数据记录与处理】

1. 分压电路特性研究数据记录表格(表 3-13-1)

表 3-13-1　　分压特性数据记录表　　　　　　　　$U_0 = 3$ V

X		0.10	0.20	0.30	0.40	0.50	0.60	0.70	0.80	0.85	0.90	0.95
$K = 10$ $R_L = 10\,000\ \Omega$	U_L/V											
	$\dfrac{U_L}{U_0}$											
$K = 1$ $R_L = 1\,000\ \Omega$	U_L/V											
	$\dfrac{U_L}{U_0}$											
$K = 0.5$ $R_L = 500\ \Omega$	U_L/V											
	$\dfrac{U_L}{U_0}$											
$K = 0.1$ $R_L = 100\ \Omega$	U_L/V											
	$\dfrac{U_L}{U_0}$											
$K = 0.01$ $R_L = 10\ \Omega$	U_L/V											
	$\dfrac{U_L}{U_0}$											

2. 限流电路特性研究数据记录表格(表 3-13-2)

表 3-13-2　　限流特性数据记录表　　　　　　　　$U_0 = 10$ V

X		0.00	0.10	0.20	0.30	0.40	0.50	0.60	0.70	0.80	0.90	1.00
$K = 10$ $R_L = 10\,000\ \Omega$ $I_0 = 1$ mA	I_L/mA											
	$\dfrac{I_L}{I_0}$											
$K = 2$ $R_L = 20\,000\ \Omega$ $I_0 = 5$ mA	I_L/mA											
	$\dfrac{I_L}{I_0}$											
$K = 1$ $R_L = 1\,000\ \Omega$ $I_0 = 10$ mA	I_L/mA											
	$\dfrac{I_L}{I_0}$											
$K = 0.5$ $R_L = 500\ \Omega$ $I_0 = 20$ mA	I_L/mA											
	$\dfrac{I_L}{I_0}$											
$K = 1$ $R_L = 100\ \Omega$ $I_0 = 100$ mA	I_L/mA											
	$\dfrac{I_L}{I_0}$											

【研究与讨论】

①分别计算 ZX-21 型电阻箱示值为 8 734.4 Ω 和 0.6 Ω 时的允许基本误差。

②从限流和分压特性曲线求出电流值(或电压值)线性变化时,滑线变阻器的阻值。

实验 14　开尔文电桥测量低值电阻

电阻按阻值的大小可分为三类：1 Ω 以下的为低值电阻，1 Ω ~ 1 MΩ 的为中值电阻，1 MΩ 以上的为高值电阻。不同阻值电阻的测量方法不尽相同。高值电阻可用万用表或伏安法测量；中值电阻一般用惠斯登电桥（即单臂电桥，见实验 43）测量，但测量时忽略了导线本身的电阻和接触电阻。在测低值电阻时，导线电阻和接触电阻对测量结果影响很大，不可忽略。由单臂电桥改进而成的双臂电桥有效地避免了导线电阻和接触电阻的影响，大大提高了测量准确度，可用于阻值在 10^{-6} ~ 10 Ω 范围电阻的测量。双臂电桥由英国物理学家开尔文（原名威廉·汤姆逊（William Thomson，1824—1907）首先设计使用，因此又称为**开尔文电桥**。

【实验目的】

①了解双臂电桥的结构和测低值电阻的工作原理。

②学会使用 QJ19 单双臂电桥、自组双臂电桥测低值电阻。

【实验仪器】

QJ19 型直流单双臂电桥、自组开尔文电桥实验板、同步电阻箱、四挡可变电阻、检流计、稳压电源、稳流电源。

【实验原理】

用惠斯登电桥测电阻时，所测电阻 R_x 的值包含了引线电阻和接触电阻，它们约为 0.01 Ω。若待测电阻 R_x 为 10 Ω 以上，0.01 Ω 的误差只占 0.1%；若待测电阻 R_x 为 0.01 Ω 时，相对误差为 100%。这种误差在实验上是不允许的。所以惠斯登电桥通常只适用于中值电阻的测量。对于低值电阻常采用双臂电桥（或叫开尔文电桥）测量。

双臂电桥如何减小引线电阻和接触电阻的影响分析如下。

例如，伏安法测金属棒电阻线路如图 3-14-1（a）所示，通过电流表的电流 I 分成 I_1 和 I_2。I_1 经过电流表与金属棒的引线和接触电阻 r_1 流入金属棒，I_2 经过电流表与电压表的引线和接触电阻 r_3 流入电压表，B 点也可作同样的分析，其等效电路如图 3-14-1（b）所示。这样电压表示值为 r_1、r_2 和金属棒电阻 R 上电压降之和（r_3、r_4 与电压表内阻值相比可忽略）。但 r_1、r_2 与 R 有相同的数量级，所以用电压表示值来计算 R 不会得出准确的结果。

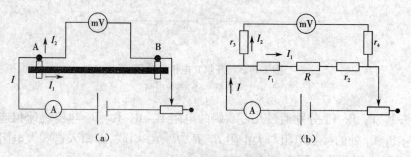

图 3-14-1　伏安法测金属棒电阻线路图

（a）实际电路　（b）等效电路

把电路图改为如图 3-14-2(a)所示,虽然接触仍然存在,但由于所处位置与前不同,等效电路如图 3-14-2(b)所示。由于电压表内阻远大于 r_3 和 r_4,所以电压表和电流表的示值相当准确地反映了电阻 R 上的参数,这样利用"伏安法"就可以准确地测出 R 值。

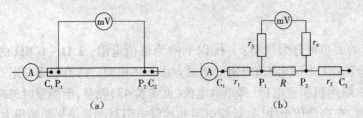

图 3-14-2   改进后的伏安法测金属棒电阻线路
(a)实际电路   (b)等效电路

将上述结论用于电桥线路图中,如图 3-14-3(a)所示。电流接头 C_1、C_4 与电源、变阻器串联,所以 C_1、C_4 处的接触电阻及引线电阻归入电源及电阻箱中,从而使接触电阻及引线电阻可以忽略。R_X 和 R_N 的电流接头 C_2、C_3 用粗导线 r 相连,接触电阻归入 r 中。

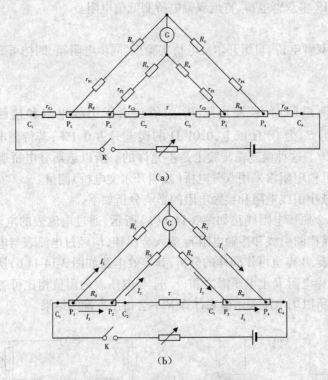

图 3-14-3   开尔文电桥原理图
(a)实际电路   (b)等效电路

电压接头 P_1、P_2、P_3、P_4 分别通过几百欧姆的电阻 R_1、R_3、R_2、R_4 与检流计相连,仿上面分析可知 P_1、P_2、P_3、P_4 处的接触电阻与大电阻 R_1、R_3、R_2、R_4 串联,即归入这些大电阻中,所以可忽略。图 3-14-3(a)可简化为图 3-14-3(b)。

在图 3-14-3(b)中,因 r 很小可视为短路,R_3、R_4 并联归入检流计限流电阻中,则 R_1、R_2、

R_X、R_N 为一单臂电桥。又因 R_X、R_N 为低值电阻,与大电阻 R_1、R_2、R_3、R_4 相比可视为短路,R_1、R_2、R_3、R_4 又是一单臂电桥,故图 3-14-3(b)称为双臂电桥,也称为开尔文电桥。

当检流计中电流为零、电桥平衡时,流过 R_1、R_2 的电流相等,设为 I_1;流过 R_3、R_4 的电流也相等,设为 I_2;流过 R_X、R_N 的电流也相等,设为 I_3。因为

$$U_{P_1P_2F} = U_{P_1D} \quad U_{FP_3P_4} = U_{DP_4} \quad U_{P_2FP_3} = U_{P_2P_3}$$

所以有

$$I_3 R_X + I_2 R_3 = I_1 R_1$$
$$I_3 R_N + I_2 R_4 = I_1 R_2$$
$$I_2(R_3 + R_4) = (I_3 - I_2)r$$

解方程得

$$R_X = \frac{R_1}{R_2} R_N + \frac{R_4 r}{R_3 + R_4 + r}\left(\frac{R_1}{R_2} - \frac{R_3}{R_4}\right)$$

在实际双臂电桥中,为了使用方便,总保持 $\dfrac{R_1}{R_2} = \dfrac{R_3}{R_4}$,这样可简化为:

$$R_X = \frac{R_1}{R_2} R_N$$

这是原理图的公式,它和实际电桥还有区别。原理图中的 R_1、R_3 在实际电桥中是连动的,当电桥平衡时它们的阻值都是 R。原理图中的 R_2、R_4 相当于实际电桥的 R_1、R_2。当检流计中电流为零、电桥平衡时,$R_X = \dfrac{R}{R_1} R_N$ 或 $R_X = \dfrac{R}{R_2} R_N$。

【实验内容与步骤】

1. 用 QJ19 型单双臂电桥测 R_{X1}、R_{X2}、R_{X3}

(1)线路连接

①电桥上的"电源输出"接到测量板的 E 两端,将电桥上的工作电源拨到"1.5 双"。

②"标准双"亮片打开,接标准电阻 R_N 的两个电压端,两个电流端接 C_1 和 C_2。

③"未知双"接待测电阻的电压端,电流端接 C_1' 和 C_2'。

(2)测量 R_X

①打开电桥上的电源开关。

②将检流计灵敏度选择在 1×10^{-7} 挡上,把自组开尔文电桥实验板上的开关拨到"断",调调零钮使检流计指零。

③选择 $R_1 = R_2 = 100\ \Omega$。

④将刀闸式开关合到任一方向,跳跃式地按粗钮,调桥上五挡电阻箱阻值,使检流计基本指零,再按细钮,调电阻箱阻值,使检流计指针指零,读五挡电阻箱之和为 R'。

⑤将刀闸式开关换向,重复步骤④,读 R'',数据记入表 3-14-1,计算 $R = (R' + R'')/2$,计算 R_X。

2. 自组双臂电桥测 R_{X1}、R_{X2}、R_{X3}

(1)线路连接

①E 接直流稳压电源且调 $E = 1.5\ V$。

②将 R_1、R_2、R_3、R_4 接到相应位置上,检流计接到 G 两端。

③$R_{N1} = 0.1\ \Omega$ 的两个电压端接 P_1、P_2，两个电流端接 C_1、C_2，R_{X1} 的两个电压端接 P_1'、P_2'，两个电流端接 C_1'、C_2'。

(2)测量 R_{X1}、R_{X2}、R_{X3}

测量 R_{X1}、R_{X2}、R_{X3}，数据记入表 3-14-2。

【注意事项】

测不同的 R_X 值，选用相应的 R_N 值。

【数据记录与处理】

表 3-14-1　　QJ19 单双臂电桥测 R_{X1}、R_{X2}、R_{X3}　　$R_{N1} = 0.1\ \Omega$，$R_{N2} = 0.01\ \Omega$

	R_{X1}/Ω		R_{X2}/Ω		R_{X3}/Ω	
双桥 R_X	$R' =$	$R'' =$	$R' =$	$R'' =$	$R' =$	$R'' =$
	$R =$	$R_{X1} =$	$R =$	$R_{X2} =$	$R =$	$R_{X3} =$
理论 R_X/Ω	$R_{X1} = 0.51$		$R_{X2} = 0.22$		$R_{X3} = 0.03$	
相对误差 E						

表 3-14-2　　自组双臂电桥测 R_{X1}、R_{X2}、R_{X3}

	R_{X1}/Ω		R_{X2}/Ω		R_{X3}/Ω	
自组 R_X	$R' =$	$R'' =$	$R' =$	$R'' =$	$R' =$	$R'' =$
	$R =$	$R_{X1} =$	$R =$	$R_{X2} =$	$R =$	$R_{X3} =$
理论 R_X/Ω	$R_{X1} = 0.51$		$R_{X2} = 0.22$		$R_{X3} = 0.03$	
相对误差 E						

【研究与讨论】

①双臂电桥与单臂电桥有哪些异同？

②双臂电桥中是如何消除引线、接触电阻影响的？

③如何消除热电势对测量结果的影响？

实验 15　分光计的自准直调整和使用

分光计是精确测定光线偏转角的仪器,用它可以测量折射率、色散率、光波波长等。分光计装置较精密,结构较复杂,调节要求也较高,所以初学者要注意了解其基本结构和测量光路,严格按要求和步骤耐心进行调节。

【实验目的】
①了解分光计的结构和各部件的作用。
②掌握分光计的调整要求和调整方法。
③学会用分光计测量角度。

【实验仪器】
分光计、双面反射镜、低压汞灯、三棱镜。

【实验原理】
分光计是光学实验中基本的、常用的仪器,又称光学测角仪,结构如图 3-15-1 所示。它主要由望远镜、平行光管、载物台和分度盘组成,其中平行光管是固定的,望远镜、载物台、分度盘、游标盘都可绕仪器中心轴转动。

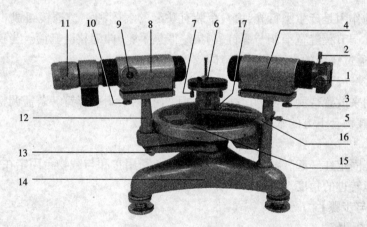

1.狭缝宽度调节手轮　2.狭缝锁紧螺钉　3.平行光管仰俯调节螺钉　4.平行光管
5.游标盘微调手轮　6.载物台　7.载物台调平螺钉　8.望远镜　9.调焦手轮
10.望远镜仰俯调节螺钉　11.目镜视度调节手轮　12.望远镜支架　13.望远镜微调螺钉
14.底座　15.游标刻度盘　16.游标盘微调手轮　17.载物台锁紧螺钉

图 3-15-1　JJ—2 型分光计

(1)望远镜
望远镜结构如图 3-15-2 所示,由物镜、分划板(板上刻有十字叉丝)和目镜组成。调节目镜可改变分划板到目镜的距离,使叉丝调到目镜的焦平面上,调节分划板的位置改变分划板到物镜的距离,可使分划板处在物镜的焦平面上。如果配合调节目镜可使分划板既在目镜的焦平面上,同时亦在物镜的焦平面上,此时望远镜能接受平行光。

望远镜采用阿贝式自准直目镜,分划板上紧贴一个直角三棱镜,在棱镜的直角面上有一个被光源照亮(光线通过直角三棱镜的斜边平面反射)的带颜色的十字,其中心位置与分划板上方的十字线交点对称,如图 3-15-3 所示。

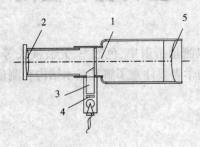

1. 分划板　2. 目镜　3. 小棱镜
4. 侧窗　5. 物镜

图 3-15-2　望远镜结构示意图

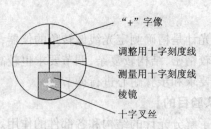

"+" 字像
调整用十字刻度线
测量用十字刻度线
棱镜
十字叉丝

图 3-15-3　望远镜视野示意图

如果在载物台上放置一块双面平行的平面反射镜,并使其反射面和望远镜光轴大体垂直,则十字发出的光通过物镜后经反射面反射回来,在分划板上将形成十字反射像,适当调节可使十字反射像无视差地落在分划板上,且与上方十字线中心重合,表明望远镜与反射镜面垂直,且可接受平行光。这种方法称为**自准直法**。

(2)平行光管

平行光管的作用是产生平行光,由一个装有狭缝的套管和一个透镜组成。狭缝的宽度和位置均可调节。调节狭缝宽窄调节螺钉,调狭缝调焦手轮,伸缩狭缝套筒。当狭缝正好在透镜的焦平面上时,通过狭缝的光束经过透镜即成平行光。

(3)载物台

载物台是用来放置待测器件的。载物台的下方有三个调平螺钉。若需调整和固定台面高度,放松或锁紧载物台下方的水平螺钉和转轴螺钉即可。

(4)分度盘

可与望远镜固定在一起,绕分光计中心轴转动。利用它和与载物台固定在一起的游标盘,可以测出望远镜转过的角度。

【实验内容与步骤】

一、分光计的调整

分光计的调整要求是:①望远镜能够接受平行光;②平行光管能发出平行光;③望远镜和平行光管等高同轴且与分光计的中心轴相垂直。

为达到上述要求,须完成以下调整工作。

1. 调节望远镜使之能接受平行光

1)目镜调焦　目的是使眼睛通过目镜可以清楚地看到分划板上的刻线(叉丝),即分划板位于目镜的焦平面上。为此,慢慢转动目镜调焦手轮,使目镜前后伸缩,至刻线成像清晰即可。

2)望远镜调焦　目的是将分划板调整到物镜的焦平面上,即望远镜聚焦于无穷远。具体方法是:先把望远镜下方的螺钉调到适中位置,使望远镜筒大致水平。在载物台中央放一块双面反射镜,让载物台下的两个调平螺丝的连线垂直于镜面,如图 3-15-4 所示,使镜的反射面与望远镜光轴大致垂直。然后,打开望远镜照明灯开关,从目镜中可见一亮斑,调节望远镜的调焦手轮,前后移动物镜筒,可使亮斑聚成清晰的亮十字像,且与叉丝无视差,此时望远镜能接受平行光。

2. 调节望远镜的光轴使其垂直于仪器转轴

①平面镜反射回来的十字像一般和分划板上方的十字线并不重合,可调节载物台螺钉 b(或 c),或望远镜筒下的螺钉,使十字像和上十字线完全重合。但需采用"各半调节法"即先调望远镜倾度螺钉,使十字像距上十字线的距离减少一半,再调载物台的一个调平螺钉 b(或 c),使亮十字像与上十字线完全重合。

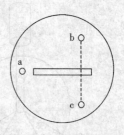

图 3-15-4　望远镜调焦示意图

②转动游标盘连同载物台及小平面镜且使之转动 180°,从望远镜中找到亮十字像。此像一般不与上十字线重合,此时仍用"各半调节法"使亮十字像与上十字完全重合。

③将载物台连同小平面镜转动 180°,重复以上步骤,直到两个反射面反射的十字像总是与上十字叉丝重合。注意在其后的调节和实验中均不得再动望远镜(除绕仪器转轴转动外)。

若在步骤②中转动载物台后不见十字像,是因为望远镜视场较小所致,可用眼睛直接从平面镜中寻找亮十字像,根据眼睛与目镜中心的相对位置,适当调节调平螺钉 b(或 c)或望远镜倾度螺钉,直到眼睛在望远镜光轴高度上平视时,在平面镜中可找到亮十字像为止。此时,可在望远镜中找到亮十字像。

3. 调节平行光管

①调节平行光管使之产生平行光,目的是把狭缝调整到平行光管透镜的焦平面上。方法是:点燃汞灯,将狭缝照亮,转动望远镜,对准平行光管,就可在望远镜中找到狭缝像。放松狭缝套管螺钉,前后移动狭缝套管,以便从望远镜中看到清晰的狭缝像,且使像与望远镜分划板竖叉丝无视差。这时,平行光管可发出平行光。

②调整平行光管,使之与仪器转轴垂直。以望远镜为标准,只需使平行光管与望远镜光轴平行且等高,则平行光管光轴必与仪器转轴垂直。将狭缝转过 90°,调节平行光管倾度螺钉,使狭缝像与分划板中心的横叉丝重合,再将狭缝转过 90°,则狭缝像被分划板中心等分,锁紧狭缝紧固螺钉。

二、测三棱镜顶角

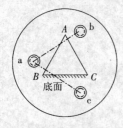

图 3-15-5　三棱镜顶角测量示意图

调节棱镜主截面,使之与仪器转轴垂直,即待测三棱镜的两个光学表面的法线应与分光计中心轴垂直。为此,可根据自准原理,用已调好的望远镜进行调整。先将载物台调整到适当高度,再将三棱镜按图 3-15-5 所示安放在载物台上,然后转动载物台,使棱镜的一个折射面 AB 正对望远镜,调节载物台调平螺钉 a 或 c,使十字像与上十字叉丝重合(注意:此时望远镜下的倾度螺丝已调好,不能再调)。再转动载物台,使三棱镜另一折射面 AC 正对望远镜,调节载物台另一调平螺钉 b 达到自准。重复以上步骤,直到两反射像都与上十字叉丝重合。

测量三棱镜顶角的方法有反射法与自准法两种,本实验采用反射法。如图 3-15-6 所示,将三棱镜放在载物台上,并使棱镜顶角对准平行光管,则平行光管射出的光束照在棱镜的两个折射面上。将望远镜转至 I 处,找到狭缝像,并使望远镜分划板竖线与像重合,固定望远镜,从

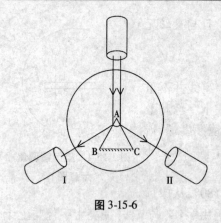

图 3-15-6

两个窗口读出角度 φ_1 和 φ_1'，再将望远镜转至 Ⅱ 处，仿前确定 Ⅱ 处角度 φ_2 和 φ_2'。由图 3-15-6 可得顶角为：$\alpha = \dfrac{\varphi}{2} = \dfrac{1}{4}[(\varphi_2 - \varphi_1) + (\varphi_2' - \varphi_1')]$，再重复测量两次，计算顶角的平均值。实验数据及计算结果记入表 3-15-1。

在计算望远镜转过的角度时，要注意望远镜是否经过了刻度盘的零点。若未经过零点，望远镜转过的角度为 $\varphi = \varphi_2 - \varphi_1$；若经过零点，望远镜转过的角度为 $\varphi = (360° - \varphi_1) + \varphi_2$。

例如：$\varphi_1 = 335°45'$，$\varphi_2 = 115°43'$，则 $\varphi = (360° - 355°45') + 115°43' = 119°58'$。

【数据记录与处理】

表 3-15-1　三棱镜顶角测量数据

实验次数	Ⅰ位置		Ⅱ位置		$\Delta\varphi = |\varphi_2 - \varphi_1|$	$\Delta\varphi' = |\varphi_2' - \varphi_1'|$	$\alpha = \dfrac{\Delta\varphi + \Delta\varphi'}{4}$	$\bar{\alpha}$
	φ_1	φ_1'	φ_2	φ_2'				
1								
2								
3								

实验 16　光栅衍射

光绕过障碍物进入几何阴影区的现象称为**光的衍射**,它同光的干涉和偏振一起证实了光的波动性。具有周期性空间结构或光学性能的衍射屏都可称为**光栅**,光栅是光学仪器中常用的一种分光元件。当平行复色光垂直入射时,不同波长的谱线在光栅的同级衍射场中按波长顺序展开。利用光栅的这一衍射特性可以进行光谱分析,研究物质的结构和组成。光栅的用途相当广泛,常用在各类光学仪器(如单色仪、摄谱仪、光谱仪)中作分光元件;在光纤通信、光计算机中作分光和耦合元件;在激光器中作选频元件;在光信息处理系统中作调制器和编码器。

【实验目的】

研究一维透射光栅的衍射现象,并利用它测量光波的波长。

【实验仪器】

分光计、平面光栅、汞灯、平面反射镜。

【实验原理】

光栅的种类很多,本实验选用的是一维透射光栅,它是在一个基板玻璃片上刻上一组等间距的平行刻痕而成,见图 3-16-1。它可以看作一系列密集而又均匀排列的平行狭缝。相邻狭缝对应点之间的距离称为**光栅常数** d。

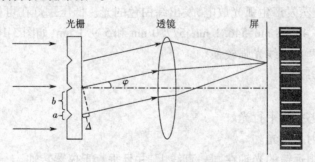

图 3-16-1　光栅衍射原理图

平面光栅是根据多缝衍射原理制成的一种分光元件。它不仅适用于可见光,还能用于红外和紫外光波。由于制造方法或用途不同,光栅的种类很多,有刻痕光栅和全息光栅;有透射光栅和反射光栅等等。实验选用的是透射式平面刻痕光栅,它在光栅上每毫米刻有 n 条刻痕,光栅常数 $d = 1/n$。

由夫琅和费衍射原理可知,当波长为 λ 的平行光垂直照射平面光栅时,由平面光栅各狭缝在某一方向的衍射光将在无穷远处(或透镜焦平面)形成干涉条纹。当平行光垂直入射时,由相邻两狭缝对应点衍射光的光程差 $\Delta = d\sin\varphi$(φ 为衍射角)以及相干明条纹的形成条件 $\Delta = k\lambda$(衍射级次 $k = 0, \pm1, \pm2\cdots$)可得光栅方程:

$$d\sin\varphi = k\lambda \quad (k = 0, \pm1, \pm2\cdots) \tag{3-16-1}$$

由上式可知,同一级次的衍射光,波长越长,衍射角越大;入射光是复色光时,除零级外的其他级次,不同波长同一级次的亮条纹将彼此错开,形成衍射光谱。

根据式(3-16-1),若光栅常数 d 已知,只要测出与该谱线相关的 φ 角就可以计算出波长。

同其他分光元件一样,衍射光栅的性能主要用分辨本领和色散本领来表征。

分辨本领 $R = \lambda / \Delta\lambda$ 用于表征光栅能够分辨的最小波长差 $\Delta\lambda$。根据瑞利条件可得光栅的分辨本领:$R = \lambda / \Delta\lambda = kN$ (N 为光栅有效面积内的总刻痕数,k 为衍射级次)。

色散本领 $D = \Delta\varphi / \Delta\lambda$ 用于表征光栅衍射后波长差为 $\Delta\lambda$ 的两条谱线之间的角间隔 $\Delta\varphi$。对光栅方程求微分可得色散本领:$D = \dfrac{\Delta\varphi}{\Delta\lambda} = \dfrac{k}{d\cos\varphi}$。

分光计的结构和调节方法在本书"分光计的调节和使用"实验中已作介绍。

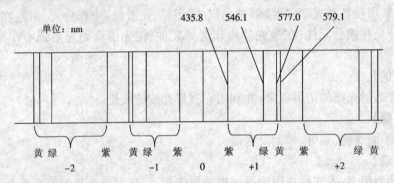

图 3-16-2 低压汞灯可见光范围特征谱线

低压汞灯的灯管内充有汞及惰性气体氖或氩。灯丝通电后,惰性气体电离放电,灯管温度逐渐升高,汞逐渐被蒸发产生弧光放电,发出绿白色的光。低压汞灯在可见光范围内的主要特征谱线有 404.7 nm、435.8 nm、546.1 nm、577.0 nm 和 579.1 nm,如图 3-16-2 所示,其中 435.8 nm 和 546.1 nm 的两条谱线光强较强。

【实验内容及步骤】

1. 调整分光计

①使望远镜能够接受平行光。

②平行光管出射平行光。

③平行光管与望远镜的光轴在同一直线上,并且垂直于仪器转轴。

2. 调整光栅

入射光垂直照射光栅表面,将光栅按图 3-16-3 所示放在载物台上,先通过目测使光栅平面与平行光管轴线大致垂直,然后调节载物台的两个螺丝 b(或 c),使得从光栅表面反射回来的十字缝像与上十字相重合,随后固定载物台。

使光栅刻痕与分光计转轴平行。转动望远镜,观察衍射光谱的分布情况,注意中央零级条纹两侧的衍射光谱是否对称等高。如果观察到光谱线有高低变化,可调节载物台的螺丝 a,直到中央明纹两侧的衍射光谱基本上在同一高度为止。调好后,还要检查光栅平

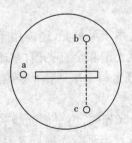

图 3-16-3 光栅调整示意图

面是否仍保持和平行光管垂直,即亮十字像是否与上十字重合。否则,要反复调节,直到两个要求都满足为止。

3. 测量

向左移动望远镜,找到汞的光谱线,然后使望远镜的竖叉丝依此对准 +1 级光谱的紫、绿、黄外各条谱线(注意使用微调螺丝),分别记下各条谱线的位置 $\theta_左$、$\theta_右$,再向右移动望远镜,依此读出 −1 级各条谱线的位置 $\theta'_左$、$\theta'_右$,填入数据表 3-16-1。继续转动望远镜仔细观察第二级谱线。

将测得的衍射角代入式(3-16-1),计算相应的光波波长,求平均值、与理论值的相对误差。

【数据记录与处理】

表 3-16-1　光栅衍射数据记录表

项目 谱线	+1 级		−1 级		$\Delta\theta = \|\theta - \theta'\|$		$\overline{\Delta\theta} = \dfrac{\Delta\theta_左 + \Delta\theta_右}{2}$	$\varphi = \dfrac{\overline{\Delta\theta}}{2}$	$\lambda = d\sin\varphi/\text{nm}$	$\overline{\lambda}/\text{nm}$	相对 误差 E
	$\theta_左$	$\theta_右$	$\theta'_左$	$\theta'_右$	$\Delta\theta_左$	$\Delta\theta_右$					
紫光 $\lambda = 435.835$ nm											
绿光 $\lambda = 546.074$ nm											
黄光 $\lambda = 579.065$ nm											

【研究与讨论】

①应用公式 $\Delta = d\sin\varphi$ 计算光程差需要满足什么条件? 实验时应如何保证? 怎样检查条件是否满足?

②用光栅观察自然光时,会看到什么现象? 为什么紫光离中央零级最近?

③为什么牛顿环实验中用显微镜观察干涉条纹,而在光栅实验中却要用望远镜观察衍射条纹? 能否将这两者的观测仪器进行交换,为什么?

实验 17　杨氏双缝干涉

自古以来,人们就试图解释光是什么,到 17 世纪,研究光的反射、折射、成像等规律的几何光学基本确立。惠更斯等人在 17 世纪就提出了光的波动学说,认为光是以波的方式产生和传播的,但早期的波动理论缺乏数学基础,很不完善,没有得到重视。19 世纪初,托马斯·杨发展了惠更斯的波动理论,成功解释了干涉现象,并成功做了著名的杨氏双缝干涉实验,为光的波动理论确定了实验基础。

【实验目的】

①观察杨氏双缝干涉现象。

②测量光波波长。

【预习提纲】

①相干光条件、光的干涉条件。

②杨氏双缝干涉原理。

【实验仪器】

钠光灯(加圆孔光栏)、凸透镜 L($f=50$ mm)、二维调整架、单面可调狭缝、双缝、干板架、测微目镜 Le(去掉其物镜头的读数显微镜)、读数显微镜架、升降调节座等。

【实验原理】

杨氏双缝干涉是利用分波面法获得相干光的方法,杨氏双缝干涉实验的装置如图 3-17-1 所示,原理如图 3-17-2 所示。在普通单色光源(如钠光灯)前面放一单缝 S,在 S 的前方再放一个开有双缝 S_1 和 S_2 的屏。S_1 和 S_2 彼此相距很近,且到 S 等距。根据惠更斯原理,S_1 和 S_2 将向前发射次波(球面波),形成的相干波在距离为 D 的接收屏上叠加,形成干涉图样。实验可以不用接收屏,而用测微目镜直接观测,并测量数据用以计算。

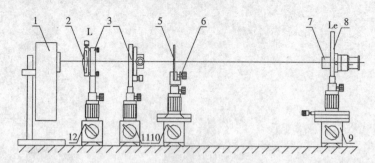

1.钠光灯(加圆孔光栏)　2.凸透镜 L($f=50$ mm)　3.二维调整架　4.单面可调狭缝　5.双缝

6.干板架　7.测微目镜 Le(去掉其物镜头的读数显微镜)　8.读数显微镜架　9~12.升降调节座

图 3-17-1　杨氏双缝干涉实验装置图

设两个双缝 S_1 和 S_2 的间距为 d,它们到屏幕的垂直距离为 D(屏幕与两缝连线的中垂线相垂直)。因为 S_1 和 S_2 到 S 的距离相等,因此 S_1 和 S_2 处的光振动具有相同的相位,屏幕上各点的干涉强度将由两束光的光程差决定。在屏幕上建立坐标系,原点 O 位于 S_1 和 S_2 连线的中垂线

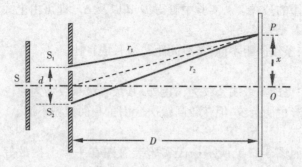

图 3-17-2　杨氏双缝干涉实验原理图

上，向上为坐标正方向。设屏幕上任意一点 P，坐标为 x，S_1 和 S_2 到 P 点的距离分别为 r_1 和 r_2，根据几何关系有

$$r_1^2 = D^2 + \left(x - \frac{d}{2}\right)^2 \tag{3-17-1}$$

$$r_2^2 = D^2 + \left(x - \frac{d}{2}\right)^2 \tag{3-17-2}$$

由上两式可以得到

$$r_2^2 - r_1^2 = 2dx \tag{3-17-3}$$

$$(r_2 - r_1)(r_2 + r_1) = 2dx$$

因为 $D \gg d$，$D \gg x$，所以 $r_1 + r_2 \approx 2D$。

若整个装置放在空气中，则相干光到达 P 点的光程差为：

$$\Delta = r_2 - r_1 = \frac{dx}{D} \tag{3-17-4}$$

1. 干涉条件

由光的干涉条件推导出，当 P 点满足 $\Delta = \pm k\lambda$ 时呈明纹；当 P 点满足 $\Delta = \pm (2k+1)\dfrac{\lambda}{2}$ （$k = 0,1,2\cdots$）时，呈暗纹。

2. 屏幕上各级干涉条纹的位置

由干涉条件可推导出第 k 级明纹（暗纹）的位置

$$x_k = \pm \frac{D}{d} k\lambda \qquad （明纹） \tag{3-17-5}$$

$$x_k = \pm \frac{D}{d}(2k+1)\frac{\lambda}{2} \quad (k = 0,1,2\cdots) \qquad （暗纹） \tag{3-17-6}$$

3. 条纹间距

由上两式可计算出相邻明纹或暗纹之间的距离相等，用 Δx 表示。它反映了条纹的疏密程度。由式（3-17-5）或式（3-17-6）得相干条纹的间距为

$$\Delta x = \frac{D}{d}\lambda \tag{3-17-7}$$

变换可得：

$$\lambda = \frac{\Delta x d}{D} \tag{3-17-8}$$

这就是本实验所要使用的公式。从实验中测得 D、d 以及 Δx，即可由上式算出波长 λ。

4. 条纹间距随入射光波长变化

入射光波长不同，条纹间距不同，条纹间距与波长成正比。

5. 白光入射的情况

白光入射时，除中央的零级明条纹为白色外，其余各级条纹均为彩色。在白色的中央明纹两侧出现对称的各级彩色明条纹，但在较高级次会因重叠而模糊不清。

【实验步骤】

①把全部仪器按照图 3-17-1 所示杨氏实验装置图在平台上摆放好，并调成共轴等高系统。钠光灯(加圆孔光栏)经透镜聚焦于狭缝上。使单缝和双缝平行(都和目镜的刻线平行)，而且由单缝射出的光照射在双缝的中间。

②适当调窄单缝，使在目镜视场中看到干涉条纹，结果记入表 3-17-1。进一步调节单缝和双缝的平行度(调节单缝即可)，使干涉条纹位于目镜中心且最清晰。

③用测微目镜测出连续 6 条干涉条纹的位置，用逐差法求出条纹间距 $\overline{\Delta x}$，用测微目镜测量双缝间距 d，用米尺测出双缝到微测目镜焦平面上叉丝分化板的距离 D，结果记入表 3-17-2。把测出的各量代入到公式 $\overline{\lambda} = \overline{\Delta x} \cdot \overline{d} / \overline{D}$ 中求出波长 $\overline{\lambda}$。

【数据记录与处理】

表 3-17-1　条纹间距的测量　　　　　　　　　　　　　　单位:mm

条纹位置		$3\Delta x$	$\overline{3\Delta x}$	$\overline{\Delta x}$	$\overline{\lambda} = \overline{\Delta x}\dfrac{\overline{d}}{\overline{D}}$
X_1	X_4				
X_2	X_5				
X_3	X_6				

表 3-17-2　双缝间距及双缝至屏的距离的测量　　　　　　单位:mm

物理量 ＼ 测量次数	1	2	3	平均值
D_i				
$D_i - \overline{D}_i$				—
d_i				
$d_i - \overline{d}_i$				—

①根据所测数据用逐差法计算波长 $\overline{\lambda}$。

②评定波长 $\overline{\lambda}$ 的不确定度、相对不确定度，写出测量结果表达式。

$$u(\overline{\lambda}) = \overline{\lambda}\sqrt{\left[\frac{u(\overline{\Delta x})}{\overline{\Delta x}}\right]^2 + \left[\frac{u(\overline{d})}{\overline{d}}\right]^2 + \left[\frac{u(\overline{D})}{\overline{D}}\right]^2} \qquad u(\overline{\Delta x}) = \sqrt{u_A^2(\overline{\Delta x}) + u_B^2(\overline{\Delta x})}$$

$$u_A(\overline{\Delta x}) = \sqrt{\frac{\sum (\Delta x_i - \overline{\Delta x})^2}{3(3-1)}} \qquad u_B(\overline{\Delta x}) = \frac{0.01}{\sqrt{3}} \text{ mm}$$

$$u(\overline{d}) = \sqrt{u_A^2(\overline{d}) + u_B^2(\overline{d})} \qquad u_A(\overline{d}) = \sqrt{\frac{\sum (d_i - \overline{d})^2}{3(3-1)}} \qquad u_B(\overline{d}) = \frac{0.01}{\sqrt{3}} \text{ mm}$$

$$u(\overline{D}) = \sqrt{u_A^2(\overline{D}) + u_B^2(\overline{D})} \qquad u_A(\overline{D}) = \sqrt{\frac{\sum (D_i - \overline{D})^2}{3(3-1)}} \qquad u_B(\overline{D}) = \frac{1}{\sqrt{3}} \text{ mm}$$

$$u_r(\overline{\lambda}) = \frac{u(\overline{\lambda})}{\overline{\lambda}} \times 100\% \qquad \lambda = \overline{\lambda} \pm u(\overline{\lambda})$$

③由钠光的标准波长 589.3 nm 计算测量结果的百分误差：

$$E(\overline{\lambda}) = \frac{|589.3 - \overline{\lambda}|}{589.3} \times 100\% = \underline{\hspace{6cm}}$$

【研究与讨论】

①用同一种颜色的光照射时，双缝间距 d 与干涉条纹疏密有何关系？

②用不同颜色的光照射时，光的波长 λ 与干涉条纹疏密有何关系？

实验 18　用双棱镜研究光的干涉

为满足光的干涉条件,总是把由同一光源发出的光分成两束或多束相干光,使它们经过不同路径后相遇而产生干涉。产生相干光的方式有两种,即分波阵面法和分振幅法。双棱镜的实验是用分波阵面法产生的双光束干涉。

【实验目的】

①了解双棱镜的干涉原理,用双棱镜测定光波波长。

②学习光路调节及测微目镜的使用方法。

【实验仪器】

光具座、可调狭缝、光源、双棱镜、凸透镜、测微目镜。

【实验原理】

当单色光通过两个靠得很近且对称的狭缝时,波阵面被分割,每一狭缝作为一新的波源。它们发出的光是同相位的、振动方向相同的、光的频率相同的相干波源。它们在传播过程中相遇,就会产生干涉图样,如图3-18-1。

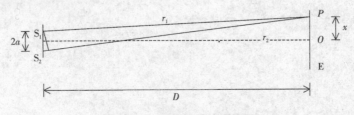

图3-18-1　双棱镜干涉原理图

设$2a$为两个狭缝S_1、S_2的间距,D为两个狭缝连线到观察面的距离,对于观察面上某一点P而言,从S_1到达P点和从S_2到达P点走过的几何路程的平方分别为:

$$r_1^2 = D^2 + (x-a)^2 \tag{3-18-1}$$

$$r_2^2 = D^2 + (x+a)^2 \tag{3-18-2}$$

两式相减得:

$$r_2^2 - r_1^2 = 4ax \tag{3-18-3}$$

或

$$r_2 - r_1 = \frac{4ax}{r_2 + r_1} \tag{3-18-4}$$

式中,$r_2 - r_1$是光从S_1和S_2到达P点的几何程差。若光是在空气中传播,这个几何程差就近似等于光程差δ。实际上,由于可见光的波长很短,只有当$2a$比D小很多时干涉图样才便于观测,则

$$r_2 + r_1 \approx 2D \tag{3-18-5}$$

把式(3-18-5)代入式(3-18-4)得到

$$\delta = r_2 - r_1 = \frac{2ax}{D} \tag{3-18-6}$$

当两束光波到达屏上某点的光程差满足 $\delta = k\lambda$ 时,该点干涉加强,有最大亮度,因此 x 满足下式的各点亮度皆为最大:

$$x = k\frac{D\lambda}{2a} \qquad (k = 0, \pm 1, \pm 2\cdots) \tag{3-18-7}$$

干涉减弱即最暗各点的 x 满足

$$x = (2k+1)\frac{D\lambda}{4a} \qquad (k = 0, \pm 1, \pm 2\cdots) \tag{3-18-8}$$

相邻明纹或暗纹之间的距离为

$$\Delta x = \frac{D\lambda}{2a} \tag{3-18-9}$$

所以

$$\lambda = \frac{2a\Delta x}{D} \tag{3-18-10}$$

本实验利用双棱镜折射的方法获得相干光,在两束光的交叠区域(图 3-18-2 中以斜线表示)发生干涉现象,利用屏就可收到明暗相间的干涉条纹。S_1 和 S_2 是 S 因折射产生的两个虚像,它们相当于杨氏实验的两个狭缝,可以作为虚光源。若测出两虚光源间的距离 $2a$,光源(即被照亮的狭缝)到屏的距离 D,干涉条纹的间距 Δx,即可求出所用光波的波长。

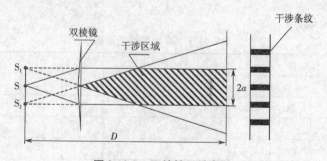

图 3-18-2 双棱镜干涉条纹

【实验内容与步骤】

①实验装置如图 3-18-3 所示,将狭缝、双棱镜、测微目镜放置在光具座上,用目测法调整它们的中心使其等高,并使它们在平行于光具座的同一直线上,而且棱镜底边应垂直于此直线。

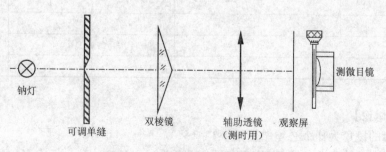

图 3-18-3 双棱镜干涉的实验装置

②开启钠光灯,使其均匀地照亮狭缝。调节双棱镜或狭缝,使狭缝射出的光束能对称地照

亮双棱镜棱脊(钝角棱)的两侧,调节测微目镜,在目镜中找到一条亮带(或干涉条纹),调节测微目镜的横向位置,使其位于视场中央。

③将狭缝调足够细后,调节狭缝上的齿轮,带动狭缝转动,以使狭缝严格平行于双棱镜的棱脊。这时,目镜中呈现清晰的干涉条纹。然后将狭缝调到足够宽,使视场足够亮。

④若条纹数目甚少,可增加双棱镜与狭缝间距离,若条纹太细,可增加测微目镜与双棱镜间距离,再微调狭缝的方向和缝宽,直至能观察到 20 条以上的干涉条纹且每条宽度适当,条纹清晰可数为止。

⑤用测微目镜测量干涉条纹的间距 Δx。依次记录每一暗条纹在测微尺上的位置,用逐差法计算 $\overline{\Delta x}$。

⑥记下此时狭缝和测微目镜在光具座上的位置,计算出 D 值并修正。

⑦保持狭缝和双棱镜不动,在棱镜和测微目镜间放上凸透镜,如图 3-18-3 所示。前后移动凸透镜,使狭缝光源在目镜分划板上成 S_1' 和 S_2' 两个清晰的实像,用测微目镜测出两光源实像的距离 l,记下狭缝到凸透镜的距离 u,透镜到测微目镜分划板间的距离 v(注意修正)。用透镜放大公式可求出: $2a = \dfrac{u}{v}l$。重复测量三次,分别求出 $2a$ 的值及其平均。

⑧将测量数据填入数据表格(表 3-18-1)中,根据公式计算钠光波长,根据理论值计算相对误差。

【数据记录与处理】

表 3-18-1　实验数据记录表

条数	1	2	3	4	5	6	7	8	9	10
x/mm										
条数	11	12	13	14	15	16	17	18	19	20
x/mm										
逐差 $\Delta x = x_{n+10} - x_n$										
$\overline{\Delta x}/\text{mm}$	$\overline{\Delta x'} = \dfrac{\overline{\Delta x}}{10} =$									

狭缝位置/cm	修正后狭缝位置/cm	目镜位置/cm	修正后目镜位置/cm
$D =$			

透镜位置/cm	物距 u/cm	像距 v/cm	狭缝像间距 l/cm	$2a = \dfrac{u}{v}l/\text{cm}$	$\overline{2a}/\text{cm}$

【研究与讨论】

①双棱镜的棱角为什么必须做得很小?

②要获得清晰的干涉条纹,实验应满足什么条件?

实验 19 光的等厚干涉

光的干涉是一种重要的光学现象,它为光的波动性提供了有力的实验证据。同一光源发出的光分成两束,在空间经过不同路径后再叠加时就产生了干涉。光的等厚干涉现象可以用来测量微小的长度和角度、检验物体表面的光洁度和平行度、测定光的波长和研究物体中的应力分布等。

牛顿环是物理光学中研究等厚干涉现象的典型方法之一,是牛顿于 1675 年发现的。该实验通常用于测量透镜的曲率半径。牛顿环和劈尖干涉,都是分振幅干涉。

【实验目的】
①掌握用牛顿环测透镜曲率半径的方法。
②掌握用劈尖干涉测劈角的方法。

【实验仪器】
读数显微镜、牛顿环装置、钠光灯、劈尖装置等。

【实验原理】

1. 用牛顿环测透镜的曲率半径

把一块曲率半径很大的平凸透镜的凸面放在一块光学平板玻璃上,在透镜的凸面和平板玻璃间形成一个空气薄层,其厚度从中心接触点到边缘逐渐增加。离接触点等距离的地方,厚度相同,等厚膜的轨迹是以接触点为中心的圆。当波长为 λ 的入射光垂直入射透镜时,在空气膜上下表面反射的两束光为相干光,形成的干涉条纹是以透镜与玻璃接触点为圆心的明暗相间的同心圆环,这就是牛顿环。

如图 3-19-1 所示,P 点空气膜的厚度为 d,在 P 点处相遇的两反射光线的光程差为两条光线所走过的几何路程之差,加上由于光疏介质到光密介质反射而造成的半波损失。光程差

$$\Delta = 2d + \lambda/2 \qquad (3\text{-}19\text{-}1)$$

当光程差满足 $\Delta = 2d + \lambda/2 = (2k+1)\lambda/2$($k = 0,1,$ $2,3\cdots$)时,为暗条纹。

当光程差满足 $\Delta = 2d + \lambda/2 = k\lambda$($k = 0,1,2,3\cdots$)时,为明条纹。

设透镜曲率半径为 R,干涉形成的条纹半径为 r,那么根据几何关系有

$$R^2 = (R-d)^2 + r^2 = R^2 - 2Rd + d^2 + r^2 \qquad (3\text{-}19\text{-}2)$$

因为 $R \gg d^2$,d 为一个二阶无穷小量,可以略去,故有

$$d = \frac{r^2}{2R} \qquad (3\text{-}19\text{-}3)$$

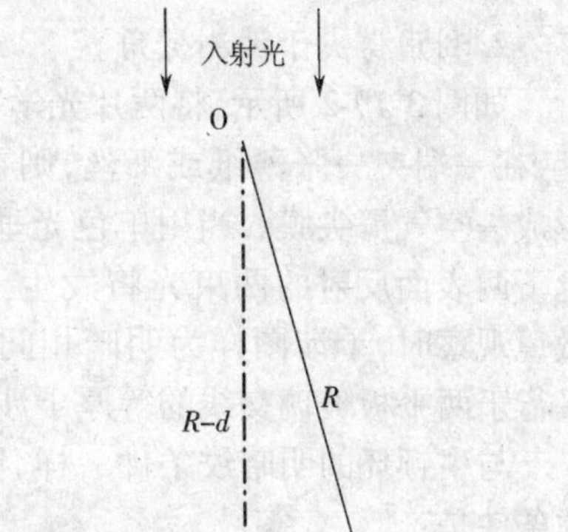

图 3-19-1 平凸透镜的反射镜面

这一结果表明,离中心越远,光程差增加愈快,所看到的牛顿环也变得越来越密。根据牛

顿环的暗纹条件

$$\Delta = \frac{r^2}{R} + \lambda/2 = (2k+1)\lambda/2 \quad (k=0,1,2,3\cdots) \tag{3-19-4}$$

可得牛顿环的暗纹半径

$$r = \sqrt{Rk\lambda} \tag{3-19-5}$$

上式表明:牛顿环的干涉级次 k 与 r^2 成正比,环半径越大,干涉纹越密;当 λ 已知时,只要测出第 k 级暗环的半径,就可计算出透镜的曲率半径 R。

观察牛顿环时将会发现,牛顿环中心不是一点,而是一个不太清晰的圆斑。其原因是透镜和平板玻璃接触时,由于接触压力引起形变,使接触处并不是一个点而是一圆面。镜面上若存在微小灰尘也会引起附加的光程差。这都会给测量带来较大的误差,因此在做实验时必须考虑最一般的情况。

假定该实验装置圆心处附加厚度为 a,则图 3-19-1 中 P 点空气层的厚度为 $d+a$。形成暗纹的条件为:

$$\Delta = 2(d+a) + \lambda/2 = (2k+1)\lambda/2 \quad (k=0,1,2\cdots)$$

再把式(3-19-3)代入,得到暗纹半径为:

$$r_k^2 = kR\lambda - 2Ra \tag{3-19-6}$$

为消除 a 带来的影响,依次测出 $k=m$、$k=n$ 级暗条纹半径 r_m 和 r_n,代入式(3-19-6),再两式相减,得

$$r_m^2 - r_n^2 = (m-n)R\lambda$$

$$R = \frac{r_m^2 - r_n^2}{\lambda(m-n)}$$

考虑到直径比较容易测量,因此用直径代替半径。透镜的曲率半径

$$R = \frac{D_m^2 - D_n^2}{4(m-n)\lambda} \tag{3-19-7}$$

2. 利用劈尖干涉测劈角

如图 3-19-2 所示,将两片光学平玻璃片叠在一起,在一端夹一张薄纸或细丝,则在两玻璃片之间形成一空气劈尖膜。当用单色光垂直照射时,劈尖上下两表面反射的两束光将发生干涉。用读数显微镜观察时,干涉图样为明暗相间、互相平行且都平行于两平板玻璃交线的等厚干涉条纹。

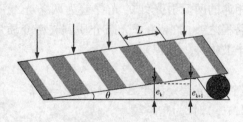

图 3-19-2　劈尖干涉测劈角

与牛顿环的明暗纹条件一样,劈尖形成暗条纹的条件是:

$$\Delta = 2e_k + \frac{\lambda}{2} = (2k+1)\frac{\lambda}{2} \quad (k=0,1,2\cdots)$$

任意两相邻暗条纹对应空气层厚度差为

$$\Delta e_k = \frac{\lambda}{2}$$

而

$$\Delta e_k = L\sin\theta \tag{3-19-8}$$

所以

$$L\sin\theta = \frac{\lambda}{2}$$

由于 θ 很小, $\sin\theta \approx \theta$, 可得

$$\theta = \frac{\lambda}{2L} \quad (L \text{ 为相邻暗纹间距离}) \tag{3-19-9}$$

所以当 λ 为已知时, 测出 L, 即可求出劈角 θ。

【实验内容与步骤】

1. 用牛顿环测量透镜的曲率半径

①调节读数显微镜目镜的十字叉丝, 使其中一根与显微镜水平移动的方向平行, 另一根与显微镜水平移动的方向垂直。

②将牛顿环装置放在小平台上, 用眼睛找到牛顿环所在的位置后, 使它正对读数显微镜镜筒, 移动读数显微镜的上下位置, 直到能在目镜中清楚看到牛顿环。需要注意的是, 调节显微镜镜筒的时候, 要从最低点向上调, 以免压碎牛顿环装置。

③将显微镜内的十字叉丝的交点对准牛顿环的中心, 且使其中一根丝垂直于显微镜移动方向, 旋转侧手轮将叉丝移动到左侧第 72 暗环处, 然后再向右方缓慢移动, 顺序测定当十字叉丝的垂直丝分别与第 70、60、50、40、30、20 等暗环中部相切时的位置读数 d, 继续向右方移动, 顺序读出右侧第 20、30、40、50、60、70 等暗环的位置读数 d', $|d-d'|$ 就是各级暗环的直径。为避免空程差, 鼓轮应始终沿一个方向移动。

④把牛顿环旋转 90°, 重复以上步骤, 数据记入表 3-19-1。

⑤用逐差法 $m-n=30$ 求出直径平方差的平均值 $D_m^2 - D_n^2$, 计算出曲率半径 R, 并求出标准不确定度, 即得到透镜的曲率半径 $R = \bar{R} \pm u(\bar{R})$, 填入表 3-19-2。

2. 用劈尖干涉法测劈角

将劈尖放在载物台上, 使读数显微镜中十字叉丝对准某一暗纹, 使显微镜向一个方向移动, 每隔 4 个暗纹记录一次数据, 连续测量 10 个数据, 记入表 3-19-3。用逐差法求出相邻暗纹间距离的平均值, 带入式(3-19-9)计算劈角。

【注意事项】

调节显微镜镜筒的时候, 要从最低点向上调, 以免压碎牛顿环装置。

【数据记录与处理】

表 3-19-1 用牛顿环测量透镜的曲率半径表 1

钠光波长 $\lambda = 589.3$ nm 环数差 $m-n = 30$ 单位:mm

暗环级数	暗环位置		直径 $|d-d'|$		暗环位置		直径 $|d-d'|$	直径平均值 D
	左侧 d	右侧 d'			左侧 d	右侧 d'		
70				旋转90°后				
60								
50								
40								
30								
20								

表 3-19-2　用牛顿环测量透镜的曲率半径表 2

级次	m			n		
环数	70	60	50	40	30	20
直径平均值 D^2/mm^2						
$D_m^2 - D_n^2/\text{mm}^2$						
$\overline{D_m^2 - D_n^2}/\text{mm}^2$						

① $\overline{R} = \dfrac{\overline{D_m^2 - D_n^2}}{4(m-n)\lambda} = $ _____

② $u_A(\overline{D_m^2 - D_n^2}) = \sqrt{\dfrac{\sum \left[(\overline{D_m^2 - D_n^2}) - (D_m^2 - D_n^2)_i \right]^2}{n(n-1)}}\ (i = 1,2,3) = $ _____

③ $u(\overline{D_m^2 - D_n^2}) = \sqrt{u_A^2 + u_B^2} \approx u_A(\overline{D_m^2 - D_n^2}) = $ _____

④ $u(\overline{R}) = \dfrac{u(\overline{D_m^2 - D_n^2})}{4(m-n)\lambda} = $ _____

⑤结果表示: $R = \overline{R} \pm u(\overline{R}) = $ _____

表 3-19-3　劈尖干涉测劈角　　　　　　　　　　　　　　　　单位:mm

K	0	4	8	12	16
读数					
K	20	24	28	32	36
读数					
逐差 20L					
$\overline{20L}$			$\overline{L}$		

【研究与讨论】

①牛顿环的干涉条纹是由哪两束光线产生的? 在哪个表面形成的?

②理论上牛顿环中心是个暗点,实际看到的往往是个忽明忽暗的斑,造成这种情况的原因是什么? 对透镜曲率半径 R 的测量有影响吗? 为什么?

③牛顿环中每个环的粗细相同吗? 为什么?

④在数据计算中为什么要采用 $m - n = 30$? 这样处理有什么优点?

实验 20 迈克尔逊干涉仪的调整与使用

迈克尔逊干涉仪是 1880 年美国物理学家迈克尔逊(Albert Abrahan Michelson)为研究"以太"漂移速度而设计的,1887 年他和美国物理学家莫雷合作进一步用实验否定了"以太"的存在,为爱因斯坦建立狭义相对论奠定了有力的实验基础。此后迈克尔逊又用它做了两个重要实验,首次系统地研究了光谱的精细结构并直接用光谱线的波长标定标准米尺,为近代物理和近代计量技术做出了重要贡献。由于发明迈克尔逊干涉仪以及基本度量学的研究成果,迈克尔逊于 1907 年获得诺贝尔物理学奖。迈克尔逊干涉仪是现代干涉仪的原型,后人利用该仪器的原理又研制出多种形式的干涉测量仪器。这些仪器被广泛应用在近代物理和计量技术中。

【实验目的】
①了解迈克尔逊干涉仪的结构原理,掌握迈克尔逊干涉仪的调整和使用方法。
②观察非定域干涉,测定光波波长。
③观察定域干涉条纹。
④观察白光的彩色干涉条纹。

【实验仪器】
迈克尔逊干涉仪、He-Ne 激光器、日光灯、扩束镜、毛玻璃、接收屏。

【实验原理】

一、仪器结构

迈克尔逊干涉仪是利用半透膜分光板的反射和透射,用分振幅法产生光强近似相等的两束相干光,从而实现光的干涉的仪器。迈克尔逊干涉仪的光路原理如图 3-20-1 所示。M_1 和 M_2 是两面精密磨光的平面反射镜。M_1 是固定不动的,M_2 可沿导轨前后移动。G_1 和 G_2 是两块材料相同、厚度相同的平行玻璃板,在 G_1 的后表面镀了一层半透膜。G_1 和 G_2 严格平行,且与 M_1 和 M_2 都成 45 度角。

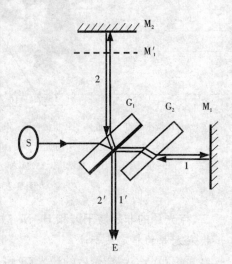

图 3-20-1 迈克尔逊干涉仪光路原理

从光源 S 发出的一束光射到分光板 G_1 上,光束在半透膜上反射和透射,分成振幅近乎相等而且互相垂直的两束光,分别射向互相垂直的固定不动的平面反射镜 M_1 和可移动的平面反射镜 M_2,经 M_1 和 M_2 反射后会于分光板 G_1,最后两束光均朝着屏 E 的方向射出。两束光为相干光。

如果没有 G_2,经 M_2 反射的光束在 G_1 中通过了三次,而经 M_1 反射的光束在 G_1 中仅通过了一次。为了弥补这一光程差,把一块材料和厚度与 G_1 完全相同的平行玻璃板 G_2 加到光路中。G_2 叫做补偿板。G_2 的加入使得在计算两光束的光程差时,只需考虑二者在空气中的几何路程差,无须计算它们在分光板中的光程。

由于反射镜 M_1 是固定的,M_2 可沿导轨移动,因此两束光的光程差是可以改变的。图 3-20-1 中的 M_1'是平面镜 M_1 相对 G_1 半透膜表面所成的虚像。显然,光线经过 M_1'反射到达 E 处和经过 M_1 反射到达 E 处的光程严格相等,M_1'和 M_1 是等效的。干涉就相当于 M_1'与 M_2 间空气薄层的干涉。

从以上介绍可知,迈克尔逊干涉仪有两个优点:第一,两相干光束分离,互不干扰,便于在一支光路中布置其他光学器件;第二,M_1'不是实际物体,M_1'与 M_2 间的空气膜厚度可任意调节,甚至重合。

迈克尔逊干涉仪的结构如图 3-20-2 所示。M_2 镜所在的导轨拖板由精密丝杠带动,可沿导轨前后移动。M_2 镜的位置由三个读数尺所读出的数值的和确定:主尺、粗调手轮和微调手轮。镜 M_1、M_2 的背面各有三个螺丝,用于调节 M_1、M_2 镜面的倾斜度。M_1 的下端还附有两个互相垂直的微动拉簧螺丝,用于精确地调整 M_1 的倾斜度。

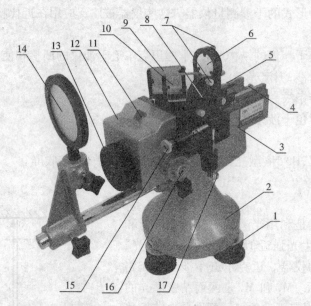

1.调平螺钉 2.底座 3.机械台面 4.精密丝杠 5.导轨 6.可移动反射镜 M_2 7.倾斜螺钉
8.固定反射镜 M_1 9.分光板 G_1 10.补偿板 G_2 11.粗调手轮读数窗口 12.齿轮系统
13.粗调手轮 14.观察屏 15.M_1 的水平拉簧螺钉 16.微调手轮 17.M_1 的竖直拉簧螺钉

图 3-20-2 迈克尔逊干涉仪

二、点光源的非定域干涉和 He-Ne 激光波长的测定

1.点光源的非定域干涉

经短焦距凸透镜会聚后的激光束,可以认为是一个很好的点光源 S 发出的球面光波。由于光的反射效应,S 在 M_2、M_1'的后面形成两个虚光源 S_2' 和 S_1',如图 3-20-3(a)所示,其中 S_1' 为 S 经 M_1 及 G_1 反射后所成的像,S_2' 为 S 经 G_1 及 M_2 反射后所成的像。显然 S_2' 和 S_1' 为两相干光源,它们发出的球面光波在相遇的空间处处相干——在相遇处都能产生干涉条纹,称为**非定域干涉**。

S_1' 和 S_2' 在空间的干涉情况可参照两实点光源的干涉。若 S_1'、S_2' 为两个实点光源,根据光的干涉条件,空间任一点 P 的干涉明暗由 S_2' 和 S_1' 到该点的光程差 $\Delta = r_2 - r_1$ 决定,其中 r_2

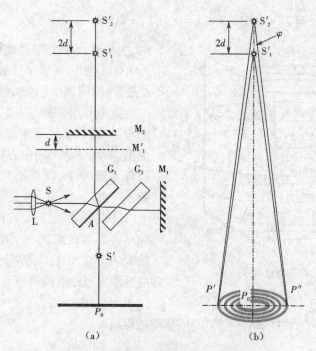

图 3-20-3 $S_2'S_1'$ 连线相垂直方向的非定域干涉

(a)迈克尔逊干涉仪光路图 (b)非定域干涉

和 r_1 分别为 S_2' 和 S_1' 到 P 点的光程。即在 S_2' 和 S_1' 相干涉的区域，P 点的光强分布 $I(P)$ 为极大和极小的条件是，当

$$\Delta = r_2 - r_1 = k\lambda \qquad (k = 0, \pm 1, \pm 2\cdots) \tag{3-20-1}$$

时，光强极大；

当

$$\Delta = r_2 - r_1 = (2k+1)\frac{\lambda}{2} \qquad (k = 0, \pm 1, \pm 2\cdots) \tag{3-20-2}$$

时，光强极小。

显然，满足以上方程的 P 点轨迹是以 S_2' 和 S_1' 为焦点的回转双曲面簇，如图 3-20-4 所示。由图可看出，当把接收屏放在干涉场中的不同位置时，所接收到的干涉图形是不同的。

2. He-Ne 激光波长的测定

当 M_1' 与 M_2 平行时，将观察屏放在与 $S_2'S_1'$ 连线相垂直的位置上，可看到一组同心干涉圆条纹，如图 3-20-3(b)所示。

设 M_1' 与 M_2 间距离为 d，则 S_2' 和 S_1' 距离为 $2d$。理论上可推导出，S_2' 和 S_1' 在屏上任一点 P 的光程差为

$$\Delta = 2d\cos\varphi \tag{3-20-3}$$

式中，φ 为 S_2' 射到 P 点的光线与 M_2 法线的夹角。

当

$$\Delta = 2d\cos\varphi = k\lambda \qquad (k = 0, \pm 1, \pm 2\cdots) \tag{3-20-4}$$

时，为明纹；

$$\Delta = 2d\cos\varphi = (2k+1)\frac{\lambda}{2} \qquad (k = 0, \pm 1, \pm 2\cdots) \qquad (3\text{-}20\text{-}5)$$

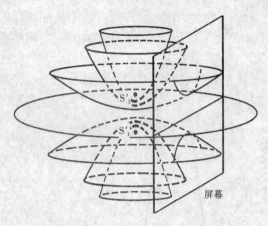

图 3-20-4　两球面波的干涉场

时,为暗纹。条纹特点如下。

①φ 越小,干涉条纹级次越大。$\varphi = 0$ 时,Δ 最大,即圆环中心条纹级次最高。

②当 d 增加时,对某一特定级次为 k 的干涉条纹,其 φ 将不断变大,即看到条纹不断涌出,圆环一个个从中心冒出。当 d 减小时,圆环逐渐缩小,以至消失,出现条纹缩进现象。

③在圆心处 $\varphi = 0$,两束光的光程差为 $2d$。每涌出或缩进一个条纹,相当于光程差改变一个波长 λ。设 M_2 移动了 Δd 距离,相应地涌出或缩进的圆环数为 ΔN,则

$$2\Delta d = \Delta N\lambda \qquad (3\text{-}20\text{-}6)$$

所以由干涉条纹的变化数目 ΔN,可求出 M_2 移动的距离

$$\Delta d = \Delta N \frac{\lambda}{2}$$

反之,由干涉条纹的变化数 ΔN 和 M_2 移动的距离 Δd,可求出激光光波的波长

$$\lambda = \frac{2\Delta d}{\Delta N} \qquad (3\text{-}20\text{-}7)$$

④当 d 增大时,光程差 Δ 每改变一个波长所需的 φ 变化值减小,即两明环(或两暗环)之间的间隔变小,条纹变细变密。反之,当 d 减小时,条纹变粗变疏。

三、扩展光源的定域干涉

采用扩展光源照射时(例如,可在激光经凸透镜扩束后再加一块毛玻璃,或者在钠灯前放一毛玻璃),可以在空间特定的区域产生等倾和等厚条纹,叫做**定域干涉**。

1. 定域等倾干涉

当 M_1 与 M_2 严格垂直,M_1' 与 M_2 平行,M_1' 与 M_2 构成一厚度为 d 的空气薄膜,此时在透镜的焦平面上或用眼睛直接看无穷远处都能看到圆形的等倾干涉条纹。

如图 3-20-5,从扩展光源上发出的一束光,经 M_1' 与 M_2 间空气膜的上下两表面反射后为两束相干光,可推导出这两束相干光的光程差

$$\Delta = 2d\cos\theta \qquad (3\text{-}20\text{-}8)$$

式中,θ 为光束在空气膜上的入射角。当 d 不变时,扩展光源上入射角 θ 相同的那些光束的光程差相等,相干后一定位于同一级干涉明纹(暗纹)上,所以叫**等倾干涉**。等倾干涉条纹是明暗相间的同心圆环。当 $\theta = 0$ 时,光程差最大,对应的干涉条纹级次最高。因此,等倾干涉条纹中心的级次高于边缘的级次。这是与牛顿环不同的地方。

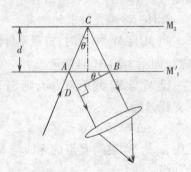

图 3-20-5　定域等倾干涉

观察等倾干涉条纹时,可将迈克尔逊干涉仪上的屏去掉,用眼睛直接观察 M_2,可在无穷远处看到等倾干涉条纹。同点光源的非定域干涉一样,当移动 M_2 使 d 增加时,干涉环的级次增加,干涉环一个一个由中心向外"冒"出来;反之当 d 减小时,干涉环一个一个向中心"缩"进去。每"冒"出或"缩"进一个干涉环,相应光程差改变了一个波长,也就是 M_1' 与 M_2 之间的距离改变了半个波长。若观察到 ΔN 个干涉环的变化,则 M_1' 与 M_2 的距离 d 改变了 Δd。显然,利用扩展光源的定域等倾干涉也可以测量光波的波长、求长度的微小变化。计算方法与点光源的非定域干涉相同。

2.定域等厚干涉

当 M_1 与 M_2 不严格垂直时,M_1' 与 M_2 两平面有一很小夹角,形成一空气劈尖,在反射镜 M_2 的表面附近产生间距相等而且近于平行的定域等厚干涉条纹。在观察等厚干涉条纹时,看到如图 3-20-6 所示的现象。

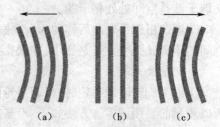

图 3-20-6 定域等厚干涉
(a)左侧曲线 (b)中央曲线 (c)右侧曲线

当 M_1' 与 M_2 夹角甚小且两面近于重合时,看到的是图 3-20-6(b)的直条纹,而当 d 增加时,在其两侧的条纹逐渐变得弯曲了,而且弯曲的方向正好相反,如图 3-20-6(a)、(c)的弯曲条纹。

用扩展光源时,经 M_1'、M_2 反射的两束光线光程差仍可近似表示为:

$$\Delta = 2d\cos\theta = k\lambda$$

在 M_1' 与 M_2 相交处,$d=0$,$\Delta=0$,观察到的干涉条纹是直线。在靠近交线的两侧,d 很小,将 $\cos\theta$ 展开成以下级数形式:

$$\cos\theta = 1 - \frac{(\theta)^2}{2!} + \frac{(\theta)^4}{4!} + \cdots + (-1)^n \frac{(\theta)^{2n}}{(2n)!} + \cdots \tag{3-20-9}$$

当 $\theta \to 0$ 时,$\cos\theta \approx 1$,这时光程差 Δ 的变化主要决定于厚度 d 的变化,因而干涉条纹仍然近于直线,而且平行于 M_2 与 M_1' 的交线。而在离交线较远处,θ 的变化对光程差带来的影响不可忽略,这就是引起干涉条纹弯曲的原因。条纹弯曲突向交棱方向,离交线越远 d 越大,条纹越弯曲。

四、白光干涉

在等厚干涉中,若光源改用白光光源,则各种波长的光产生的干涉条纹明暗互相重叠,只有零级和附近几级的条纹尚能显示出最大和最小。不同颜色的光在零级两侧展开,产生多种混合色,组成彩色条纹(只有中央条纹是非彩色的),而在较高的干涉级次,因每一点都有各种颜色的光出现,合成结果变成白色,所以白光干涉条纹只能看到不多几条。彩色条纹的出现标志着仪器的两臂达到等光程。

【实验步骤】

1.仪器的调整和非定域干涉条纹的观察

①调节干涉仪底脚螺丝,将仪器导轨平面调平,然后用锁紧圈锁住。

②调节粗调手轮移动 M_2,让 M_1、M_2 与分光板 G_1 大致等距离。导轨上 M_2 的位置在 28 ~ 33 mm 之间。

③打开激光器,调整激光器的位置,让光束射向 M_1 的中心部位,并使反射光点落在激光器出射口附近,则光束基本垂直入射 M_1。

④安好观察屏,屏上呈现两排分别由 M$_1$、M$_2$ 反射回来的亮点,调节 M$_1$ 和 M$_2$ 两个反射镜背后的三个小螺丝,使两排亮点中最亮的两个光点严格重合(先调 M$_1$,再调 M$_2$),达到重合说明 M$_1$ 已垂直于 M$_2$。注意调节时三个小螺丝的松紧要均衡。

⑤在激光器前加一短焦距凸透镜,使光束为一点光源,调整好凸透镜的位置,在屏上就可以看到圆形干涉条纹,调节粗调手轮使条纹大小、粗细适中,再轻微调节 M$_1$ 上的水平或竖直拉簧螺丝,使圆形条纹的中心位于屏中心。

⑥此时可前后左右移动屏的位置和角度,发现干涉条纹的大小或形状发生变化,证明非定义域干涉是空间处处相干的。

⑦调节粗调手轮前后移动 M$_2$,观察条纹的变化,从条纹的"冒"出或"缩"进判断 M$_1'$ 与 M$_2$ 之间的距离 d 是变大还是变小,并观察条纹的粗细、疏密和 d 之间的关系。

2. 测量激光波长

①因为旋转微调手轮时,粗调手轮随之变化,而旋转粗调手轮时微调手轮并不随之变化,所以测量前必须调零。方法如下:沿某一方向(例如顺时针)将微调手轮调到零,记住此方向(后面的测量都沿此方向),同时记住此方向窗口中粗调手轮的转动方向。沿同一方向旋转粗调手轮,使之对准某一刻度。为避免绝对不能允许的空程差,后面的测量中微调手轮的旋转方向始终沿上述方向。若需要反方向旋转,一定要重新调零。

②沿刚才的方向旋转微调手轮,使干涉条纹稳定地移过 4~5 个,记下此时的计数零位置。继续沿原方向旋转微调手轮,条纹每"冒"出或"缩"进50个,记录相应 M$_2$ 的位置,连续记录11 次,用逐差法求 Δd 及激光的波长,结果记入表 3-20-1。

3. 观察定域干涉条纹

在凸透镜与 G$_1$ 之间放一块毛玻璃,使球面波经散射成为扩展光源。

(1)观察等倾干涉条纹

进一步调节粗调手轮使 M$_1$、M$_2$ 与 G$_1$ 等距,屏上出现 1~2 个干涉条纹。取下屏,用聚焦无穷远的眼睛代替观察屏,直接观察 M$_2$ 可以看到圆条纹。使眼睛上下左右移动时,各圆的大小变化,轻微调节 M$_1$ 上的两个拉簧微动螺丝,使各圆的大小不变而仅仅是圆心随眼睛的移动而移动,这时观察到的就是等倾干涉条纹。观察等倾干涉条纹的变化规律。

(2)观察等厚干涉条纹

慢慢转动粗调手轮,使干涉条纹由细变粗,由密变疏,有时需配合 M$_1$ 的拉簧螺丝的微量调节,直到用眼直接观察 M$_2$,可以看到平行的干涉直条纹。这时观察到的就是等厚干涉条纹。

4. 观察白光干涉条纹

①在非定域干涉圆条纹的基础上转动粗调手轮,使条纹变粗变疏(记住此时粗调手轮的旋转方向),配合拉簧螺丝的轻微调节,使条纹渐渐变成稍有弯曲的直条纹。

②关闭激光器,放上白光源,取掉观察屏,用眼直接观察 M$_2$,沿刚才粗调手轮的旋转方向继续调节微调手轮(千万别再调粗调手轮),直到视场中观察到彩色的直条纹为止。彩色条纹的对称中心就是 M$_1'$ 和 M$_2$ 的交线,此位置 M$_2$ 和 M$_1'$ 重合,$d=0$。由于白光干涉条纹很少,只有不多的几条,所以必须耐心细致地调节,眼睛盯住 M$_2$,微调手轮要缓慢转动,否则彩色条纹会一晃而过。

【注意事项】

①不要正对激光观看,以免损伤眼睛。

②在测量读数前必须调整仪器零点,在改变微动手轮旋转方向时也必须调整零点。

③迈克尔逊干涉仪是精密的光学仪器,必须小心爱护,绝对不许用手触摸各光学元件,也不许用任何东西随意擦拭。

④做本实验时,要特别注意保持安静,不得大声喧哗,不得来回走动,以免引起空气振动影响本人及其他同学的实验。

【数据记录与处理】

表 3-20-1　测量激光波长数据记录及计算

条纹移动数 N_1	0	50	100	150	200	250
可移动镜位置 d_1/mm						
条纹移动数 N_2	300	350	400	450	500	550
可移动镜位置 d_2/mm						
$\Delta N = N_2 - N_1$	300	300	300	300	300	300
$\Delta d_i = d_2 - d_1 /\mathrm{mm}$						
$\Delta d_i - \overline{\Delta d}/\mathrm{mm}$						
$\overline{\Delta d}/\mathrm{mm}$						
$\overline{\lambda} = \dfrac{2\,\overline{\Delta d}}{\Delta N}/\mathrm{nm}$						

①用逐差法计算激光波长的平均值。

②评定平均波长的不确定度、相对不确定度,写出测量结果表达式。(干涉仪的仪器误差为 1×10^{-4} mm)

$$u(\overline{\lambda}) = \overline{\lambda}\,\frac{u(\overline{\Delta d})}{\overline{\Delta d}} \qquad u(\overline{\Delta d}) = \sqrt{u_A^2\,(\overline{\Delta d}) + u_B^2\,(\overline{\Delta d})}$$

$$u_A(\overline{\Delta d}) = \sqrt{\frac{\sum\,(\Delta d_i - \overline{\Delta d})^2}{6(6-1)}} \qquad u_B(\overline{\Delta d}) = \frac{10^{-4}}{\sqrt{3}}\ \mathrm{mm} \qquad u_r(\overline{\lambda}) = \frac{u(\overline{\lambda})}{\overline{\lambda}} \times 100\%$$

$$\lambda = \overline{\lambda} \pm u(\overline{\lambda}) = \underline{\qquad\qquad}$$

③与 He-Ne 激光标准波长值 632.8 nm 进行比较,求相对误差:

$$E(\overline{\lambda}) = \frac{|632.8 - \overline{\lambda}|}{632.8} \times 100\% = \underline{\qquad\qquad}$$

【研究与讨论】

①根据迈克尔逊干涉仪的光路,说明各光学元件的作用。

②在迈克尔逊干涉仪上看到的等倾圆条纹与牛顿环实验中的干涉圆条纹有哪些区别?

③在观察非定域干涉时,为什么当 d 足够大时,屏上看不到干涉条纹了?

实验 21　偏振光分析

光的干涉和衍射现象说明了光的波动性,但还不能说明光是横波还是纵波,光的偏振现象进一步表明光的横波性。自从马吕斯 1808 年发现光的偏振现象以后,偏振光的应用在工业、农业、医学、国防等方面的地位越来越重要。利用偏振光的各种精密仪器为科学研究、工程设计、生产技术检验等提供了极有价值的方法。

【实验目的】

①观察光的偏振现象。

②分析偏振光的特性。

【实验仪器】

光源、偏振片、白屏、升降调节座、1/4 及 1/2 波片各一片、黑玻璃(劳埃得镜)、可调狭缝、光学测角台、冰洲石、扩束器。

【实验原理】

1. 光的偏振性

光是电磁波,电磁波是横波。它的电矢量 E 和磁矢量 H 相互垂直,且均垂直于光的传播方向。由于能够引起人眼视觉的是电矢量 E,所以通常用电矢量 E 代表光的振动方向。电矢量 E 称为**光矢量**,电矢量 E 和光的传播方向所构成的平面称为**光振动面**。

光源发射的光是由大量原子或分子辐射构成的。由于大量原子或分子的热运动和辐射的随机性,它们所发射的光的振动面出现在各个方向的几率是相同的,故普通光源发出的光矢量的振动在空间分布是均匀的,称为**自然光**。

在光传播过程中,如果光矢量始终沿某一方向振动,迎着光看过去,光矢量的振动沿一条直线,这样的光称为**线偏振光**。因为线偏振光的光矢量保持在固定的光振动面内,所以线偏振光也称为**平面偏振光**,也叫**完全偏振光**。在发光过程中,有些光的振动面在某个特定方向上出现的几率大于其他方向,即在较长时间内电矢量在某一方向上较强,这种光称为**部分偏振光**。还有一些光,振动面的方向和电矢量的大小随时间作有规律的变化,而电矢量末端在垂直于传播方向的平面上的轨迹呈椭圆或圆,这种光称为**椭圆偏振光**或**圆偏振光**,如图 3-21-1 所示。

从自然光获得偏振光的过程称为**起偏**,产生起偏作用的光学元件称为**起偏器**。偏振片是一种常用的起偏器,它能对入射自然光的光矢量在某方向上的分量有强烈的吸收,而对与该方向垂直的分量吸收很少。因此,偏振片只能透过沿某方向的光矢量或光矢量沿该方向的分量,把这个透光方向称为**偏振片的偏振化方向**。起偏器还可用来检验某一光是否为偏振光,即起偏器也可作为**检偏器**。起偏器和检偏器是通用的。

根据马吕斯定律,强度为 I_0 的线偏振光通过检偏器后,透射光的强度为

$$I = I_0 \cos^2 \theta \tag{3-21-1}$$

式中,θ 为入射光偏振方向与检偏器偏振化方向之间的夹角,如图 3-21-2。显然,当以光线传播方向为轴转动检偏器时,透射光强度 I 将发生周期性变化。当 $\theta = 0$ 时,透射光强度最大;当 $\theta = 90°$ 时,透射光强度最小(消光状态);当 $0° < \theta < 90°$ 时,透射光强度介于最大值和最小值之

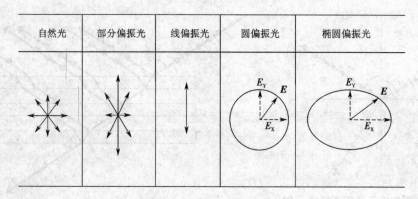

自然光	部分偏振光	线偏振光	圆偏振光	椭圆偏振光

图 3-21-1 自然光和偏振光

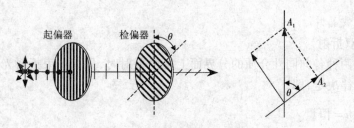

图 3-21-2 起偏器和检偏器

间。因此,根据透射光强度变化的情况可以区别光的不同偏振状态。

2. 反射光和折射光的偏振性

当自然光在两种媒质的界面上反射和折射时,反射光和折射光都是部分偏振光。此时,反射光中垂直于入射面的光振动占优势,而折射光中,平行于入射面的光振动占优势,反射光的偏振化程度与入射角有关。当入射角为一特殊角——**布儒斯特角** i_0 时,反射光成为完全偏振光,其振动面垂直于入射面,此时的折射光仍为部分偏振光。布儒斯特角 i_0 也称为**起偏角**,实验证明,当入射角等于布儒斯特角 i_0 时,反射光线与折射光线垂直,再根据光的折射定律可推导出

$$\tan i_0 = n_2 / n_1 \tag{3-21-2}$$

以上规律称为**布儒斯特定律**,见图 3-21-3。例如,当光由空气射向 $n = 1.54$ 的黑玻璃板时,$i_0 = 57°$。

还须指出,当自然光按起偏角入射时,经过一次反射、折射,反射光虽然是完全偏振光,但光强很弱,只占全部入射光的很小一部分,而此时的折射光(部分偏振光)占了全部入射光的绝大部分。为了增强反射光的强度和折射光的偏振化程度,可以把玻璃片叠起来,叠为玻璃片堆。当自然光连续通过许多玻璃片(玻璃片堆)时,入射光在各层玻璃面上经过多次反射和折射,使得反射光垂直于入射面的振动部分得到加强,同时使折射光的平行于入射面的振动部分得到加强,提高了折射光的偏振化程度。当玻璃片足够多时,最后透射出来的折射光就接近于完全偏振光,见图 3-21-4。

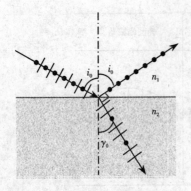

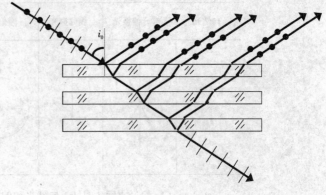

图 3-21-3　入射角等于布儒斯特角 i_0 时

图 3-21-4　玻璃片堆

3. 偏振光与波晶片

(1)晶体的双折射

一束光线在两种各向同性介质的分界面上发生折射时,只有一束折射光,且在入射面内,其方向由折射定律决定,即

$$\frac{\sin i}{\sin \gamma} = n = 恒量$$

但是对于光学性质随方向而异的某些晶体(如方解石等),当光线进入晶体后,一束入射光线可以有两束折射光,其中一束折射光线的方向遵从折射定律,叫做**寻常光线**(或 o 光),另一束折射光的方向不遵从折射定律,传播速度也随入射光的方向变化,且在一般情况下,这束折射光不在入射面内,故叫做**非常光线**(或 e 光)。这种现象叫做**双折射现象**,能产生双折射现象的晶体叫做**双折射晶体**,见图 3-21-5(a)。

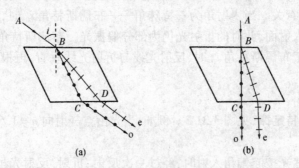

图 3-21-5　晶体的双折射
(a)双折射晶体　(b)e 光绕 o 光转动

当入射角 $i=0$ 时,寻常光沿原方向前进,而非常光一般不沿原方向前进。这时,如果把晶体以入射光线为轴旋转,将发现 o 光不动,而 e 光随着晶体的转动而绕 o 光转动,见图 3-21-5(b)。改变入射光的方向时,发现在双折射晶体内部有一确定的方向,光沿这个方向传播时,寻常光和非常光不再分开,不产生双折射现象,这一方向称为**晶体的光轴**。在晶体中,把包含光轴和任一已知光线的平面称为**晶体中该光线的主平面**。由 o 光和光轴组成的平面就是 o 光的主平面;由 e 光和光轴组成的平面就是 e 光的主平面。

实验证明,o 光和 e 光都是线偏振光,它们的光矢量的振动方向不同。o 光的振动方向垂直于它对应的主平面;e 光的振动方向平行于它对应的主平面。在一般情况下,对一给定的入射光来说,o 光和 e 光的主平面通常并不重合,但当光轴位于入射面内时,这两个主平面是重合的。在大多数情况下,这两个主平面之间的夹角很小,因而 o 光和 e 光的振动方向可以认为是互相垂直的。

一般来说,在晶体中寻常光和非常光是以不同速度传播的。寻常光的速率在各个方向上是相同的,非常光的速率在各个方向上是不同的。用 c 表示真空中的光速,用 v_o 表示 o 光的传播速率,v_e 表示 e 光在晶体中沿垂直于光轴方向的传播速率。根据折射率的定义,对于 o 光,晶体的折射率 $n_o = \dfrac{c}{v_o}$,为一常数;对于 e 光,折射率 $n_e = \dfrac{c}{v_e}$,称为 **e 光的主折射率**。

(2)波晶片

波晶片是从单轴晶体中切割下来的平行平面板,其表面平行于光轴。

当一束线偏振光正入射到波晶片上时,光在晶体内部便分解为 o 光与 e 光。o 光电矢量垂直于光轴;e 光电矢量平行于光轴。而 o 光和 e 光的传播方向不变,仍都与表面垂直。设晶片的厚度为 l,则两束光通过晶体后就有相位差

$$\sigma = \frac{2\pi}{\lambda}(n_0 - n_e)l \tag{3-21-3}$$

式中,λ 为光波在真空中的波长。这样射出晶片的 o 光和 e 光就是两束同频率、有恒定相位差及互相垂直的相干光。由于相位差的不同,它们将合成为线偏振光或椭圆偏振光、圆偏振光。

当 l 使 $\sigma = 2k\pi + \pi$ 时,o 光和 e 光的光程差为 $\lambda/2$,称为**半波片($\lambda/2$ 波片)**;当 l 使 $\sigma = 2k\pi \pm \dfrac{\pi}{2}$ 时,o 光和 e 光的光程差为 $\lambda/4$,称为 **$\lambda/4$ 波片**。上面的 k 都是任意整数,不论半波片或 $\lambda/4$ 波片都是对一定波长而言。

(3)偏振光通过波晶片时的情形

线偏振光正入射时,在波晶片的前面(入射处)分解为互相垂直的 o 光和 e 光,它们的光矢量分别为

$$E_e = A_e \cos \omega t \tag{3-21-4}$$

$$E_o = A_o \cos \omega t \tag{3-21-5}$$

通过波晶片后的出射光为

$$E_e = A_e \cos\left(\omega t - \frac{2\pi}{\lambda}n_e l\right) \tag{3-21-6}$$

$$E_o = A_o \cos\left(\omega t - \frac{2\pi}{\lambda}n_o l\right) \tag{3-21-7}$$

讨论两波的相对相位差,参照式(3-21-3),上式可写为

$$E_e = A_e \cos(\omega t + \sigma) \tag{3-21-8}$$

$$E_o = A_o \cos \omega t \tag{3-21-9}$$

出射光的两个正交光矢量的相对相位差由 σ 决定。

当为 $\lambda/2$ 片时,$\sigma = 2k\pi + \pi$,根据两个互相垂直的同频率的简谐振动的合成规律,此时合成光矢量的轨迹为一直线,即合成光振动沿一直线,出射光仍为一线偏振光。

当为 $\lambda/4$ 片时,$\sigma = 2k\pi \pm \dfrac{\pi}{2}$,根据两个互相垂直的同频率的简谐振动的合成规律,此时合成光矢量的轨迹为一椭圆,出射光为椭圆偏振光。当 $A_e = A_o$ 时,出射光为圆偏振光。

【实验步骤】

1)线偏振光分析　使钠光通过偏振片起偏,用装在 x 轴旋转二维架上(对准指标线)的偏振片在转动中检偏,把检偏结果写入表 3-21-1 中。

2)测布儒斯特角,定偏振片光轴　按图 3-21-6 所示,使白光源位于透镜的焦平面上(此时二底座相距 162 mm),近似平行光通过狭缝,向光学测角台中心的黑玻璃入射,并在台面上显示指向圆心的光迹,转动分度盘,对任意入射角,利用偏振片和 x 轴旋转二维架组成的检偏器检验反射光的偏振状态,转动 $360°$,观察部分偏振光的强度变化,并找到布儒斯特角 i_0,结果记入表 3-21-1 中。

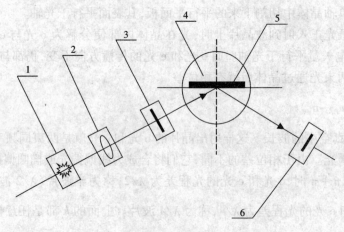

1. 光源　2. 透镜　3. 狭缝　4. 光学测角台　5. 黑玻璃　6. 偏振片

图 3-21-6　实验装置图

3)分析双折射现象　利用冰洲石及可转动支架,可以观察分析该晶体的双折射现象。让自然光(钠光)通过支架上的一个小孔射入冰洲石晶体,眼睛在适当距离能看到光束一分为二,转动支架,又能判别 o 光和 e 光,进而用检偏器确定 o 光和 e 光的光矢量振动方向的关系,结果记入表 3-21-1 中。

4)椭圆偏振光分析　使激光器产生的线偏振光通过扩束器,再通过 1/4 波片,用装在 x 轴旋转二维架上的偏振片在旋转中观察光的明暗变化,看和步骤 1)有何不同。指出椭圆偏振光长短轴方向,结果记入表 3-21-1 中。

5)圆偏振光分析　在透射轴正交的两个偏振片之间加入 1/4 波片,旋转至透射光为零处,从该位置再旋转 $45°$,即可产生圆偏振光,用检偏器转动检查,结果记入表 3-21-1 中。步骤4)、5)也可用白屏观察。

6)考察平面偏振光通过 $\lambda/2$ 波片时的现象　在两块偏振片之间插入 $\lambda/2$ 波长片,把检偏器转动 $360°$,观察会出现什么现象。由此说明通过 $\lambda/2$ 波片后,光为怎样的偏振状态,结果记入表 3-21-1 中。

【注意事项】

①不要正对激光观看,以免损伤眼睛。

②所有仪器的光学面都严禁触摸和用任何东西随意擦拭。

【数据记录与处理】

表 3-21-1　观察现象及记录

①检偏器转动 360°，看到几次消光？	
②求布儒斯特角 i_0。	
③转动支架，o 光和 e 光的关系如何？	
④光的明暗变化如何？指出椭圆偏振光长短轴方向。	
⑤检偏器转动检查，结果光强有何变化？	
⑥检偏器转动 360°，观察到什么现象？此光为怎样的偏振状态？	

实验 22　阿贝成像原理和空间滤波

1873 年,德国人阿贝(E. Abbe,1840—1905)在研究显微镜成像规律时,提出了相干成像的理论,从波动光学的角度解释了显微镜的成像机理,明确了限制显微镜分辨本领的根本原因。他把物体通过凸透镜成像的过程分为两步:①从物体发出的光发生夫琅和费衍射,在透镜的像方焦平面上形成傅里叶频谱图;②像方焦平面上频谱图各发光点发出的球面次级波在像平面上相干叠加形成物体的像。阿贝成像原理是现代光学信息处理的理论基础,空间滤波实验是基于阿贝成像原理的光学信息处理方法。

【实验目的】
①了解傅里叶光学基本原理的物理意义。
②加深对光学中的空间频谱和空间滤波等概念的理解。

【实验仪器】
He-Ne 激光器、扩束镜、二维调整架(三个)、准直镜、一维光栅、干板架、傅里叶透镜、白屏、通用底座、二维底座、一维底座、频谱滤波器。

【实验原理】
1. 傅里叶变换在光学成像系统中的应用

在信息光学中,常用**傅里叶变换**表达和处理光的成像过程。设一个 xy 平面上光场的振幅分布为 $g(x,y)$,可以将这样一个空间分布展开为一系列基元函数 $\exp[i2\pi(f_x x + f_y y)]$ 的线性叠加,即

$$g(x,y) = \int_{-\infty}^{\infty} \int G(f_x, f_y) \exp[2\pi(f_x x + f_y y)] \mathrm{d}f_x \mathrm{d}f_y \qquad (3\text{-}22\text{-}1)$$

式中 f_x、f_y 为 x、y 方向的空间频率;$G(f_x, f_y)$ 是相应于空间频率为 f_x、f_y 的基元函数的权重,也称为**光场的空间频率**。$G(f_x, f_y)$ 可由下式求得:

$$G(f_x, f_y) = \int_{-\infty}^{\infty} \int g(x,y) \exp[-2i\pi(f_x x + f_y y)] \mathrm{d}x \mathrm{d}y \qquad (3\text{-}22\text{-}2)$$

$g(x,y)$ 和 $G(f_x, f_y)$ 实际上是对同一光场的两种本质上等效的描述。

当 $g(x,y)$ 是一个空间的周期性函数时,空间频率就是不连续的。例如,空间频率为 f_0 的一维光栅,光振幅分布展开成级数为:

$$g(x) = \sum_{n=-\infty}^{\infty} G_n \exp[i2\pi n f_0 x] \qquad (3\text{-}22\text{-}3)$$

2. 阿贝成像原理

傅里叶变换在光学成像中的重要性首先是在显微镜的研究中显示出来。阿贝在 1873 年提出了显微镜的成像原理,并进行了相应的实验研究。阿贝认为,在相干光照明下,显微镜的成像可分为两个步骤:①通过物的衍射光在物镜后焦平面上形成一个初级衍射图(频谱图);②物镜后焦平面上的初级衍射图向前发出球面波,干涉叠加为位于目镜焦平面上的像,这个像可以通过目镜观察到。

成像的这两个步骤本质上就是两次傅里叶变换。如果物的振幅分布是 $g(x,y)$,可以证明

在物镜后面焦平面 $x'y'$ 上的光强分布正好是 $g(x,y)$ 的傅里叶变换 $G(f_x,f_y)$（只要令 $f_x=\dfrac{x'}{\lambda F}, f_y$

$=\dfrac{y'}{\lambda F}, \lambda$ 为波长，F 为物镜焦距）。所以，步骤①起的作用是把一个光场的空间分布变成为空间频率分布；步骤②则是又一次傅里叶变换，将 $G(f_x,f_y)$ 又还原到空间分布。

图 3-22-1 显示了成像的这两个步骤。为了方便起见，假设物是一个一维光栅，平行光照在光栅上，经衍射分解成为不同方向的很多束平行光（每一束平行光相应于一定的空间频率），经过物镜分别聚集在后焦平面上形成点阵，然后代表不同空间频率的光束又重新在像平面上复合而成像。

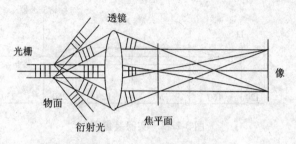

图 3-22-1 成像的示意图

但一般说来，像和物不可能完全一样。这是由于透镜的孔径有限，总有一部分衍射角度较大的高次成分（高频信息）不能进入到物镜而被丢弃，所以像的信息总是比物的信息要少一些。高频信息主要是反映物的细节的。如果高频信息受到了孔径的阻挡而不能到达像平面，则无论显微镜有多大的放大倍数，也不可能在像平面上分辨出这些细节，这是显微镜分辨率受到限制的根本原因。特别是当物的结构非常精细（例如很密的光栅）或物镜孔径非常小时，有可能只有 0 级衍射（空间频率为 0）通过，则在像平面上就完全不能形成图像。

3. 光学空间滤波

显微镜中物镜的孔径实际上起了一个高频滤波的作用。因此，如果在焦平面上插上一些滤波器（吸收板或移相板）以改变焦平面上光振幅和相位，就可以根据需要改变像平面上的频谱，这就叫做**空间滤波**。最简单的滤波器就是把一些特殊形式的光阑插到焦平面上，使一个或几个频率分量能通过，而挡住其他频率分量，从而使像平面上的图像只包括一种或几种频率分量，对这些现象的观察可使人们对空间傅里叶变换和空间滤波有更明晰的概念。

【实验内容与步骤】

①用 L1、L2 组成扩束系统，使出射的平行激光光束垂直照射在狭缝沿铅直方向放置的一维光栅上。前后移动变换透镜 L3，使光栅（物）清晰地成像于离物 2 m 以外的墙壁上。此时光栅位置接近于透镜的前焦平面，故透镜的后焦平面就为其傅氏面。该面上光强的分布即为物的空间频谱。用白屏 H 在透镜的后焦平面附近慢慢移动，在透镜后焦平面上可以观察到水平排列的一些清晰光点。实验装置图如图 3-22-2 所示。这些光点相应于光栅的 0、±1、±2……级衍射极大值，用米尺大约测出各光点与中央最亮点的距离 x'、通过透镜的焦距 F、光波波长 λ，试求出这些光点相应的空间频率。

②在 L3 后焦平面（傅氏面）处放入频谱滤波器，挡去 0 级以外的各点，观察像面上有无光栅条纹。

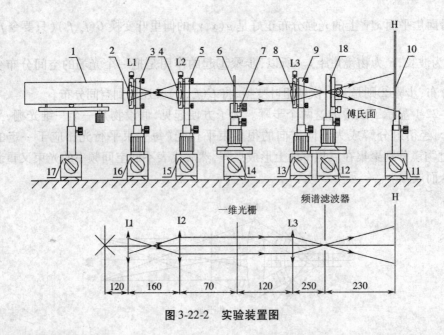

图 3-22-2　实验装置图

③调节光阑,使之只通过 0 级和 ±1 级最大值,观察像面上的光栅条纹像,再把光阑拿去,让更高级次的衍射都能通过,再观察像面上的光栅条纹像。试看这两种情况的光栅条纹像的宽度有无变化。

选做如下内容。

①把一维光栅换成二维正交光栅,再前后移动变换透镜 L3,使光栅(物)清晰地成像于离物两米以外的墙壁上。这时在透镜后焦平面上观察到二维的分立光点阵(即正交光栅的频谱)。在傅氏面处加一频谱滤波器,使通过光轴的一系列光点通过,观察像平面上一维条纹像的方向。

②把频谱滤波器转 90° 角,让包含 0 级的水平的一排光点通过,观察像平面上一维条纹像的方向。

③再把频谱滤波器转 45° 角,再观察像面上条纹像的方向。

④用网格字替换二维光栅,观察网格字的像的构成。

⑤再将一个可变圆孔光阑放在傅氏面上,逐步缩小光阑,直到只让光轴上一个光点通过为止。再观察网格字的像的构成,试与没滤波之前的字相比较。

第 4 章   提高·综合实验

实验 23   气体比热容比测定

【实验目的】

①测定空气分子的定压比热容与定容比热容之比。

②掌握物理天平、螺旋测微器、数字计时仪的使用方法。

【实验仪器】

实验仪器包括气体比热容比测定仪、物理天平、螺旋测微计、数字计时仪等。气体比热容比测定仪结构及连接方法如图 4-23-1 所示。

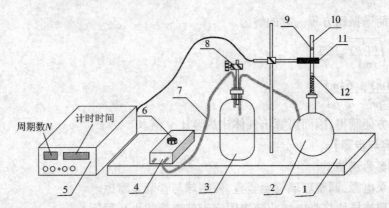

1.底座 2.储气瓶 I 3.储气瓶 II 4.气泵出气口 5.FB213 型数显计数计时毫秒仪

6.气泵及气量调节旋钮 7.橡皮管 8.调节阀门 9.系统气压动平衡调节气孔

10.钢球简谐振动腔 11.光电传感器 12.钢球

图 4-23-1   气体比热容比测定仪整机结构示意图

【实验原理】

实验基本装置如图 4-23-2 所示,振动小球的直径比玻璃管直径仅小 0.01 ~ 0.02 mm。它能在此精密的玻璃管中上下移动,在瓶子的壁上有一小口,并插入一根细管,各种气体通过它可以注入到储气瓶中。

当瓶子内压强满足 $p = p_L + \dfrac{mg}{\pi r^2}$ 时,钢球 A 处于力平衡状态。式中,p_L 为大气压强;m 为钢球 A 的质量;r 为钢球的半径(直径为 d)。在精密玻璃管 B 的中央开设有一个小孔。当钢球 A 处于小孔下方的半个振动周期时,注入气体使储气瓶的内压力增大,引起钢球 A 向上移动;而当钢球 A 处于小孔上方的半个振动周期时,容器内的气体将通过小孔流出,使钢球下沉。

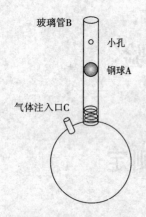

玻璃管B

小孔

钢球A

气体注入口C

图 4-23-2　基本装置图

以后重复上述过程,只要适当控制注入气体的流量,钢球 A 能在玻璃管 B 的小孔上下作简谐振动,振动周期可利用光电计时装置测得。

若物体偏离平衡位置一个较小距离 x,则容器内的压强变化 dp,物体的运动方程为

$$m\frac{d^2x}{dt^2} = \pi r^2 dp \tag{4-23-1}$$

因为钢球振动过程相当快,所以可以看作绝热过程,绝热方程为

$$p\gamma = 常数 \tag{4-23-2}$$

将式(4-23-2)求导数,得出

$$dp = -\frac{p \cdot \gamma \cdot dV}{V} \tag{4-23-3}$$

式中,$dV = \pi \cdot r^2 \cdot x$。

将式(4-23-3)代入式(4-23-1),得

$$\frac{d^2x}{dt} + \frac{\pi r^2 p\gamma}{mV} \cdot x = 0$$

该式为熟知的简谐振动方程。它的解为

$$\omega = \sqrt{\frac{\pi r^4 p\gamma}{mV}} = \frac{2\pi}{T}$$

$$\gamma = \frac{4mV}{T^2 pr^4} = \frac{64mV}{T^2 pd^4} \tag{4-23-4}$$

式中各量均可方便测得,因而可算出气体比热容比 γ 值。

【实验内容与步骤】

1. 实验仪器的调整

①接通气泵电源,调整玻璃管至竖直,使钢球与管壁无摩擦。

②利用方形连接块将光电接收装置固定于玻璃管的小孔附近。

③缓慢调节气泵上旋钮,待储气瓶内注入一定压力的气体后,玻璃管中的钢球离开弹簧,向管子上方移动,此时应调节好进气量,使钢球在玻璃管中以小孔为中心作简谐振动。

2. 振动周期测量

打开数显计数计时毫秒仪电源开关,预置测量次数为 50 次。设置计数次数时,可分别按"置数"键的十位或个位按钮进行调节,设置完成后自动保持设置值。在钢球正常振动的情况下,按"执行"键,毫秒仪开始计时。每计量一个周期,周期显示数值逐一递减,直到递减为 0 时,计时结束,毫秒仪显示出累计 50 个周期的时间。重复以上测量 5 次,将数据记录到表 4-23-1 中。

3. 其他测量

用螺旋测微器和物理天平分别测出钢球的直径 d 和质量 m,各测量 3 次,将数据记录到表 4-23-2 中。

【数据记录与处理】

1. 计算钢球的振动周期 T

测量钢球在储气瓶中的振动周期 T。

表 4-23-1　钢球振动周期 T　　　　设置测量次数 $n =$ _____

项目 　　次数	1	2	3	4	5	平均值
n 个周期时间 t/s						—
振动周期 T/s						

2. 测量钢珠质量 m、直径 d

表 4-23-2　测量钢球直径 d、质量 m　　　　初读数 $d_0 =$ _____ mm

项目 　　次数	1	2	3	平均值	修正值
直径 d/mm					
质量 m/g					—

3. 计算实验结果

在忽略储气瓶体积 V、压强 p 测量误差的情况下,估算空气的比热容比,评定相对不确定度,写出结果表达式。

①空气的比热容比为

$$\bar{\gamma} = \frac{64\bar{m}V}{\bar{T}^2 pd_{\text{修}}^2}$$

②相对不确定度为

$$\frac{u(\bar{\gamma})}{\bar{\gamma}} = \sqrt{\left(\frac{u(\bar{m})}{\bar{m}}\right)^2 + 4\left(\frac{u(\bar{T})}{\bar{T}}\right)^2 + 16\left(\frac{u(\bar{d})}{d_{\text{修}}}\right)^2}$$

$$u(\bar{m}) = \sqrt{\frac{\sum_{i=1}^{n}(m_i - \bar{m})^2}{n(n-1)}} \quad u(\bar{d}) = \sqrt{\frac{\sum(d_i - \bar{d})^2}{n(n-1)}} \quad u(\bar{T}) = \sqrt{\frac{\sum_{i=1}^{n}(T_i - \bar{T})^2}{n(n-1)}}$$

③结果表达式为

$$\gamma = \bar{\gamma} \pm u\bar{\gamma}$$

【注意事项】

①若不计时或不停止计时,可能是光电门位置放置不正确,造成钢球上下振动时未能挡光。

②本实验装置主要由玻璃制成,而且对玻璃管(钢球简谐振动腔)的要求特别高,玻璃管内壁有灰尘微粒都可能引起钢球不能正常振动,因此钢球表面不允许擦伤,管内必须保持洁净。若要将其取出,只需在它振动时,用手指将玻璃管壁上的小孔堵住,稍稍加大气体流量,不锈钢球便会上浮到管子上方开口处,可以方便地用手取出,也可以将玻璃管从储气瓶上取下,

将不锈钢球倒出来。

【研究与讨论】

①注入气体流量的多少对小球的运动情况有没有影响?

②在实际问题中,物体振动过程并不是十分理想的绝热过程,这时测得的值比实际值是大还是小? 为什么?

实验 24　电子荷质比测定

荷质比又称**比电荷**(specific charge),等于一个带电粒子的电荷量(不论电量是正还是负,一律代正值)与它的质量的比值。荷质比是电子的基本常数之一,又称**电子比荷**。1897 年,J. J. 汤姆逊(J. J. Thomson)通过电磁偏转的方法测量了阴极射线粒子的荷质比,它比电解中的单价氢离子的荷质比约大 2 000 倍,从而发现了比氢原子更小的组成原子的物质单元,定名为**电子**。

20 世纪初,科学家用电磁偏转法测量 β 射线(快速运动的电子束)的荷质比,发现 e/m 随速度的增大而减小。这是电荷不变,质量随速度增加而增大的表现,与狭义相对论质速关系一致,是狭义相对论的实验基础之一。

【实验目的】

①理解电子在磁场中的运动规律。

②掌握用磁聚焦法测定电子的荷质比。

【实验仪器】

电子荷质比实验仪。

【实验原理】

当一个电荷以速度 v 垂直进入均匀磁场时,电子要受到洛伦兹力的作用。它的大小可由公式

$$f = ev \times B \tag{4-24-1}$$

决定,由于力的方向垂直于速度的方向(图 4-24-1),电子的运动轨迹又是一个圆,力的方向指向圆心,完全符合圆周运动的规律,所以作用力与速度又有

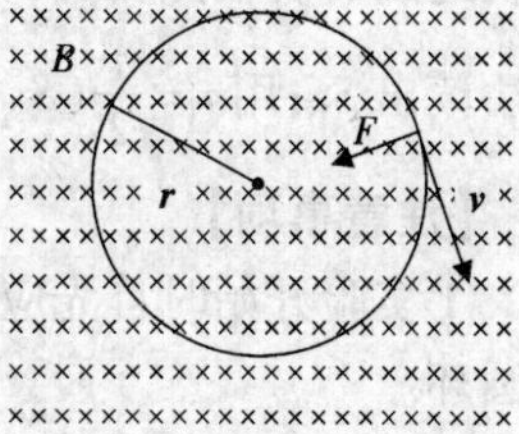

$$f = \frac{mv^2}{r} \tag{4-24-2}$$

式中 r 是电子运动圆周的半径。由于洛伦兹力就是使电子作圆周运动的向心力,因此

图 4-24-1　电子在磁场中运动

$$evB = \frac{mv^2}{r} \tag{4-24-3}$$

由式(4-24-3)转换可得

$$\frac{e}{m} = \frac{v}{rB} \tag{4-24-4}$$

实验装置是用一电子枪在加速电压 U 的驱使下射出电子流,因此 eU 全部转变成电子的输出动能,又有

$$eU = \frac{1}{2}mv \tag{4-24-5}$$

通过式(4-24-4)、式(4-24-5)可得

$$\frac{e}{m} = \frac{2U}{(rB)^2} \tag{4-24-6}$$

实验中可采取固定加速电压 u，通过改变不同的偏转电流，产生出不同的磁场，进而测量出电子束的运动轨迹圆半径 r，从而就能测试出电子的**荷质比** e/m。

按本实验的要求，必须仔细地调整管子的电子枪，使电子流与磁场严格保持垂直，产生完全封闭的圆形电子轨迹。按照亥姆霍兹线圈产生磁场的原理得

$$B = KI \tag{4-24-7}$$

式中，K 为磁电变换系数，可表达为

$$K = \mu_0 \left(\frac{4}{5}\right)^{\frac{3}{2}} \frac{N}{R} \tag{4-24-8}$$

式中，μ_0 是真空导磁率，$\mu_0 = 4\pi \times 10^{-7}$；$R$ 为亥姆霍兹线圈的平均半径；N 为单个线圈的匝数。由厂家提供的参数可知 $R = 158$ mm，$N = 130$ 匝，因此式 (4-24-6) 可以改写成

$$\frac{e}{m} = \left(\frac{125}{32}\right)\frac{R^2 U}{\mu_0^2 N^2 I^2 r^2} = 2.474 \times 10^{12} \frac{R^2 U}{N^2 I^2 r^2} \text{ C·kg}^{-1} \tag{4-24-9}$$

【实验内容与步骤】

①开启电源，使加速电压定于 130 V，耐心地等待，直到电子枪射出翠绿色的电子束后，将加速电压定于 100 V。本实验是通过采用固定加速电压，改变磁场偏转电流，测量偏转电子束的圆周半径来进行。注意：如果加速电压太高或偏转电流太大，都容易引起电子束散焦。

②调节偏转电流，使电子束的运行轨迹形成封闭的圆，细心调节聚焦电压，使电子束明亮，缓缓改变亥姆霍兹线圈中的励磁电流，观察电子束曲率半径大小的变化。

③测量步骤如下：调节仪器线圈后面反射镜的位置，以方便观察；移动测量机构上的滑动标尺，用黑白分界的中心刻度线对准电子枪口与反射镜中的像，采用三点一直线的方法测出电子轨迹圆的右端点，从游标上读出 S_0；再次移动滑动标尺到电子轨迹圆的左端点，采用同样的方法读出 S_1；用 $r = \frac{1}{2}(S_1 - S_0)$ 求出电子圆的半径。

【注意事项】

①实验开始时首先应细心调节电子束与磁场方向使其相互垂直，形成一个不带任何重影的圆环。

②电子束的激发加速电压不要调得过高，否则容易引起电子束散焦。电子束刚激发时的加速电压需要偏高一些，大约是 130 V。但一旦激发后，电子束在 90 ~ 100 V 均能维持发射，此时就可以适当降低加速电压。

③测量电子束半径时，三点一直线的校对应仔细，避免因读数不准，形成系统误差。

④威尔尼氏管电子束刚激发时的加速电压略偏高一些，大约是 130 V，一旦激发，加速电压会自动降到正常电压范围内。为了保护威尔尼氏管，电路设有自动保护，当不小心将加速电压调得过高时，只要把电源关掉，重新开机即可恢复功能。

【数据记录与处理】

①实验数据记录表见表 4-24-1。

表 4-24-1　荷质比数据记录表

n	S_0/mm	S_n/ mm	r/mm	I/A	$\dfrac{e}{m}$/C·kg^{-1}	$\dfrac{1}{n}\sum\dfrac{e}{m}$/C·kg^{-1}
1						
2						
3						
4						
5						
6						
7						
8						
9						
10						
11						
12						
13						
14						
15						
16						

②求出电子荷质比,并将实验值与标准值 $e/m = 1.76 \times 10^{11}$/C·kg^{-1} 比较,求相对误差。

【研究与讨论】

①除了用本实验介绍的方法确定圆环的大小外,还有其他更好、更简捷的方法吗?

②测量电子荷质比还有哪些不同的实验方法?

③分析洛伦兹力在不同角度下对电子束的影响。

实验 25　波尔共振仪研究受迫振动

【实验目的】
①研究波尔共振仪中弹性摆轮受迫振动的幅频特性和相频特性。
②学习用频闪法测定运动物体的某些量,如相位差。

【实验仪器】
实验仪器为波尔共振仪。

【实验原理】
物体在周期外力持续作用下发生的振动称为**受迫振动**,这种周期性的外力称为**强迫力**。如果外力是按简谐振动规律变化,那么稳定状态时的受迫振动也是简谐振动,此时,振幅保持恒定,振幅的大小与强迫力的频率和原振动系统无阻尼时的固有振动频率以及阻尼系数有关。在受迫振动状态下,系统除了受到强迫力的作用外,同时还受到回复力和阻尼力的作用。所以在稳定状态时物体的位移、速度变化与强迫变化不是同相位的,而存在一个相位差。当强迫力频率与系统的固有频率相同时产生共振,此时振幅最大,相位差为90°。

实验采用摆轮在弹性力矩作用下自由摆动,在电磁阻尼力矩作用下作受迫振动来研究受迫振动特性,可直观地显示机械振动中的一些物理现象。

当摆轮受到周期性强迫外力矩 $M = M_0\cos \omega t$ 的作用并在有空气阻尼和电磁阻尼的媒质中运动时(阻尼力矩为 $-b\dfrac{\mathrm{d}\theta}{\mathrm{d}t}$),运动方程为

$$J \frac{\mathrm{d}^2\theta}{\mathrm{d}t^2} = M_0\cos \omega t - k\theta - b \frac{\mathrm{d}\theta}{\mathrm{d}t} \tag{4-25-1}$$

式中,J 为摆轮的转动惯量; $-k\theta$ 为弹性力矩;M_0 为强迫力矩的幅值;ω 为强迫力的圆频率。

令 $\omega_0^2 = \dfrac{k}{J}, 2\beta = \dfrac{b}{J}, m = \dfrac{M_0}{J}$,则式(4-25-1)变为

$$\frac{\mathrm{d}^2\theta}{\mathrm{d}t^2} + 2\beta \frac{\mathrm{d}\theta}{\mathrm{d}t} + \omega_0^2\theta = m\cos \omega t \tag{4-25-2}$$

当 $\beta = 0, m\cos \omega t = 0$ 时,式(4-25-2)变为简谐振动方程

$$\frac{\mathrm{d}^2\theta}{\mathrm{d}t^2} + \omega_0^2\theta = 0 \tag{4-25-3}$$

式(4-25-3)的解为

$$\theta = \theta_2\cos(\omega_0 t + \varphi_0)$$

当 $m\cos \omega t = 0$ 时,式(4-25-2)即为阻尼振动方程。方程为

$$\frac{\mathrm{d}^2\theta}{\mathrm{d}t^2} + 2\beta \frac{\mathrm{d}\theta}{\mathrm{d}t} + \omega_0^2\theta = 0 \tag{4-25-4}$$

式(4-25-4)解为

$$\theta = \theta \mathrm{e}^{-\beta t}\cos(\omega_f t + \alpha)$$

式(4-25-2)的通解为

$$\theta = \theta_1 e^{-\beta t} \cos(\omega_f t + \alpha) + \theta_2 \cos(\omega t + \varphi_0) \tag{4-25-5}$$

由式(4-25-5)可见,受迫振动可分成两部分:第一部分 $\theta_i e^{-\beta t} \cos(\omega_f t + \alpha)$ 和初始条件有关,经过一定时间后衰减消失;第二部分说明强迫力矩对摆轮做功,向振动体传送能量,最后达到一个稳定的振动状态,振幅为

$$\theta_2 = \frac{m}{\sqrt{(\omega_0^2 - \omega^2)^2 + 4\beta^2 \omega^2}} \tag{4-25-6}$$

它与强迫力矩之间的相位差

$$\varphi = \arctan \frac{2\beta\omega}{\omega_0^2 - \omega^2} = \arctan \frac{\beta T_0^2 T}{\pi(T^2 - T_0^2)} \tag{4-25-7}$$

由式(4-25-6)和式(4-25-7)可看出,振幅 θ_2 与相位差 φ 的数值取决于强迫力矩 m、频率 ω、系统的固有频率 ω_0 和阻尼系数 β 四个因素,而与振动初始状态无关。

由 $\frac{\partial}{\partial \omega}[(\omega_0^2 - \omega^2) + 4\beta^2 \omega^2]$ 的极值条件可得出,当强迫力的圆频率 $\omega = \sqrt{\omega_0^2 - 2\beta^2}$ 时,产生共振,θ 有极大值。若共振时圆频率和振幅分别用 ω_r、θ_r 表示,则

$$\omega_r = \sqrt{\omega_0^2 - 2\beta^2} \tag{4-25-8}$$

$$\theta_r = \frac{m}{2\beta\sqrt{\omega_0^2 - 2\beta^2}} \tag{4-25-9}$$

式(4-25-8)、式(4-25-9)表明,阻尼系数 β 越小,共振时圆频率越接近于系统固有频率,振幅 θ 也越大。图4-25-1和图4-25-2表示出在不同 β 时受迫振动的幅频特性和相频特性。

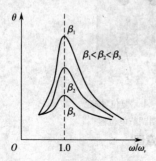

图4-25-1 幅频特性曲线图

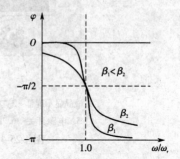

图4-25-2 相频特性曲线图

【实验内容与步骤】

1. 实验准备

实验仪器如图4-25-3和4-25-4所示。打开电源开关,预热电器控制箱。

过几秒钟后屏幕上出现"按键说明"字样。符号"◀"为向左移动;"▶"为向右移动;"▲"为向上移动;"▼"向下移动。

2. 自由振荡

选中实验类型为自由振荡,再按"确认"键。用手转动摆轮160°左右,打开测量,控制箱开始记录实验数据。测量关闭后,查询实验数据。选中回查,然后按"▲"或"▼"键查看所有记录的数据,记录10组摆轮周期数值,此法可作出系统固有振动周期 T_0 和系统固有振动频率 ω_0。

1.光电门 H　2.长凹槽 C　3.短凹槽 D　4.铜质摆轮 A　5.摇杆 M
6.蜗卷弹簧 B　7.支承架　8.阻尼线圈 K　9.连杆 E
10.摇杆调节螺丝　11.光电门 I　12.角度盘 G
13.有机玻璃转盘 F　14.底座

图 4-25-3　波尔振动仪

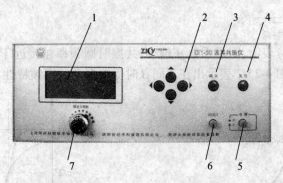

1.液晶显示屏幕　2.方向控制键　3."确认"按键　4."复位"按键
5.电源开关　6.闪光灯开关　7.强迫力周期调节电位器

图 4-25-4　波尔共振仪前面板示意图

3. 测定阻尼系数 β

选中阻尼振荡,按"确认"键显示阻尼。阻尼分三个挡,阻尼 1 最小。根据实验需要选择阻尼挡(一般选择阻尼 2),按"确认"键。

首先将角度盘指针 F 放在 $0°$ 位置,然后用手转动摆轮 $160°$ 左右,打开测量并记录数据,仪器记录 10 组数据后,测量自动关闭。

阻尼振荡的回查同自由振荡类似。从液显窗口读出摆轮作阻尼振动时的振幅数值 θ_1、θ_2、$\theta_3 \cdots\cdots \theta_{10}$,再读出摆轮的 10 个振动周期值,取其平均值得到阻尼振动周期的平均值 $\bar{T}$。最后利用公式 $\ln \dfrac{\theta_0 e^{-\beta t}}{\theta_0 e^{-\beta(t+nT)}} = n\beta\bar{T} = \ln \dfrac{\theta_0}{\theta_n}$ 求出阻尼系数 β 值。

4. 测定受迫振动的幅度特性和相频特性曲线

选中强迫振荡,启动电机。调节强迫力矩周期从而改变电机转动周期 ω。当受迫振动稳定后读取摆轮的振幅值和电机周期值,并利用闪光灯测定受迫振动位移与强迫力间的相位差。

多次改变电机转动周期 ω 进行测量。

以 ω/ω_0 为横轴,以振幅 θ 为纵轴,作幅频特性曲线;以 ω/ω_0 为横轴,以相位差 φ 为纵轴,作相频特性曲线。

【注意事项】

①测量前保持周期为 1,待摆轮和电机的周期相同,特别是振幅已稳定(变化不大于 1,表明两者已经稳定了),方可开始测量。每次改变强迫力矩的周期,都需要等待系统稳定。

②测量前应先把周期由 1 改为 10。打开测量控制箱记录数据。一次测量完成,显示测量关闭后,读取电机周期、摆轮的振幅值,并利用闪光灯测定受迫振动位移与强迫力间的相位差。

③改变强迫力矩周期,使 Δ_φ 每次改变 10° 左右。在共振点($\Delta_\varphi = 90°$)附近测量数据相对密集些。

5. 关机

按住“复位”按钮保持不动,几秒钟后仪器自动复位,此时所做实验数据全部清除,然后按下电源按钮,结束实验。

【数据记录与处理】

在表 4-25-1 ～ 表 4-25-2 中进行摆轮系统固有周期和阻尼系数的数字记录与处理,自拟表格记录幅频特性和相频特性并进行数据处理。

表 4-25-1　摆轮系统固有周期 T_0

次数	1	2	3	4	5	6	7	8	9	10	$\bar{T}_0/s$	ω_0
周期 T_0												

表 4-25-2　阻尼系数 β 的计算

序号	振幅 $\theta/(°)$	序号	振幅 $\theta/(°)$	$\ln\dfrac{\theta_i}{\theta_{i-5}}$
θ_1		θ_6		
θ_2		θ_7		
θ_3		θ_8		
θ_4		θ_9		
θ_5		θ_{10}		
$\ln\dfrac{\theta_i}{\theta_{i+5}}$ 平均值				
$\bar{T} =$		$\beta = \dfrac{1}{5T}\ln\dfrac{\theta_i}{\theta_{i+5}} =$		

实验 26　空气、液体及固体介质的声速测量

　　声波是机械波,频率低于 20 Hz 的声波称为**次声波**;频率在 20 Hz ~ 20 kHz 的声波可以被人听到,称为**可闻声波**;频率在 20 kHz 以上的声波称为**超声波**。声波在媒质中的传播速度与媒质的特性及状态有关,因而通过测量媒质中的声速,可以了解媒质的特性或状态变化。例如,测量某些气体、液体、乳液的密度,确定输油管中不同油品的分界面等,都可以通过测量这些物质中的声速确定。可见,声速的测量在生产和科研上具有非常重要的实用意义。

【实验目的】

①了解压电换能器的功能,加深对振动合成及驻波知识的理解。

②学习用共振干涉法、相位比较法和时差法测定超声波的传播速度。

③复习巩固示波器的使用方法。

【实验仪器】

声速测量组合仪(含声速测量专用信号源)、示波器、300 mm 游标卡尺。

【实验原理】

　　在波动过程中波速 v、波长 λ 和频率 f 之间存在着下列关系:$v = f\lambda$,其中频率 f 由波源决定。实验中可通过测定声波的波长 λ 和频率 f 求得声速 v。常用的方法有共振干涉法与相位比较法。

　　声波传播的距离 L 与传播的时间 t 存在下列关系:$L = vt$,只要测出 L 和 t 就可测出声波传播的速度 v,这就是**时差法**测量声速的原理。

　　1. 共振干涉法(驻波法)测量声速的原理

　　当两列幅度相同、频率相同、传播方向相反的声波相遇时,发生干涉,形成驻波。设波列 1 的波动方程为

$$y_1 = A\cos\left(\omega t - 2\pi\frac{x}{\lambda}\right) \tag{4-26-1}$$

波列 2 的波动方程为

$$y_2 = A\cos\left(\omega t + 2\pi\frac{x}{\lambda}\right) \tag{4-26-2}$$

叠加后的驻波方程为

$$y = 2A\cos\left(2\pi\frac{x}{\lambda}\right)\cos\omega t \tag{4-26-3}$$

　　由驻波方程可知,叠加后波场中各点都在作频率相同的简谐振动($\cos\omega t$),但各点声波的振幅,随位置 x 按 $2A\cos\left(2\pi\dfrac{x}{\lambda}\right)$ 变化,即各点振幅随位置 x 作周期性变化。某些点的振幅始终最大,为 $2A$;某些点的振幅始终最小,为 0;其他点的振幅在最大值和最小值之间。振幅最大的点叫**波腹**,振幅最小的点叫**波节**,相邻的两个波腹或波节之间的距离为 $\lambda/2$,如图 4-26-1 所示。

　　实验仪器示意图如图 4-26-2 所示,两只压电陶瓷换能器 S_1 和 S_2,结构完全相同,为双向功能器件,能将电信号和声信号相互转换。S_1 的位置是固定的,S_2 的位置可以移动。

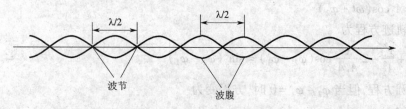

图 4-26-1　驻波示意图

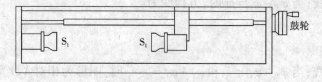

图 4-26-2　实验仪器示意图

　　压电换能器由压电陶瓷片和轻、重两种金属组成。压电陶瓷片（如钛酸钡、锆钛酸铅等）由一种多晶结构的压电材料制成，在一定温度下经极化处理后，具有压电效应。在简单情况下，压电材料受到与极化方向一致的应力时，在极化方向上产生一定的电场强度，它们之间有一简单的线性关系；反之，当与极化方向一致的外加电压加在压电材料上时，材料的伸缩形变与电压也有线性关系。因此可以将正弦交流电信号转变成压电材料纵向的伸缩，成为声波的声源，同样也可以使声压变化转变为电压的变化，用来接收声信号。所以，压电陶瓷换能器能实现声压和电压之间的转换。

　　换能器 S_1 作为声波发射器，它由信号源供给频率为数千赫的交流电信号，发出一平面超声波；而换能器 S_2 则作为声波的接收器，将接收到的声压转换成电信号。该信号输入示波器，在示波器上可看到一组由声压信号产生的正弦波形。

　　声源 S_1 发出的声波，经介质传播到 S_2。S_2 在接收声波信号的同时反射部分声波信号。如果接收面（S_2）与发射面（S_1）严格平行，入射波即在接收面上垂直反射，在 S_1 和 S_2 之间的区域，入射波与反射波相干涉形成驻波。在示波器上观察到的实际上是这两个相干波合成后在接收器 S_2 处的振动情况。

　　移动 S_2 的位置（即改变 S_1 与 S_2 之间的距离），从示波器上会发现当 S_2 在某些位置时振幅有最小值或最大值。根据驻波理论可知，任何两相邻的振幅最大值（或最小值）的位置之间的距离均为 $\lambda/2$，λ 为声波的波长。

　　实验中，一边观察示波器上声压的振幅，一边缓慢改变 S_2 的位置，在示波器上就可以看到声压幅值不断地由最大变到最小，再由最小变到最大，呈周期性变化。两相邻的振幅最大点之间 S_2 移动过的距离亦为 $\lambda/2$。换能器 S_2 至 S_1 之间距离的改变可通过转动螺杆的鼓轮实现，仪器上的数显表头随时显示 S_2 的位置，而超声波的频率可由信号源频率显示窗口直接读出。在连续多次测量相隔半波长的 S_2 的位置以后，用逐差法处理数据，可以计算出波长。

　　由纵波的性质可以证明，当接收换能器端面位于振动的波节时，正好是声压的波腹位置。

2. 相位法测量原理

设两个互相垂直的同频率的简谐振动为

$$x = A_1\cos(\omega t + \varphi_1) \tag{4-26-4}$$

$$y = A_2 \cos(\omega t + \varphi_2) \tag{4-26-5}$$

它们合成的轨迹方程为

$$\frac{x^2}{A_1^2} + \frac{y^2}{A_2^2} - 2\frac{xy}{A_1 A_2}\cos(\varphi_2 - \varphi_1) = \sin^2(\varphi_2 - \varphi_1) \tag{4-26-6}$$

这是一个椭圆方程,但当 $\varphi_2 - \varphi_1 = 0$ 时,方程变为

$$y = \frac{A_2}{A_1}x \tag{4-26-7}$$

是一斜率为正的直线;当 $\varphi_2 - \varphi_1 = \pi$ 时,方程变为

$$y = -\frac{A_2}{A_1}x \tag{4-26-8}$$

是一斜率为负的直线;当 $\varphi_2 - \varphi_1 = \dfrac{\pi}{2}$ 和 $\varphi_2 - \varphi_1 = -\dfrac{\pi}{2}$ 时,图形为相对 X、Y 轴对称的椭圆,如图 4-26-3 所示。

图 4-26-3　不同初相差的合成图形

　　声源 S_1 发出声波后,在其周围介质中传播。介质中任一点的振动相位是随时间而变化的,但它和声源的振动相位差 $\Delta\varphi$ 不随时间变化。

　　设声源 S_1 的振动方程为

$$y_1 = A\cos \omega t \tag{4-26-9}$$

此声源在距离 x 处引起 S_2 的振动方程为

$$y_2 = A\cos \omega\left(t - \frac{x}{V}\right) \tag{4-26-10}$$

S_1、S_2 两处的相位差

$$\Delta\varphi = \omega\frac{x}{V} = 2\pi\frac{x}{\lambda} \tag{4-26-11}$$

　　当把 S_1 和 S_2 的信号分别输入到示波器 X 轴和 Y 轴,那么当 $x = n\lambda$ 即 $\Delta\varphi = 2n\pi$ 时,合振动为一斜率为正的直线,当 $x = (2n+1)\lambda/2$,即 $\Delta\varphi = (2n+1)\pi$ 时,合振动为一斜率为负的直线,当 x 为其他值时,合振动为椭圆。

　　当 $\Delta\varphi$ 连续变化 π 时,x 同时连续变化 $\lambda/2$。实验时,可以一边观察示波器上合成的图形,一边移动 S_2,示波器上图形从正斜率直线变化到负斜率直线,之间 S_2 移动的距离一定是 $\lambda/2$。这样连续测量多个 S_2 的位置,用逐差法处理数据,可以计算出波长。

　　3. 时差法测量原理

　　时差法在工程中应用比较广泛。它是将经脉冲调制的电信号加到发射换能器上,声波在介质中传播,经过 t 时间后,到达 L 距离处的接收换能器,所以声波在介质中传播的速度 $v = L/t$。

　　常见介质中的声速值见表 4-26-1。

表 4-26-1　常见介质中的声速值

介质名称	淡水	甘油	有机玻璃	聚胺脂	黄铜	金	银
声速值/m·s^{-1}	1 480	1 920	1 800 ~ 2 250	1 600 ~ 1 850	3 100 ~ 3 650	2 030	2 670

注:固体材料由于其材质、密度不同,测试的方法各有差异,故声速参数仅供参考。

【实验步骤】

1. 声速测量系统的连接

测量声速时,专用信号源、测试仪、示波器之间的连接方法见图 4-26-4。测试仪上共有上、下两对(4 只)换能器。除固体的时差测量法以外,其余的测量方法都用下面的一对换能器。

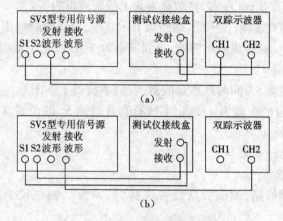

图 4-26-4　实验线路连接图
(a)共振干涉法、相位法测量连线图　(b)时差法测量连线图

2. 谐振频率的调节

将专用信号源输出的正弦信号频率调节到换能器的谐振频率,以使换能器发射出较强的超声波,能较好地进行声能与电能的相互转换,以得到较好的实验效果,方法如下。

①将专用信号源的"发射波形"端接至示波器"CH1",调节示波器,能清楚地观察到同步的正弦波信号。调整专用信号源的"发射强度"旋钮,使其输出电压在示波器上测量值为 20 V_{P-P} 左右(示波器默认 10X 实际电压为 2 V_{P-P})。

②使 S_1、S_2 的距离在 5 cm 左右(S_1、S_2 不得接触),然后将换能器 S_2 的接收信号接至示波器"CH2",一边调整专用信号源频率(25 ~ 45 kHz),一边观察接收波的电压幅度变化,在某一频率点处(34.5 ~ 39.5 kHz 之间,因不同的换能器或介质而异)电压幅度最大,此频率即是压电换能器 S_1、S_2 相匹配频率点,记录此频率 f_1。

③改变 S_1、S_2 的距离,每次移动 S_2 约 10 mm,再次调节信号源频率,使示波器的正弦波振幅最大,共测 5 次取平均频率 $\bar{f}$。当换能器改变或介质改变时要重新测量谐振频率。

3. 共振干涉法测量声速的步骤

①按图 4-26-4 连接线路,测试方法设置选择"连续",测试仪上的接线盒接"空气(液体)"接线口。

②将工作频率设定为已测的最佳工作频率平均值 $\bar{f}$,记录此时介质温度 t。

③使 S_1、S_2 的距离在 5 cm 左右(S_1、S_2 不得接触),将数显表头上的距离设为零。开始摇

动鼓轮,向右缓慢移动 S_2(为避免齿轮的空程差,移动过程中鼓轮要始终沿同一方向摇动),同时观察示波器,直到出现振幅的最大值,记下此时数显表头上 S_2 的位置 X_0。

④继续沿同方向转动鼓轮,同时观察示波器,依次记下每个振幅最大时的 S_2 的位置 X_1、X_2……X_9,相邻两个最大值间 S_2 的距离为 $\lambda/2$,用逐差法处理数据,即可得到波长 λ。由于能量损失,后面的振幅逐渐减小,可适当增大示波器的"垂直衰减",以利于测量。

⑤测量液体介质时,只要先把液体注入储液槽,其他步骤同上。

4. 相位法测量声速的步骤

①按图 4-26-4 连接线路,测试方法选择"连续波"。

②将工作频率设定为已测的最佳工作频率 f,记录此时介质温度 t。

③使 S_1、S_2 的距离在 5 cm 左右,将数显表头上的距离设为零。

④示波器的显示方式选择"$X-Y$",适当调节示波器,出现李萨如图形。

⑤向右缓慢移动 S_2,同时观察示波器,直到波形为一直线,记下此时数显表头上 S_2 的位置 X_0。

⑥继续沿同方向移动 S_2,同时观察示波器,看到示波器上的图形为椭圆和直线轮流出现,则相邻两直线间 S_2 移过的距离为 $\lambda/2$,记下所有直线时的 S_2 的位置 X_1、X_2……X_9,用逐差法处理数据,即可得到波长 λ。

5. 时差法测量声速的步骤

(1)空气或液体介质

①按图 4-26-4 连接线路,测试方法设置选择"脉冲波",测试仪上的接线盒接"空气(液体)"接线口。

②调整信号源的"接收放大",使示波器的电压测量值显示为 3~4 V(示波器默认 10×实际电压为 0.3~0.4 V_{P-P})

③使 S_1、S_2 的距离在 5 cm 左右,将数显表头上的位置设为零,记录 S_2 的此位置 L_{i-1},此时信号源上的窗口显示为声波从 S_1 传播到 S_2 所用时间,记录此时间 t_{i-1},单位为 μs。

④摇动鼓轮,向右移动 S_2 约 50 mm,记录此时 S_2 的位置 L_i 和信号源上的窗口显示的时间 t_i,则声速 $v=(L_i-L_{i-1})/(t_i-t_{i-1})$。

⑤测量液体介质时,只要先把液体注入储液槽,其他步骤同上。

(2)固体介质

①线路连接同上,测试方法选择"脉冲波",测试仪上的接线盒接"固体"接线口,使用上面的一对换能器,"声速传播介质"按测试材质的不同,置于"非金属"或"金属"位置,记下介质温度 t。

②将右边换能器 S_2 与测试仪的连接线拔下,将固定 S_2 的螺钉放松,使 S_2 可转动。

③将固体棒一端旋入左边固定的换能器 S_1 中(注意用力要均匀柔和,以免损坏螺纹),扶住固体棒同时旋转 S_2,使固体棒另一端旋入 S_2(不要过紧,要求两只换能器端面与被测棒两端紧密接触即可),旋紧 S_2 的固定螺钉,将 S_2 与测试仪的连接线接好。

④记录信号源窗口显示的声波从 S_1 传播到 S_2 所用时间 t。

⑤取下固体棒,用游标卡尺测量长度 L,计算固体棒中的声速 $v=L/t$。取下固体棒时,应先拔出 S_2 尾部的连线插头,放松固定 S_2 的螺钉,然后旋转 S_2,旋出固体棒的一端,再旋出固体棒的另一端。

⑥换其他长度的固体棒,重复以上步骤,求出平均声速。

【注意事项】

①使用示波器观察波形时,注意根据要观察的波道正确选择测量按钮。

②注意保护仪器,鼓轮要缓慢摇动,不能用力过猛。

③若数显表头无显示,可摇动鼓轮,即可显示。

④测量固体声速时,固体棒的每个端点旋入的松紧要适中并一致。

【数据记录与处理】

①根据不同测量方法和介质,自拟表格分别记录所有的实验数据,表格要便于用逐差法求相应位置的差值和计算 $\bar{\lambda}$。

②空气的驻波法要求计算声速,求声速测量的不确定度、相对不确定度和测量结果表达式,并根据空气声速的理论值求出相对误差。

空气介质中,声速的理论值公式:

$$v_S = v_0 \sqrt{\frac{T}{T_0}}$$

式中:$v_0 = 331.45$ m/s,为 $T_0 = 273.15$ K 时的声速;$T = (t + 273.15)$ K。算出理论值 v_S,根据理论值求测量结果的相对误差

$$E(\bar{v}) = \frac{|\bar{v} - v_S|}{v_S} \times 100\%$$

③空气介质的相位法和时差法要求计算声速,并根据空气声速的理论值求出相对误差。

④固体介质的时差法只要求计算声速。

⑤数字式仪表的误差取最后一位,正确确定频率、时间及位置的仪器误差(分别为 1 Hz、1 μs,0.01 mm)。

实验 27　多普勒效应综合实验

　　克里斯蒂安·多普勒(Christian Doppler, 1803—1853)是奥地利物理学家、数学家。在 1842 年他首先发现了**多普勒效应**,即当一列鸣着汽笛的火车经过某观察者时,会发现火车汽笛的声调由高变低。这是因为声调的高低是由声波振动频率的不同决定的。如果频率高,声调听起来就高;反之声调听起来就低。这就是**多普勒效应**。

　　多普勒效应不仅仅适用于声波,也适用于所有类型的波,包括光波、电磁波。

【实验目的】

　　①测量超声接收器运动速度与接收频率之间的关系,验证多普勒效应,并由 f—v 曲线的斜率求声速。

　　②利用多普勒效应测量物体运动过程中多个时间点的速度,查看 v—t 曲线或调阅有关测量数据,即可得出物体在运动过程中的速度变化情况。

【实验仪器】

　　多普勒效应综合实验仪。多普勒效应综合实验仪根据实验内容不同有两种安装方式: ①卧式安装方式,如图 4-27-1 所示,用来测量接收器与接收频率之间的关系,验证多普勒效应;②立式安装方式,如图 4-27-2 所示,用来研究均变速直线运动,验证牛顿第二定律。

一、验证多普勒效应并由测量数据计算声速

【实验原理】

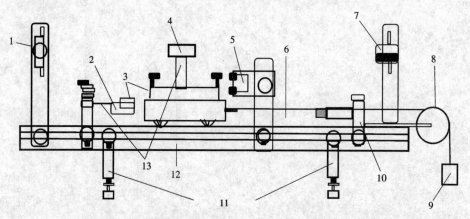

1. 红外接收支架组件　2. 电磁阀支架组件　3. 充电部分　4. 小车及传感器接收组件
5. 光电门支架组件　6. 绳　7. 水平传感发生器组件　8. 水平滑轮　9. 砝码组件
10. 挡块支架组件　11. 导轨下支架组件　12. 导轨　13. 充电孔

图 4-27-1　多普勒效应验证实验及测量小车水平运动安装示意图

　　1. 超声的多普勒效应

　　根据声波的多普勒效应公式,当声源与接收器之间有相对运动时,接收器接收到的频率 f 为:

$$f = f_0 (u + v_1 \cos \alpha_1)(u - v_2 \cos \alpha_2) \qquad (4\text{-}27\text{-}1)$$

式中，f_0 为声源发射频率；u 为声速；v_1 为接收器运动速率；α_1 为声源与接收器连线与接收器运动方向之间的夹角；v_2 为声源运动速率；α_2 为声源与接收器连线与声源运动方向之间的夹角。

若声源保持不动，运动物体上的接收器沿声源与接收器连线方向以速度 v 运动，则从式 (4-27-1) 可得接收器接收到的频率：

$$f = f_0 (1 + v/u) \qquad (4\text{-}27\text{-}2)$$

当接收器向着声源运动时，v 取正，反之取负。

若 f_0 保持不变，以光电门测量物体的运动速度，并由仪器对接收器接收到的频率自动计数，根据式 (4-27-2)，作 f—v 关系图可直观验证多普勒效应，且由实验点作直线，直线斜率应为 $k = f_0/u$，由此可计算出声速 $u = f_0/k$。

由式 (4-27-2) 可解出：

$$v = u(f/f_0 - 1) \qquad (4\text{-}27\text{-}3)$$

若已知声速 u 及声源频率 f_0，通过设置使仪器以某种时间间隔对接收器接收到的频率 f 采样计数，由微处理器按式 (4-27-3) 计算出接收器运动速度，由显示屏显示 v—t 关系图或调阅有关测量数据，即可得出物体在运动过程中的速度变化情况，进而对物体运动状况及规律进行研究。

2. 超声的红外调制与接收

超声接收器信号对红外波进行调制后发射，固定在运动导轨一端的红外接收端接收红外信号后，再将超声信号解调出来。由于红外发射/接收的过程中信号用光速传输，远远大于声速，它引起的多普勒效应可忽略不计。采用此技术将实验中运动部分的导线去掉，使得测量更准确，操作更方便。调制、发射、接收、解调在信号的无线传输过程中是常用的技术。

让小车以不同速度通过光电门，仪器自动记录小车通过光电门时的平均速度及与之对应的平均接收频率。由仪器显示的 f—v 关系图可看出，若测量点成直线，符合式 (4-27-2) 描述的规律，即直观验证了多普勒效应。用作图法或线性回归法计算 f—v 直线的斜率 k，由 k 计算声速 u 并与声速的理论值比较，评定绝对不确定度。

【实验内容与步骤】

①实验仪开机后，首先要求输入室温。因为计算物体运动速度时要代入声速，而声速是温度的函数。利用"◄"、"►"键将室温 T 值调到实际值，按"确认"。

②第二个界面要求对超声发生器的驱动频率进行调谐。在超声应用中，需要将发生器与接收器的频率匹配，并将驱动频率调到谐振频率 f_0，这样接收器获得的信号幅度才最强，才能有效地发射与接收超声波。一般 f_0 在 40 kHz 左右。调谐后，面板上的锁定灯将熄灭。

③电流调至最大值后，按"确认"。本仪器所有操作，均要按"确认"键后，数据才被写入仪器。

④在液晶显示屏上，选中"多普勒效应验证实验"，并按"确认"。

⑤利用"►"键修改测试总次数（选择范围 5～10，一般选 5 次）。按"▼"键，选中"开始测试"。

⑥准备好后，按"确认"，电磁铁释放，测试开始进行，仪器自动记录小车通过光电门时的平均运动速度及与之对应的平均接收频率。改变小车的运动速度，可用以下两种方式：利用砝码的不同组合实现；沿水平方向对小车施以变力，使其通过光电门。为便于操作，一般由小到

大改变小车的运动速度。

⑦每一次测试完成,都有"存入"或"重测"的提示,可根据实际情况选择,"确认"后回到测试状态,并显示测试总次数及已完成的测试次数。

⑧改变砝码质量(砝码牵引方式),并退回小车让磁铁吸住,按"开始",进行第二次测试。

⑨完成设定的测量次数后,仪器自动存储数据,并显示f—v关系图及测量数据,记录在表4-27-1中。

【注意事项】

①安装时要尽量保证红外接收器小车上的红外发射器和超声接收器、超声发射器在同一轴线上,以保证信号传输良好。

②安装时不可挤压连接电缆,以免折断。

③小车不使用时应立放,避免小车滚轮沾上污物,影响实验进行。

④须待磁铁吸住小车后,再开始调谐。此时超声发生器和接收器的距离最远,保证其在最大距离下的信号强度。

⑤调谐及实验进行时,须保证超声发生器和接收器之间无任何阻挡物。

⑥为保证使用安全,三芯电源线须可靠接地。

【数据记录与处理】

由f—v关系图可看出,若测量点成直线,符合式(4-27-2)描述的规律,即直观验证了多普勒效应。用"▶"键选中"数据",按"▼"键翻阅数据并记入表4-27-1中,用作图法或线性回归法计算f—v关系直线的斜率k。线性回归法计算k值如下:

$$k = \frac{\overline{v_i \times f_i} - \overline{v_i} \times \overline{f_i}}{\overline{v_i^2} - \overline{v_i}^2} \tag{4-27-4}$$

其中测量次数i的取值为$5 \sim n (n \leqslant 10)$。

由k计算声速$u = f_0/k$,并与声速的理论值比较,声速理论值由$u_0 = 331(1 + t/273)^{1/2}$($\text{m} \cdot \text{s}^{-1}$)计算,$t$表示室温。测量数据的记录是仪器自动进行的。在测量完成后,只需在出现的显示界面上,用键选中"数据",翻阅数据并记入表4-27-1中,然后按照上述公式计算出相关结果并填入表4-27-1。

表4-27-1 多普勒效应的验证与声速的测量　　　　　　　$f_0 = $ _____ Hz

测量数据							直线斜率 k/m^{-1}	声速测量值 $u = \dfrac{f_0}{k}$ /$\text{m} \cdot \text{s}^{-1}$	声速理论值 $u = \dfrac{f_0}{k}$ /$\text{m} \cdot \text{s}^{-1}$	百分误差 $\dfrac{u - u_0}{u_0}$
次数 i	1	2	3	4	5	6				
$v_i/\text{m} \cdot \text{s}^{-1}$										
f_i/Hz										

二、研究匀变速直线运动,验证牛顿第二运动定律

【仪器安装与测量准备】

①仪器安装如图4-27-2所示,让电磁阀吸住自由落体接收器,并让该接收器上充电部分

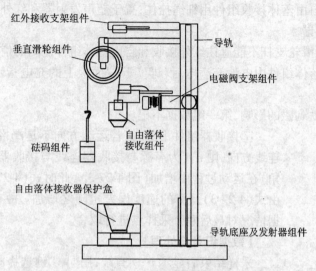

红外接收支架组件

垂直滑轮组件

导轨

电磁阀支架组件

自由落体
接收组件

砝码组件

自由落体接收器保护盒

导轨底座及发射器组件

图 4-27-2　匀变速直线运动安装示意图

和电磁阀上的充电针接触良好。

②用天平称量接收器组件的质量 M、砝码托及砝码质量，每次取不同质量的砝码放于砝码托上，记录每次实验对应的 m。

③由于超声发生器和接收器已经改变了，因此需要对超声发生器的驱动频率重新调谐。

【实验原理】

质量为 M 的接收器组件，与质量为 m 的砝码托及砝码悬挂于滑轮的两端，运动系统的总质量为 $M+m$，所受合外力为 $(M-m)g$（滑轮转动惯量与摩擦力忽略不计）。

根据牛顿第二定律，系统的加速度应为：

$$a = g(M-m)/(M+m) \tag{4-27-5}$$

采样结束后会显示 v—t 曲线，将显示的采样次数及对应速度记入表 4-27-2 中。由记录的 t、v 求得 v—t 直线的斜率即为此次实验的加速度 a。以表 4-27-2 得出的加速度 a 为纵轴，$(M-m)/(M+m)$ 为横轴作图，若为线性关系，符合式（4-27-5）描述的规律，即验证了牛顿第二定律，且直线的斜率应为重力加速度。

【实验内容与步骤】

①在液晶显示屏上，用"▼"键选中"变速运动测量实验"，并按"确认"。

②利用"▶"键修改测量点总数为 8（选择范围为 8 ~ 150），用"▼"键选择采样步距，并修改为 50 ms（选择范围为 50 ~ 100 ms），选中"开始测试"。

③按"确认"后，磁铁释放，接收器组件拉动砝码作垂直方向的运动。测量完成后，显示屏上出现测量结果。

④在结果显示界面中用"▶"键选择"返回"，"确认"后重新回到测量设置界面。改变砝码质量，按以上程序进行新的测量。

【注意事项】

①须将"自由落体接收器保护盒"套于发射器上，避免发射器在非正常操作时受到冲击而损坏。

②安装时切不可挤压电磁阀上的电缆。

③调谐时需将自由落体接收组件用细绳拴住,置于超声发射器和红外接收器中间,如此兼顾信号强度,便于调谐。

④安装滑轮时,滑轮支杆不能遮住红外接收和自由落体组件之间的信号传输。

⑤需保证自由落体组件内电池充满电后(即实验仪面板上的充电指示灯为绿色)开始测量。

⑥为避免电磁铁剩磁的影响,第一组数据不记。

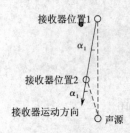

图 4-27-3　运动过程中 α_1
角度变化示意图

⑦接收器组件下落时,若运动方向不是严格在声源与接收器的连线方向,则 α_1(为声源与接收器连线与接收器运动方向之间的夹角)在运动过程中增加(图 4-27-3),此时式(4-27-2)不再严格成立,由式(4-27-3)计算的速度误差也随之增加。故在数据处理时,可根据情况对最后两个采样点进行取舍。

【数据记录与处理】

采样结束后显示 v—t 直线,用"▶"键选择"数据",将显示的采样次数及相应速度记入表 4-27-2 中,t_1 为采样次数与采样步距的乘积。由记录的 t、v 数据求得 v—t 直线的斜率,就是此次实验的加速度 a。

以利用表 4-27-2 得出的加速度 a 为纵轴,$(M-m)/(M+m)$ 为横轴作图。若为线性关系,即验证了牛顿第二定律,且直线的斜率应为重力加速度。

表 4-27-2　匀变速直线运动的测量　　　　　　　　　　$M =$ _____ kg

采样次数 i	2	3	4	5	6	7	8	加速度 $a/\text{m}\cdot\text{s}^{-2}$	m/kg	$(M-m)/(M+m)$
$t_i = 0.05(i-1)/\text{s}$										
v_t										
$t_i = 0.05(i-1)/\text{s}$										
v_i										
$t_i = 0.05(i-1)/\text{s}$										
v_i										
$t_i = 0.05(i-1)/\text{s}$										
v_t										

实验 28　单缝衍射的光强分布和衍射法测细丝直径

　　衍射现象是波动过程的特征之一,而光的单缝衍射有助于对光的波动性更深入的了解。在现代光学技术中,光的衍射规律是 X 光晶体分析、全息照相以及光信息处理等许多领域的基础。

　　光的衍射现象是光的波动性的一种表现,可以分为两类——夫琅和费衍射和菲涅耳衍射。菲涅耳衍射是近场衍射,夫琅和费衍射是远场衍射,又称**平行光衍射**。

【实验目的】

①观察、了解单缝的夫琅和费衍射花样。

②学习用 CCD 器件测量单缝衍射的相对光强分布。

③利用衍射花样测定单丝的直径。

【实验仪器】

光具座、氦氖激光器、连续减光器、组合光栅、LM501 型 CCD 光强仪、数显示波器等。

【仪器介绍】

1. 连续减光器

使用两片偏振膜,一片固定,作为起偏器;另一片可旋转,作检偏器,达到连续减光的目的。

2. 组合光栅

组合光栅由光栅片和二维调节架构成,如图 4-28-1 所示。光栅片上有 7 组图形,见图 4-28-2。7 组图形如下。

第 1 组:单缝($a = 0.12$ mm)/单丝(0.12 mm)

第 2 组:单缝($a = 0.10$ mm)/单丝(0.10 mm)

第 3 组:单缝($a = 0.07$ mm)/双缝($a = 0.07$ mm,$d = 2$)

第 4 组:单缝($a = 0.07$ mm)/双缝($a = 0.07$ mm,$d = 3$)

第 5 组:单缝($a = 0.07$ mm)/双缝($a = 0.07$ mm,$d = 4$)

第 6 组:单缝($a = 0.02$ mm)/三缝($a = 0.02$ mm,$d = 2$)

第 7 组:单缝($a = 0.02$ mm)/五缝($a = 0.02$ mm,$d = 2$)

d 为多缝缝中心的间距与缝宽的比值。

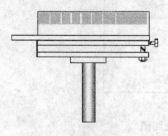
图 4-28-1　组合光栅结构图

图 4-28-2　光栅片示意图

3. LM501 型 CCD 光强仪

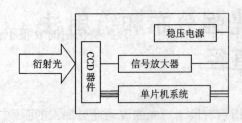

**图 4-28-3　LM 系列 CCD 光强仪内部
电路结构框图**

它是以 CCD 器件为核心构成的光学测量仪器,具有 2 048 个光敏元,光敏元中心距为 14 μm。CCD 器件的光敏元至光强仪前面板距离为 4.5 mm。CCD 光强仪的内部电路结构如图 4-28-3 所示。

4. SB14 数显示波器

SB14 大屏幕数显示波器由 14 英寸单色示波器和 SB14 控制器构成。SB14 控制器上有三个旋钮:Y 增益、Y 位移和标志线。通过转动标志线旋钮,显示器上的 X、Y 值会对应变化。X 值表示标志线所在曲线处是 CCD 器件上的第几个光电二极管(光敏元),不同的 X 值表示曲线上不同点对应在 CCD 器件上的空间距离,即间隔多少个光敏元。它是一个原始数据,乘上"光敏元的中心距"才是实际距离。

Y 值表示标志线所在曲线处是 CCD 器件上的第 X 个光电二极管所产生的光电压值,是个相对值,经 8 位量化,所以最大显示为 255(Y 值为 255 对应于 5 V,每个字对应 19.5 mV)。

【实验原理】

1. 单缝衍射原理

单缝夫琅和费衍射实验如图 4-28-4 所示。若狭缝光源 S′ 置于透镜 L_1 的焦平面上,则由 S′ 发出的光通过 K_1 后成为平行光,垂直照射在狭缝 S′ 上。根据惠更斯—菲涅耳原理,狭缝上每一点都可看成是发射子波的新波源。由于子波叠加的结果,在透镜 L_2 第二焦平面上可以得到一组平行于狭缝的明暗相间的衍射条纹。

实际上只要点光源距离单缝很远或者光源的发散角很小或者接收屏幕距离单缝很远,就可以在单缝前后不用透镜而获得夫琅和费衍射。本实验的光源是波长为 632.8 nm 的氦氖激光束,发散角很小,又因为接收屏(CCD 光强仪)与单缝距离大于 0.5 m,能满足远场条件,可不用透镜。从菲涅耳原理出发,通过计算可以得出衍射条纹的光强分布规律为:

$$I_0 = I_0 \frac{\sin^2 \phi}{\phi^2} \tag{4-28-1}$$

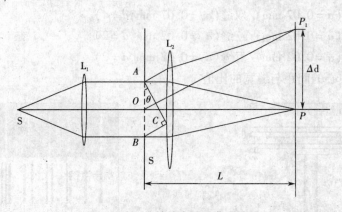

图 4-28-4　单缝的夫琅和费光路图

式中,$\phi = \pi a \sin\theta/\lambda$;$a$ 是单缝宽度;θ 是衍射角;λ 为入射光波长。由式(4-28-1)可见:

①当 $\theta = 0$ 时,$I_\theta = I_0$,P 处的光强 $I_\theta = I_0$ 是最大值,为中央主极大的强度;

②当 $\sin\theta = k\lambda/a(k = \pm1,\pm2\cdots)$ 时,$I = 0$,为第 k 级暗纹。由于夫琅和费衍射时 θ 很小,$\sin\theta \approx \theta$,因此暗纹出现的条件为

$$\theta = \frac{k\lambda}{a} \tag{4-28-2}$$

③从式(4-28-2)可见,当 $k = \pm1$ 时,为主极大两侧第一级暗条纹的衍射角,由此决定了中央明纹的角宽度 $\Delta\theta_0 = \dfrac{2\lambda}{a}$,其余各级明纹的角宽度 $\Delta\theta_k = \dfrac{\lambda}{a}$,所以中央明纹的角宽度是其他各级明纹角宽度的两倍。

④除中央主极大以外,相邻两暗纹级间存在着一些次极大。这些次极大的位置出现在 $\sin\theta = \pm1.43\lambda/a$、$\pm2.46\lambda/a$、$\pm3.47\lambda/a$……各级次极大的相对光强分别是 $I_\theta/I_0 = 0.047$、0.017、0.08、0.005……

以上是单缝夫琅和费衍射的主要结果,根据式(4-28-1)可以描述出单缝衍射的光强分布曲线,如图4-28-5 所示。

2. 单丝直径测量原理

对缝隙、细丝或小孔的尺寸进行检测,可采用激光衍射的方法。当激光照射细丝时会产生衍射图像,用阵列光电器件对衍射图像进行接收,测出暗纹的间距,即可计算出细丝的尺寸。细丝尺寸检测系统的结构如图4-28-6 所示。

根据巴比涅互补原理,若将图4-28-4 中的单缝换为细丝,接收屏上的夫琅和费衍射花样和同样宽度的单缝衍射花

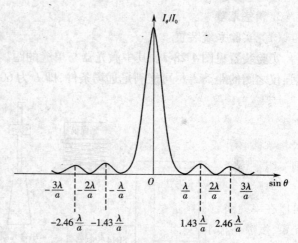

图4-28-5　单缝衍射光强分布

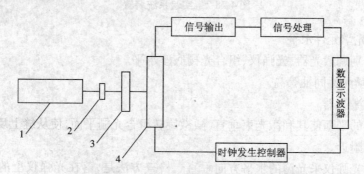

1. He-Ne 激光器　2. 减光器　3. 组合光栅　4. 线列光敏元件

图4-28-6　单丝直径检测系统结构示意图

样是一样的,因此,只需用细丝直径 ϕ 代替单缝宽度 a,就可用单缝衍射的理论和公式了。根据式(4-28-2)及 $\theta \approx \tan\theta = d/L$($L$ 为单丝到接收光敏线阵器件的距离,d 为待测点到中央主极大的距离),可推导出衍射图像相邻暗纹的间距

$$\Delta d = \frac{L\lambda}{\phi} \qquad\qquad (4\text{-}28\text{-}3)$$

式中,λ 为入射激光波长;ϕ 为被测单丝直径。

【实验内容与步骤】

一、单缝衍射的光强分布

1. 电路连接

用随机带的三根双插头线分别将 CCD 光强仪后面板上的"信号"、"采样"、"同步"一一对应插好;再将 14 英寸显示器上 15 芯 D 型插头和电源插头插入 SB94 控制器后面的对应插座内。(在使用中,如发现示波器上波形向一个方向移动,一般是光强仪与 SB14 控制器上的"同步"线没插好;发现"X 值"显示 $X = 0000$,一般是"采样"线没有插好;如"Y 值"始终显示 $Y = 0000$,一般是"信号"线没有插好。)

2. 拨开关

将 CCD 光强仪后面的"示波器/微机"开关拨向"示波器"。

3. 调整光路

(1) 实验系统装置

实验装置见图 4-28-7。其中激光器与单缝的距离尽可能远一点(0.5 ~ 1 m),单缝与 CCD 光强仪之间的距离 L 尽可能满足远场条件,即 L 为 60.00 cm 左右。

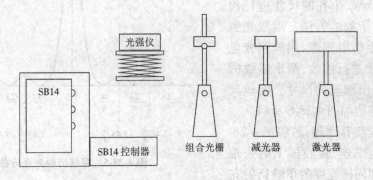

图 4-28-7 实验系统装置

(2) 调整各光学元件水平

用水平仪分别调激光器、光强仪、组合光栅底座水平。

(3) 调各光学元件同轴等高

①预热氦氖激光器。

②调节单缝的平面使其和激光束垂直,微微旋转组合光栅平面,使从缝上反射回来的衍射光在激光出射孔附近。

③调节缝与光强仪采光窗的水平方向垂直。检查方法是,落在光强仪上的衍射光斑应平行于光强仪采光窗,然后升降光强仪,使衍射光斑落在采光窗上。

(4) 找衍射曲线

旋转减光器的检偏片(从弱光到强光进行光路调节,以免光强仪饱和),在屏幕上找到衍射曲线。若曲线不符合要求可进行以下调节。

1)曲线稳定调节　光强曲线幅值涨落或突跳是激光器输出功率不稳造成的。应在打开激光器半小时后再调节。

2）曲线对称调节　一般的衍射花样是一种对称图形,但有时显示器看到的图形左右不对称,这主要是各光学元件的几何关系没有调好引起的(即步骤(3)没有调好)。

3）曲线削顶调节　光强曲线出现削顶("平顶")有两种可能:一是 CCD 器件饱和;二是 SB14 控制器上 Y 增益太大。

4）曲线顶部凹陷调节　单缝衍射曲线主极大顶部出现凹陷,主要是单缝的黑度不够,有漏光现象,常发生在使用质量欠佳的玻璃基板的单缝时。

5）曲线不圆滑漂亮　一是缝的边缘可能不直或刀口上有尘埃;二是 CCD 光强仪采光窗上有尘埃,可左右移动光强仪,寻找较好的工作区间;三是激光束没恰好射在缝上,可稍微调节组合光栅的水平调节螺丝和俯仰调节螺丝。

LM 型 CCD 光强仪有很高的光电灵敏度,在一般室内光照条件下,已趋饱和,无信号输出,需在暗环境中使用。

4. 测量数据

慢慢移动光标,读取衍射曲线上的各级曲线的最高点、最低点的 X、Y 值,每点测量 4 次,填入表 4-28-1 中,作出单缝衍射 I_θ/I_0—$\sin\theta$ 曲线图。

二、衍射法测量细丝直径

1. 光路调节

去掉减光器,保持单缝与 CCD 光强仪之间的距离 L 不变,使激光束垂直照射在组合光栅的单丝处。在"单缝衍射相对光栅分布测量"时,让中央主极大光斑落在 CCD 采光窗的中间区域,为的是看清单缝衍射波形的全貌,如细丝测量时也这样安排,会使激光束的光斑和中央主极大一起落在 CCD 器件上,引起饱和。所以,向正或负方向移动光强仪将主极大移至采光窗外,可让更多更高级次的暗纹出现在屏幕上,如图 4-28-8 所示,适当调整 L 的距离,在屏上显示 6 条衍射暗纹。

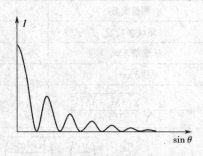

图 4-28-8　单丝衍射的光强分布

2. 数据测量

移动光标,直接读出每条暗纹的 X 值,共测 6 条暗纹即可,列表记录,数据填入表 4-28-2 中。用逐差法计算出相邻暗纹间距的平均值 $\overline{\Delta X}$。注意,这是一个原始数据,必须乘以 CCD 光敏元的中心距才是暗纹的真实间距 Δd。由式(4-28-3)算得细丝直径 ϕ,并做出误差分析。L 为细丝至 CCD 光敏面的距离,即 $L=L_测+L_修$,$L_修=4.5$ mm 是光敏面至光强仪前面板的距离。

【注意事项】

用激光作光源时,要求激光器输出功率有较高的稳定性,一般应在打开激光器半小时后再测量。

【数据记录与处理】

表 4-28-1　单缝衍射表 　　　　　　　　$L = $ _____ mm

	空间位置				光　　强				$\bar{X}$	实际距离/μm $X = 14 \times \bar{X}$	$\bar{Y}$	修正光强	相对光强 I_θ/I_0	$\sin\theta$
	X				Y									
	1	2	3	4	1	2	3	4						
亮纹（−2 级）														
暗纹（−2 级）														
亮纹（−1 级）														
暗纹（−1 级）														
中央亮纹														
暗纹（＋1 级）														
亮纹（＋1 级）														
暗纹（＋2 级）														
亮纹（＋2 级）														

表 4-28-2　单丝测量表 　　$L = $ _____ mm　$L_{\text{修}} = L + 4.5$ mm

测量次数	1	2	3	4	5	6
暗纹 X 位置						
逐差 $3\Delta x_i$						
$\overline{3\Delta x}$		$\overline{\Delta x}$		$\Delta d = 14 \times \overline{\Delta x}$/μm		
$\sigma_{\overline{\Delta x}} = \dfrac{1}{3}\sqrt{\dfrac{\sum(3\Delta x_i - \overline{3\Delta x})^2}{3(3-1)}}$		$\sigma_t = \dfrac{1}{\sqrt{3}}$ mm		$\phi = $	mm	
$\dfrac{\sigma_\phi}{\phi} = \sqrt{\left(\dfrac{\sigma_L}{L}\right)^2 + \left(\dfrac{1.32\sigma_{\Delta x}}{\overline{\Delta X}}\right)}$				$\phi = \phi \pm \sigma_\phi = $	mm	

注：①因环境黑暗程度不够，仍有一定光强，所以需要修正，所测得的光强要减去环境光强，即减去暗纹光强；

②由图 4-28-4 可知，$\sin\theta \approx \tan\theta \approx (X - X_0)/L$（$X_0$ 为中央主极大的空间位置）。

【研究与讨论】

①激光器输出的光强如有变动，对单缝衍射图样和光强分布曲线有无影响？

②如何测量细丝直径？

实验 29　全息照相

　　全息照相是由英国科学家丹尼斯·伽博(Dennis Gabor)在 1948 年提出的一种新的成像原理,称为**全息术**。由于受当时光源的限制,这一原理未能很好地付诸实施。1963 年激光问世后,为全息照相提供了高亮度和高相干度的光源,从而给全息术带来生机。之后,全息术几乎成了光学研究中最活跃的领域。继伽博之后,又有人提出彩色全息、彩虹全息以及白光再现合成全息等。鉴于伽博的发明以及后来全息术的发展,伽博于 1971 年获得诺贝尔物理奖。

　　全息照相技术完全不同于普通照相术,全息照相既能记录又能完全再现被摄物光波的全部信息(振幅和相位)。

　　普通照相是用几何光学的方法记录物体上各点的光强分布,得到的是二维平面像,而全息照相在照像干板上记录的是整个物体发出的光波(即物体上各点发出的光波的叠加)。借助于参考光用干涉的方法记录这个物光波的振幅和相位分布,即记录下物光波与参考光波相干后的全部信息,干板上得到的不是物体的像,而是细密的干涉条纹,好像是一个复杂的衍射光栅,必须经过适当的再照明,才能再现被摄物体的三维立体图像。目前全息照相有两种方式,分别称为暗室全息和明室全息。

一、暗室全息照相

【实验目的】

①了解暗室全息照相的基本原理。

②学习拍摄全息照片的基本技术和再现图像的观察方法。

【实验仪器】

He-Ne 激光器(功率 >30 mw)	1 台	防震台	1 个	扩束镜	2 个
曝光定时器	1 个	电子快门	1 个	米尺	1 把
分束镜	1 个	小物体	1 个	毛玻璃	1 块
反射镜	2 个	干板架	1 个	显影液、定影液、干板	

【实验原理】

　　从激光器发出的一束光被分束镜(或称**分光镜**)分成频率相同、振动方向相同的两束光,一束照射到物体上,由物体漫反射到干板上,称之为**物体光束**(简称**物光**);另一束直接射到干板(或称底片)上,称为**参考光**。这两束光形成一定的角度,在干板上相遇,光程差(即物光光程和参考光光程之差)小于激光的相干长度,这就是通常讲的干涉原理,经过显影、定影、水洗、凉干等处理。干板上的黑白反差,就是物体的振幅信息,干板上的干涉花样是物体的相位信息。全息图可以看成是一个复杂的光栅,再现就是光栅衍射原理。当光照在一个光栅上面时要产生零级衍射,在零级两边不同间隔分布有 ±1 级、±2 级等,间隔的大小与光栅疏密(或条纹多少)有关,条纹愈密(或多)衍射级间隔愈大,反之愈小。全息片再现也是一样。当用共轭参考光照明时,看到的像是一级衍射虚像,在干板另一侧,靠近人体还有一个一级衍射的实像与虚像对称。

　　全息照像分两步,即波前记录和波前再现。

1. 波前记录

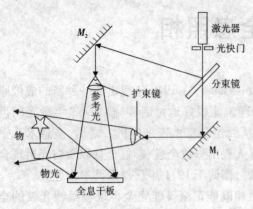

图 4-29-1　全息照相光路图

全息照相的光路图如图 4-29-1 所示。用半反半透的分束镜将激光分成两束。一束光经扩束后，照射在被摄物体上，经物体漫反射（或透射）而发出物光波，波场上每一点的振幅和相位都是空间坐标的函数，用 O 表示物光每一点的复振幅和相位；另一束光经扩束后直接照射到底板上，这样的光波称为**参考光波**，它的振幅和相位也是坐标的函数，其复振幅和相位用 R 表示。参考光通常是平面波或球面波。这样在干板上记录的信息总光场是物光与参考光的叠加，叠加后的复振幅为 $O+R$，底板上各点的光强 I 与振幅的平方成正比，因此光强分布为

$$I = (O+R) \cdot (O^* + R^*)$$
$$= O \cdot O^* + R \cdot R^* + O \cdot R^* + O^* \cdot R$$
$$= I_0 + I_R + OR^* + O^*R$$

式中，O^*、R^* 分别为 O 与 R 的共轭量；$I_0 = O \cdot O^*$、$I_R = O \cdot O^*$ 分别为物光波和参考光波独立照射干板时的光强，$OR^* + O^*R$ 称为干涉项，它把物光的相位信息转化成不同光强的干涉条纹记录在干板上。

2. 波前再现

干板经过曝光冲洗以后，形成透光率各处不同的全息照片。一般来说，光透过这样的底板时，振幅和相位都要发生变化。令 t 为复振幅的透过率，则有

$$t = \frac{透过光的复振辐}{入射光的复振辐}$$

一般 t 为复数，但对于平面吸收型全息照片（即这种干板各处透过率不同，仅仅是由于沉积的银层对光的不同吸收引起的）t 为实数。如果曝光及冲洗合适（线性处理）则有

$$t = t_0 - KI$$

式中，t_0 为未曝光部分的透射率；K 为取决于干板感光特性和显影过程的一个常数。

物像再现是再用与原参考光相同的光波 R 从适当的方向照射全息照片并观察透射光。设透射光波用 W 表示，则

$$W = t \cdot R = t_0 R - KIR$$

t_0 是实数，将 I 代入上式得

$$W = t_0 R - KR(I_0 + I_R + OR^* + O^*R)$$
$$= [t_0 - K(I_0 + I_R)]R - KI_R O - KRO^*R$$

此式表示透射光的几个分量，其中每一项都相当于一个衍射级光波。第一项与参考光 R 成正比，是按一定比例重建的参考光，或者说是直接透过的再照光，相当于零级衍射。第二项是物光复振幅 O 乘以常数 KI_R，是按一定比例重建的物光波，相当于一级衍射波，这个光波按惠更斯原理继续传播，与原来物体在原来位置发出的光波相同，仅仅是振幅按一定比例改变，相位改变 π。因此，全息照片后面的观察者对着这个光波方向观察时，可以看到原来物体的三

维立体像(虚像),如图 4-29-2 所示。第三项与物光波的共轭光波 O^* 有关,它是因衍射而产生的另一个一级衍射波,称为**孪生波**。如果将全息照片的正面转 180°,使反面对着激光,则观察者可在与"轴"线对称的下方看到物的虚像,此时物也恰好转了 180°。

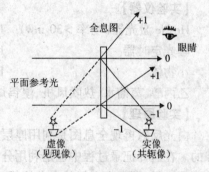

图 4-29-2 波前再现

3. 全息照相的特点

①全息片所再现出的被摄物体形象具有完全逼真的三维立体感。当移动眼睛从不同角度观察时,就好像面对原物一样,可看到它的不同侧面。

②由于全息底片上任一小区域都以不同的物光倾角记录了来自整个物体各点的光信息,因此任取一小碎块全息照片仍然再现完整的被摄物的像。

③同一张感光板可进行多次反复曝光记录,只要每次都稍微改变感光板的方位,或改变参考光束的入射方向,就可在同一感光板上重叠记录。

④若用不同波长的激光束照射全息照片,再现像可以得到放大或缩小。再现波长大于原参考光时,像被放大,反之缩小。

【实验内容与步骤】

①检查防震台是否水平。

②打开激光器预热,按图 4-29-1 摆好光路。光路应满足以下条件:

a. 用米尺测量从分束镜到感光板之间的物光光程和参考光光程,使光程差小于 5 cm;

b. 物光、参考光会聚于干板的夹角以 20°～40° 为宜;

c. 在干板架上放一白色小屏,挡住物光观察参考光,调整扩束镜,使参考光均匀照在屏上,挡住参考光,调整物光扩束镜,使被摄物体均匀照亮,并观察漫反射来的物光是否均匀照在屏上,两光束的强度比以 3:1 到 5:1 为宜,参考光应强于物光;

d. 反复遮挡参考光,调物光扩束镜倾角观察物光和参考光的重叠区,使重叠区在屏中间(即干板旋转处);

③定好曝光定时器挡,一般曝光时间在 30 s 到 3 min 之间。

④关闭快门、将干板夹在干板架上,使乳胶面向着入射光,静置几分钟,使防震台不震动后再打开光快门进行曝光。

⑤将曝光后的底片放入显影液中 1～2 min,待干板颜色变成灰黑时取出后用清水冲一下再放入定影液中,定影 5 分钟,再用水冲洗,吹干即得全息图。

⑥ 波前再现。可直接用扩束镜将激光扩束后照射在全息干板的乳胶面上。观察者面对激光,眼睛向着与激光成一角度的方向望去,上下左右移动眼睛,可以找到物的虚像。去掉扩束镜将全息干板旋转 180°,用屏可接收到物的实像。

二、明室全息照相

【实验目的】

①了解白光反射再现全息图的记录和原理。

②掌握白光反射再现全息图的拍摄方法。

【实验仪器】

He-Ne 激光器(功率 > 30 mw)　1 台　　防震台　　1 个　　扩束镜　1 个
曝光定时器　　　　　　　　　1 个　　电子快门　1 个　　米尺　　1 把
小物体　　　　　　　　　　　1 个　　干板架　　1 个
乙丙醇、蒸馏水、热吹风机、溴钨灯、干板

【实验原理】

白光反射再现全息图是利用厚层照相乳剂记录干涉条纹,并利用布拉格衍射效应再现物像的。在这种记录过程中也是利用分离的相干光束进行叠加,物光和参考光分别从记录介质的两侧入射,两束光之间的夹角接近于 180°,因而,在全息记录介质内可建立起驻波,这样形成的干涉条纹接近平行于记录介质的表面。这些干涉条纹实际上是一些平面,即形成了三维分布的空间立体光栅,用图 4-29-3 可以说明干涉条纹的形成。参考光和物光以接近 180° 的夹角 ϕ 入射到干板的乳胶层上。为分析简便,假设参考光和物光均为平面波且与乳胶面的法线构成相同的倾角。从图中可以看到,一系列相继等相位波前穿过乳胶层,两列波的波阵面相交的轨迹为一平面,在这个平面上均为干涉最大。干板的乳胶层被曝光后,经过显影和定影处理,就形成了一些高密度的银粒子层。在所假定的条件下,这些银粒子层平分物光和参考光之间的夹角。这些密度高的银粒子层对于入射光来说就相当于一些局部反射平面,称为**布拉格平面**(图中以虚线表示)。

根据图 4-29-3 可得如下关系式:

$$2d\sin(\phi/2) = \lambda \tag{4-29-1}$$

式中,d 为相邻两银粒子层之间的距离;λ 为介质中的波长。以上结果是在假定的特殊条件下得出的,在一般情况下也可以得到类似的结果。实际的物光不可能是平面波,因此,物光和参考光所形成的干涉层是很复杂的。原物光的全部信息就被记录在这些复杂的银层上。当用任何一束平面波照射处理好的全息图时,通过这些布拉格平面的局部反射作用就可以再现出一束原始物波,即再现出物体的原始信息。其原理可用图 4-29-4 说明。由相邻两个布拉格平面反射的光线之间的总光程差

$$\delta = 2d\sin\psi \tag{4-29-2}$$

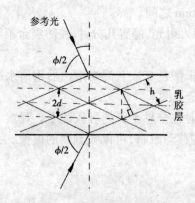

图 4-29-3　白光全息记录原理图

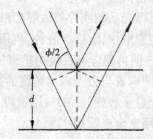

图 4-29-4　白光全息再现原理图

为了使再现物像获得最大亮度,两个相邻布拉格平面的反射光之间的光程差应等于一个波长。令 $\delta = \lambda$,由式(4-29-2)可得

$$\sin \psi = \frac{\lambda}{2d} \tag{4-29-3}$$

这一关系式称为**布拉格条件**,ψ 称为**布拉格角**。这也是获得最佳再现像应满足的条件。

分析式(4-29-1)和式(4-29-3)可以得到下面两个结论。

①反射全息图在再现时,对应于某一个角度,只有一种波长的光能获得最大亮度。也就是只有再现光的波长和方向满足布拉格条件时才能再现物像。所以,这种全息图可以从含有多种波长的复色光源中选择一种波长再现物像,从而实现了复色光再现。

②用白光再现时,若从不同角度观察,再现像的颜色将有所变化,即不同的角度对应着不同的光波波长。随着 ψ 角的增加,观察到的波长将从短波向长波方向变化。图 4-29-5 即为一个实拍光路。扩束后的激光投射到全息干板上,部分激光透过干板照射到被拍物上,由被拍物散射回干板的光即为物光。物光和原入射光

图 4-29-5 白光全息照相光路图

(参考光)以大约 180° 的夹角分别从全息干板两侧入射到乳胶层中,从而在乳胶层内形成干涉图样并使乳胶层曝光。经过显影、定影处理之后即可得到白光反射再现全息图。该实验光路适用于拍摄物体线度不太大、表面平坦且散射能力较强的物体,如硬币、表芯及小工艺品等。

用上面的光路拍摄,ϕ 角约为 180°。由式(4-29-1)可知,此时的布拉格平面之间的距离约为介质中的半个波长。以红色 He-Ne 激光为例,此值约为 0.3 μm,在厚度为 6 ~ 10 μm 的乳胶层中可以获得 20 ~ 30 个布拉格平面,更厚的乳胶层可以增加布拉格平面的数量,从而进一步提高像的质量。

【实验内容与步骤】

①将光源、快门、扩束镜、物体、干板靠拢,调成同轴等高。

②按图 4-29-5 排光路,使扩束镜出射的光束直径稍大于物体的直径。

③装好干板,稳定两分钟,以消除震动和夹片的应力。

④按动快门,给干板曝光。

⑤将曝光后的干板进行如下处理:

a. 取下曝光后的干板,放在蒸馏水里浸泡 1 min,使曝光后的分子充分吸水,完全溶解干板中的多余试剂,使折射率调制度达到最大值。

b. 取出干板放入浓度为 40% 的异丙醇中脱水 1 min。

c. 取出干板放入浓度为 60% 的异丙醇中脱水 1 min。

d. 取出干板放入浓度为 80% 的异丙醇中脱水 15 s。

e. 取出干板放入浓度为 100% 的异丙醇中脱水 60 ~ 80 s,到图像清晰、明亮、颜色为浅红或黄绿色为止。

⑥迅速取出,用热吹风机迅速将干板吹干,直到全息图变成金黄色、清晰、明亮为止。

⑦用溴钨灯重现。

【研究与讨论】

①全息底片上记录的是些什么? 再现是什么过程?

②为什么被打碎的全息底片仍能再现出原被摄物体的全部形象?

③在没有再现光源时,如何检验全息图是否有信息? 为什么?

实验 30　微波布拉格衍射

自伦琴发现 X 射线后,许多物理学家都在积极地研究和探索。1905 年和 1909 年,巴克拉曾先后发现 X 射线的偏振现象,但 X 射线究竟是一种电磁波还是微粒辐射,仍不清楚。1912年德国物理学家劳厄发现 X 射线通过晶体时产生衍射现象,证明了 X 射线的波动性和晶体内部结构的周期性。同年,英国物理学家劳伦斯·布拉格(W. L. Bragg,1890—1971)导出了一个用晶体的原子平面簇反射解释 X 射线衍射效应的关系式,即**布拉格公式**。次年,与其父亨利·布拉格(W. H. Bragg,1862—1942)发明了晶体反射式 X 射线谱仪,用于晶体结构分析。他们的工作开辟了一个新的技术领域,获得 1915 年的诺贝尔物理学奖。本实验用模拟晶体使微波发生布拉格衍射,从中认识微波的光学性质,学习 X 射线晶体结构分析的基本知识。

微波波长从 1 m ~ 0.1 mm,其频率范围从 300 MHz ~ 3 000 GHz,是无线电波中波长最短的电磁波。微波波长介于一般无线电波与光波之间,因此微波有似光性,它不仅具有无线电波的性质,还具有光波的性质,即具有光的直线传播、反射、折射、衍射、干涉等性质。由于微波的波长比光波的波长在量级上大 10 000 倍左右,因此用微波进行波动实验将比光学方法更简便和直观。

【实验目的】

①了解微波产生的基本原理以及传播和接收等基本特性。

②观测微波干涉、衍射、偏振等实验现象。

③观测模拟晶体的微波布拉格衍射现象。

④用迈克尔逊干涉方法测量微波波长。

【实验仪器】

DHMS—1 型微波光学综合实验仪一套,包括 X 波段微波信号源、微波发生器(发射喇叭)、接收喇叭(微波检测器、检波信号数显毫伏表)、可旋转载物平台和支架以及实验用附件(反射板、分束板、单缝板、双缝板、晶体模型等)、钢直尺(或钢卷尺)。

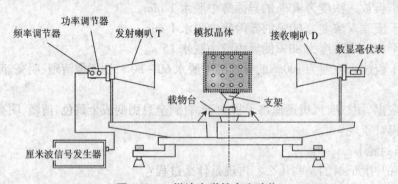

图 4-30-1　微波光学综合实验仪

实验装置如图 4-30-1 所示,微波光学综合实验仪也称**微波分光计**,装有发射喇叭 T 的一臂(称发射臂)与底座固定,装有接收喇叭 D 的接收臂可以绕主轴转动。载物台也可以绕主轴转动。发射喇叭上附有"频率调节"电位器及"功率调节"旋钮;接收喇叭上附有检波器,输出引线连接量程为 200 mV 的数显毫伏表,以显示探测到的微波强度。发射喇叭上的"频率调节"不是直接标定频率值,而是电阻值。实验中调节频率要参考仪器说明书,查出与频率对应的电阻值。功率调节(即衰减器)旋钮顺时针功率减小,逆时针功率增大。数显毫伏表显示为"1"时表明功率过强超出量程,应该调低。

实验使用的微波发生器采用电调制方法,优点是应用灵活、参数调配方便、适用于多种微波实验。其工作原理框图见图 4-30-2。微波发生器内部有一个电压控制振荡器(简称 VCO),用于产生一个 4.4 GHz ~ 5.2 GHz 的信号。它的输出频率可以随输入电压的不同作相应改变,经过滤波器后取其中二次谐波 8.8 GHz ~ 9.8 GHz(波长范围 3.0 ~ 3.4 cm),经过衰减器作适当的衰减后,再放大。经过隔离器后,通过探针输出至波导口,再通过 E 面天线(发射喇叭)发射出去。

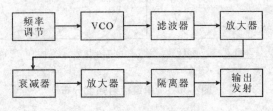

图 4-30-2　微波产生的原理框图

接收部分采用检波/数显一体化设计。由 E 面喇叭天线接收微波信号,传给高灵敏度的检波管后转化为电信号,通过穿心电容送出检波电压,再通过 A/D 转换,由数显毫伏表显示微波相对强度。

【实验原理】

微波是一种电磁波,它和其他电磁波(如光波、X 射线)一样,在均匀介质中沿直线传播,都发生反射、折射、衍射、干涉和偏振等现象。

1. 微波的反射实验

微波的波长较一般电磁波短,比电磁波更具方向性,因此在传播过程中遇到障碍物就会发生反射。如当微波在传播过程中碰到一金属板,会发生反射,且同样遵循和光线一样的反射定律,即反射线在入射线与法线所决定的平面内,反射角等于入射角。

2. 微波的单缝衍射实验

当一平面微波入射到一宽度和微波波长可比拟的狭缝时,在缝后就要发生如光波一般的衍射现象。同样中央零级条纹最强,也最宽,在中央的两侧衍射波强度迅速减小。根据光的单缝衍射公式推导可知,如为一维衍射,微波单缝衍射图样的强度分布规律也为:

$$I = I_0 \frac{\sin^2 \phi}{\phi^2} \tag{4-30-1}$$

式中,I_0 是中央主极大中心的微波强度;a 为单缝的宽度;λ 是微波的波长;$\phi = \frac{\pi a \sin \theta}{\lambda}$,为单缝边缘上的波振面和中心的波振面在 θ 方向的相位差;θ 为衍射角;$\frac{\sin^2 \phi}{\phi^2}$ 常叫做**单缝衍射因子**,表征衍射场内任一点微波相对强度的大小。一般可通过测量衍射屏上从中央向两边微波强度的变化来验证式(4-30-1)。同时与光的单缝衍射一样,当

$$a\sin\theta = \pm k\lambda \qquad (k = 1,2,3,4\cdots) \qquad (4\text{-}30\text{-}2)$$

时,相应的 ϕ 角位置衍射度强度为零。若测出衍射强度分布,如图4-30-3,则可依据第一级衍射最小值对应的 θ 角度,利用式(4-30-2),求出微波波长 λ。

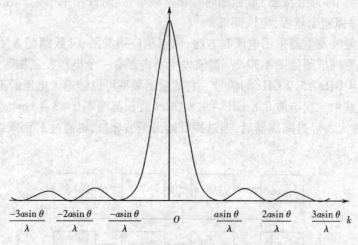

图 4-30-3　单缝衍射强度分布

3. 微波的双缝干涉实验

当一平面波垂直入射到一金属板的两条狭缝上,狭缝就成为次级波波源。由两缝发出的次级波是相干波,因此在金属板的背后空间中,将产生干涉现象。当然,波通过每个缝都有衍射现象。因此实验将是衍射和干涉两者的综合效果。为了只研究主要来自两缝中央衍射波相互干涉的结果,令双缝的缝宽 a 接近 λ,例如:$\lambda = 3.2$ cm,$a = 4$ cm。当两缝之间的间隔 b 较大时,干涉强度受单缝衍射的影响小;当 b 较小时,干涉强度受单缝衍射影响大。干涉加强的角度

$$\varphi = \sin^{-1}\left(\frac{k\lambda}{a+b}\right) \qquad (k = 1,2,3\cdots) \qquad (4\text{-}30\text{-}3)$$

干涉减弱的角度

$$\varphi = \sin^{-1}\left(\frac{2k+1}{2}\frac{\lambda}{a+b}\right) \qquad (k = 1,2,3\cdots) \qquad (4\text{-}30\text{-}4)$$

4. 微波的偏振实验

电磁波是横波,它的电场强度矢量 E 和波的传播方向垂直。如果 E 始终在垂直于传播方向的平面内以确定方向变化,这样的横电磁波叫**线极化波**,在光学中也叫**线偏振光**。如一线极化电磁波以能量强度 I_0 发射,而由于接收器的方向性较强,只能吸收某一方向的线极化电磁波,相当于一光学偏振片,如图4-30-4。发射的微波电场强度矢量 E 如在 P_1 方向,经接收方向为 P_2 的接收器后(发射器与接收器类似起偏器和检偏器),其强度

$$I = I_0\cos^2\alpha \qquad (4\text{-}30\text{-}5)$$

式中,α 为 P_1 和 P_2 的夹角。式(4-30-4)就是光学中的马吕斯(Malus)定律,在微波测量中同样适用。

5. 微波的迈克尔逊干涉实验

在微波前进的方向上放置一个与波传播方向成45°角的半透射半反射的分束板(图4-30-

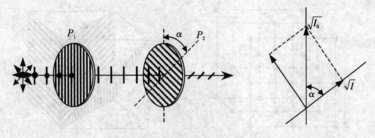

图 4-30-4　光学中的马吕斯定律

5），将入射波分成两束，一束向金属板 A
传播，另一束向金属板 B 传播。由于 A、
B 金属板的反射作用，两列波再回到半
透射半反射的分束板，会合后到达接收
喇叭处。这两束微波同频率，在接收器
处将发生干涉，干涉叠加的强度由两束
波的波程差（即相位差）决定。当两波的
相位差为 $2k\pi$（$k = \pm 1, \pm 2, \pm 3 \cdots$）时，
干涉加强；当两波的相位差为 $(2k + 1)\pi$
时，干涉最弱。A、B 板中的一块板固定，
另一块板可沿着微波传播方向前后移
动。当微波接收信号从极小（或极大）值

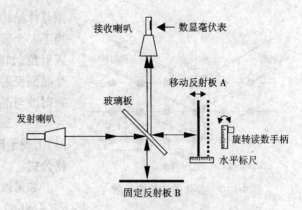

图 4-30-5　迈克尔逊干涉原理示意图

到又一次极小（或极大）值，则反射板移动了 $\lambda/2$ 距离。由这个距离就可求得微波波长。

6. 模拟晶体的布拉格衍射实验

布拉格衍射是用 X 射线研究微观晶体结构的一种方法。因为 X 射线的波长与晶体的晶
格常数同数量级，所以一般采用 X 射线研究微观晶体的结构。而在此用微波模拟 X 射线，照
射到放大的晶体模型上，实验现象、结果与 X 射线对晶体的布拉格衍射基本相似。所以此实
验对加深理解微观晶体的布拉格衍射现象是十分直观的。

固体物质一般分晶体与非晶体两大类，晶体又分单晶与多晶。组成晶体的原子或分子按
一定规律在空间呈周期性排列，而多晶体是由许多单晶体的晶粒组成。其中最简单的晶体结
构如图 4-30-6 所示，在直角坐标中沿 x、y、z 三个方向，原子在空间依序重复排列，形成简单的
立方点阵。组成晶体的原子可以看作处在晶体的晶面上，而晶体的晶面有许多不同取向。图
4-30-6 左图为最简立方点阵，右图表示的是最重要也是最常用的三种晶面。这三种晶面分别
为（100）面、（110）面、（111）面，圆括号中的三个数字称为**晶面指数**。一般而言，晶面指数为
$(n_1 n_2 n_3)$ 的晶面族，其相邻的两个晶面间距 $d = a/\sqrt{n_1^2 + n_2^2 + n_3^2}$。显然其中（100）面的间距
d_{100} 等于晶格常数 a；相邻的两个（110）面的晶面间距 $d_{110} = a/\sqrt{2}$；而相邻的两个（111）面的晶
面间距 $d_{111} = a/\sqrt{3}$。实际上还有许许多多更复杂的取法形成其他取向的晶面族。

因微波的波长可在几厘米，所以可用一些铝制的小球模拟微观原子，制作晶体模型。具体
方法是将金属小球用细线串联在空间有规律地排列，形成如同晶体的简单立方点阵。各小球
间距即晶格常数 a，设置为 4 cm 左右（与微波波长同数量级）。当如同光波的微波入射到该模

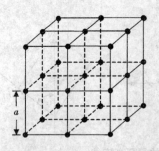 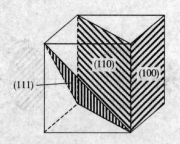

图 4-30-6　简单立方晶体结构模型

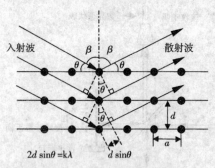

图 4-30-7　晶体的布拉格衍射

拟晶体结构的三维空间点阵时,因为每一个晶面相当于一个镜面,入射微波遵守反射定律,反射角等于入射角,如图 4-30-7 所示。而从间距为 d 的相邻两个晶面反射的两束波的波程差为 $2d\sin\theta$,其中 θ 为入射波与晶面的夹角。显然,只有当 θ 满足

$$2d\sin\theta = k\lambda \qquad (k = 1,2,3\cdots) \qquad (4\text{-}30\text{-}6)$$

时,出现干涉极大。式(4-30-6)称为**晶体衍射的布拉格公式**。

如果改用通常使用的入射角 $\beta = 90° - \theta$ 表示,则式(4-30-6)为

$$2d\cos\beta = k\lambda \qquad (k = 1,2,3\cdots) \qquad (4\text{-}30\text{-}7)$$

【实验内容与步骤】

一、仪器的调整

将实验仪器放置在水平桌面上,调整底座四只脚使底盘保持水平。调节发射喇叭、接收喇叭、发射臂、接收臂,使其为共轴状态,并且使发射喇叭、接收喇叭的高度相同。

连接好 X 波段微波信号源、微波发生器间的专用导线。载物台上先不放任何物体,将"功率调节"旋钮顺时针转到满偏,此时功率最小。微波工作频率设定为 9.2 GHz。根据频率对照表查出相应电位器阻值,然后将"频率调节"旋钮调至相应值。根据 $\lambda = c/f$ 可以计算出相应的波长理论值。

打开微波信号发生器电源,预热 10 min。转动载物台使发射臂对准 0°线,接收臂对准 180°线。预热后按下接收喇叭后面的毫伏表电源,数字显示屏显示接收到的微波强度,调整发射喇叭的发射功率使接收强度达到 90 mV 左右,以保证现象明显且相互干扰不大。观察两个喇叭是否同轴等高,且通过分光计中心,否则进行调整。调整时各螺钉不要过于用力,以免损坏。除目测之外,在发射与接收臂共线的情况下(分别对准 0°－180°线),可以依次微调发射喇叭和接收喇叭的水平角度使接收信号最强,此时达到同轴等高。

二、实验内容

1. 微波的反射

将金属平面板安装在一支座上,安装时平面法线应与载物台 0°线一致,并使发射臂指针指向 0°。这意味着小平台零度方向即是金属反射板法线方向。

转动载物台,使发射臂指针指在某一角度处,此角度读数就是入射角。然后转动接收臂在

数显毫伏表上找到一最大值,此时接收臂上的指针所指的小平台刻度就是反射角。如果此时数显毫伏表显示太大或太小,应适当调整功率调节旋钮。

做此项实验,入射角最好取 30°~65°之间,因为入射角太大接收喇叭有可能直接接收入射波,同时应注意系统的调整和周围环境的影响。实验结果记入表 4-30-1。

2. 微波的单缝衍射

按需要调整单缝衍射板的缝宽。将单缝衍射板安置在支座上时,应使衍射板平面与支架圆座上的指示线一致,将该支座放置在载物台上时,支座圆座上的指示线应指示在载物小平台90°位置。

转动小平台使固定臂的指针在小平台的 180°处,此时相当于微波从单缝衍射板法线方向入射。这时让接收臂置于小平台 0°处,调整微波发生器的功率使数显毫伏表显示较大,然后在单缝的两侧,每改变衍射角 3°读取一次毫伏表读数,数据记入表 4-30-2。

根据记录数据,画出单缝衍射强度与衍射角度的关系曲线,并根据微波衍射强度一级极小角度和缝宽 a,计算微波波长 λ 及其百分误差(表中 $I_左$、$I_右$ 是相对于 0°刻度两边对应角度的强度值)。

3. 微波的双缝干涉

按需要调整双缝干涉板的缝宽。将双缝干射板安置在支座上时,应使双缝板平面与支座圆座上指示线一致,将该支座放置在载物台上时,支座圆座上指示线应指示在载物小平台 90°位置。转动小平台使固定臂的指针在小平台的 180°处。此时相当于微波从双缝干涉板法线方向入射。这时让接收臂置于小平台 0°处,调整信号使数显毫伏表显示接近最大,然后在双缝的两侧,每改变角度 2°读取一次毫伏表的读数,数据记入表 4-30-3,然后画出双缝干涉强度与角度的关系曲线,并根据微波干涉强度一级极小角度和缝宽 a 计算微波波长 λ 及其百分误差。

4. 微波的偏振实验

按实验要求调整喇叭口面使其相互平行正对共轴。调整信号使显示器接近满度,然后旋转接收喇叭短波导的轴承环(相当于偏转接收器方向),每隔 10°在表 4-30-4 中记录数显毫伏表的读数,直至 90°,就可得到一组微波强度与偏振角度关系的数据,验证马吕斯定律式(4-30-5)。

5. 微波的迈克尔逊干涉实验

在微波前进的方向上放置一半透明板,使半透明板与入射方向成 45°角,发射臂指针指向 0°刻度线,接收臂指针指向 90°刻度线(图 4-30-5)。按实验要求安置固定反射板、可移动反射板和接收喇叭。使固定反射板固定在大平台上,并使其法线与接收喇叭的轴线一致。可移动反射板安装在一旋转读数机构上,然后转动旋转读数机构上的手柄,使可移动反射板移动,反复测 6 次,每次测出 3 个微波极小值对应的可移动反射板的位置 L(注意:旋转手柄要慢,避免反射板晃动,并注意回程差的影响)。数据记入表 4-30-5,并计算出波长及其平均值,求出与理论值的百分误差。

6. 微波的布拉格衍射

将支架从载物台上取下,需要调节模拟铝球,使上下成为一方形点阵,各金属球点间距相同。将模拟晶片架插在载物平台上的四颗螺柱上,这样便使所研究的晶面(100)法线正对小平台上的 0°线。

（1）用（100）面的衍射验证布拉格公式

将仪器按图 4-30-8（a）摆放，（100）面与 90°线平行，测量立方晶体（100）面衍射强度。0°－180°连线是（100）面的法线，测量过程中转动晶体 C 和接收臂时保证入射波与反射波遵循反射定律，即入射角等于反射角，两臂始终以 0°－180°连线为对称轴。掠射角 θ 测量范围分两段：20°～27°和 47°～58°。掠射角每改变 1°测一个强度值 I，记入数据表 4-30-6 中并找出第 1、2 极衍射极大值对应的 θ_1 和 θ_2。用钢卷尺（或钢直尺）测出晶格常数 a_0，根据式（4-30-6）计算理论值 θ_1' 和 θ_2'，算出百分误差。

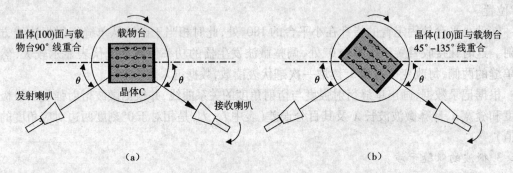

晶体（100）面与载
物台 90°线重合

载物台

晶体 C

发射喇叭 θ θ 接收喇叭

晶体（110）面与载物台
45°－135°线重合

θ θ

（a） （b）

图 4-30-8 测（100）面与（110）面的布拉格衍射装置图

（a）测（100）面衍射 （b）测（110）面衍射

注意：此仪器发射臂不能转动，只能通过转动载物台转动晶体，再通过转动接收臂调整接收角度。实验中要保证发射与接收线满足反射定律，即入射角等于反射角，所以相对于固定的发射臂来说，晶体每转动 1°，接收臂就要从原位置同向转动 2°，相当于晶体不动，发射臂与接收臂相对于晶体各转动了 1°。

（2）用（110）面的衍射测量立方晶体的晶格常数

在图 4-30-8（a）中，将晶体旋转 45°，如图 4-30-8（b）所示，110 面（即正方形点阵的对角线，注意不是晶体外壳的对角线）与一条 45°－135°线重合，而另一条 45°－135°线即为（110）面的法线。测量（110）面的衍射强度，范围从 26°～40°，每隔 1°测一个强度值，记录在表 4-30-7 中。

找到（110）面的 1 级衍射极大值对应的掠射角 θ。用布拉格公式计算晶面间距和晶格常数 a 并与实际测量值对比，计算百分误差。

【数据记录与处理】

微波波长理论值：$\lambda = c/f$ _____ cm

表 4-30-1 微波的反射

入射角 /（°）	30	32	34	36	38	40	…	64
反射角 /（°）								

表 4-30-2 微波的单缝衍射

$\theta/$（°）	0	3	6	9	12	15	…
$I_{左}/mV$							
$I_{右}/mV$							

表 4-30-3　微波的双缝干涉

α /(°)		0	2	4	6	8	10	12	14	16	⋯	80
强度 I /mV	左侧											
	右侧											

表 4-30-4　微波的偏振

α /(°)	0	10	20	30	40	50	60	70	80	90
理论值 /mV										
实验值 /mV										

表 4-30-5　微波的迈克尔逊干涉　　　　　　　单位:cm

	L_1	L_2	L_3	$\lambda_i = |L_3 - L_1|$
第 1 次				
第 2 次				
第 3 次				
第 4 次				
第 5 次				
第 6 次				
$\bar{\lambda}$	—	—	—	
相对误差	—	—	—	

表 4-30-6　(100)面的布拉格衍射　　　　　　晶格常数 $a_0 =$ ＿＿＿＿ cm

掠射角 θ/(°)	20	21	22	23	24	25	26	27	47	48	49	50	51	52	53	54	55	56	57	58
强度 I /mV																				

在坐标纸上画出 I—θ_1 曲线,标出第 1、2 级衍射极大值对应的掠射角 θ_1 和 θ_2,并与理论值比较。

实验结果:$\theta_1 =$ ＿＿＿＿＿＿＿　　　　　　$\theta_2 =$ ＿＿＿＿＿＿＿

理论值:$\theta_1 = \arcsin \dfrac{\lambda}{2d_{100}} =$ ＿＿＿＿＿　　　$\theta_2 = \arcsin \dfrac{\lambda}{d_{100}} =$ ＿＿＿＿＿

式中,$\bar{\lambda}$ 取步骤 5 的实验结果。

百分误差:$E(\theta_1) = \dfrac{|\theta_1 - \theta_1'|}{\theta_1'} =$ ＿＿＿＿＿　　$E(\theta_2) = \dfrac{|\theta - \theta_2'|}{\theta_2'} \times 100\% =$ ＿＿＿＿＿

表 4-30-7　(110)面的布拉格衍射

掠射角/(°)	26	27	28	29	30	31	32	33	34	35	36	37	38	39	40
强度 I /mV															

（110）面 1 级衍射极大值对应的掠射角 θ：

计算晶格常数：$a = \sqrt{2}d_{110} = \dfrac{\bar{\lambda}}{\sqrt{2}\sin\theta} = $ _____

$$a = \sqrt{2}d_{110} = \dfrac{\bar{\lambda}}{\sqrt{2}\sin\theta} = $$ _____

百分误差：$E(a) = \dfrac{a - a_0}{a_0} \times 100\% = $ _____

【注意事项】

①电源连接无误后，打开电源使微波源预热 10 min 左右。

②实验前，先要使两天线喇叭口正对，可从接收显示屏计数判断（显示值最大）。

③微波实验互相干扰较强，实验过程中不要走动，不要挪动仪器方向和位置。

④仪器机械部分尤其是锁紧各柱的螺钉较易损坏，旋转时不可用力过大。

⑤为减少接收部分电池消耗，在不需要观测数据时，要把数显毫伏表开关关闭。

⑥本实验可完成内容较多，应视具体学时和条件选做部分内容。三学时一般建议选做第 4 和第 6 步内容。

【研究与讨论】

①各实验内容误差的主要来源是什么？

②金属是一种良好的微波反射器，其他物质的反射特性如何？是否有部分能量透过这些物质或者被物质吸收？比较导体与非导体的反射特性。

③在实验中使发射器和接收器与角度计中心之间的距离相等有什么好处？

④假如预先不知道晶体中晶面的方向，是否会增加实验的复杂性？又该如何定位这些晶面？

实验 31　密立根油滴实验

美国物理学家密立根(R. A. Millikan)在 1909 年到 1917 年通过实验测量微小油滴上所带电荷的电量,证明了任何带电物体所带的电量 q 为基本电荷 e 的整数倍,明确了电荷的不连续性,并精确地测定出 e 的数值。由于密立根油滴实验设计巧妙、原理清楚、设备简单、结果准确,所以它是历史上一个著名而有启发性的物理实验。1923 年密立根因此荣获诺贝尔物理学奖。本实验利用密立根油滴实验仪验证电荷的不连续性,并求出电子所带的电量。

【实验目的】

① 验证电荷的不连续性。

② 测定电子的电荷量。

③ 了解 CCD 图像传感器的原理与应用,学习电视显微测量方法。

【实验仪器与材料】

电视显微密立根油滴仪、喷雾器、钟油。

【预习提纲】

① 通过分析油滴在极板间的受力情况,理解平衡法测量油滴电量公式的推导过程。

② 明白整个实验的大致过程。

【实验原理】

一个质量为 m、带电量为 q 的油滴处在两块平行极板之间,在平行极板未加电压时,油滴受重力作用而加速下降。由于空气阻力的作用,下降一段距离后,油滴将作匀速运动,速度为 v_g。这时重力与阻力平衡(空气浮力忽略不计),如图 4-31-1 所示。根据斯托克斯定律,黏滞阻力为

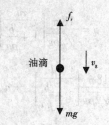

$$f_r = 6\pi a \eta v_g$$

图 4-31-1　油滴受力图

式中,η 是空气的黏滞系数;a 是油滴的半径。这时有

$$6\pi a \eta v_g = mg \tag{4-31-1}$$

当在平行极板上加电压 U 时,油滴正处在场强为 E 的静电场中。设电场力 qE 与重力相反,如图 4-31-2 所示。电场力使油滴加速上升,由于空气阻力作用,上升一段距离后,油滴所受的空气阻力、重力与电场力达到平衡(空气浮力忽略不计),油滴将匀速上升,此时速度为 v_e。则有:

$$6\pi a \eta v_e = Eq - mg \tag{4-31-2}$$

又因为 $E = U/d$ $\tag{4-31-3}$

由式(4-31-1)、式(4-31-2)、式(4-31-3)可解出

$$q = mg \frac{d}{U} \left(\frac{v_g + v_e}{v_g} \right) \tag{4-31-4}$$

为测定油滴所带电荷 q,除应测出 U、d 和速度 v_g、v_e 外,还需知油滴质量 m。

由于空气的悬浮和表面张力作用,可将油滴看作圆球,其质量为

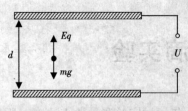

图 4-31-2　极板间油滴受力图

$$m = \frac{4}{3}\pi a^3 \rho \tag{4-31-5}$$

式中,ρ 是油滴的密度。由式(4-31-1)和式(4-31-5)得油滴的半径

$$a = \left(\frac{9\eta v_g}{2\rho g}\right)^{\frac{1}{2}} \tag{4-31-6}$$

考虑到油滴非常小,空气已不能看成连续媒质,空气的黏滞系数 η 应修正为

$$\eta = \frac{\eta}{1 + \dfrac{b}{pa}} \tag{4-31-7}$$

式中,b 为修正常数;p 为空气压强;a 为未经修正过的油滴半径。由于它在修正项中,不必计算得很精确,由式(4-31-6)计算就够了。

实验时取油滴匀速下降和匀速上升的距离相等,都为 l,测出油滴匀速下降的时间 t_g,匀速上升的时间 t_e,则

$$\begin{cases} v_g = \dfrac{l}{t_g} \\ v_e = \dfrac{l}{t_e} \end{cases} \tag{4-31-8}$$

将式(4-31-5)、式(4-31-6)、式(4-31-7)、式(4-31-8)代入式(4-31-4),可得

$$q = \frac{18\pi}{\sqrt{2\rho g}}\left[\frac{\eta l}{1 + \dfrac{b}{pa}}\right]^{\frac{3}{2}} \cdot \frac{d}{U}\left(\frac{1}{t_e} + \frac{1}{t_g}\right)\left(\frac{1}{t_g}\right)^{\frac{1}{2}}$$

令 $K = \dfrac{18\pi}{\sqrt{2\rho g}}\left[\dfrac{\eta l}{1 + \dfrac{b}{pa}}\right]^{\frac{3}{2}} \cdot d$,得

$$q = K \cdot \left(\frac{1}{t_e} + \frac{1}{t_g}\right)\left(\frac{1}{t_g}\right)^{\frac{1}{2}} \cdot \frac{1}{U} \tag{4-31-9}$$

此式便是动态(非平衡)法测油滴电荷的公式。

下面导出静态(平衡)法测油滴电荷的公式。调节平行极板间的电压,使油滴不动,$v_e = 0$,即 $t_e \to \infty$,由式(4-31-9)可求得:

$$q = K\left(\frac{1}{t_g}\right)^{\frac{3}{2}} \cdot \frac{1}{U}$$

或者

$$q = \frac{18\pi}{\sqrt{2\rho g}}\left[\frac{\eta l}{t\left(1 + \dfrac{b}{pa}\right)}\right]^{\frac{3}{2}} \cdot \frac{d}{U} \tag{4-31-10}$$

上式即为静态法测油滴时计算油滴电荷的公式。

由式(4-31-6),式(4-31-8)可求得

$$a = \sqrt{\frac{9\eta l}{2pg t}} \tag{4-31-11}$$

　　为了求电子电荷 e，对实验测得的各个电荷 q_1 求最大公约数，就是基本电荷 e 的值，也就是电子的电荷 e。也可以测量同一油滴所带电荷的改变量 Δq_1（可以用紫外线或放射源照射油滴，使它所带电荷改变），这时 Δq_1 应近似为某一最小单位的整数倍，此最小单位即为基本电荷 e。

【实验仪器介绍】

　　电视显微油滴仪由油滴仪和 CCD 成像系统组成。它改变了从显微镜中观察油滴的传统方式，而用 CCD 摄像机成像，将油滴在监视器屏幕上显示。此设备可使视野宽广、观测省力、免除眼睛疲劳。这是油滴仪的重大改进。

　　油滴仪主要由油雾室、油滴盒、CCD 电视显微镜、电路箱、监视器等组成。油雾室用有机玻璃制成，其上有喷雾口和油雾孔，该孔可以拉动铝片开关闭合或打开。

　　油滴盒如图 4-31-3 所示。中间是两个圆形平行极板，间距为 d，放在有机玻璃防风罩中。上电极板中心有一个直径 0.4 mm 的小孔，油滴经油雾孔落入小孔，进入上下电极板之间，由照明灯照明。防风罩前装有测量显微镜。目镜中有分划板。分划板刻度为：垂直线视场 2 mm，分 8 格，每格值 0.25 mm。

　　照明灯安装在照明座中间位置。照明灯采用了带聚光红外发光二极管。

　　CCD 是电荷耦合器件的英文缩写（即 Charge Coupled Device），它是固体图像传感器的核心器件。由它制成的摄像机，可把光学图像变为视频电信号，由视频电缆接到监视器上显示；或接录像机、计算机进行处理。本实验使用灵敏度和分辨率甚高的黑白 CCD 摄像机，用高分辨率（800 电视线）的黑白监视器，将显微镜观察到的油滴运动图像，清晰逼真地显示在屏幕上，以便观察和测量。

　　箱体底座装有三只调平手轮，面板结构见图 4-31-4。在面板上有两只控制平行极板电压的三挡开关，K_1 控制上下板极电

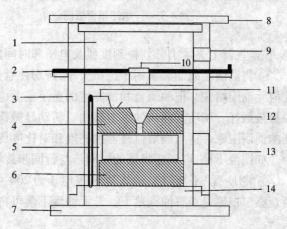

1. 油雾室　2. 油雾孔开关　3. 防风罩　4. 上电极　5. 油滴盒
6. 下电极　7. 底架　8. 上盖板　9. 喷雾口　10. 油雾孔
11. 上电极压簧　12. 落油孔　13. 摄像孔　14. 油滴盒基座

图 4-31-3　油滴盒结构图

压的极性，K_2 控制极板上电压的大小。当 K_2 处于中间位置，即"平衡"挡时，可用电位器调节平衡电压的大小。拨向"提升"挡时，自动在平衡电压的基础上增加 200～300 V 的提升电压，拨向"0 V"挡时，极板上电压为 0 V。

　　为了提高测量精度，油滴仪将 K_2 的"平衡"、"0 V"挡与计时器的"计时/停"联动。在 K_2 由"平衡"拨向"0 V"，油滴开始匀速下落的同时开始计时。当油滴下落到预定距离 l 时，迅速将 K_2 由"0 V"挡拨向"平衡"挡，油滴停止下落的同时停止计时。这样，在屏幕上显示的是油滴运动 l 距离时对应的时间，这样可提高测试精度。

　　由于空气阻力的存在，油滴是先经一段变速运动，然后进入匀速运动的。但变速运动的时间非常短，小于 0.01 s，与计时器精度相当。所以可以看作当油滴自静止开始运动时，油滴是立即作为匀速运动的，运动的油滴突然加上原平衡电压时，将立即静止下来。

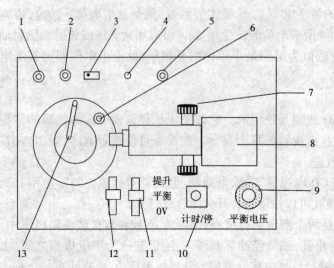

1. 视频电缆　2. 保险丝　3. 电源开关　4. 指示灯　5. 电源线　6. 水准仪
7. 聚焦手轮　8. 显微镜　9. 电压　10. K3　11. K2　12. K1　13. 上电极压簧

图 4-31-4　电路箱面板图

油滴仪的计时器采用"计时/停"方式,即按一下开关,清 0 的同时立即开始计时,再按一下,停止计数,并保存数据。计时器的最小显示为 0.01 s。

【实验内容与步骤】

①将面板上最右边带有 Q9 插头的电缆线接至监视器后背下部的插座上,注意要插紧,保证接触良好。监视器阻抗选择开关拨在 75 Ω 处。

②将仪器放平稳,调整仪器底座上的三只调平手轮,使水准泡指示水平(气泡调至居中),这时油滴盒处于水平状态。

③打开监视器和油滴仪的电源,在监视器上显示出分划板刻度线及电压和时间值。

④将油滴盒或油雾室用布擦拭干净,特别注意油滴盒上电极板中央的小孔保持畅通,油雾孔应无油膜堵住。把油滴盒和油雾室的盖子盖上,油雾孔开启,检查上电极板压簧是否和上电极板接触好。用喷雾器向油雾室喷油。转动显微镜的调焦手轮,使显微镜聚焦,屏幕上出现清晰的油滴图像。适当调节监视器的亮度和对比度旋钮,使油滴图像最清晰,且与背景的反差适中。如图像不稳,可调监视器的帧同步与行同步旋钮。

⑤将 K_2 置"平衡"挡,调节 W 板极电压为 200～300 V。对准喷雾口向油雾室喷射油雾,注意观察监视器是否有油滴落下。若无油滴下落可再喷一次。如发现油滴下落应关上油雾孔开关。

⑥选择一滴合适的油滴十分重要。大而亮的油滴必然质量大而匀速下降的时间则很短,增大了时间测量的相对误差;反之,很小的油滴因质量小,布朗运动较为明显,同样造成很大的测量误差。通常选择平衡电压在 200～300 V,匀速下落 1.5 mm(每格 0.25 mm)的时间在 8～25 s,目视油滴的直径在 0.5～1 mm 较适宜。

⑦调节油滴平衡需要足够的耐心。用 K_2 将油滴移至刻度线上,仔细反复地调节平衡电压,经过一段时间观察油滴确实不再移动,这时油滴处于平衡状态。练习测准油滴上升或下降某段距离所需的时间。如发现油滴散焦,可微动调焦手轮,使之重新聚焦,跟踪油滴。

⑧正式测量时可选用平衡测量法或动态测量法。如采用平衡法测量,可将已调平衡的油滴用 K_2 控制移到"起落"线上,让计时器复零,然后将 K_2 拨向"0 V"。油滴开始匀速下落的同时,计时器开始计时。到"终点"时迅速将 K_2 拨向"平衡",油滴的运动立即停止,计时器也停止计时。动态法是分别测出加电压时油滴上升的速度和不加电压时下落的速度,代入相应公式,求出 e 值。油滴运动距离一般取 1～1.5 mm。对某颗油滴重复测量 3 次,选择 5～10 个油滴,求得电子电荷的平均值 e。注意每次测量时都要检查和调整平衡电压,以减少因偶然误差和油滴挥发而导致平衡电压发生变化。

【数据记录与处理】

利用式(4-31-10)计算油滴电荷,式中 a 的取值利用式(4-31-11),各常量取以下数值:

钟油密度 $\rho = 981 \text{ kg} \cdot \text{m}^{-3}(20\text{ ℃})$;

重力加速度 $g = 9.80 \text{ m} \cdot \text{s}^{-2}$(天津地区);

20 ℃时空气黏滞系数 $\eta = 1.83 \times 10^{-5} \text{ kg} \cdot \text{m}^{-1} \cdot \text{s}^{-1}$;

修正常数 $b = 8.19 \times 10^{-3} \text{ mPa}$

标准大气压强 $P = 1.01 \times 10^5 \text{ Pa}$;

平行极板间距 $d = 6.00 \times 10^{-3} \text{ m}$。

实际大气压可由气压表读出。

计算出各油滴的电荷后,求它们的最大公约数,即为基本电荷 e 值。若求最大公约数有困难,可用作图法求 e 值。设实验得到 m 个油滴的带电量分别为 q_1、q_2……q_n,由于电荷的量子化特性,应有 $q_i = n_i e$,此为一直线方程,n 为自变量,q 为因变量,e 为斜率。因此 m 个油滴对应的数据在 q—n 坐标系中将在同一条过原点的直线上。若找到满足这一关系的直线,就可用斜率求得 e 值。将 e 的实验值与公认值比较,求相对误差(公认值 $e = 1.60 \times 10^{-19}$ C)。

实验室已编制求电子电荷 e 值的计算机程序,同学们可以在计算机上利用此程序,输入原始数据,即可算出 e 值及其相对误差。

选做项目是用动态测量法测电子电荷 e 值。

【注意事项】

①使用喷雾器向油雾室喷油时,不要连续喷多次,一般喷一下即可,以防堵塞极板上的小孔。

②正确控制选中的油滴,不要跑出显示器的屏幕。要求每个油滴测量 6～10 次。

③实验完毕,记录室温和空气的黏滞系数,数据处理时要用到。

【研究与讨论】

①对实验结果造成影响的主要因素有哪些?

②如何判断油滴盒内两平行极板是否水平? 不水平对实验有何影响?

③用 CCD 成像系统观测油滴比直接从显微镜中观测有何优点?

实验 32　光电效应实验

光电效应是指一定频率的光照射在金属表面时会有电子从金属表面逸出的现象。光电效应的实验规律与经典的电磁理论是矛盾的。爱因斯坦以他惊人的洞察力，最先认识到量子假说的伟大意义并予以发展。1905 年，爱因斯坦第一次提出了光子假设，并由光子假设得出了著名的光电效应方程，圆满解释了光电效应的实验结果。

光量子理论创立后，在固体比热、辐射理论、原子光谱等方面都获得成功，人们逐步认识到光具有波动和粒子二象属性。后来科学家发现波粒二象性是一切微观物体的固有属性，并发展了量子力学来描述和解释微观物体的运动规律，使人们对客观世界的认识前进了一大步。光电效应实验对于认识光的本质及早期量子理论的发展具有里程碑式的意义。

【实验目的】

①研究光电管的电流与其极间电压的关系。

②研究光电管的饱和光电流与光强之间的关系。

③验证爱因斯坦光电效应方程，并由此求出普朗克常数。

【实验仪器】

光电效应测试仪（包括暗匣、光电管、汞灯、滤色片、光阑）。

【实验原理】

1. 光电效应和爱因斯坦方程

光电效应中逸出的电子称为**光电子**。光电效应是光的经典电磁理论所不能解释的。按经典理论，电磁波的能量是连续的，电子接受光的能量获得动能，应该是光越强，能量越大，电子的初速度越大，但实验结果是电子的初速度与光强无关。按经典理论，只要有足够的光强和照射时间，电子就应该获得足够的能量逸出金属表面，与光波频率无关，但实验事实是对于一定的金属，当光波频率高于某一值时，金属一经照射，立即有光电子产生；当光波频率低于该值时，无论光强多强，照射时间多长，都不会有光电子产生。

1905 年爱因斯坦按普朗克的量子假设，提出了光子的概念。他认为光是一种微粒——光子，光子的多少由光的强弱决定，频率为 ν 的一个光子具有的能量 $\varepsilon = h\nu$，h 为普朗克常数。普朗克常数 h 是 1900 年普朗克为了解决黑体辐射能量分布时提出的"能量子"假设中的一个普适常数，是基本作用量子，也是粗略地判断一个物理体系是否需要用量子力学描述的依据。根据光子理论，当金属中的电子吸收一个频率为 ν 的光子时，便获得这个光子的全部能量 $h\nu$，如果此能量大于电子摆脱金属表面的约束所需要的逸出功 A，电子就从金属中逸出，成为光电子。根据能量守恒定律有：

$$h\nu = \frac{1}{2}mv_0^2 + A \tag{4-32-1}$$

此即**爱因斯坦方程**，其中 $\frac{1}{2}mv_0^2$ 是光电子逸出金属表面所具有的**最大初动能**。

由该式可见，入射到金属表面的光频率越高，逸出的光电子初动能越大，所以即使光电管两端不加电压或阳极电位比阴极电位低时也会有光电子运动到阳极形成光电流,直至两极电压低于 U_a,光电流才为零。此时有如下关系:

$$eU_a = \frac{1}{2}mv_0^2 \tag{4-32-2}$$

式中,U_a 称为**遏止电压**(也称**截止电压**),遏止电压与入射光的强度无关。光电管结构和实验原理图见图 4-32-1,U_a 和光电流的关系见图 4-32-2。

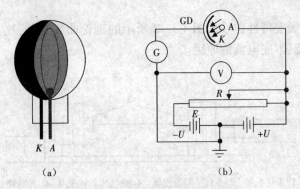

图 4-32-1　光电效应实验原理图
(a)光电管结构　(b)实验原理

2. 截止频率

根据爱因斯坦方程,当光子能量 $h\nu$ 小于 A 时,电子不能逸出金属表面,因而没有光电效应产生。能产生光电效应的入射光最低频率 $\nu_0 = A/h$,称为**光电效应的截止频率**(又称红限)。

3. 光电管的伏安特性和光照特性

在入射光的强度与频率不变的条件下,单位时间内光电管阴极逸出的光电子个数一定,此时增加光电管两极间电压 U,光电流 I 随之增加。当两极间电压增加到一定值时,逸出的光电子全被拉到阳极,再增加两极间电压 U,光电流 I 不再增加,光电流达到饱和值 I_S,与其对应的电压为饱和电压 U_S,为产生饱和光电流时的极间最小电压,见图 4-32-2。光强越大,饱和电压越高,饱和光电流也越大,即饱和光电流与光强成正比,此即光电管的光照特性。改变光强 P(光强 P 与光源到光电管的距离 r 的平方成反比,即 $P \propto \dfrac{1}{r^2}$),I_S 随 P 线性增加,如图 4-32-3 所示。

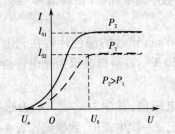

图 4-32-2　光电管的伏安特性曲线

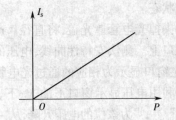

图 4-32-3　光电管的光照特性曲线

4. 测普朗克常数

将式(4-32-2)代入式(4-32-1)可得:

$$eU_a = h\nu - A$$

$$U_a = \frac{h}{e}(\nu - \nu_0) \tag{4-32-3}$$

此式表明截止电压 U_a 是频率 ν 的线性函数,直线斜率 $k = h/e$。若改变入射光的频率 ν,可测得对应的截止电压 U_a,由此可作出截止电压 U_a 与入射光频率 ν 的关系曲线。如果得到的是直线,便验证了爱因斯坦方程,而由直线斜率 k 可求得普朗克常数 $h = ke$,其中 e 为电子电量。

实际上光电管的伏安特性曲线比图 4-32-2 所示的理论曲线复杂,这是因为光电流中附加了暗电流、阳极光电流、本底电流的原因。

【实验步骤】

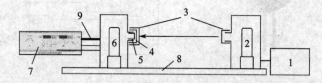

1.汞灯电源 2.汞灯 3.遮光罩 4.滤色片 5.光阑 6.光电管
7.实验仪 8.导轨 9.电缆

图 4-32-4　实验仪器接线图

1. 测试前准备(实验仪器连接如图 4-32-4 所示)

①用专用连接线将光电管暗箱电压输入端与实验仪电压输出端(后面板上)连接起来(红—红,黑—黑),用专用连接电缆连接光电管电流输出至实验仪。

②将光电管暗箱遮光盖盖上,打开实验仪及汞灯电源,预热 15 分钟。预热后避免触摸汞灯罩,以免烫伤。

③调整光电管与汞灯距离为约 40 cm 并保持不变。

2. 测光电管的伏安特性曲线(I—U 关系曲线)

①实验仪面板图如图 4-32-5。将"伏安特性测试/截止电压测试"状态选为"伏安特性测试";"手动/自动"模式放"手动";"电流量程"开关拨至" $\times 10^{-10}$ A"挡;先调零,再测量。

②实验仪在开机或改变电流量程后,都会自动进入调零状态。调零时应先将光电管暗箱电流输出端 K 与实验仪微电流输入端(后面板上)连接电缆断开,旋转"调零"旋钮使实验仪左窗口电流显示为零。调好后,将电流输入电缆连接起来,按"调零确认/系统清零"键,系统进入测试状态。

③去掉光电管遮光盖,将直径 4 mm 的光阑及 $\lambda = 436$ nm 谱线的滤色片装在光电管暗箱光输入口上。测伏安特性曲线,电压的最大范围为 $-1 \sim 50$ V。右窗口显示为光电管两端电压值 U,左窗口显示为相应的通过光电管的电流值 I。

④利用电压显示窗口下的上、下、左、右四个键调节电压值,其中"←"、"→"为选择调节位,"↑"、"↓"为该位的电压升降,从 $-1 \sim 50$ V 每隔 2 V 记录一次电流值,数据记入表 4-32-1。

3. 用两种方法测量光电管的光照特性曲线(I_S—P 关系曲线)

①遮光光阑不变,改变光电管到光源的距离,测量 I_S—P 关系曲线。设置右窗口电压为 50 V,改变光电管到光源的距离分别为 400 mm、380 mm、360 mm、340 mm、320 mm 和 300 mm,

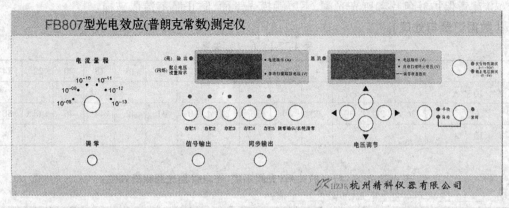

图 4-32-5　实验仪器面板图

分别记录各距离时的光电管饱和电流值,记入表 4-32-2。

②保持光电管到光源距离不变,改变遮光光阑孔径,测量 I_S—P 关系曲线。设置右窗口电压为 50 V,改变遮光光阑孔径 ϕ 分别为 2 mm、4 mm、8 mm,分别记录各光阑时的光电管饱和电流值,记入表 4-32-3。

4.测普朗克常数(U_a 与 ν 的关系)

(1)手动法测量

①将"伏安特性测试/截止电压测试"状态选为"截止电压测试";"手动/自动"模式选"手动";"电流量程"开关拨至"×10^{-13}A"挡;先进行电流调零。

②装好 $\lambda = 265$ nm 的滤色片,按"调零确认/系统清零"键,则右窗口显示最低电压值 -1.998 V,左窗口显示相应的电流值,按电压调节键,使电压从 -1.998 V 变化到 0 V,每步 0.01 V,直到左窗口电流为零,将此时的遏止电压值 U_a 记入表 4-32-4 中。

③分别换上其他的 4 种滤色片重复步骤②。

(2)自动法测量

① 将"伏安特性测试/截止电压测试"状态选为"截止电压测试","手动/自动"模式选"自动"。

② 设置自动扫描电压的起始和终了值,此时左窗口显示电压起始值,右窗口显示电压终了值,仍然使用"←"、"→"、"↑"、"↓"键调节电压,方法同上。各种滤色片所选电压区间如下:365 nm 用 $-1.90 \sim -1.50$ V;405 nm 用 $-1.60 \sim -1.20$ V;436 nm 用 $-1.35 \sim -0.95$ V;546 nm 用 $-0.80 \sim -0.40$ V;577 nm 用 $-0.65 \sim -0.25$ V。

③设置完自动扫描电压区间,按任一空的"存储"键即可开始自动扫描测量,此时右窗口电压自动变化,左窗口则显示相应的电流值,记下电流为零时的电压值 U_a。

④自动扫描测量完成后,系统的"查询"灯亮,按"查询"键,可以把刚才的测量过程显示一遍,在右窗口输入电压,左窗口则显示相应的电流值,再次校准刚才记下的 U_a 值,结果记于表 4-32-4。

⑤分别换上其他的 4 种滤色片重复步骤②至④。

【注意事项】

①不用时及时盖上光电管的遮光罩,更换、安装光阑时必须将汞灯出光口盖上,以避免强光直接进入暗盒和长时间照射,损坏光电管。

② 注意保护滤色片和遮光光阑,不要触摸光学面,防止坠落造成破损。

【数据记录与处理】

表 4-32-1 I—U_{AK} 关系

U_{AK}/V	-1	0	2	4	6	8	10	12	14	16	18	20	22	24
$I/ \times 10^{-10}$ A														
U_{AK}/V	26	28	30	32	34	36	38	40	41	42	44	46	48	50
$I/ \times 10^{-10}$ A														

表 4-32-2 I_S 与 P 的关系(光阑不变,光电管到光源距离改变)

$U_{AK} = $ _____ V,$\lambda = $ _____ nm,$\phi = $ _____ mm

距离 r/mm	400	380	360	340	320	300
$I/ \times 10^{-10}$ A						
$P \propto \dfrac{1}{r^2}$						

表 4-32-3 I_S 与 P 的关系(光电管到光源距离不变,遮光光阑孔径改变)

$U_{AK} = $ _____ V,$\lambda = $ _____ nm,$r = $ _____ mm

光阑孔 ϕ/mm	2	4	8
$I/ \times 10^{-10}$ A			

表 4-32-4 U_a 与 ν 的关系

波长 λ/nm		365	405	436	546	577
频率 $\nu_i/ \times 10^{14}$ Hz		8.214	7.408	6.879	5.490	5.196
截止电压 U_a/V	手动					
	自动					

① 根据表 4-32-1 的数据画出光电管的伏安特性曲线 I—U_{AK},在图上标出饱和光电流和遏止电压的位置和数值。

② 根据表 4-32-2 的数据画出光电管的光照特性曲线 I_S—P。

③ 根据表 4-32-4 的数据(自动、手动任选一组)画出光电管的 U_a—ν 关系曲线,求出直线的斜率 k,进而由 k,求得普朗克常数 $h = ke$,其中 e 为电子电量。

④ 要求每个图都要坐标规范,写清曲线名称,标出关键物理量及其数值。

【研究与讨论】

① 请说明截止电压是否随光强而改变?

② 测量光电管的光照特性 I_S 与 P 的关系时,光电管两端电压能否不取 50 V,而取一较小电压值?为什么?

实验 33　夫兰克—赫兹实验

　　1013 年,丹麦物理学家玻尔(Niels Bohr, 1885—1962)提出了一个氢原子模型,并指出原子存在能级。该模型在预言氢原子光谱的观察中取得了成功。根据玻尔的原子理论,原子光谱中的每条谱线表示原子从某一个较高能态向另一个较低能态跃迁时的辐射。

　　1914 年,德国物理学家夫兰克(James Franck, 1882—1964)和赫兹(Gustav Hertz, 1887—1975)对用来测量电离电位的实验装置作了改进,他们同样采取慢电子(几个到几十个电子伏特)与单元素气体原子碰撞的办法,但着重观察碰撞后电子发生什么变化(勒纳则观察碰撞后离子流的情况)。通过实验测量,电子和原子碰撞时会交换某一定值的能量,且可以使原子从低能级激发到高能级。直接证明了原子发生跃变时吸收和发射的能量是分立的、不连续的,证明了原子能级的存在,从而证明了玻尔理论的正确,并由此获得了 1925 年诺贝尔物理学奖。

　　夫兰克—赫兹实验至今仍是探索原子结构的重要手段之一,实验中用的"拒斥电压"筛去小能量电子的方法,已成为广泛应用的实验技术。

【实验目的】

通过测定氩原子等元素的第一激发电位(即中肯电位),证明原子能级的存在。

【实验仪器】

夫兰克—赫兹实验仪、数字存储示波器。

【实验原理】

1. 关于激发电位

　　玻尔提出的原子理论指出:原子只能较长地停留在一些稳定状态(简称为**定态**)。原子在这些状态时,不发射或吸收能量,各定态有一定的能量,其数值是彼此分立的。原子的能量不论通过什么方式发生改变,它只能从一个定态跃迁到另一个定态。原子从一个定态跃迁到另一个定态而发射或吸收辐射时,辐射频率是一定的。如果用 E_m 和 E_n 分别表示有关两定态能量的话,辐射的频率 ν 决定于如下关系:

$$h\nu = E_m - E_n \tag{4-33-1}$$

式中,普朗克常数 $h = 6.63 \times 10^{-34}$ J·s。

　　为了使原子从低能级向高能级跃迁,可以通过具有一定能量的电子与原子相碰撞进行能量交换的办法实现。

　　设初速度为零的电子在电位差为 U_0 的加速电场作用下,获得能量 eU_0。当具有这种能量的电子与稀薄气体的原子发生碰撞时,就会发生能量交换。如以 E_1 代表氩原子的基态能量、E_2 代表氩原子的第一激发态能量,那么当氩原子吸收从电子传递来的能量恰好为

$$eU_0 = E_2 - E_1 \tag{4-33-2}$$

时,氩原子就会从基态跃迁到第一激发态,而且相应的电位差称为氩的**第一激发电位**(或称氩的中肯电位)。测定出这个电位差 U_0,就可以根据式(4-33-2)求出氩原子的基态和第一激发态之间的能量差。其他元素气体原子的第一激发电位亦可依此法求得。夫兰克—赫兹实验的原理如图 4-33-1 所示。在充氩的夫兰克—赫兹管中,电子由热阴极发出,阴极 K 和第一栅极

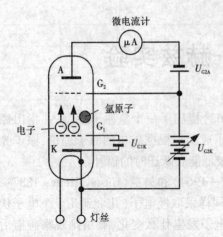

图 4-33-1　夫兰克—赫兹实验原理图

G_1之间的加速电压主要用于消除阴极电子散射的影响,阴极 K 和栅极 G_2 之间的加速电压 U_{G2K} 使电子加速。在板极 A 和第二栅极 G_2 之间加有反向拒斥电压 U_{G2A}。当电子通过 K-G_2 空间进入 G_2-A 空间时,如果有较大的能量($\geqslant eU_{G2A}$),就能冲过反向拒斥电场到达板极,形成板极电流,为微电流计表检出。如果电子在 K-G_2 空间与氩原子碰撞,把自己一部分能量传给氩原子而使后者激发的话,电子本身所剩余的能量就很小,以致通过第二栅极后已不足以克服拒斥电场而被折回到第二栅极。这时,通过微电流计的电流将显著减小。

当 K-G_2 空间电压逐渐增加时,电子在 K-G_2 空间被加速而取得越来越大的能量。但起始阶段,由于电压较低,电子的能量较少,即使在运动过程中它与原子相碰撞也只有微小的能量交换(为弹性碰撞)。穿过第二栅极的电子所形成的板极电流 I_A 将随第二栅极电压 U_{G2K} 的增加而增大。当 K-G_2 间的电压达到氩原子的第一激发电位 U_0 时,电子在第二栅极附近与氩原子相碰撞,将自己从加速电场中获得的全部能量交给后者,并且使后者从基态激发到第一激发态。而电子本身由于把全部能量给了氩原子,即使穿过了第二栅极也不能克服反向拒斥电场而被折回第二栅极(被筛选掉)。所以板极电流将显著减小。随着第二栅极电压的不断增加,电子能量也随之增加,在与氩原子相碰撞后还留下足够的能量,可以克服反向拒斥电场而达到板极 K-G_2,这时电流又开始上升。直到 K-G_2 间电压是二倍氩原子的第一激发电位时,电子在 K-G_2 间又会因二次碰撞而失去能量,因而又会造成第二次板极电流的下降。同理,凡 K-G_2 之间电压满足

$$U_{G2K} = nU_0 \qquad (n = 1, 2, 3\cdots) \qquad (4\text{-}33\text{-}3)$$

时,板极电流 I_A 都会相应下降,形成规则起伏变化的 I_A—U_{G2K} 曲线。而各次板极电流 I_A 达到峰值时相对应的加速电压差为 $U_{n+1} - U_n$,即两相邻峰值之间的加速电压差值就是氩原子的第一激发电位值 U_0。

本实验就是要通过实际测量证实原子能级的存在,并测出氩原子的第一激发电位(公认值为 $U_0 = 11.5\ \text{V}$)。

原子处于激发态是不稳定的。在实验中被慢电子轰击到第一激发态的原子要跃迁回基态。进行这种反跃迁时,就应该有 eU_0 电子伏特的能量发射出来。反跃迁时,原子是以放出光量子的形式向外辐射能量。这种光辐射的波长为:

$$eU_0 = h\nu = h\frac{c}{\lambda} \qquad (4\text{-}33\text{-}4)$$

对于氩原子有

$$\lambda = \frac{hc}{eU_0} = \frac{6.63 \times 10^{-34} \times 3.00 \times 10^8}{1.6 \times 10^{-19} \times 11.5}\ \text{m} = 108.1\ \text{nm}$$

如果夫兰克—赫兹管中充以其他元素,则用该方法均可以得到它们的第一激发电位(如表 4-33-1 所示)。

表 4-33-1　　几种元素的第一激发电位

元素	纳(Na)	钾(K)	锂(Li)	镁(Mg)	汞(Hg)	氦(He)	氖(Ne)
U_0/V	2.12	1.63	1.84	3.2	4.9	21.2	18.6
λ/nm	589.8 589.6	766.4 769.9	670.78	475.1	250.0	584.3	640.2

【实验内容】

1. 实验准备

①熟悉实验装置结构和使用方法。

②按照实验要求连接实验线路,检查无误后开机。

③示波器连接与设置如下。

a. 将夫兰克—赫兹实验仪的信号输出端、同步输出端分别接示波器 CH1 和 EXT 端。开启电源,示波器正常工作后,示波器显示屏右边出现[CH1]的五个菜单,设置"耦合"为[交流],"带宽限制"为[关闭],"挡位调节"为[粗调],"探头"为[X1],"反向"为[关闭]。

b. 调节垂直 SCALE 旋钮,使显示屏左下角指示 CH1 通道灵敏度为 $100 \sim 500$ mV/div。

c. 调节水平 SCALE 旋钮,使显示屏右下角指示 Time 约为 200 μs。

d. 待信号输入(测试开始)调节垂直 POSITION 旋钮,使波形居中。

e. 待信号输入(测试开始)后,微调触发电平 LEVEL 旋钮,使波形清晰、稳定。

④开机后,实验仪面板状态显示如下。

a. 实验仪的"1 mA"电流挡位指示灯亮,表明此时电流的量程为 1 mA 挡;电流显示值为 000.0 μA。

b. 实验仪的"灯丝电压"挡位指示灯亮,表明此时修改的电压为灯丝电压;电压显示值为 000.0 μA;最后一位在闪动,表明现在修改位为最后一位。

c. "手动"指示灯亮,表明仪器工作正常。

2. 氩元素第一激发电位的测量

(1)手动测试

①设置仪器为"手动"工作状态,按"手动/自动"键,"手动"指示灯亮。

②设定夫兰克—赫兹管的各工作参数(注意:各电极电压对应关系为: $V_F = U_F$; $V_{G1K} = U_{G1K}$; $V_{G2A} = U_{G2A}$; $V_{G2K} = U_{G2K}$)。

a. 按下电流量程键,对应的量程指示灯点亮(具体参数见机箱)。

b. 设定电压源的电压值,用"▼/▲"、"◀/▶"键完成。需设定的电压源有:灯丝电压 U_F、第一加速电压 U_{G1K}、拒斥电压 U_{G2K}。设定状态参见随机提供的工作条件(具体参数见机箱)。

c. 按下"启动"键,实验开始。用"▼/▲"、"◀/▶"键完成 U_{G2K} 电压值的调节,从 0.0 V 起,按步长 1 V(或 0.5 V)的电压值调节电压源 U_{G2K},仔细观察夫兰克—赫兹管的板极电流值 I_A 的变化(可用示波器观察),读出 I_A 的峰、谷值和对应的 V_{G2K} 值(在峰、谷值附近多取几组值,以便作图)。实验中一般取 I_A 的峰在 $4 \sim 5$ 个为佳。

d. 在手动测试的过程中按下启动按键, U_{G2K} 的电压值将被设置为零,内部存储的测试数据被清除,示波器上显示的波形被清除,但 U_F、U_{G1K}、U_{G2A}、电流挡位等的状态不发生改变。这时,操作者可以在该状态下重新进行测试,或修改状态后再进行测试。

（2）自动测试

智能夫兰克—赫兹实验仪除可手动测试外,还可自动测试。自动测试时,实验仪将自动产生 U_{G2K} 扫描电压,完成整个测试过程。将示波器与实验仪连接,在示波器上可看到夫兰克—赫兹管板极电流随 U_{G2K} 电压变化的波形。

1）自动测试状态设置　　自动测试时 U_F、U_{G1K}、U_{G2A} 及电流挡位等状态设置的操作过程,夫兰克—赫兹管的连线操作过程与手动测试操作过程一样。

2）U_{G2K} 扫描终止电压的设定　　进行自动测试时,实验仪将自动产生 U_{G2K} 扫描电压。实验仪默认 U_{G2K} 扫描电压的初始值为零,U_{G2K} 扫描电压大约每0.4秒递增0.2 V,直到扫描终止电压。要进行自动测试,必须设置电压 U_{G2K} 的扫描终止电压。首先,将"手动/自动"测试键按下,自动测试指示灯亮;按下 U_{G2K} 电压源选择键,U_{G2K} 电压源选择指示灯亮;用"▼/▲"、"◀/▶"键完成 U_{G2K} 电压值的具体设定。U_{G2K} 设定终止值建议以不超过80 V为好。

3）自动测试启动　　将电压源选择选为 U_{G2K},再按面板上的"启动"键,自动测试开始。在自动测试过程中,观察扫描电压 U_{G2K} 与夫兰克—赫兹管板极电流的相关变化情况（可通过示波器观察夫兰克—赫兹管板极电流 I_A 随扫描电压 U_{G2K} 变化的输出波形）。在自动测试过程中,为避免面板按键误操作,导致自动测试失败,面板上除"手动/自动"按键外的所有按键都被屏蔽禁止。

4）自动测试过程正常结束　　当扫描电压 U_{G2K} 的电压值大于设定的测试终止电压值后,实验仪将自动结束本次自动测试过程,进入数据查询工作状态。测试数据保留在实验仪主机的存贮器中,供数据查询过程使用。所以,示波器仍可观测到本次测试数据所形成的波形。直到下次测试开始时才刷新存贮器的内容。

5）自动测试后的数据查询　　自动测试过程正常结束后,实验仪进入数据查询工作状态。这时面板按键除测试电流指示区外,其他都已开启。自动测试指示灯亮,电流量程指示灯指示于本次测试的电流量程选择挡位;各电压源选择按键可选择各电压源的电压值指示,其中 U_F、U_{G1K}、U_{G2A} 三电压只能显示原设定电压值,不能通过按键改变相应的电压值。用"▼/▲"、"◀/▶"键改变电压源 V_{G2K} 的指示值,就可查阅到在本次测试过程中,电压源 U_{G2K} 的扫描电压值为当前显示值时,对应的夫兰克—赫兹管板极电流值 I_A 的大小,读出 I_A 的峰、谷值和对应的 U_{G2K} 值（在 I_A 的峰、谷值附近需多取几点）。

6）中断自动测试过程　　在自动测试过程中,只要按下"手动/自动键",手动测试指示灯亮,实验仪就中断了自动测试过程,回复到开机初始状态。所有按键都被再次开启工作。这时可进行下一次测试准备工作。本次测试的数据依然保留在实验仪主机的存贮器中,直到下次测试开始时才被清除。所以,示波器仍会观测到部分波形。

7）结束查询过程回复初始状态　　当需要结束查询过程时,只要按下"手动/自动"键,手动测试指示灯亮,查询过程结束,面板按键再次全部开启。原设置的电压状态被清除,实验仪存储的测试数据被清除,实验仪回复到初始状态。

【数据记录与处理】

①将详细的实验条件和相应的 I_A—U_{G2K} 的值记入表4-33-2中。

表 4-33-2　I_A —U_{G2K} 实验数据记录表　　　　　　$V_{G2K} = 0 \sim 80 \text{V}$

U_{G2K}/V	1	2	3	…	78	79	80
$I_A/\mu\text{A}$				…			

②在坐标纸上作出自动测量及手动测量的 I_A —U_{G2K} 曲线，分别用逐差法处理数据，求得氩的第一激发电位 U_0 值并计算相对误差。

实验 34　硅光电池特性研究

　　光电池是一种直接把光能转换成电能的半导体器件。根据制备光电池所使用的材料不同,常见的光电池可分为硅、锗、硒、砷化镓、氧化铜、硫化铊、硫化镉等很多种。由于硅光电池具有性能稳定、光谱响应范围宽、转换效率高、线性响应好、使用寿命长、光谱灵敏度和人眼相近等优点,所以它在分析仪器、测量仪器、光电技术、自动控制、计量检测、计算机输入输出、光能利用等很多领域用作探测元件,而研究硅光电池的特性也具有普遍而深远的意义。

【实验目的】

①掌握 pn 结形成原理及其单向导电性等工作机理。

②了解发光二极管的驱动电流和输出光功率的关系。

③掌握硅光电池的工作原理及负载特性。

【实验仪器】

THKGD—1 型硅光电池特性实验仪、函数信号发生器、双踪示波器。

【实验原理】

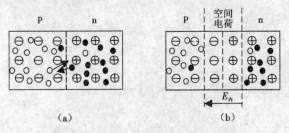

图 4-34-1　pn 结形成示意图

(a)扩散与复合　(b)形成内建电场

1. pn 结的形成及单向导电性

　　采用反型工艺在一块 n 型(p 型)半导体的局部掺入浓度较大的三价(五价)杂质,使其变为 p 型(n 型)半导体。如果采用特殊工艺措施,使一块硅片的一边为 p 型半导体,另一边为 n 型半导体,则在 p 型半导体和 n 型半导体的交界面附近形成 pn 结。pn 结是构成各种半导体器件的基础,许多半导体器件都含有 pn 结。如图 4-34-1 所示,⊖代表得到一个电子的三价杂质(例如硼)离子,带负电;⊕代表失去一个电子的五价杂质(例如磷)离子,带正电。由于 p 区有大量空穴(浓度大),而 n 区的空穴极少(浓度小),因此空穴要从浓度大的 p 区向浓度小的 n 区扩散,并与 n 区的电子复合,在交界面附近的空穴扩散到 n 区,在交界面附近一侧的 p 区留下一些带负电的三价杂质离子,形成负空间电荷区。同样,n 区的自由电子也要向 p 区扩散,并与 p 区的空穴复合,在交界面附近一侧的 n 区留下一些带正电的五价杂质离子,形成正空间电荷区,如图 4-34-1(a)。这些离子是不能移动的,因而在 p 型半导体和 n 型半导体交界面两侧形成一层很薄的空间电荷区,也称为**耗尽层**,这个空间电荷区就是 **pn 结**。

　　正负空间电荷在交界面两侧形成一个电场,称为**内电场** $E_{内}$,其方向从带正电的 n 区指向带负电的 p 区,如图 4-34-1(b)所示。由 p 区向 n 区扩散的空穴在空间电荷区将受到内电场的阻力,而由 n 区向 p 区扩散的自由电子也将受到内电场的阻力,即内电场对多数载流子(p 区的空穴和 n 区的自由电子)的扩散运动起阻挡作用,所以空间电荷区又称为**阻挡层**。

空间电荷区的内电场对多数载流子的扩散运动起阻挡作用,这是一个方面。但另一方面,内电场对少数载流子(p 区的自由电子和 n 区的空穴)则可推动它们越过空间电荷区,进入对方区域。少数载流子在内电场作用下有规则的运动称为**漂移运动**。

扩散和漂移是相互联系的,又是相互矛盾的。在开始形成空间电荷区时,多数载流子的扩散运动占优势,但在扩散运动进行过程中,空间电荷区逐渐加宽,内电场逐步加强。于是在一定条件下(例如温度一定),多数载流子的扩散运动逐渐减弱,而少数载流子的漂移运动则逐渐增强。最后,载流子的扩散运动和漂移运动达到动态平衡,p 区的空穴(多数载流子)向右扩散的数量与 n 区的空穴(少数载流子)向左漂移的数量相等;对自由电子也是这样。达到平衡后,空间电荷区的宽度基本上稳定下来,pn 结就处于相对稳定的状态。

上面讨论的是 pn 结在没有外加电压(即零偏)的情况,这时半导体中的扩散和漂移处于动态平衡。下面讨论在 pn 结上加外部电压的情况。

若在 pn 结上加正向电压,即外电源的正极接 p 区,负极接 n 区,也称为**正向偏置**(简称**正偏**)。此时外加电压在 pn 结中产生的外电场和内电场方向相反,扩散和漂移运动的平衡被破坏。外电场驱使 p 区的空穴进入空间电荷区抵消一部分负空间电荷,同时 n 区的自由电子进入空间电荷区抵消一部分正空间电荷。于是整个空间电荷区变窄,内电场被削弱,多数载流子的扩散运动增强,形成较大的扩散电流(正向电流),pn 结处于导通状态。pn 结导通时呈现的电阻称为**正向电阻**,其数值很小,一般为几欧到几百欧。在一定范围内,外电场愈强,正向电流(由 p 区流向 n 区的电流)愈大,这时 pn 结呈现的电阻很低。正向电流包括空穴电流和电子电流两部分。空穴和电子虽然带有不同极性的电荷,但由于它们的运动方向相反,所以电流方向一致。外电源不断地向半导体提供电荷,使电流得以维持。

若在 pn 结上加反向电压,即外电源的正极接 n 区,负极接 p 区,也称为**反向偏置**(简称**反偏或负偏**)。此时外加电压在 pn 结中产生的外电场和内电场方向一致,也破坏了扩散和漂移运动的平衡。外电场驱使空间电荷区两侧的空穴和自由电子移走,使得空间电荷增强,空间电荷区变宽,内电场增强,使多数载流子的扩散运动很难进行。但另一方面,内电场的增强也加强了少数载流子的漂移运动,在外电场的作用下,n 区中的空穴越过 pn 结进入 p 区,p 区中的自由电子越过 pn 结进入 n 区,在电路中形成反向电流(由 n 区流向 p 区的电流)。由于少数载流子数量很少,因此反向电流不大,即 pn 结呈现的反向电阻很高,可以认为 pn 结基本上不导电,处于截止状态。此时的电阻称为**反向电阻**,其数值很大,一般为几千欧到十几兆欧。又因为少数载流子是由于价电子获得热能(热激发)挣脱共价键的束缚而产生的,所以温度变化时少数载流子的数量也随之变化。环境温度愈高,少数载流子的数量愈多,所以温度对反向电流的影响较大。

由以上分析可知,pn 结具有单向导电性。在 pn 结上加正向电压时,pn 结电阻很低,正向电流较大,pn 结处于正向导通状态;加反向电压时,pn 结电阻很高,反向电流很小,pn 结处于截止状态。

图 4-34-2 是半导体 pn 结在零偏、负偏、正偏下的耗尽区,当 p 型和 n 型半导体材料结合时,由于 p 型材料空穴多电子少,而 n 型材料电子多空穴少,结果 p 型材料中的空穴向 n 型材

料这边扩散,n 型材料中的电子向 p 型材料这边扩散,扩散的结果使得结合区两侧的 p 型区出现负电荷,n 型区带正电荷,形成一个势垒,由此而产生的内电场将阻止扩散运动的继续进行,当两者达到平衡时,在 pn 结两侧形成一个耗尽区,耗尽区的特点是无自由载流子,呈现高阻抗。当 pn 结反偏时,外加电场与内电场方向一致,耗尽区在外电场作用下变宽,使势垒加强;当 pn 结正偏时,外加电场与内电场方向相反,耗尽区在外电场作用下变窄,势垒削弱,使载流子扩散运动继续形成电流,此即为 pn 结的单向导电性,电流方向是从 p 指向 n。

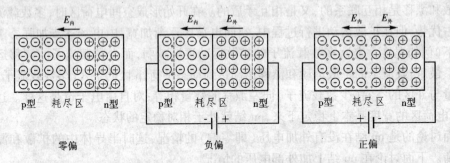

图 4-34-2　半导体 pn 结在零偏、负偏、正偏下的耗尽区

2. LED 的工作原理

当某些半导体材料形成的 pn 结加正向电压时,空穴与电子在 pn 结复合时将产生特定波长的光,发光的波长与半导体材料的能级间隙(亦称禁带宽度)E_g 有关。发光波长 λ_p 可由下式确定:

$$\lambda_p = hc/E_g \tag{4-34-1}$$

式中,h 为普朗克常数;c 为光速。将上述常量代入式(4-34-1),λ_p 和 E_g 的单位分别取微米(μm)和电子伏特(eV),则该式可简化为:

$$\lambda_p = 1.24/E_g$$

在实际的半导体材料中能级间隙 E_g 有一个宽度范围,因此发光二极管(LED)发出光的波长不是单一的,其发光波长宽度一般在 25 ~ 40 nm,随半导体材料的不同而有差别。LED 输出光功率 P 与驱动电流 I 的关系由下式确定:

$$P = \eta E_p I / e \tag{4-34-2}$$

式中,η 为发光效率,E_p 为光子能量,e 为电子电荷常数。

输出光功率与驱动电流呈线性关系,当电流较大时由于 pn 结不能及时散热,输出光功率可能会趋向饱和。系统采用的 LED 驱动和调制电路框图如图 4-34-3 所示。本实验用一个驱动电流可调的红色超高亮度 LED 作为实验用光源。信号调制采用光强度调制的方法,发送光强度调节器用来调节流过 LED 的静态驱动电流,从而改变 LED 的发射光功率。设定的静态驱动电流调节范围为 0 ~ 20 mA,对应面板上的光发送强度驱动显示值为 0 ~ 2 000 单位。正弦调制信号经电容、电阻网络及运放跟随隔离后耦合到放大环节,与 LED 静态驱动电流叠加后使 LED 发送随正弦波调制信号变化的光信号,如图 4-34-4 所示,变化的光信号可用于测定光电池的频率响应特性。

3. 光电池的工作原理

光电转换器件主要是利用物质的光电效应,即当物质在一定频率的照射下,释放出光电子的现象。当光照射在金属氧化物或半导体材料的表面时,会被这些材料内的电子所吸收,如果

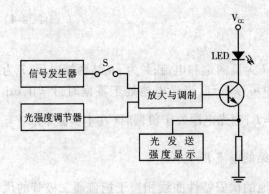

图 4-34-3　发送光的设定、驱动和调制电路框图

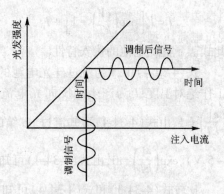

图 4-34-4　LED 的正弦信号
调制原理

光子的能量足够大,吸收光子后的电子可挣脱原子的束缚而溢出材料表面,这种电子称为**光电子**,这种现象称为**光电子发射**,又称为**外光电效应**。有些物质受到光照射时,其内部原子释放电子,但电子仍留在物体内部,使物体的导电性增强,这种现象称为**内光电效应**。

光电二极管是典型的光电效应探测器,具有量子噪声低、响应快、使用方便等优点,广泛用于激光探测器。外加反偏电压与结内电场方向一致,当 pn 结及其附近被光照射时,就会产生载流子(即电子—空穴对)。结区内的电子—空穴对在势垒区电场的作用下,电子被拉向 n 区,空穴被拉向 p 区而形成光电流。同时势垒区一侧一个扩展长度内的光生载流子先向势垒区扩散,然后在势垒区电场的作用下也参与导电。当入射光强度变化时,光生载流子的浓度及通过外回路的光电流也随之发生相应的变化。这种变化在入射光强度很大的动态范围内仍能保持线性关系。

硅光电池是一个大面积的光电二极管,它被设计用于把入射到它表面的光能转化为电能,因此,可用作光电探测器和光电池,被广泛用于太空和野外便携式仪器等的能源。

光电池的基本结构如图 4-34-5 所示,当半导体 pn 结处于零偏或负偏时,在它们的结合面耗尽区存在一内电场。

当没有光照射时,光电二极管相当于普通的二极管。其伏安特性是

$$I = I_s \left[\exp\left(\frac{eV}{kT}\right) - 1 \right] \qquad (4\text{-}34\text{-}3)$$

式中,I 为流过二极管的总电流;I_s 为反向饱和电流;$e = 1.602 \times 10^{-19}$ C 为电子电荷;$k = 1.38 \times 10^{-23}$ J/K,

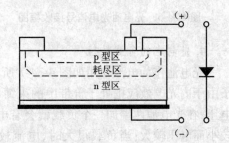

图 4-34-5　光电池结构示意图

为玻尔兹曼常量;T 为工作绝对温度(室温取 300 K);V 为加在二极管两端的电压(零偏时 $V = 0$,本实验中负偏时 $V = -5$ V)。对于外加正向电压,I 随 V 指数增长,称为**正向电流**;当外加电压反向时,在反向击穿电压之内,反向饱和电流基本上是个常数。

当有光照时,入射光子将把处于价带中的束缚电子激发到导带,激发出的电子空穴对在内电场作用下分别飘移到 n 型区和 p 型区,当在 pn 结两端加负载时就有一光生电流流过负载。流过 pn 结两端的电流可由式(4-34-4)确定:

$$I = I_s \left[\exp\left(\frac{eV}{kT}\right) - 1 \right] + I_p \qquad (4\text{-}34\text{-}4)$$

此式表示硅光电池的伏安特性。

式(4-34-4)中,I为流过硅光电池的总电流;I_s为反向饱和电流;V为pn结两端电压;T为工作绝对温度;I_p为产生的反向光电流。从式中可以看到,当光电池处于零偏时,$V = 0$,$\exp\left(\frac{eV}{kT}\right) = 1$,由式(4-34-4)可知流过pn结的电流$I = I_p$;当光电池处于负偏时(在本实验中取$V = -5$ V),$\exp\left(\frac{eV}{kT}\right) \to 0$,由式(4-34-4)可知流过pn结的电流$I = I_p - I_s$。

比较式(4-34-3)和式(4-34-4)可知,硅光电池的伏安特性曲线相当于把普通二极管的伏安特性曲线向下平移。

光电池处于零偏或负偏状态时,产生的光电流I_p与输入光功率P_i有以下关系:

$$I_p = RP_i \qquad (4\text{-}34\text{-}5)$$

式中,R为响应率,R值随入射光波长的不同而变化,对不同材料制作的光电池R值分别在短波长和长波长处存在一截止波长,在长波长处要求入射光子的能量大于材料的能级间隙E_g,以保证处于价带中的束缚电子得到足够的能量被激发到导带,对于硅光电池其长波截止波长为$\lambda_c = 1.1$ μm,在短波长处也由于材料有较大吸收系数使R值很小。

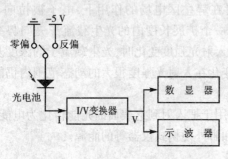

图 4-34-6　光电池光电信号接收框图

图4-34-6是光电池光电信号接收端的工作原理框图,光电池把接收到的光信号转变为与之成正比的电流信号,再经I/V转换模块把光电流信号转换成与之成正比的电压信号,以200 mV(对应数值2 000)的毫伏表显示。比较光电池零偏和反偏时的信号,就可以测定光电池的饱和电流I_s。当发送的光信号被正弦信号调制时,则光电池输出电压信号中将包含正弦信号,据此可通过示波器测定光电池的频率响应特性。

4. 光电池的负载特性

光电池作为电池使用如图4-34-7所示。在内电场作用下,入射光子由于内光电效应把处于价带中的束缚电子激发到导带,而产生光伏电压,在光电池两端加一个负载就会有电流流过,当负载很小时,电流较小而电压较大;当负载很大时,电流较大而电压较小。实验时可改变负载电阻R_L的值来测定硅光电池的伏安特性。

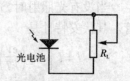

图 4-34-7　硅光电池伏安特性的测定

【实验内容与步骤】

THKGD—1型硅光电池特性实验仪的面板如图4-34-8所示,其中"发光强度指示"是一只量程为20毫安的电流表,"接收光强度指示"是一只量程为200毫伏的电压表。两表的最大显示值为"1999",显示"1"时表示超出量程。

1. 硅光电池零偏和负偏时光电流与输入光信号关系特性测定

将硅光电池输出端的正、负极分别连接到I/V转换模块输入端正、负极,将I/V转换模块的输出端的正、负极分别连接到接收光强度指示的输入端正、负极,打开仪器电源,调节发光

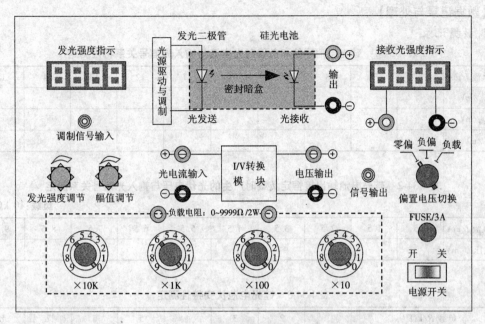

图 4-34-8 硅光电池实验仪面板图

二极管静态驱动电流,测量 I/V 转换模块两端的电压值。在 6~15 mA(相应于发光强度指示 600~1 500)范围内每改变 1 mA 记录一组数据。将功能转换开关分别打到零偏和负偏,分别测定光电池在零偏和负偏时光电流与输入光信号的关系,数据记入表 4-34-1。

2. 硅光电池输出接恒定负载时产生的光伏电压与输入光信号关系测定

将功能转换开关打到"负载"处,将硅光电池输出端连接负载电阻(取 10 kΩ),再将负载电阻并联到数显电压表,从 0.5~9.5 mA(指示为 50~950)调节发光二极管静态驱动电流,每隔 1 mA 记录一组数据,测定光电池输出电压随输入光强度变化的关系曲线,数据记入表 4-34-2。

3. 硅光电池伏安特性测定

输入光强度不变(驱动电流分别取 5 mA 和 15 mA),测定当负载在 1~8 kΩ 的范围内变化时,光电池的输出电压随负载电阻变化关系,数据记入表 4-34-3。

4. 硅光电池频率响应特性的测定

令 LED 偏置电流为 10 mA(显示为 1 000 单位),将信号源的电压输出端和示波器的 "CH1"分别连接到硅光电池的调制信号输入和信号输出端,将硅光电池的输出连接到 I/V 转换模块的输入端。在信号输入端加正弦调制信号,使 LED 发送调制的光信号,保持输入正弦信号的幅度不变,调节信号发生器频率,用示波器观测并测定记录发送光信号的频率变化时,光电池输出信号幅度的变化,测定光电池在零偏和负偏条件下的幅频特性,并测定其截止频率。零偏和负偏状态分别测量一组数据,输入信号频率从 10~100 kH,每隔 10 kH 测定一次,数据记入表 4-34-4。

【数据记录与处理】

1. 数据记录

表 4-34-1　硅光电池零偏和负偏时光电流与输入光信号关系特性测定

驱动电流 I/mA	6	7	8	9	10	11	12	13	14	15
$U_{零偏}$/mV										
$U_{负偏}$/mV										
ΔU/mV										

表 4-34-2　硅光电池输出接恒定负载时产生的光伏电压与输入光信号关系测定

负载：10 kΩ

驱动电流 I/mA	0.5	1.5	2.5	3.5	4.5	5.5	6.5	7.5	8.5	9.5
输出电压 U/mV										

表 4-34-3　硅光电池伏安特性测定

负载 R/kΩ	1	2	3	4	5	6	7	8
输出电压 U/mV（光强 5 mA）								
输出电压 U/mV（光强 15 mA）								

表 4-34-4　硅光电池频率响应的测定

频率 f/kHz	10	20	30	40	50	60	70	80	90	100
零偏幅度 A/mV										
负偏幅度 A/mV										

2. 数据处理要求

在坐标纸上根据表格中的数据分别画出以下图形。

图 1：硅光电池零偏和负偏时光电流与输入光信号的关系

图 2：硅光电池输出接恒定负载时产生的光伏电压与输入光信号的关系

图 3：不同光照强度下硅光电池的伏安特性

图 3：硅光电池频率响应特性曲线

注意：上述四幅图是直线或曲线,请同学们查阅相关资料,参照硅光电池的特性和实验数据确定。

【研究与讨论】

①光电池在工作时为什么要处于零偏或负偏?

②光电池对入射光的波长有何要求?

实验 35　光纤传输技术实验

【实验目的】

①LED 光源 I—P 特性曲线测试。

②光纤数值孔径的测试,光纤纤端光场分布测试。

③反射式光纤位移传感实验、微弯式光纤位移传感实验。

④数字通信实验,模拟传输实验。

【实验仪器】

光纤传输传感实验仪由主机、光纤、LED 和 LD 光源、光探测器、微位移调节及变形器、音频信号源等组成。

【实验原理】

光纤通信及光纤传感最基本的三要素是光源、光纤和光检测器。

1. 光源及光检测器

光纤通信和光纤传感的光源常用元件有半导体发光二极管(LED)和半导体激光二极管(LD)。LED 是 pn 结在正向偏置时,结内的电子和空穴复合产生光子的电致发光器件。它的输出光功率与所施加的电流线性关系比较好。LED 功耗比较低,对温度不敏感,可使用简单的驱动电路,无门限电流。与 LED 结构的主要不同之处是,LD 有一个光谐振腔,LD 的带宽和输出功率要比 LED 好,但线性不如 LED。

光纤传输传感实验仪主要用 LED 作为与光纤耦合的光源,而利用 LD 作为准平行光源测量光纤的数值孔径 $N.A.$。半导体材料的受激吸收效应是光电探测器的物理基础,光纤通信中常用的光电探测器是光电二极管、光电三极管。它们主要工作在光电导模式,也就是使 pn 结反向偏置,流过 pn 结的反向电流与光辐照强度成比例增加,而且线性很好,即输出光电流与入射光强成正比。

2. 光纤传输的基本原理

如图 4-35-1 是折射率为阶跃型分布的光纤中光线的折射与全反射。纤芯的折射率为 n_1,包层的折射率为 n_2,$n_1 > n_2$,周围空气 $n = 1$。全反射发生在 P 点,临界角 $\theta_C = \theta_{2(\min)}$,因为 $\theta_1 + \theta_2 = 90°$,所以有 $\sin \theta_{1(\max)} = \dfrac{n_1^2 - n_2^2}{n_1}$。在入射面 A 点处有:$\sin \theta_{in(\max)} = n_1 \sin \theta_{1(\max)} = \sqrt{n_1^2 - n_2^2}$。$\theta_{in(\max)}$ 表示保证入射到纤芯中的光线在纤芯与包层界面上发生全反射的最大角度,以大于 $\theta_{in(\max)}$ 的角度进入光纤端面的光线将折射到包层并被损耗掉。$\sin \theta_{in(\max)}$ 是光纤的基本参数之一,被定义为进入并能沿着光纤传播的光的接收角一半的正弦值,并被称为**数值孔径**,用 $N.A.$ 表示,即

$$N.A. = \sin \theta_{in(\max)} = \sqrt{n_1^2 - n_2^2} \tag{4-35-1}$$

3. 光纤传感原理

光纤传感器是以光纤作为信息的传输媒质,光作为信息载体的一种传感器。它可分为功能型和非功能型两种。功能型是指传感头由光纤组成,光纤不仅传输外界信息,而且还感知外

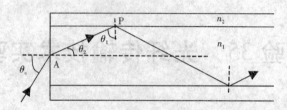

图 4-35-1　光纤的透射强度调制方式

界信息。非功能型是指光纤只是具有传输作用,传感头由其他敏感元件构成。光纤传感器可以对描述光波特性的五个参量(强度、频率、波长、相位和偏振)进行调制和解调。利用这五种调制方式,人们已经研制成了各种各样的传感器。其中强度调制是最简单、最基本也是用得最多的一种,而相位调制则是最灵敏而且比较复杂的一种。本仪器的传感实验主要是针对强度调制特性的。

目前光纤纤端光场分布的公式大都以实验数据为依据并以某种分布为原型构造而成,需要由实验验证和改善。对于多模光纤来说,光纤纤端出射光场的场强分布公式可由下式给出:

$$I(r,z) = \iint_S \frac{I_0}{\pi\omega^2(z)} \cdot \exp\left[\frac{r^2}{\omega^2(z)}\right] \mathrm{d}s \qquad (4\text{-}35\text{-}2)$$

式中,I_0 为光源耦合入发送光纤中的光强;$\omega(z) = \sigma a_0 \left[1 + \zeta(z/a_0)^{3/2} \tan\theta_c\right]$;$\sigma$ 为表征光纤折射率分布的相关参数;a_0 为光纤的芯半径;ζ 为光源与光纤耦合情况的调制参数;θ_c 为光纤的最大出射角。

由此式得到光纤纤端光场横向分布的理论曲线如图 4-35-2(a)所示,纵向分布的曲线如图 4-35-2(b)所示。

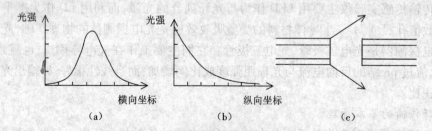

图 4-35-2　光纤的透射强度调制方式
(a)纤端光场横向分布曲线　(b)纤端光场纵向分布曲线　(c)光纤透射强度调制

光纤的透射强度调制方式如图 4-35-2(c)所示。当两根芯径相同或接近的光纤端面靠近时,光通过其间的微小间隙从一根光纤传输到另一根光纤。由此引起的光损耗和两根光纤的相对位置和尺寸有关。通常固定发送光纤,让接收光纤做横向或纵向的位移,从而使得接收光纤的输出光强被其位移所调制。

反射位移型光强调制传感器具有结构简单、频响宽等特点。双纤是最基本的调制方法,基本原理如图 4-35-3(a)所示。光从发射光纤纤端射出后遇反射面,接收光纤接收反射光并传送到探测器,接收光纤的出射光强与反射面和光纤端面之间距离的关系曲线如图 4-35-3(b)所示。可以看出,曲线的下降沿范围要比上升沿范围大得多,所以常采用下降沿作为工作区。微变形调制方式如图 4-35-3(c)所示。光纤在变形器的作用下,产生周期性弯曲。如果传输常数

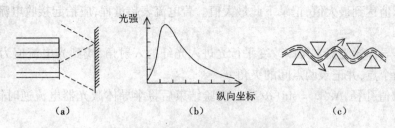

图 4-35-3　反射位移型光强调制传感器
（a）双纤调制　（b）接收光强与距离关系　（c）微变形调制

分别为 k_1、k_2 的两传输模满足条件 $k_1 - k_2 = \pm\dfrac{2\pi}{\Lambda}$ 时，光会在两传输模间耦合，从而进入包层损失掉。Λ 为变形器齿距。当 $\Lambda = \dfrac{g\pi a n}{N.A.}$ 时光损失最大，其中 g 是纤芯折射率因子，a 为芯径，n 为纤芯折射率。变形器的位移大小直接改变了弯曲处的模振幅，从而产生光强度调制。

　　3. 光纤通信原理

　　实用光纤通信系统由终端设备和光纤传输系统组成，是一个复杂的系统，但基本过程都是调制—电光转换—传输—光电转换—解调。利用光纤传输传感器实验仪可以做很基本的数字通信和模拟传输实验。数字通信要遵从一定的编码方式和协议。这里采用计算机常用的串行通信方式，波特率为 4 800，即每秒钟传送 4 800 个位，每一位的时间是 208 μs。每个数据字节有 8 位二进制数，再加上一个起始位（低电平）和一个停止位（高电平），所以发送的一个字节由 10 个二进制位构成。使用光纤传输传感实验仪做实验时，在发送端连续发送同一个字节的数据，在接收端要用示波器观察这个字节二进制数所对应的高低电平。TTL 电平的高电平是 5 V，低电平是 0 V；而 RS-232 电平的高电平是 −6 V ~ −12 V，低电平是 +6 V ~ +12 V，请注意区分。

　　模拟信号源有两个，一个是约 1 100 Hz 的正弦信号，另一个是外部输入的音频信号。这两个模拟信号可以在接收端用示波器观察，也可以把音频信号送到扬声器。

　　【实验内容与步骤】

　　1. LED 光源 I—P 特性曲线测试

　　①将传输光纤的发射端（红）接到传感器光纤发送插头 6 上，接收端（黑）接到传感光纤接收端 5 上。

　　②调节电位器 8，使输出驱动电流显示最小（约 2 mA），然后使输出电流增加，每隔一定值（如 1 mA）记录光电三极管的光电流指示值，共测 20 ~ 30 组数据，最大可测到 30 mA，记录数据到表 4-35-1。

　　③根据所测数据，画 LED 的 I—P 特性曲线。由于光电二极管、光电三极管的输出光电流与光照强度有着良好的线性关系，所以可用光电流值代替光纤中传输的光强值。

　　2. 测光纤的数值孔径

　　①将传感双纤光检测器端（黑）接到仪器传感接收插头上，光纤端卡在纵向位移支架的横向孔内，使露出的光纤端面位于半导体激光器旋转支架的支点（转动圆心）上。

　　②将半导体激光器电流逆时针调到最小，打开激光器电源开关，再适当调节激光器电流。调节纵向位移支架，同时调节半导体激光器的俯仰角，使得耦合进光纤里的光强最大，即接收

端光电流指示值达到最大值,记录下此最大值。若电流表超量程,应抬起接收电流表量程转换开关。

③旋转半导体激光器支架以改变平行光进入光纤的入射角,找到光电流值为最大值十分之一左右的两个点,并记录两点间的夹角 θ。

④计算数值孔径,$N.A. = \sin(\theta/2)$。实验结束后将半导体激光器电流逆时针调到最小,关闭其电源。

3. 光纤纤端光场分布测试

①将传感双纤光检测器端(黑)接到传感接收插头上,光纤端卡在纵向位移支架上,将传感发射光纤接到传感发射插头上,纤端卡在横向位移支架的孔内。

②调节 LED 电流到某一值(如 15 mA)。

③将出射光纤和接收光纤的端面对准(使光电流显示值最大)。

④调整纵向位移支架,使两光纤端面相距约 1 mm,然后调节横向位移支架从右到左移动,使光电流值从 0 到最大,再从最大到 0,每隔一定距离(如 20 μm)记录一个光电流值。根据所测数据画光纤纤端横向光场分布曲线,记入数据表 4-35-2。

⑤再次对准两光纤端面,调节纵向位移支架,使两端面即将接触,然后向回调,每隔一定距离(如 20 μm)记录光电流值,直到光电流值等于 0。根据所测数据画出光纤纤端纵向光场分布曲线。

4. 反射式位移传感实验

①将传感双纤探头卡在纵向位移调节架上,并对准反射镜。光源端(红)接到仪器传感发送插头上,光检测器端(黑)接到传感接收插头上。

②接通电源,调节 LED 电流到某一值(如 30 mA)。

③调节纵向位移支架,使光纤探头与反射镜轻轻接触,此时,光电流指示值应为零,记录此时螺旋测微计读数。

④调节纵向位移支架远离反射镜,每隔一定距离(如 0.1 mm)记录一次光电流值,直到光电流值接近零为止。光电流变化小时,隔的距离可以大些。若光电流变化小,则应按下面板上接收电流表量程转换开关(自拟表格)。

⑤根据所测数据画反射式光纤位移与光强曲线。

5. 微弯式光纤压力/位移传感实验(选做)

①调节横向位移支架使变形器齿和槽相对。将传感微弯光纤(中间有裸纤)放入微弯变形器内,光源端和光检测器端分别和仪器接好。

②调节纵向位移支架使变形器间隙逐渐减小。当光电流值刚刚有变化时,记录此时的螺旋测微计读数和光电流值。

③调节纵向位移支架,每旋进 20 μm 记录一次光电流值,共记录 20～30 组数据。注意:不能旋进太多,以免压断光纤。

④根据所测数据画光纤微弯位移和光强曲线(自拟表格)。

6. 数字通信实验

①将传输光纤接到通信插头上(注意:红为发送端,黑为接收端)。

②将数字/模拟选择开关拨向数字端。

③将示波器探头连到数字 TTL 电平输出端上。

④按住"发送"键,此时将在光纤中连续发送一个字节的数字信号。每次发送时间间隔约500 μs,可以据此判断出一次发送的结束。

⑤调整示波器,使屏幕上波形稳定。

⑥根据每次发送后 500 μs 的高电平等待时间及紧跟着的低电平起始位,找出一个字节的起始位置(注意是 10 位二进制数据),测出并记录一个位所占的时间值,算出波特率。

⑦画出这一个字节的波形图,去掉起始位(低电平)和停止位(高电平),得到 8 位数据的二进制码并转换成 16 进制数。注意串行发送使数据的低位在前,高位在后。

⑧再用示波器观察 RS-232 电平,并与 TTL 电平比较。

7. 模拟传输实验(选做)

①将传输光纤接到通信插头上(注意:插头不要接反)。

②将数字/模拟选择开关拨向模拟端,音频/正弦选择开关拨向正弦端,示波器/扬声器选择开关拨向示波器端。

③将示波器探头连到模拟信号输出端上。

④调整示波器,观察模拟信号的传输(仪器通电时间长了,放大电路可能会使波形失真)情况,测出这个信号的频率。

⑤将音频/正弦选择开关拨向音频端,示波器/扬声器选择开关拨向扬声器端。打开收音机,调好台后将音频信号送入主机。此时,仪器内的扬声器会把从光纤传送过来并经过放大的音频信号播放出来,同时还可以在示波器上观察音频信号的波形变化。

⑥模拟信号在通过发光二极管输出的同时,也通过半导体激光器输出。适当调节模拟信号输出增益和半导体激光器输出电流,使输出激光较亮。用接收光纤头对准激光,在输出端可得到模拟信号。由于输出激光的线性不是很好,所以得到的信号失真较严重。

【数据记录与处理】

表 4-35-1　光电三极管的光电流指示值　　　　　　　　　　　　单位:mA

次数	1	2	3	4	5	6	7	8	9	10	11	12	13
光电流值 I													
次数	14	15	16	17	18	19	20	21	22	23	24	25	26
光电流值 I													

表 4-35-2　横向及纵向光电流分布记录数据表　　　　　　　　　单位:mA

位置	0.98	0.96	0.94	0.92	0.90	0.88	0.86	0.84	0.82
光电流 I									
位置	0.80	0.78	0.76	0.74	0.72	0.70	0.68	0.66	0.64
光电流 I									
位置	0.62	0.60	0.58	0.56	0.54	0.52	0.50	0.48	0.46
光电流 I									
位置	0.44	0.42	0.40	0.38	0.36	0.34	0.32	0.30	0.28
光电流 I									

实验 36　双光栅微弱振动测量

【实验目的】

①了解利用光的多普勒频移形成光拍的原理并用于测量光拍的拍频。

②学会使用精确测量微弱振动位移的一种方法。

③应用双光栅微弱振动测量仪测量音叉振动的微振幅。

【实验仪器】

双光栅微弱振动实验仪（包括激光源、信号发生器、频率计）、双踪示波器等。

【实验原理】

1. 位移光栅的多普勒频移

多普勒频移是指光源、接收器、传播介质或中间反射器之间的相对运动所引起的接收器接收到的光波频率与光源频率发生的变化，由此产生的频率变化称为**多普勒频移**。

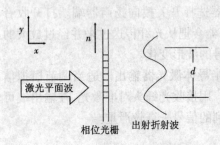

图 4-36-1　出射的折曲波阵面

由于介质对光传播有不同的相位延迟作用，对于两束相同的单色光，若初始时刻相位相同，经过相同的几何路径，但在不同折射率的介质中传播，出射时两光的相位则不相同。当激光平面波垂直入射相位光栅时，由于相位光栅上不同的光密和光疏媒质部分对光波的相位延迟作用，使入射的平面波变成出射时的折曲波阵面，见图 4-36-1 所示。

激光平面波垂直入射到光栅，由于光栅上每缝自身的衍射作用和每缝之间的干涉，通过光栅后光的强度出现周期性的变化。在远场，可以用大家熟知的光栅衍射方程表示主极大位置：

$$d\sin\theta = \pm k\lambda \qquad (k = 0,1,2\cdots) \tag{4-36-1}$$

式中，整数 k 为主极大级数；d 为光栅常数；θ 为衍射角；λ 为光波波长。

如果光栅在 y 方向以速度 v 移动，则从光栅出射的光的波阵面也以速度 v 在 y 方向移动。因此在不同时刻，对应于同一级的衍射光，从光栅出射时，在 y 方向也有一个 vt 的位移量，见图 4-36-2 所示。

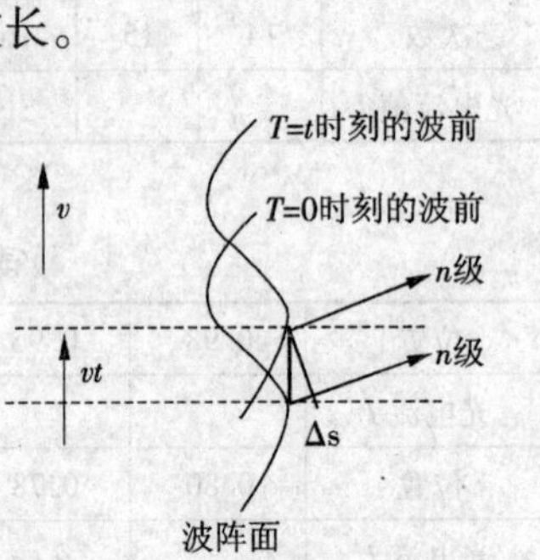

这个位移量对应于出射光波相位的变化量为 $\Delta\phi(t)$，即

$$\Delta\phi(t) = \frac{2\pi}{\lambda}\Delta s = \frac{2\pi}{\lambda}vt\sin\theta \tag{4-36-2}$$

把式（4-36-1）代入式（4-36-2）得

$$\Delta\phi(t) = \frac{2\pi}{\lambda}vt\frac{k\lambda}{d} = k2\pi\frac{v}{d}t = k\omega_{d}\cdot t \tag{4-36-3}$$

图 4-36-2　衍射光线在 y 方向上移动的示意图

式中，$\omega_{d} = 2\pi\dfrac{v}{d}$，是描述与光栅移动速度 v 相关的量。

若激光从一静止的光栅出射时,光波电矢量方程为 $E = E_0\cos(\omega_0 t)$,而激光从相应移动光栅出射时,光波电矢量方程则为

$$E = E_0\cos[\omega_0 t + \Delta\phi(t)] = E_0\cos[(\omega_0 + k\omega_d)t] \tag{4-36-4}$$

显然可见,移动的相位光栅 k 级衍射光波相对于静止的相位光栅有一个多普勒频移。$\omega_n = \omega_0 + k\omega_d$,如图 4-36-3 所示。

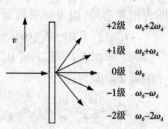

图 4-36-3 移动光栅的多普勒频率

2. 光拍的获得与检测

光频率很高时,为了在光频 ω_0 中检测出多普勒频移量,必须采用"拍"的方法,即要把已频移的和未频移的光束互相平行叠加,以形成光拍。由于拍频较低,容易测得,通过拍频即可检测出多普勒频移量。

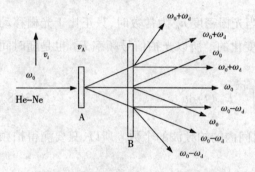

图 4-36-4 k 级衍射光波的多普勒频移

本实验形成光拍的方法是采用两片完全相同的光栅平行紧贴,一片 B 静止,另一片 A 相对移动。激光通过双光栅后所形成的衍射光,即为两种以上光束的平行叠加。形成的第 k 级衍射光波的多普勒频移如图 4-36-4 所示。

光栅 A 按速度 v_A 移动,起频移作用,而光栅 B 静止不动,只起衍射作用,故通过双光栅后射出的衍射光包含了两种以上不同频率成分而又平行的光束。由于双光栅紧贴,激光束具有一定宽度,故该光束能平行叠加,这样直接而又简单地形成了光拍,如图 4-36-5 所示。

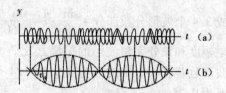

图 4-36-5 频差较小的两列光波叠加形成"拍"

(a)不同频率叠加 (b)光拍

激光经过双光栅所形成的衍射光叠加成光拍信号。光拍信号进入光电检测器后,输出电流可由下述关系求得:

光束 1:$E_1 = E_{10}\cos(\omega_0 t + \varphi_1)$

光束 2:

$$E_2 = E_{20}\cos[(\omega_0 + \omega_d)t + \varphi_2] \qquad (\text{取 } k = i) \tag{4-36-5}$$

光电流:

$$I = \zeta(E_1 + E_2)^2$$

$$= \zeta\{E_{10}^2\cos^2(\omega_0 t + \varphi_1) + E_{20}^2\cos^2[(\omega_0 + \omega_d)t + \varphi_2]$$

$$+ E_{10}E_{20}\cos[(\omega_0 + \omega_d - \omega_0)t + (\varphi_2 - \varphi_1)]$$

$$+ E_{10}E_{20}\cos[(\omega_0 + \omega_d + \omega_0)t + (\varphi_2 + \varphi_1)]\} \tag{4-36-6}$$

其中 ξ 为光电转换常数。

因光波频率 ω_0 甚高,在式(4-36-6)第一、二、四项中,光电检测器无法反映式(4-36-6)第三项即为拍频信号,因为频率较低,光电检测器能做出相应的响应。其光电流为

$$i_S = \zeta\{E10 \cdot E_{20}\cos[(\omega_0 + \omega_d - \omega_0) \cdot t + (\varphi_2 - \varphi_1)]\}$$
$$= \zeta\{E_{10} \cdot E_{20}\cos[\omega_d \cdot t + (\varphi_2 - \varphi_1)]\}$$

拍频 $F_{拍}$ 即为:

$$F_{拍} = \frac{\omega_d}{2\pi} = \frac{v_A}{d} = v_A n_\theta \tag{4-36-7}$$

式中,$n_\theta = \dfrac{1}{d}$ 为光栅密度。本实验中 $n_\theta = 100$ 条/mm。

3. 微弱振动位移量的检测

从式(4-36-7)可知,$F_{拍}$ 与光频率 ω_0 无关,且当光栅密度 n_θ 为常数时,只正比于光栅移动速度 v_A。如果把光栅粘在音叉上,则 v_A 是周期性变化的。所以光拍信号频率 $F_{拍}$ 也是随时间变化的,微弱振动的位移振幅

$$A = \frac{1}{2}\int_0^{T/2} v(t)\mathrm{d}t = \frac{1}{2}\int_0^{T/2}\frac{F_{拍}(t)}{n_\theta}\mathrm{d}t = \frac{1}{2n_\theta}\int_0^{T/2}F_{拍}(t)\mathrm{d}t \tag{4-36-8}$$

式中,T 为音叉振动周期,$\displaystyle\int_0^{T/2}F_{拍}(t)\mathrm{d}t$ 表示 $T/2$ 时间内的拍频波的个数。所以,只要测得拍频波的波数,就可得到较弱振动的位移振幅。

波形数由完整波形数、波的首数、波的尾数三部分组成,根据示波器上显示的计算。波形的分数部分不是一个完整波形的首数及尾数,需在波群的两端,可按反正弦函数折算为波形的

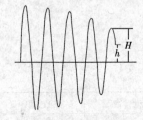

图 4-36-6 计算波形数

分数分,即波形数 = 整数波形数 + 波的首数和尾数中满 1/2 或 1/4 或 3/4 个波形分数部分 + $\dfrac{\sin^{-1}a}{360°}$ + $\dfrac{\sin^{-1}b}{360°}$。式中,a、b 为波群的首、尾幅度和该处完整波形的振幅之比。波群指 $T/2$ 内的波形,分数波形数若满 1/2 个波形为 0.5,满 1/4 个波形为 0.25,满 3/4 个波形为 0.75。

例题:如图 4-36-6,在 $T/2$ 内,整数波形数为 4,尾数分数部分已满 1/4 但不满 1/2 波形,所以

$$波形数 = 4 + 0.50 - \frac{\sin^{-1}(0.6)}{360°} = 4.50 - 0.10 = 4.40 \tag{4-36-9}$$

【实验内容】

①熟悉双踪示波器的使用方法。

②将示波器的 Y_1、Y_2、X 外触发器插座用专用电缆接至双光栅微弱振动测量仪的 Y_1、Y_2、X 的输出插座上,开启双踪示波器和双光栅微弱振动测量仪的电源。

③调节激光器固定架左右、上下调节螺旋钮,使红色激光通过静光栅、动光栅并让某一级衍射光正好落入光电池前的小孔内。调节光电池架手轮,锁紧光电池架。调节驱动音叉"功率"旋钮到 4 点位置左右,频率调节到 505 Hz,一边细心调节激光器位移上下、左右调节器,一边观察示波器,应看到清晰无重叠的拍频波。

④轻轻敲击音叉,调节示波器,配合调节激光器输出功率(一般调节到最大就可),调节静光栅位移调节器.找到清晰无重叠的拍频波.

⑤先将"功率"旋钮置于 4 附近,调节"频率"粗调旋钮到 505 Hz 附近,然后细心调节"频率"细调旋钮,使音叉谐振.调节时用手轻轻地按音叉顶部,找出调节方向.如音叉谐振太强烈,将"功率"旋钮向小钟点方向转动,使在示波器上看到的 $T/2$ 内光拍的波形个数为 9 个左右.记录此时音叉振动频率,屏上完整波的个数,不足一个完整波形的首、尾数,用反正弦把它折算为波形个数的小数值.

⑥测出外力驱动音叉时的谐振曲线.固定"功率"旋钮位置,在音叉谐振点附近,小心调节"频率"旋钮,测出音叉的振动频率与对应的信号振幅大小,频率间隔可以取 0.1 Hz,选 8 个点,分别测出对应的波的个数,记录到表 4-36-1,由式(4-36-8)计算出各自的振幅 A.

⑦保持信号输出功率、频率不变,逐一将被测微小细棒插入音叉的五个不同位置(即改变配重物体的有效质量),调节"频率"细调旋钮,研究谐振曲线的变化规律(选做).

⑧保持信号频率不变,把输出功率调节旋钮逆时针旋到零,然后把输出功率调节在 5 mA、15 mA……研究在输出功率谐振曲线的变化趋势(选做).

⑨把功率旋扭逆时针转到底,用手转动静光栅调节手柄,经行调节静光栅位移调节器上下移动或用手轻轻敲击音叉,就可以在示波器上看到和在喇叭中听到双光栅的多普勒频移产生的拍频波.音调随旋转运动速度而变,甚至可以调出一些动物的叫声(选做).为了保证实验时互不干扰,本实验仪采用头戴式耳机演示.

【数据记录与处理】

①音叉谐振时的拍频,光栅密度 $n_\theta = 100$ 条/mm。

$$F_{拍} = \frac{\omega_d}{2\pi} = \frac{v_A}{d} = v_A n_\theta = \underline{\qquad}$$

②根据式(4-36-8),音叉在谐振点时作微弱振动的位移振幅。

③在坐标纸上画出音叉的频率—振幅曲线。

表 4-36-1　拍频波个数

f/Hz	波数测量			波数($T/2$)	波数(T)
	完整波数	a	b		
506.0					
506.1					
506.2					
506.3					
506.4					
506.5					
506.6					
506.7					

④作出音叉不同有效质量时的谐波曲线,定性讨论变化趋势(选做)。

【研究与讨论】

①如何判断动光栅与静光栅的刻痕已平行?

②作外力驱动音叉谐振曲线时,为什么要固定信号功率?

③本实验测量方法有何优点? 测量微振动位移的灵敏度是多少?

实验 37　液晶电光效应实验

　　液晶是介于液体与晶体之间的一种物质状态。它既有液体的流动性,又有晶体的取向特性。目前液晶材料都是长型分子或盘型分子的有机化合物,是一种非线性的光学材料。当液晶分子有序排列时表现出光学各向异性,光通过液晶时,会产生偏振面旋转、双折射等效应。液晶分子是含有极性基团的极性分子,在电场作用下,偶极子会按电场方向取向,导致分子原有的排列方式发生变化,从而液晶的光学性质也随之发生改变,这种因外电场引起的液晶光学性质的改变称为**液晶的电光效应**。

　　液晶是 1888 年奥地利植物学家莱尼茨尔(Reinitzer)在做有机物溶解实验时,在一定的温度范围内观察到的,1961 年美国 RCA 公司的海美尔(Heimeier)发现了液晶的一系列电光效应,并制成了显示器件。液晶显示器件由于具有驱动电压低(一般为几伏)、功耗极小、体积小、寿命长、环保无辐射等优点,在当今已广泛应用于各种显示器件中。

【实验目的】

　　①在掌握液晶光开关的基本工作原理的基础上,测量液晶光开关的电光特性曲线,并由电光特性曲线得到液晶的阈值电压和关断电压。

　　②测量驱动电压周期变化时,液晶光开关的时间响应曲线,并由时间响应曲线得到液晶的上升时间和下降时间。

　　③测量由液晶光开关矩阵所构成的液晶显示器的视角特性以及在不同视角下的对比度,了解液晶光开关的工作条件。

　　④了解液晶光开关构成图像矩阵的方法,学习和掌握这种矩阵所组成的液晶显示器构成文字和图形的显示模式,从而了解一般液晶显示器件的工作原理。

【实验仪器】

　　液晶光开关电光特性综合实验仪,其外部结构如图 4-37-1 所示。

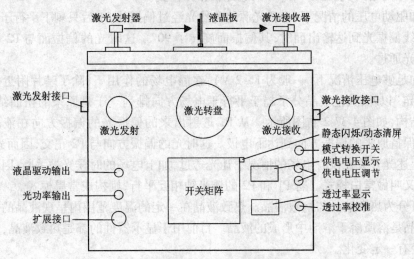

图 4-37-1　液晶光开关电光特性综合实验仪功能键示意图

【实验原理】

1. 液晶光开关的工作原理

液晶的种类很多,仅以常用的 TN(扭曲向列)型液晶为例,说明其工作原理。

TN 型光开关的结构如图 4-37-2 所示。在两块玻璃板之间夹有正性向列相液晶,液晶分子的形状如同火柴一样,为棍状。棍的长度在 1~2 nm(1 nm = 10^{-9} m),直径为 0.4~0.6 nm,液晶层厚度一般为 5~8 μm。玻璃板的内表面涂有透明电极,电极的表面预先作了定向处理(可用软绒布朝一个方向摩擦,也可在电极表面涂取向剂),这样,液晶分子在透明电极表面就会躺倒在摩擦所形成的微沟槽里;电极表面的液晶分子按一定方向排列,且上下电极上的定向方向相互垂直。上下电极之间的液晶分子因范德瓦尔斯力的作用,趋向于平行排列。然而由于上下电极上液晶的定向方向相互垂直,所以从俯视方向看,液晶分子的排列从上电极的沿 $-45°$方向排列逐步地、均匀地扭曲到下电极的沿 $+45°$方向排列,整个扭曲了 $90°$。

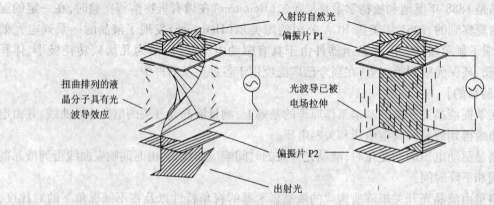

图 4-37-2　液晶光开关的工作原理

理论和实验都证明,上述均匀扭曲排列起来的结构具有光波导的性质,即偏振光从上电极表面透过扭曲排列起来的液晶传播到下电极表面时,偏振方向会旋转 $90°$。

取两张偏振片贴在玻璃的两面,P1 的透光轴与上电极的定向方向相同,P2 的透光轴与下电极的定向方向相同,于是 P1 和 P2 的透光轴相互正交。

在未加驱动电压的情况下,来自光源的自然光经过偏振片 P1 后只剩下平行于透光轴的线偏振光,该线偏振光到达输出面时,其偏振面旋转了 $90°$。这时光的偏振面与 P2 的透光轴平行,因而有光通过。

在施加足够电压情况下(一般为 1~2 V),在静电场的作用下,除了基片附近的液晶分子被基片"锚定"以外,其他液晶分子趋于平行于电场方向排列。于是原来的扭曲结构被破坏,成了均匀结构,如图 4-37-2 右图所示。从 P1 透射出来的偏振光的偏振方向在液晶中传播时不再旋转,保持原来的偏振方向到达下电极。这时光的偏振方向与 P2 正交,因而光被关断。

由于上述光开关在没有电场的情况下让光透过,加上电场的时候光被关断,因此叫做**常通型光开关**,又叫做**常白模式**。若 P1 和 P2 的透光轴相互平行,则构成常黑模式。

液晶可分为热致液晶与溶致液晶。热致液晶在一定的温度范围内呈现液晶的光学各向异性,溶致液晶是溶质溶于溶剂中形成的液晶。目前用于显示器件的都是热致液晶,它的特性随温度的改变有一定变化。

2. 液晶光开关的电光特性

图 4-37-3 为光线垂直液晶面入射时本实验所用液晶相对透射率(以不加电场时的透射率为 100%)与外加电压的关系。

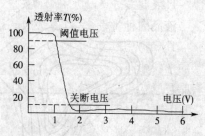

图 4-37-3　液晶光开关的电光特性曲线

由图 4-37-3 可见,对于常白模式的液晶,其透射率随外加电压的升高而逐渐降低,在一定电压下达到最低点,此后略有变化。可以根据此电光特性曲线图得出液晶的阈值电压和关断电压。

阈值电压:透过率为 90% 时的驱动电压。

关断电压:透过率为 10% 时的驱动电压。

液晶的电光特性曲线越陡,即阈值电压与关断电压的差值越小,由液晶开关单元构成的显示器件允许的驱动路数就越多。TN 型液晶最多允许 16 路驱动,故常用于数码显示。在电脑、电视等需要高分辨率的显示器件中,常采用 STN(超扭曲向列)型液晶,以改善电光特性曲线的陡度,增加驱动路数。

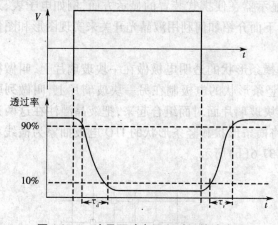

图 4-37-4　液晶驱动电压和时间的响应图

3. 液晶光开关的时间响应特性

加上(或去掉)驱动电压能使液晶的开关状态发生改变,是因为液晶的分子排序发生了改变,这种重新排序需要一定时间,反映在时间响应曲线上,用上升时间 τ_r 和下降时间 τ_d 描述。给液晶开关加上一个如图 4-37-4 所示的周期性变化的电压,就可以得到液晶的时间响应曲线,上升时间和下降时间。如图 4-37-4 下图所示。

上升时间:透过率由 10% 升到 90% 所需时间。

下降时间:透过率由 90% 降到 10% 所需时间。

液晶的响应时间越短,显示动态图像的效果越好,这是液晶显示器的重要指标。早期的液晶显示器在这方面逊色于其他显示器,现在通过结构方面的技术改进,已达到很好的效果。

4. 液晶光开关的视角特性

液晶光开关的视角特性表示对比度与视角的关系。对比度定义为光开关打开和关断时透射光强度之比,对比度大于 5 时,可以获得满意的图像,对比度小于 2,图像就模糊不清了。

图 4-37-5 表示了某种液晶视角特性的理论计算结果。图 4-37-5 中,用与原点的距离表示垂直视角(入射光线方向与液晶屏法线方向的夹角)的大小。

图中 3 个同心圆分别表示垂直视角为 30°、60° 和 90°。90° 同心圆外面标注的数字表示水平视角(入射光线在液晶屏上的投影与 0° 方向之间的夹角)的大小。图中的闭合曲线为不同对比度时的等对比度曲线。

由图 4-37-5 可以看出,液晶的对比度与垂直和水平视角都有关,而且具有非对称性。若把具有图中所示视角特性的液晶开关逆时针旋转,以 220° 方向向下,并由多个显示开关组成

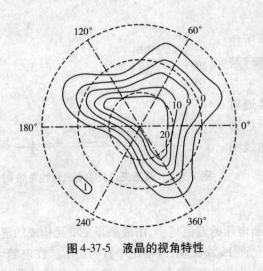

图 4-37-5 液晶的视角特性

液晶显示屏,则该液晶显示屏的左右视角特性对称,在左、右和俯视 3 个方向,垂直视角接近 60°时对比度为 5,观看效果较好。在仰视方向对比度随着垂直视角的加大迅速降低,观看效果差。

5. 液晶光开关构成图像显示矩阵的方法

除了液晶显示器以外,其他显示器靠自身发光来实现信息显示功能。这些显示器主要有以下一些:阴极射线管显示(CRT)、等离子体显示(PDP)、电致发光显示(ELD)、发光二极管(LED)显示、有机发光二极管(OLED)显示、真空荧光管显示(VFD)、场发射显示(FED)。这些显示器因为要发光,所以要消耗大量的能量。

液晶显示器通过对外界光线的开关控制来完成信息显示任务,为非主动发光型显示,其最大的优点在于能耗极低。正因为如此,液晶显示器在便携式装置的显示方面,例如电子表、万用表、手机、传呼机等具有不可代替的地位。下面介绍如何利用液晶光开关来实现图形和图像显示任务。

矩阵显示方式,是把图 4-37-6(a)所示的横条形状的透明电极做在一块玻璃片上,叫做**行驱动电极**,简称**行电极**(常用 X_i 表示),而把竖条形状的电极制在另一块玻璃片上,叫做**列驱动电极**,简称**列电极**(常用 S_i 表示)。把这两块玻璃片面对面组合起来,把液晶灌注在这两片玻璃之间构成液晶盒。为了画面简洁,通常将横条形状和竖条形状的 ITO 电极抽象为横线和竖线,分别代表扫描电极和信号电极,如图 4-37-6(b)所示。

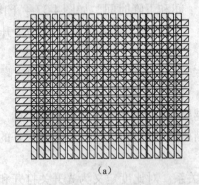

(a)

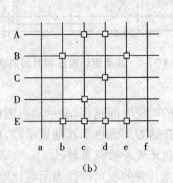

(b)

图 4-37-6 液晶光开关组成的矩阵式图形显示器

(a)行、列驱动电极 (b)扫描电极和信号电极

矩阵型显示器的工作方式为扫描方式。显示原理可依以下的简化说明作一介绍。

欲显示图 4-37-6(b)的那些有方块的像素,首先在第 A 行加上高电平,其余行加上低电平,同时在列电极的对应电极 c、d 上加上低电平,于是 A 行的那些带有方块的像素就被显示出来了。然后第 B 行加上高电平,其余行加上低电平,同时在列电极的对应电极 b、e 上加上低电平,因而 B 行的那些带有方块的像素被显示出来了。然后是第 C 行、第 D 行 …… 依此类推,最后显示出一整场的图像,这种工作方式称为**扫描方式**。

这种分时间扫描每一行的方式是平板显示器的共同的寻址方式,依这种方式,可以让每一个液晶光开关按照其上的电压的幅值让外界光关断或通过,从而显示出任意文字、图形和图像。

【实验内容与步骤】

1. 液晶光开关电光特性测量

将模式转换开关置于静态模式,将透过率显示校准为 100% ,按表 4-37-1 的数据改变电压,使得电压值从 0 ~ 6 V 变化,记录相应电压下的透射率数值。重复 3 次并计算相应电压下透射率的平均值,依据实验数据绘制电光特性曲线,可以得出阈值电压和关断电压。数据记入表 4-37-1。

2. 液晶的时间响应的测量

将模式转换开关置于静态模式,透过率显示调到 100% ,然后将液晶供电电压调到 2.00 V,在液晶静态闪烁状态下,用存储示波器观察此光开关时间响应特性曲线,可以根据此曲线得到液晶的上升时间 τ_r 和下降时间 τ_d。

3. 液晶光开关视角特性的测量

(1)水平方向视角特性的测量

将模式转换开关置于静态模式。首先将透过率显示调到 100% ,然后再进行实验。

确定当前液晶板为金手指 1 插入的插槽。在供电电压为 0 V 时,按照表 4-37-2 所列举的角度调节液晶屏与入射激光的角度,在每一角度下测量光强透过率最大值 T_{MAX}。然后将供电电压置于 2 V,再次调节液晶屏角度,测量光强透过率最小值 T_{MIN},并计算其对比度。以角度为横坐标,对比度为纵坐标,绘制水平方向对比度随入射角而变化的曲线。

(2)垂直方向视角特性的测量

关断总电源后,取下液晶显示屏,将液晶板旋转 90°,将金手指 2(垂直方向)插入转盘插槽。重新通电,将模式转换开关置于静态模式。按照与(1)相同的方法和步骤,测量垂直方向的视角特性,并记录入表 4-37-2 中。

4. 液晶显示器显示原理

将液晶板金手指 1(如图 4-37-7)插入转盘上的插槽,液晶凸起面必须正对激光发射方向。打开电源开关,点亮激光器,使激光器预热 10 ~ 20 分钟。

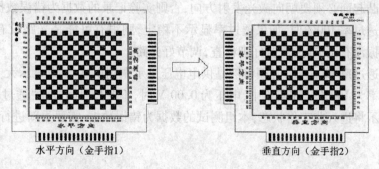

水平方向（金手指1）　　　　　　　　垂直方向（金手指2）

图 4-37-7　液晶板方向(视角为正视液晶屏凸起面)

在正式进行实验前,首先需要检查仪器的初始状态,看发射器光线是否垂直入射到接收器;在静态 0 V 供电电压条件下,透过率显示是否为"100%"。如果显示正确,则可以开始实验,如果不正确,指导教师将仪器调整好再让学生进行实验。

【数据记录与处理】

1. 数据记录

表 4-37-1　液晶光开关电光特性测量

电压/V		0	0.5	0.8	1.0	1.2	1.3	1.4	1.5	1.6	1.7	2.0	3.0	4.0	5.0	6.0
透过率/%	1															
	2															
	3															
	平均															

表 4-37-2　液晶光开关视角特性测量/%

角度/(°)		−85	−80	…	−10	−5	0	5	10	…	80	85
水平方向视角特性	T_{MAX}/%											
	T_{MIN}/%											
	T_{MAX}/T_{MIN}											
垂直方向视角特性	T_{MAX}/%											
	T_{MIN}/%											
	T_{MAX}/T_{MIN}											

2. 数据处理要求

按表 4-37-1 数据作出液晶光开关的电光特性曲线(透射率与电压关系图),并由图求出关断电压和阈值电压。

【注意事项】

①绝对禁止用光束照射他人眼睛或直视光束本身,以防伤害眼睛!

②在进行液晶视角特性实验中,更换液晶板方向时,务必断开总电源后,再进行插取,否则将会损坏液晶板。

③液晶板凸起面必须要朝向激光发射方向,否则实验记录的数据为错误数据。

④在调节透过率 100% 时,如果透过率显示不稳定,则很有可能是光路没有对准,或者是激光发射器偏振没有调节好,需要仔细检查,调节好光路。

⑤在校准透过率 100% 前,必须将液晶供电电压显示调到 0.00 V 或显示大于"250",否则无法校准透过率为 100%。在实验中,电压为 0.00 V 时,不要长时间按住"透过率校准"按钮,否则透过率显示将进入非工作状态,本组测试的数据为错误数据,需要重新进行本组实验数据记录。

第 5 章 设计·研究实验

实验 38 不规则物体的体积测量

测量不规则物体的体积,通常采用排水法,但测量排出水的体积不使用直接的体积测量工具(如量筒),而是采用将排出的水通过滴定管分散成等体积的液滴,然后通过光电开关或盐水开关变成电信号,通过单片机系统或计算机对液滴计数,获得排出水体积。

【实验任务与要求】

①了解光电传感器、开关传感器的工作原理及定标、平衡态等概念。

②掌握滴定法的原理。

③测量给定不规则物体的体积。

【可供选择的实验器材】

2 000 ml 量桶、1 000 ml 量桶、水平尺、量筒、键盘、水槽支架、光电传感器、开关传感器、单片机控制面板。

【实验原理提示】

1. 光电检测法

水滴通过一光电开关,一端为红外线发射管,一端为红外线接收管。无水滴时,红外光直接照射接收管,产生低电平信号;水滴通过时,圆形水滴对红外光产生散射,红外光不能照射接收管,产生一个脉冲信号。把此信号引入 AT89S52 单片机,对此脉冲计数,并将计数值用四位 7 段数码管显示出来。

2. 盐水开关法

水滴通过不锈钢做成的电极,电极间距离 1 mm。实验当中使用 5% 的食盐水,排出的食盐水滴到电极上时,电极间导通,产生高电平;无水滴时,产生低电平。这样每一个水滴产生一个脉冲信号。把此信号引入 AT89S52 单片机,对此脉冲计数,并将计数值用四位 7 段数码管显示出来。

上述两种方法均可用简单电路,使用 C51 编制单片机程序完成。将两种方法做在一起,并设置一"功能转换"开关,实现两种方法的切换。设置"开始/停止"按钮,控制计数的开始停止,并设"清零"按键。

3. 原理提示

将 2 000 ml 量筒装水/盐水至某一刻度,然后在量筒内装入待测物体,物体沉入液底,导致液面上升,上升部分液体的体积则为待测物体体积。可以将这部分液体通过滴管一滴滴排出,并且预先测得每一滴液体的体积,再记录这部分液体可以分为多少滴,即可测量待测物体体积。

　　滴定管滴落液滴的大小决定于液体的表面张力和滴管的直径。如果用水/盐水做实验,只要温度恒定,滴落液滴的体积就是固定的,液滴的数目是可以用计算机简便测量的,编程也简单。

　　为测量每一滴液体的体积,可以在 2 000 ml 量筒内装液体,光电/盐水开关置于滴头下方,让水/盐水通过开关中间的圆孔滴至 100 ml 量筒内,开关连接计数器。通过控制滴头让水/盐水一滴一滴流出,每一滴水/盐水经过光电/盐水开关,计数器记录一次,一共测量出 1 000 滴水/盐水的体积,再计算出一滴水/盐水的体积。由于液体表面张力的作用,这个滴头滴出的每一滴水/盐水的体积一定,此过程称为**定标**。

　　定标之后,将滴头固定在滴定台的某一高度,将 2 000 ml 量筒内水/盐水通过滴头排出至达到平衡,将待测物体放入 2 000 ml 量筒内,再次打开滴管,让水/盐水一滴一滴排出,并且用计数器计数,待达到平衡后,记录排出滴数,再乘以每一滴水/盐水的体积,即为待测液体的体积。

【注意事项】

　　影响测量准确度的原因是滴头的形状和水的温度。实验过程中,当对每滴体积定标后,不要用手接触滴头部位,以免影响水滴形状,实验过程中应测量温度。

　　选择需要的仪器完成测量任务。说明如何选择工具,写出测量步骤,并且自拟表格,记录测量数据,计算结果。

实验 39 碰撞打靶实验研究

【实验任务与要求】

物体间的碰撞是自然界中普遍存在的现象。单摆运动和平抛运动是运动学的基本内容；能量守恒与动量守恒是力学中的重要概念。本实验研究两个球体的碰撞及碰撞前后的单摆运动和平抛运动，应用已学过的力学定律去解决打靶的实际问题；特别是从理论分析与实践结果的差别上，研究实验过程中能量损失的来源。自行设计实验，分析各种损失的相对大小，从而更深入地理解力学原理，并提高分析问题、解决问题的能力。

【可供选择的实验器材】

碰撞打靶实验仪如图 5-39-1 所示，它由导轨、单摆、升降架（上有小电磁铁，可控断通）、被撞小球及载球支柱、靶盒等组成。载球立柱上端为圆锥形平头状，减小钢球与支柱接触面积，在小钢球受击运动时，减少摩擦力。支柱具有弱磁性，以保证小钢球质心沿着支柱中心位置。

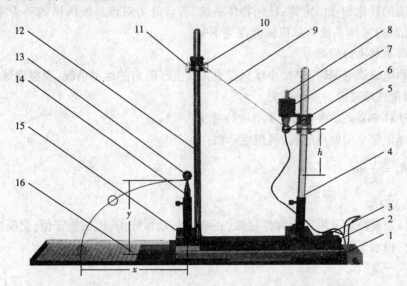

1. 调节螺钉　2. 导轨　3. 滑块　4. 立柱　5. 刻线板　6. 摆球　7. 电磁铁　8. 衔铁螺钉　9. 摆线
10. 锁紧螺钉　11. 调节旋钮　12. 立柱　13. 被撞球　14. 载球支柱　15. 滑块　16. 靶盒

图 5-39-1　碰撞打靶实验仪

升降架上装有可上下升降的磁场方向与立柱平行的电磁铁，立柱上有刻度尺及读数指示移动标志。仪器上电磁铁磁场中心位置、单摆小球（钢球）质心与被碰撞小球质心在碰撞前后处于同一平面内。由于事前两球质心被调节成离导轨同一高度，所以，一旦切断电磁铁电源，被吸单摆小球将自由下摆，并能与被击球对心正碰，被击球将作平抛运动，最终落到贴有目标靶的金属盒内。小球质量可用电子天平称量。

【实验原理提示】

1. 实验涉及的基本物理运动规律

①正碰撞:两运动物体碰撞时,沿着它们质心连线方向碰撞,其他碰撞则为"斜碰"。

②碰撞过程的动量守恒:两物体碰撞前后的总动量不变。

③弹性碰撞:在碰撞过程中系统没有机械能损失。

④非弹性碰撞:碰撞过程中的机械能不守恒,其中一部分转化为非机械能(如热能)。

⑤由动量守恒和机械能守恒,两个质量相等的小球作完全弹性正碰撞,交换速度。

⑥平抛运动:将物体用一定的初速度 v_0 沿水平方向抛出,在不计空气阻力的情况下,物体所作的运动称**平抛运动**,运动学方程为 $x = v_0 t, y = \frac{1}{2}gt^2$(式中 t 是从抛出开始计算的时间,x 是物体在时间 t 内水平方向的移动距离,y 是物体在该时间内竖直下落的距离,g 是重力加速度)。

⑦在重力场中,质量为 m 的物体被提高距离 h 后,势能增加为 $E_p = mgh$。

⑧质量为 m 的物体以速度 v 运动时,动能为 $E_k = \frac{1}{2}mv^3$。

⑨机械能的转化和守恒定律:任何物体系统,若合外力对该系统所做的功为零,内力都是保守力(无耗散力),则系统的总机械能保持不变。

2. 实验所要解决的问题

观察切断电磁铁电源时,单摆小球只受重力及空气阻力的运动情况,观察两球碰撞前后的运动状态,测量两球碰撞的能量损失。

3. 实验过程中公式推导(同质量小球的碰撞)

①撞击球下摆至最低点过程,机械能守恒:

$$mgh_0 = \frac{1}{2}mv^2 \tag{5-39-1}$$

$$v = \sqrt{2gh_0} \tag{5-39-2}$$

②撞击球与被撞球发生完全弹性碰撞(正碰)时,动量守恒,机械能守恒,交换速度:

被撞球获得水平初始速率

$$v = \sqrt{2gh_0}$$

③被撞球以初始速率 v 做平抛运动

$$\left. \begin{array}{l} x = vt \\ y = \frac{1}{2}gt^2 \end{array} \right\} \tag{5-39-3}$$

由式(39-2)、式(39-3)得:

$$h_0 = \frac{x^2}{4y} \tag{5-39-4}$$

式中,x 为被撞球水平射程;y 为被撞球的竖直下落的距离;h_0 为撞击球高度的理论值。

即在理想状态,若要使被撞球水平射程为 x,则 h_0 必须满足式(5-39-4)。

④实际中,当被撞球竖直方向下落的距离为 y,撞击球的高度为理论值 h_0 时,被撞球实际击中靶纸的位置为 $x' < x$,由此得碰撞系统在整个运动过程的能量损失为

$$\Delta E = \frac{1}{2}mv^2 - \frac{1}{2}mv'^2 = \frac{1}{2}m(2gh') = mg(h_0 - h') = mg\left(\frac{x^2 - x'^2}{4y}\right)$$

$$mg\Delta h = mg\left(\frac{x^2 - \overline{x'^2}}{4y}\right)$$

$$\Delta h = \frac{x^2 - \overline{x'^2}}{4y} \tag{5-39-5}$$

由此,若使被撞球击中 x 距离,撞击球的初始高度应调高至 h_1,求得

$$h_1 = h_0 + \Delta h = h_0 + \frac{x^2 - \overline{x'^2}}{4y} \tag{5-39-6}$$

【注意事项】

①避免"衔铁螺钉"位置调节过低,必须保证"摆球"与衔铁口紧密接触。确保"摆球"的定位,重复测量时,尽可能做到摆球和衔铁接触位置相同。

②"摆球"定位时,摆臂不得晃动,相关的固定螺丝必须拧紧。

③电磁铁吸住小球时,摆线应处于直线状态。摆线不得有明显松弛现象。

【研究与讨论】

①按照靶的位置,计算若无能量损失时撞击球的初始高度理想值 h_0(要求切断电磁铁的电源时,撞击球下落与被撞球相碰撞,使被撞球击中靶心)。

②以 h_0 值进行若干次打靶实验,确定实际击中的位置(考虑如何确定? 提示:可在靶纸上放一张复写纸,被撞球落下处会留下痕迹);根据此位置,计算 h 值应移动多少才可真正击中靶心?

③再进行若干次打靶实验,确定实际击中靶心时的 h 值,据此计算碰撞过程前后机械能的总损失为多少?

④分析能量损失的各种来源,设计实验以测出各部分能量损失的大小。

⑤改用不同材料、不同大小的撞击球和被撞球进行上述实验,分别找出能量损失的大小和主要来源。

实验 40　电表改装与校准

电表在电学测量中有着广泛的应用,因此如何了解电表和使用电表就显得十分重要。由于构造原因,电流计(表头)一般只能测量较小的电流和电压。如果要用它来测量较大的电流或电压,就必须进行改装,以扩大量程。万用表就是对微安表头进行多量程改装制成的。万用表在电路的测量和故障检测中得到了广泛的应用。

【实验任务与要求】

①测出所给表头的参数 I_g 和 R_g。

②用电阻箱作 R_S,将表头改装成 $I = 10$ mA 的电流表。

③掌握把表头改装成电压表的原理和方法,把表头改装成 1 V 电压表。

【可供选择的实验器材】

电流表、电压表、表头、电阻箱、滑线变阻器、直流稳压电源等。

【实验原理提示】

1. 测量量程 I_g、内阻 R_g

电流计允许通过的最大电流称为**电流计的量程**,用 I_g 表示。电流计的线圈有一定内阻,用 R_g 表示。I_g 与 R_g 是两个表示电流计特性的重要参数。测量内阻 R_g 常用方法有中值法和替代法。

(1)半电流法(也称中值法)

当被测电流计接在电路中时,使电流计满偏,再用十进位电阻箱与电流计并联作为分流电阻改变电阻值即改变分流程度。当电流计指针指示到中间值,且总电流强度仍保持不变,显然这时分流电阻值就等于电流计的内阻。

(2)替代法

当被测电流计接在电路中时,用十进位电阻箱替代它,且改变电阻值。当电路中的电压不变时,且电路中的电流亦保持不变,则电阻箱的电阻值即为被测电流计内阻。

替代法是一种运用很广的测量方法,具有较高的测量准确度。

2. 改装为大量程电流表

根据电阻并联规律可知,如果在表头两端并联上一个阻值适当的电阻 R_2(图 5-40-1),可使表头不能承受的那部分电流从 R_2 上分流通过。这种由表头和并联电阻 R_2 组成的整体(图中虚线框住的部分)就是改装后的电流表。如需将量程扩大 n 倍,则不难得出

$$R_2 = \frac{R_g}{n-1} \qquad (5\text{-}40\text{-}1)$$

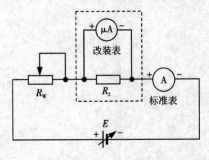

图 5-40-1　改装电流表

图 5-40-1 为扩流后的电流表原理图。用电流表测量电流时,电流表应串联在被测电路中,所以要求电流

表应有较小的内阻。另外,在表头上并联阻值不同的分流电阻,便可制成多量程的电流表。

3. 改装为电压表

一般表头能承受的电压很小,不能用来测量较大的电压。为了测量较大的电压,可以给表头串联一个阻值适当的电阻 R_M(图5-40-2),使表头上不能承受的那部分电压降落在电阻 R_M 上。这种由表头和串联电阻 R_M 组成的整体就是电压表,串联的电阻 R_M 叫做**扩程电阻**。选取不同大小的 R_M,就可以得到不同量程的电压表。由图5-40-2可求得扩程电阻值为:

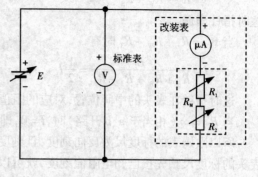

图 5-40-2 改装电压表

$$R_M = \frac{U}{I_g} - R_g \qquad (5-40-2)$$

用电压表测电压时,电压表总是并联在被测电路上。为了不致因为并联电压表而改变电路的工作状态,要求电压表应有较高的内阻。

4. 改装微安表为欧姆表

用来测量电阻大小的电表称为**欧姆表**。根据调零方式不同,可分为串联分压式和并联分流式两种。其原理电路如图5-40-3所示。

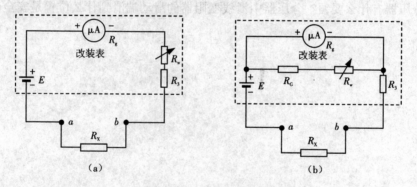

图 5-40-3 欧姆表原理图

(a)串联分压式图 (b)并联分流式图

图中 E 为电源,R_3 为限流电阻,R_W 为调"零"电位器,R_X 为被测电阻,R_g 为等效表头内阻。图5-40-3(b)中,R_G 与 R_W 一起组成分流电阻。

欧姆表使用前先要调"零"点,即 a、b 两点短路(相当于 $R_X = 0$),调节 R_W 的阻值,使表头指针正好偏转到满度。可见,欧姆表的零点是就在表头标度尺的满刻度(即量限)处,与电流表和电压表的零点正好相反。

在图5-40-3(a)中,当 a、b 端接入被测电阻 R_X 后,电路中的电流为

$$I = \frac{E}{R_g + R_W + R_3 + R_X} \qquad (5-40-3)$$

对于给定的表头和线路来说,R_g、R_W、R_3 都是常量。由此可见,当电源端电压 E 保持不变时,被测电阻和电流值有一一对应的关系。即接入不同的电阻,表头就会有不同的偏转读数,R_X 越大,电流 I 越小。短路 a、b 两端,即 $R_X = 0$ 时有

$$I = \frac{E}{R_g + R_W + R_3} = I_g \tag{5-40-4}$$

这时指针满偏。

当 $R_X = R_g + R_W + R_3$ 时有

$$I = \frac{E}{R_g + R_W + R_3 + R_X} = \frac{1}{2}I_g \tag{5-40-5}$$

这时指针在表头的中间位置,对应的阻值为中值电阻,显然 $R_中 = R_g + R_W + R_3$。

当 $R_X = \infty$(相当于 a、b 开路)时,$I = 0$,即指针在表头的机械零位。

所以欧姆表的标度尺为反向刻度,且刻度是不均匀的,电阻 R 越大,刻度间隔越密。如果表头的标度尺预先按已知电阻值刻度,就可以用电流表来直接测量电阻了。

并联分流式欧姆表利用对表头分流来进行调零的,具体参数可自行设计。

欧姆表在使用过程中电池的端电压会有所改变,而表头的内阻 R_g 及限流电阻 R_3 为常量,故要求 R_W 要跟着 E 的变化而改变,以满足调"零"的要求,设计时用可调电源模拟电池电压的变化,范围取 1.35 ~ 1.6 V 即可。

【研究与讨论】

①替代法测电阻可以消除仪表精度、测量方法等造成的误差,在实验中应注意哪些问题?

②请说出测量表头内阻的方法有哪些?

③接分压器有什么要领?分压器中滑线变阻器的滑动端滑到什么位置是安全位置?为什么?

图 5-40　欧姆表原理图

实验41 线性与非线性元件伏安特性的测定

【实验任务与要求】

①设计电路测量线性电阻的伏安特性,用表格法、作图法、最小二乘法求此电阻并作误差计算。

②设计一种测量二极管正向伏安特性曲线的实线图,自拟表格,测出二极管正向伏安特性曲线。

【可供选择的实验器材】

直流稳压稳流电源、电压表、电流表、直流多值十进电阻箱、滑线式变阻器、伏安法测量非线性元件特性实验板、开关、导线。

【实验原理提示】

在某一电子元件两端加上直流电压,元件内就会有电流通过。通过元件的电流与端电压之间的函数关系称为**电子元件的伏安特性**。以电压为横坐标,电流为纵坐标,作出元件的电压—电流关系曲线,此曲线称为该**元件的伏安特性曲线**。通常情况下,导电金属丝、碳膜电阻、金属膜电阻等伏安特性曲线是一条通过原点的直线,这类元件称为**线性元件**。其阻值是一个不随 I、U 变化的常数,这种电阻叫**线性电阻**。但是,很多电子元器件的电压与电流不满足线性关系。例如,晶体二极管热敏电阻等元件的伏安特性曲线不是一条直线,这类元件称为**非线性元件**,它们的电阻叫**非线性电阻**。非线性电子元器件的阻值用微分电阻表示,即 $R = \dfrac{\mathrm{d}U}{\mathrm{d}I}$。它表示电压随电流的变化率,又叫**动态电阻**或**特性电阻**。

一、线性电阻的伏安特性

在电学实验中经常要对电阻进行测量,伏安法是常用的基本方法之一。用伏安法测电阻,原理简单,测量方便,但由于电表(电压表、电流表)内阻接入的影响,给测量带来一定的误差,电表的连接方式有两种,即图5-41-1电流表的外接和图5-41-2电流表的内接。

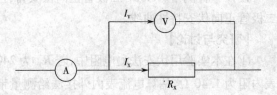

图 5-41-1 电流表外接

对于电流表的外接法,由图5-41-1可见电压表的读数 U 等于电阻 R_x 两端的电压 U_x,电流表的读数 I 不等于 I_X,而是 $I = I_X + I_V$。R_X 是线性元件,由欧姆定律得

$$R = \frac{U}{I} = \frac{U_X}{I_X + I_V} = \frac{U_X}{I_X\left(1 + \dfrac{I_V}{I_X}\right)} \qquad (5\text{-}41\text{-}1)$$

如果 $R_X \ll R_V$,则 $I_V \ll I_X$,式(5-41-1)变为

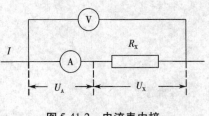

图 5-41-2 电流表内接

$$R = \frac{U_X}{I_X}\left(1 - \frac{I_V}{I_X}\right) = R_X\left(1 - \frac{R_X}{R_V}\right) \tag{5-41-2}$$

式中,R_X / R_V 是电压表内阻给测量带来的相对误差。

由式(5-41-2)可见,选用电流表外接时,若用 U/I 值作为被测电阻值,则比实际值 U/I 略小些,应做修正。若 R_X 值已知,则

$$R_X = \frac{U_X}{I - I_V} = \frac{U_X}{I\left(1 - \frac{I_V}{I}\right)} \approx \frac{U_X}{I}\left(1 + \frac{I_V}{I}\right) = R\left(1 + \frac{I_V}{I}\right) = R\left(1 + \frac{R}{R_V}\right)$$

对于电流表内接法,由图 5-41-2 可见

$$R = \frac{U}{I} = \frac{U_X + U_A}{I_X} = R_X + R_A = R_X\left(1 + \frac{R_A}{R_X}\right) \tag{5-41-3}$$

式中,$\dfrac{R_A}{R_X}$ 为电流表的内阻给测量带来的相对误差。

由式(5-41-3)可见,若用 U/I 值作为被测电阻值,则比实际值 R_X 略大些,应做修正。若 R_A 值已知,则

$$R_X = \frac{U - U_A}{I} = R - R_A = R\left(1 - \frac{R_A}{R}\right) \tag{5-41-4}$$

总之,不论哪种联接法,误差总是存在。该误差是由选用的实验方法引起的,故称为**方法误差**。用伏安法进行测量时,应根据被测电阻的阻值范围及所用电表的内阻合理选择电路,使方法误差尽可能减小。

二、二极管的伏安特性

常用的 IN4007 二极管是非线性电阻。非线性电阻上电压与电流的关系不服从欧姆定律,它的伏安特性是一曲线。其电阻值不仅与外加电压的大小有关,还与所加电压的方向有关。

设计一种测量 IN4007 二极管正向伏安特性曲线的实线图,写出测量步骤,自拟表格,画出二极管正向伏安特性曲线。

【研究与讨论】

①在本实验用伏安法测电阻中,若 R_X 为 240 Ω 的线性电阻,电压表内阻为 1 500 Ω,电流表内阻为 1.40 Ω,估算电流表内外接法给测量带来的误差,应选用哪一种接法？画出实线图,作出线性电阻的伏安特性曲线。

②作二极管的伏安特性曲线。

实验 42　电学设计性实验

本实验为学生自主设计实验,共包括两个实验内容。学生根据每个实验内容提供的仪器,按照要求设计并连接电路,完成实验。通过本实验,使学生能够巩固所学知识,在实验设计能力、动手能力上得到充分的锻炼与提高。

一、电路元件伏安特性的测绘

【实验任务与要求】

①通过自行设计电路,测量线性和非线性电阻元件的伏安特性,并绘制其特性曲线。

②掌握运用伏安法判定电阻元件类型的方法。

【可供选择的实验器材】

直流稳压电源、直流电流表、直流电压表、电阻、白炽灯泡、灯座、短接桥和连接导线、实验用 9 孔插件方板。

【实验原理】

电阻元件的伏安特性是指元件的端电压与通过该元件电流之间的函数关系。通过一定的测量电路,用电压表、电流表可测定电阻元件的伏安特性,由测得的伏安特性可了解该元件的性质。通过测量得到元件伏安特性的方法称为**伏安测量法**(简称**伏安法**)。把电阻元件上的电压取为纵(或横)坐标,电流取为横(或纵)坐标,根据测量所得数据,画出电压和电流的关系曲线,称为该**电阻元件的伏安特性曲线**。

【研究与讨论】

①比较 $100\ \Omega$ 电阻与白炽灯的伏安特性曲线,得出什么结论?

②根据不同的伏安特性曲线的性质分别称它们是什么电阻?

③从伏安特性曲线看欧姆定律,它对哪些元件成立?哪些元件不成立?

二、基本电路的测量

【实验任务与要求】

①自行设计并连接电路,选定两参考点并分别设该点电位为零,测量回路电流和不同点的电位和各段电压。

②通过调整滑线变阻器使两参考点等电位,然后用导线连接,重复测量上述电位和电压。

③自行设计表格并记录数据。

【可供选择的实验器材】

直流稳压电源、直流电压表、直流电流表、开关、干电池、电阻、滑线变阻器、短接桥和连接导线、实验用 9 孔插件方板。

【实验原理】

①参考电路见图 5-42-1。在电路中任意选定一个参考点(如 D),令参考点的电位为零,某一点的电位,就是这一点与参考点间的电压。参考点选定后,各点的电位具有唯一确定的值,这样就能比较电路中各点电位的高低,参考点不同,各点的电位也就不同。电路中任意两点间的电压等于该两点间的电位的差。电压与参考点的选择无关。

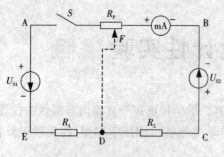

图 5-42-1　实验参考电路图

②测量电路中任意两点间的电压时,先在电路中假定电压的参考方向(或参考极性),将电压表的正、负极分别与电路中假定的正、负极相连接。若电压表正向偏转(实际极性与参考极性相同),则该电压记作正值;若电压表反向偏转,立即将电压表的两表笔相互交换接触位置,再读取读数(实际极性与参考极性相反),则该电压记作负值。

测量电路中的电位时,首先在电路中选定一参考点,将电压表跨接在被测点与参考点之间,电压表的读数就是该点的电位值。当电压表的正极接被测点,负极接参考点,电压表正向偏转,该点的电位为正值;若电压表反向偏转,立即交换电压表两表笔的接触位置,读取读数,该点的电位即为负值。

在电路中电位相等的点,叫**等电位点**。连接等电位点(如 D 和 F)的导线中的电流为零,连接后不会影响电路中各点的电位及各支路的电压和电流。

【注意事项】

测量电压和电位时,要注意电压表的极性,并根据电压的参考极性与测定的实际极性是否一致,确定电压和电位的正负号。

【研究与讨论】

①不同电位点的选取对于电压有无影响? 为什么?

②从实验中可以探求电势的物理本质是什么?

实验 43 惠斯登电桥测量中值电阻

【实验任务与要求】

①掌握电桥测量电阻的原理和方法。

②了解电桥的测量精确度所依赖的条件。

③学会使用箱式电桥。

④自组惠斯登电桥测未知电阻并评定其不确定度,要根据电阻的粗知值正确选取倍率,测出电桥的灵敏度 S。

⑤用 QJ—19 型电桥测未知电阻,并与自组桥的测量结果相比较。

⑥用数字式万用表电阻挡测量上述电阻值并与先前测量值比较。

【可选择的实验仪器】

稳压稳流电源、指针式检流计、电阻箱、自组惠斯登电桥实验板、QJ—19 型箱式直流电桥、导线、万用表等。

【实验原理】

用伏安法测电阻,受所用电表内阻的影响,在测量中往往引入方法误差;用欧姆表测量电阻虽较方便,但测量精度不高。在精确测量电阻时,常使用电桥进行测量。

本实验要求学生利用所提供实验器材自组惠斯登电桥,并用它来测量中值电阻。惠斯登电桥(即直流单臂电桥)首先由英国物理学家惠斯登(Charles Wheatstone, 1802—1875)用于测量电阻,由此而得名。原理如图 5-43-1 所示,它是由四个电阻 R_1、R_2、R_3、R_x 联成一个四边形回路,这四个电阻称做**电桥的四个"臂"**。在这个四边形回路的一条对角线的顶点间接入直流工作电源,另一条对角线的顶点间接入检流计,这个支路一般称做"桥"。适当地调节 R_3 值,可使 C、D 两点电位相同,检流计中无电流流过,这时称电桥达到了平衡。在电桥平衡时有:

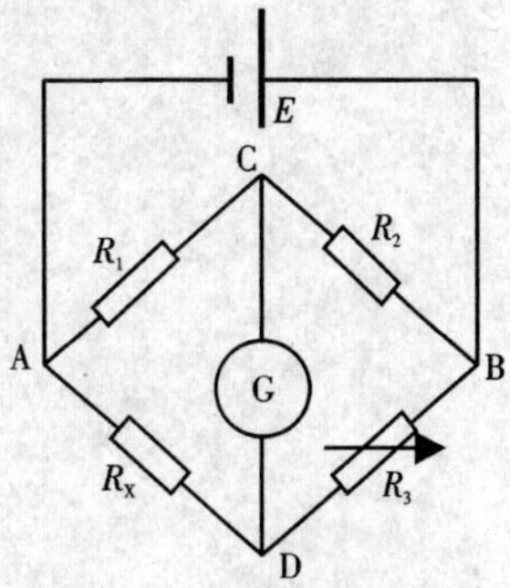

图 5-43-1 惠斯登电桥原理图

$$R_1 I_1 = R_2 I_2$$
$$R_x I_x = R_3 I_3$$
$$I_1 = I_x$$
$$I_2 = I_3$$

上式整理可得:

$$R_x = \frac{R_1}{R_2} R_3$$

为了计算方便,通常把 R_1/R_2 的比值选作成 10^n($n = 0, \pm 1, \pm 2, \cdots$)。令 $C = R_1/R_2$,则有

$$R_x = C R_3 \tag{5-43-1}$$

可见电桥平衡时,由已知的 R_1、R_2(或 C)及 R_3 值便可算出 R_x。人们常把 R_1、R_2 称做**比例臂**,C 为比例臂的倍率;R_3 称做**比较臂**;R_x 称做**待测臂**。

测量完毕,评定 R_X 的不确定度时,除考虑桥臂误差 $u(C)$ 和 $u(R_3)$ 外,还应考虑对电桥平衡的判断误差。由于人眼只能分辩出检流计 0.1 格的偏转量,故判断误差应为 $0.1/S$,因此 R_X 测量的总相对不确定度为:

$$u_r(R_X) = \sqrt{[u_r(C)]^2 + [u_r(R_3)]^2 + \left(\frac{0.1}{S}\right)^2} \tag{5-43-2}$$

可采用换臂法重复测一次,比较两次测出的电阻值取平均以消除倍率误差。

【注意事项】

①联好电路复查无误,倍率 C 和比较臂 R_0 的值均已选置好,保护电阻 R 处于保护状态(K_1 断开),才许试接电源进行实验。如接通电源瞬间检流计指针猛偏撞针或一点不动应即断电检查原因。

②调节电桥平衡时,应采用接通一下检流计支路看看偏转大小,以免损坏检流计或调节不精细。

【研究与讨论】

①在用电桥测量电阻时恰当选取倍率 C 的目的何在?在实验中怎样判断 C 选得是否适当?

②影响 R_X 测量精确度的因素有哪些?

③电源电压不太稳定是否影响测量的精确度?电源电压太低为什么影响测量精确度?

④若桥臂回路有导线不通,检流计偏转大或小?若检流计支路或电源支路不通,检流计偏转大或小?

实验 44 用电位差计测电动势

【实验任务与要求】

①学习"补偿法"在实验中的应用。

②用电位差计测量电池电动势。

③用电位差计校准电压表,作出校准曲线。

【可供选择的实验器材】

新型十一线电位差计、检流计、标准电动势与被测电动势装置、滑线式变阻器、甲电池、直流多值十进电阻箱、单刀双掷开关、电压表、导线等。

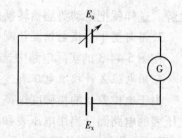

【实验原理提示】

1. 补偿法原理

在图 5-44-1 电路中,E_X 是待测电源,E_0 是电动势可调电源,E_X 与 E_0 通过检流计并联在一起。调节 E_0 的大小,检流计指针不偏转,即电路中没有电流时,两个电源的电动势

图 5-44-1 补偿法原理图

大小相等互为补偿,即 $E_X = E_0$,电路达到平衡。若已知平衡状态下 E_0 的大小,就可以确定 E_X,这种测定电源电动势的方法叫**补偿法**。

2. 电位差计

按电位补偿原理构成的测量电动势的仪器称为**电位差计**。

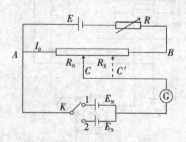

图 5-44-2 电位差计原理

在实际的电位差计中,E_0 是通过下述方法得到的图 5-44-2:电路中由电源 E、电阻 R 和精密电阻 R_{AB} 组成的回路叫做**辅助回路**。当有恒定电流 I_0 流过 R_{AB} 时,从 A 点到 B 点的电位逐点下降,改变滑动端 C 的位置,就可改变 A、C 间的电位差 U_{AC}。U_{AC} 就相当于可调电动势 E_0。测量时把 U_{AC} 引出来与未知电动势 E_X 比较,AKE_XC 回路称为**补偿回路**。使用电位差计应先校准后测量。校准过程如下:把图 5-44-2 中的开关 K 拨向"1"处即把标准电池 E_N 接入补偿回路。根据标准电池电动势 E_N 的大小选定 AC 间的电阻 R_N、阻丝长度 L_N,调节制流电阻,即改变辅助回路中的电流 I_0,使

$$I_0 R_N = E_N \tag{5-44-1}$$

此时检流计指针不偏转,这个过程称为**校准**。

测量过程如下:将开关拨向"2",保持 I_0 不变,只要 $E_X \leqslant I_0 R_{AB}$,滑动触头 C 总可以找到使检流计指针指零的一点 C',这时 AC' 间的电阻为 R_X 阻丝长度 L_X,

$$E_X = I_0 R_X \tag{5-44-2}$$

从式(5-44-1)和式(5-44-2)消去 I_0 得

$$E_X = \frac{R_X}{R_N} \cdot E_N$$

实验室用的是新型十一线电位差计，R_{AB} 为均匀电阻丝，电阻值正比于它的长度 L，所以 $\frac{R_X}{R_N}$ = $\frac{L_X}{L_N}$ 于是有

$$E_X = \frac{L_X}{L_N} \cdot E_N = AL_X \qquad (5\text{-}44\text{-}3)$$

式中，$\frac{E_N}{L_N} = A$ 为电阻丝单位长度的电位降，L_X 为平衡时电阻丝 AC' 的长度，E_X 为待测电池的电动势。这样就把电动势测量转换成了长度测量。

3. 用新型十一线电位差计测一节甲电池的电动势

在图 5-44-3 的实际电路中选择合适的 A 值测量甲电池的电动势并作误差计算。

4. 用电位差计校准电压表

由于电位差计的精确度很高，可以把它作为"标准仪器"校准电压表。图 5-44-4 是校准电压表的电路图。当用电压表和电位差计同时测量一段电阻的电压时，比较两个电压值的大小，可以校准电压表的读数是否准确。

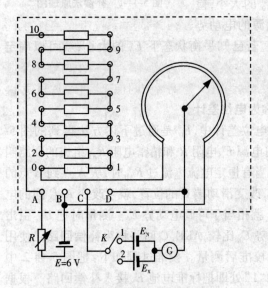

图 5-44-3　用电位差计测电动势

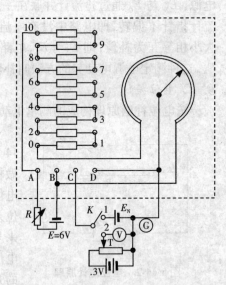

图 5-44-4　用电位差计校准电压表

【研究与讨论】

①如何得知辅助回路中的工作电流？

②判断两个电动势是否形成补偿的条件是什么？

③用电位差计是否可以测量任意大小的电动势？

实验 45　自组显微镜、望远镜和幻灯机

显微镜、望远镜和幻灯机是生产、生活和科研中经常用到的光学仪器,是几何光学应用的典例。本实验目的在于通过利用给定仪器自行组装这三种仪器,使学生加深对仪器原理的理解,创造性地将所学理论知识和实践技能应用到实际中。

【实验任务与要求】

①利用给定仪器分别组装显微镜、望远镜和幻灯机。

②测量并计算组装显微镜和望远镜的放大率。

【可供选择的实验器材】

带有毛玻璃的白炽灯光源、1/10 mm 分划板、凸透镜(焦距分别为 15、50、190 mm)、二维调整架、测微目镜 L_E(去掉其物镜头的读数显微镜,$f_E = 12.5$ mm)、读数显微镜架、幻灯片 P、干板架、白屏 H、毫米尺 F($L = 7$ mm)、滑座、光具座(导轨)等。

【实验原理】

1. 显微镜原理

显微镜是用来观察近距离微小目标的目视光学仪器,由两个共轴光学系统组成,把它们简化为两个会聚透镜,其中向着物方的 L_0 称为**物镜**,接近人眼 L_E 的称为**目镜**,光路如图 5-45-1 所示。物体 Y 首先经短焦距物镜 L_0 在目镜 L_E 的物方焦平面附近(实像与目镜距离略小于其焦距 f_E)成一个倒立放大的实像 Y′,然后用目镜 L_E 作为放大镜观察中间像 Y′,再经过目镜 L_E 放大后在明视距离以外成一与物体成倒立的放大虚像 Y″。

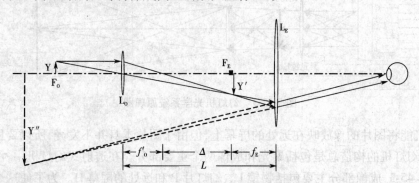

图 5-45-1　显微镜光学系统原理图

设物镜和目镜之间的光学间隔为 Δ,物镜焦距为 f_0,目镜焦距为 f_E。根据几何光学知识可知,显微镜的视角放大率为

$$M = -\frac{s_0\Delta}{f_0 f_E} \tag{5-45-1}$$

式中负号表明像是倒立的,s_0 为正常人眼的明视距离,一般取 250 mm,$\Delta = L - f_0 - f_E$。

2. 望远镜原理

望远镜是用来观察远处目标的目视光学仪器,常用的有伽利略型和开普勒型两种。前者

的物镜是会聚透镜,目镜是发散透镜;后者的物镜和目镜都是会聚透镜。本实验要求组装开普勒望远镜。开普勒望远镜光路如图 5-45-2 所视。该望远镜也由长焦距物镜 L_O 和目镜 L_E 两个共轴光学系统组成,L_O 的像方焦点和 L_E 的物方焦点几乎重合。物镜的作用是将无穷远的物体发出的光会聚后在像方焦平面上成一个倒立的实像(中间像),目镜再把该中间像放大成一与原物倒立的虚像。

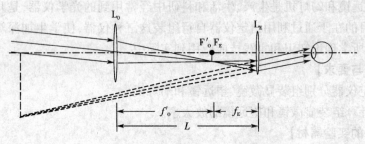

图 5-45-2　望远镜光学系统原理图

根据相关知识可知,此望远镜的视角放大率

$$M = \frac{f_O}{f_E} \tag{5-45-2}$$

3. 透射式幻灯机原理

电影放映机、印相放大机、投影仪和幻灯机都属于投影仪器,原理相同。这里以幻灯机为例介绍。

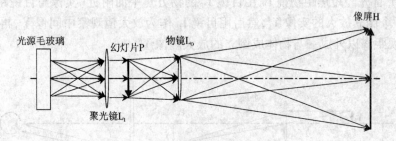

图 5-45-3　幻灯机光学系统原理图

幻灯机能将图片的像放映在远处的屏幕上,但由于图片本身并不发光,所以要用强光照亮图片,因此幻灯机的构造总是包括聚光和成像两个主要部分。在透射式幻灯机中,图片是透明的。如图 5-45-3,成像部分主要包括物镜 L_O、幻灯片 P 和远处的屏幕 H。为了使这个物镜能在屏上产生高倍放大的实像,P 必须放在物镜 L_O 的物方焦平面外很近的地方,使物距稍大于 L_O 的物方焦距。聚光部分主要包括很强的光源(通常采用溴钨灯)和聚光镜 L_1 构成的聚光部分。聚光镜的作用是一方面要在未插入幻灯片时,能使屏幕上有强烈而均匀的照度,并且不出现光源本身结构(如灯丝等)的像。插入幻灯片后,能够在屏幕上单独出现幻灯图片的清晰像。另一方面,聚光镜要有助于增强屏幕上的照度。因此,应使从光源发出并通过聚光镜的光束全部到达像面。为了这一目的,必须使这束光全部通过物镜 L_O,这可用所谓"中间像"的方法实现。即聚光镜使光源成实像,成实像后的那些光束继续前进时,不超过透镜 L_O 边缘范围。光源的大小以能够使光束完全充满 L_O 的整个面积为限。聚光镜焦距的长短是无关紧要的。通常将

幻灯片放在聚光镜 L_1 前面较近的地方,而光源则置于聚光镜后两倍于聚光镜焦距之外。

【注意事项】

各透镜的光心或屏幕平面与滑块刻度线之间可能有一定距离,在测定位置和计算距离时要根据说明书或具体实验条件进行修正。

【研究与讨论】

①显微镜和望远镜的结构和功能有何不同?

②如何提高显微镜和望远镜的放大率?

③在用望远镜观察不同距离的物体时,如何进行"调焦",试解释其原理。

④组装的幻灯机屏幕接收到的像的大小、虚实、亮暗如何调节?

实验 46　棱镜折射率的测量

【实验任务与要求】

用分光计测量棱镜的折射率。

【可供选择的实验器材】

分光计、低压钠灯、三棱镜等。

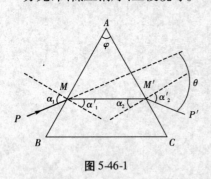

图 5-46-1

【实验原理】

量棱镜的折射率可用最小偏向角法测量。如图 5-46-1 所示,单色光 PM 以入射角 α_1 投射到三棱镜 AB 面。经两次折射后,以 α' 角从 AC 面射出。入射光束与出射光束的夹角称为**偏向角**。显然式中 φ 为棱镜的顶角。对于给定的棱镜,顶角和折射率 n 都是已定的。

当 $\alpha_1 = \alpha_2'$、$\alpha_1' = \alpha_2$ 时,即 $MM' /\!/ BC$,此时值最小,称为**最小偏向角** θ_0。此时有

$$\alpha_1' = \frac{\varphi}{2}, \quad \alpha_1 = \frac{\varphi + \theta_0}{2}$$

$$\theta = (\alpha_1 - \alpha_1') + (\alpha_2' - \alpha_2) = \alpha_1 + \alpha_2' - \varphi \tag{5-46-1}$$

则折射率

$$n = \frac{\sin \frac{1}{2}(\varphi + \theta_0)}{\sin \frac{1}{2}\varphi} \tag{5-46-2}$$

【注意事项】

①分光计要严格按照实验 15 的要求进行调节。

②三棱镜放置的最佳位置要找对。

【研究与讨论】

在该实验中所测量的是等腰三棱镜的折射率,若被测棱镜为非等腰三棱镜应如何测量。

附录　常用物理数据

[1]　基本物理常量

名　　称	符号、数值和单位
真空中的光速	$c = 2.99\ 792\ 458 \times 10^8$ m/s
电子的电荷	$e = 1.602\ 189\ 2 \times 10^{-19}$ C
普朗克常量	$h = 6.626\ 176 \times 10^{-34}$ J·s
阿伏伽德罗常量	$N_0 = 6.022\ 045 \times 10^{23}$ mol^{-1}
原子质量单位	$u = 1.660\ 565\ 5 \times 10^{-27}$ kg
电子的静止质量	$m_e = 9.109\ 534 \times 10^{-31}$ kg
电子的荷质比	$e/m_e = 1.758\ 804\ 7 \times 10^{11}$ C·kg^{-1}
法拉第常量	$F = 9.648\ 456 \times 10^4$ C·mol^{-1}
氢原子的里德伯常量	$R_H = 1.096776 \times 10^7$ m^{-1}
摩尔气体常量	$R = 8.314\ 41$ J·(mol·k)$^{-1}$
玻尔兹曼常量	$k = 1.380\ 622 \times 10^{-23}$ J·K^{-1}
洛施密特常量	$n = 2.687\ 19 \times 10^{25}$ m^{-3}
万有引力常量	$G = 6.672\ 0 \times 10^{-11}$ N·m^2·kg^{-2}
标准大气压	$P_0 = 101\ 325$ Pa
冰点的绝对温度	$T_0 = 273.15$ K
声音在空气中的速度(标准状态下)	$v = 331.46$ m·s^{-1}
干燥空气的密度(标准状态下)	$\rho_{空气} = 1.293$ kg·m^{-3}
水银的密度(标准状态下)	$\rho_{水银} = 13595.04$ kg·m^{-3}
理想气体的摩尔体积(标准状态下)	$V_m = 22.41383 \times 10^{-3}$ m^3·mol^{-1}
真空中介电常量(电容率)	$\varepsilon_0 = 8.854188 \times 10^{-12}$ F·m^{-1}
真空中磁导率	$\mu_0 = 12.566371 \times 10^{-7}$ H·m^{-1}
钠光谱中黄线的波长	$D = 589.3 \times 10^{-9}$ m
镉光谱中红线的波长(15 ℃,101325 Pa)	$\lambda_{cd} = 643.84696 \times 10^{-9}$ m

[2]　在20℃时固体和液体的密度

物质	密度 ρ/kg·m^{-3}	物质	密度 ρ/kg·m^{-3}
铝	2 698.9	石英	2 500 ~ 2 800
铜	8 960	水晶玻璃	2 900 ~ 3 000
铁	7 874	冰(0 ℃)	880 ~ 920
银	10 500	乙醇	789.4
金	19 320	乙醚	714
钨	19 300	汽车用汽油	710 ~ 720
铂	21 450	氟利昂—12	1 329
铅	11 350	（氟氯烷—12）	
锡	7 298	变压器油	840 ~ 890
水银	13 546.2	甘油	1 260
钢	7 600 ~ 7 900		

[3]   在标准大气压下不同温度时水的密度

温度 t(℃)	密度 ρ/kg·m^{-3}	温度 t/℃	密度 ρ/kg·m^{-3}	温度 t/℃	密度 ρ/kg·m^{-3}
0	999.841	16	998.943	32	995.025
1	999.900	17	998.774	33	994.702
2	999.941	18	998.595	34	994.371
3	999.965	19	998.405	35	994.031
4	999.973	20	998.203	36	993.68
5	999.965	21	997.992	37	993.33
6	999.941	22	997.770	38	992.96
7	999.902	23	997.538	39	992.59
8	999.849	24	997.296	40	992.21
9	999.781	25	997.044	50	988.04
10	999.700	26	996.783	60	983.21
11	999.605	27	996.512	70	977.78
12	999.498	28	996.232	80	971.80
13	999.377	29	995.944	90	965.31
14	999.244	30	995.646	100	958.35
15	999.099	31	995.340		

[4]   在海平面上不同纬度处的重力加速度

纬度 φ/(°)	g/m·s^{-2}	纬度 φ/(°)	g/m·s^{-2}
0	9.780 49	50	9.810 79
5	9.780 88	55	9.815 15
10	9.782 04	60	9.819 24
15	9.783 94	65	9.822 94
20	9.786 52	70	9.826 14
25	9.789 69	75	9.828 73
30	9.783 38	80	9.830 65
35	9.797 46	85	9.831 82
40	9.801 80	90	9.832 21
45	9.806 29		

注:表中所列数值是根据公式 $g = 9.780\,49(1 + 0.005\,288\sin^2\varphi - 0.000\,006\sin^2\varphi)$ 算出的,其中 φ 为纬度。

[5]   固体的线膨胀系数

物质	温度或温度范围/℃	膨胀系数 α/×10^{-6} ℃$^{-1}$
铝	0 ~ 100	23.8
铜	0 ~ 100	17.1
铁	0 ~ 100	12.2
金	0 ~ 100	14.3
银	0 ~ 100	19.6
钢(0.05% 碳)	0 ~ 100	12.0
康铜	0 ~ 100	15.2
铅	0 ~ 100	29.2
锌	0 ~ 100	32
铂	0 ~ 100	9.1
钨	0 ~ 100	4.5
石英玻璃	20 ~ 200	0.56

续表

物质	温度或温度范围/℃	膨胀系数 $\alpha / \times 10^{-6}$ ℃$^{-1}$
窗玻璃	20~200	9.5
花岗石	20	6~9
瓷器	20~700	3.4~4.1

[6] 在20℃时某些金属的弹性模量(杨氏模量)

金属	杨氏模量 Y	
	/GPa	/kg · f · mm^{-2}
铝	69~70	7 000~7 100
钨	407	41 500
铁	186~206	19 000~21 000
铜	103~127	10 500~13 000
金	77	7 900
银	69~80	7 000~8 200
锌	78	8 000
镍	203	20 500
铬	235~245	24 000~25 000
合金钢	206~216	21 000~22 000
碳钢	196~206	20 000~21 000
康铜	16 016 300	

注:杨氏弹性模量的值与材料的结构、化学成分及其加工制造方法有关。因此,在某些情况下,Y 的值可能与表中所列的平均值不同。

[7] 在20℃时与空气接触的液体的表面张力系数

液体	$\sigma / \times 10^{-3}$ N · m^{-1}	液体	$\sigma / \times 10^{-3}$ N · m^{-1}
石油	30	甘油	63
煤油	24	水银	513
松节油	28.8	蓖麻	36.4
水	72.75	乙醇	22.0
肥皂溶液	40	乙醇(在60℃时)	18.4
氟利昂—12	9.0	乙醇(在0℃时)	24.1

[8]-1 不同温度时水的黏滞系数

温度/℃	黏滞系数 η		温度/℃	黏滞系数 η	
	μPa · s	$\times 10^{-6}$ kgf · s · mm^{-2}		μPa · s	$\times 10^{-6}$ kgf · s · mm^{-2}
0	1 787.8	182.3	60	469.7	47.9
10	1 305.3	133.1	70	406.0	41.4
20	1 004.2	102.4	80	355.0	36.2
30	801.2	81.7	90	314.8	32.1
40	653.1	66.6	100	282.5	28.8
50	549.2	56.0			

[8]-2　蓖麻油的黏滞系数值与温度的关系

温度/℃	η(Pa·s)	温度/℃	η(Pa·s)	温度/℃	η(Pa·s)	温度/℃	η(Pa·s)
0	53.0	16	1.37	23	0.73	30	0.45
10	2.42	17	1.25	24	0.67	31	0.42
11	2.20	18	1.15	25	0.62	32	0.39
12	2.00	19	1.04	26	0.57	33	0.36
13	1.83	20	0.95	27	0.53	34	0.34
14	1.67	21	0.87	28	0.52	35	0.31
15	1.51	22	0.79	29	0.48	40	0.23

[9]　不同温度时干燥空气中的声速

单位:m·s^{-1}

温度/℃	0	1	2	3	4	5	6	7	8	9
60	366.05	366.60	367.14	367.69	368.24	368.78	369.33	369.87	370.42	370.96
50	360.51	361.07	361.62	362.18	362.74	363.29	363.84	364.39	364.95	365.50
40	354.89	355.46	356.02	356.58	357.15	357.71	358.27	358.83	359.39	359.95
30	349.18	349.75	350.33	350.90	351.47	352.04	352.62	353.19	353.75	354.32
20	343.37	343.95	344.54	345.12	345.70	346.29	346.87	347.44	348.02	348.60
10	337.46	338.06	338.65	339.25	339.84	340.43	341.02	341.61	342.20	342.58
0	331.45	332.06	332.66	333.27	333.87	334.47	335.07	335.67	336.27	336.87
−10	325.33	324.71	324.09	323.47	322.84	322.22	321.60	320.97	320.34	319.52
−20	319.09	318.45	317.82	317.19	316.55	315.92	315.28	314.64	314.00	313.36
−30	312.72	312.08	311.43	310.78	310.14	309.49	308.84	308.19	307.53	306.88
−40	306.22	305.56	304.91	304.25	303.58	302.92	302.26	301.59	300.92	300.25
−50	299.58	298.91	298.24	397.56	296.89	296.21	295.53	294.85	294.16	293.48
−60	292.79	292.11	291.42	290.73	290.03	289.34	288.64	287.95	287.25	286.55
−70	285.84	285.14	284.43	283.73	283.02	282.30	281.59	280.88	280.16	279.44
−80	278.72	278.00	277.27	276.55	275.82	275.09	274.36	273.62	272.89	272.15
−90	271.41	270.67	269.92	269.18	268.43	267.68	266.93	266.17	265.42	264.66

[10]　固体导热系数 λ

物质	温度/K	$\lambda / \times 10^2 W \cdot m^{-1} \cdot K^{-1}$	物质	温度(K)	$\lambda / \times 10^2 W \cdot m^{-1} \cdot K^{-1}$
银	273	4.18	康铜	273	0.22
铝	273	2.38	不锈钢	273	0.14
金	273	3.11	镍铬合金	273	0.11
铜	273	4.0	软木	273	0.3×10^{-3}
铁	273	0.82	橡胶	298	1.6×10^{-3}
黄铜	273	1.2	玻璃纤维	323	0.4×10^{-3}

[11]-1　某些固体的比热容

固体	比热容/J·kg^{-1}·K^{-1}	固体	比热容/J·kg^{-1}·K^{-1}
铝	908	铁	460
黄铜	389	钢	450
铜	385	玻璃	670
康铜	420	冰	2 090

[11] -2　某些液体的比热容

液体	比热容/$J \cdot kg^{-1} \cdot K^{-1}$	温度/℃	液体	比热容/$J \cdot kg^{-1} \cdot K^{-1}$	温度/℃
乙醇	2 300	0	水银	146.5	0
	2 470	20		139.3	20

[11] -3　不同温度时水的比热容

温度/℃	0	5	10	15	20	25	30	40	50	60	70	80	90	99
比热容/$J \cdot kg^{-1} \cdot K^{-1}$	4 217	4 202	4 192	4 186	4 182	4 179	4 178	4 178	4 180	4 184	4 189	4 196	4 205	4 215

[12]　某些金属和合金的电阻率及其温度系数

金属或合金	电阻率/$\times 10^{-6}\ \Omega \cdot m$	温度系数/℃$^{-1}$	金属或合金	电阻率/$\times 10^{-6}\ \Omega \cdot m$	温度系数/℃$^{-1}$
铝	0.028	42×10^{-4}	锌	0.059	42×10^{-4}
铜	0.0172	43×10^{-4}	锡	0.12	44×10^{-4}
银	0.016	40×10^{-4}	水银	0.958	10×10^{-4}
金	0.024	40×10^{-4}	武德合金	0.52	37×10^{-4}
铁	0.098	60×10^{-4}	钢(0.10% ~0.15%碳)	0.10 ~ 0.14	6×10^{-3}
铅	0.205	37×10^{-4}	康铜	0.47 ~ 0.51	$(-0.04 ~ +0.01) \times 10^{-3}$
铂	0.105	39×10^{-4}	铜锰镍合金	0.34 ~ 1.00	$(-0.03 ~ +0.02) \times 10^{-3}$
钨	0.055	48×10^{-4}	镍铬合金	0.98 ~ 1.10	$(0.03 ~ 0.4) \times 10^{-3}$

注:电阻率与金属中的杂质有关,因此表中列出的只是 20 ℃时电阻率的平均值。

[13] -1　不同金属或合金与铂(化学纯)构成热电偶的热电动势

(热端在 100 ℃,冷端在 0 ℃时)

金属或合金	热电动势/mV	连续使用温度/℃	短时使用最高温度/℃
95% Ni +5% (Al,Si,Mn)	-1.38	1 000	1 250
钨	+0.79	2 000	2 500
手工制造的铁	+1.87	600	800
康铜(60% Cu +40% Ni)	-3.5	600	800
56% Cu +44% Ni	-4.0	600	800
制导线用铜	+0.75	350	500
镍	-1.5	1 000	1 100
80% Ni +20% Cr	+2.5	1 000	1 100
90% Ni +10% Cr	+2.71	1 000	1 250
90% Pt +10% Ir	+1.3	1 000	1 200
90% Pt +10% Rh	+0.64	1 300	1 600
银	+0.72	600	700

注:①表中的"+"或"-"表示该电极与铂组成热电偶时,热电动势是正或负。当热电动势为正时,在处于 0 ℃的热电偶一端电流由金属(或合金)流向铂。

②为了确定用表中所列任何两种材料构成的热电偶的热电动势,应当取这两种材料的热电动势的差值。

[13]-2　几种标准温差电偶

名　　称	分度号	100℃时的电动势/mV	使用温度范围/℃
铜—康铜（Cu55 Ni45）	CK	4.26	−200~300
镍铬（Cr9~10 SiO.4 Ni90）—康铜（Cu56~57 Ni43~44）	EA—2	6.95	−200~800
镍铬（Cr9~10 SiO.4 Ni90）—镍硅（Si2.5~3 Co<0.6 Ni97）	EV—2	4.10	1 200
铂铑（Pt90 Rh10）—铂	LB—3	0.643	1 600
铂铑（Pt70 Rh30）—铂铑（Pt94 Rh6）	LL—2	0.034	1 800

[13]-3　铜—康铜热电偶的温差电动势（自由端温度0℃）

单位:mV

康铜的温度	铜的温度/℃										
	0	10	20	30	40	50	60	70	80	90	100
0	0.000	0.389	0.787	1.194	1.610	2.035	2.468	2.909	3.357	3.813	4.277
100	4.227	4.749	5.227	5.712	6.204	6.702	7.207	7.719	8.236	8.759	9.288
200	9.288	9.823	10.363	10.909	11.459	12.014	12.575	13.140	13.710	14.285	14.864
300	14.864	15.448	16.035	16.627	17.222	17.821	18.424	19.031	19.642	20.256	20.873

[14]　在常温下某些物质相对于空气的光的折射率

物质	H_α线（656.3 nm）	D线（589.3 nm）	H_β线（486.1 nm）
水（18℃）	1.331 4	1.333 2	1.337 3
乙醇（18℃）	1.360 9	1.362 5	1.366 5
二硫化碳（18℃）	1.619 9	1.629 1	1.654 1
冕玻璃（轻）	1.512 7	1.515 3	1.521 4
冕玻璃（重）	1.612 6	1.615 2	1.621 3
燧石玻璃（轻）	1.603 8	1.608 5	1.620 0
燧石玻璃（重）	1.743 4	1.751 5	1.772 3
方解石（寻常光）	1.654 5	1.658 5	1.667 9
方解石（非常光）	1.484 6	1.486 4	1.490 8
水晶（寻常光）	1.541 8	1.544 2	1.549 6
水晶（非常光）	1.550 9	1.553 3	1.558 9

[15]　常用光源的谱线波长表

（单位:nm）

一、H(氢)
656.28 红
486.13 绿蓝
434.05 蓝
410.17 蓝紫
397.01 蓝紫
二、He(氦)
706.52 红
667.82 红
587.56(D₃)黄
501.57 绿
492.19 绿蓝
471.31 蓝

447.15 蓝
402.62 蓝紫
388.87 蓝紫
三、Ne(氖)
650.65 红
640.23 橙
638.30 橙
626.25 橙
621.73 橙
614.31 橙
588.19 黄
585.25 黄
四、Na(钠)

589.592(D₁)黄
588.995(D₂)黄
五、Hg(汞)
623.44 橙
579.07 黄
576.96 黄
546.07 绿
491.60 绿蓝
435.83 蓝
407.78 蓝紫
404.66 蓝紫
六、He—Ne激光
632.8 橙

参考文献

[1]　金清理,黄晓虹.基础物理实验[M].杭州:浙江大学出版社,2007.

[2]　陈玉林,李传起.大学物理实验[M].北京:科学出版社,2007.

[3]　任隆良,谷晋骐.物理实验[M].天津:天津大学出版社,2003.

[4]　赵凯华,钟锡华.光学[M].北京:北京大学出版社,1984.

[5]　古金霞,田维.大学物理实验[M].天津:天津教育出版社,2007.

[6]　董有尔.大学物理实验[M].合肥:中国科学技术大学出版社,2006.